Cornelia Engel
Mittsommernachtsküsse

 Montlake

Das Buch

Überraschend erbt die Münchner Hotelmanagerin Mara eine in die Jahre gekommene Pension auf den schottischen Shetland-Inseln. Vierzehn Jahre ist es her, dass sie dort war, viel ist passiert in dieser Zeit. Aber nicht genug, um die kurze Begegnung mit dem attraktiven Gavin zu vergessen, die ein unschönes Ende nahm.

Mara will so schnell wie möglich verkaufen, schließlich wartet zu Hause ihr Leben auf sie, ihre Freundinnen, ihr Job. Doch so einfach ist das nicht: Um die Pension herzurichten, benötigt sie viel mehr Zeit als geplant. Und dass ihr Gavin dauernd über den Weg läuft, war so auch nicht vorgesehen. Mara hat Schmetterlinge im Bauch, aber kann sie ihm wieder vertrauen?

Die Autorin

Cornelia Engel wurde in Bamberg geboren und wuchs in einer literaturbegeisterten Familie auf. Sie lebte längere Zeit im Ausland und übte danach verschiedene selbstständige Tätigkeiten aus, bevor sie Kommunikationswissenschaft studierte. Mittlerweile arbeitet Cornelia Engel hauptberuflich als Autorin. Unter dem Pseudonym Isabel Morland hat sie bereits mehrere erfolgreiche Romane bei namhaften Publikumsverlagen veröffentlicht. Unter dem Namen Cornelia Engel erschienen zuletzt die Bestseller-Romantik-Reihe »Verliebt auf Borkum« und die historische Sansibar-Saga. »Mittsommernachtsküsse« ist der Auftakt ihrer neuen Liebesroman-Serie »Liebe auf Shetland«.

Mit ihren vier Kindern lebt Cornelia Engel in der fränkischen Heimat.

CORNELIA ENGEL

Mittsommernachtsküsse

LIEBE AUF SHETLAND

ROMAN

Deutsche Erstveröffentlichung bei
Montlake, Amazon Media EU S.à r.l.
38, avenue John F. Kennedy, L-1855 Luxembourg
Oktober 2022
Copyright © der deutschsprachigen Ausgabe 2022
By Cornelia Engel

Umschlaggestaltung: zero-media.net, München
Umschlagmotiv: © solarbird/Shutterstock;
© witita leelasutanon/Shutterstock; © naKornCreate/Shutterstock;
© Vibrant Image Studio/Shutterstock; © Johannes Rigg/Alamy Stock Photo;
© Andrzej Bartyzel/Alamy Stock Photo
1. Lektorat: Dorothea Kenneweg
2. Lektorat und Korrektorat: VLG Verlag & Agentur, Haar bei München,
www.vlg.de
Gedruckt durch:
Amazon Distribution GmbH, Amazonstraße 1, 04347 Leipzig /
Canon Deutschland Business Services GmbH, Ferdinand-Jühlke-Straße 7,
99095 Erfurt /
CPI books GmbH, Birkstraße 10, 25917 Leck

ISBN 978-2-49671-183-7

www.montlake.de

*Für dich, liebe Leserin, lieber Leser, in
Erinnerung an wunderschöne
Shetland-Nächte*

KAPITEL 1

Die winzige Logan-Air-Maschine wackelte in der Luft, dann fuhr sich mit einem Rumpeln das Fahrwerk aus. Mara beugte sich zum Fenster und blickte hinaus. Vor ihrer Nase wirbelte ein Propeller. Beim Start hatte das Geräusch sie nervös gemacht, inzwischen nahm sie es kaum wahr. Mit einem Gefühl der Vorfreude ließ sie ihren Blick über die stahlblaue Nordsee schweifen. Glitzernd brachen sich die Sonnenstrahlen auf den Wellen. Schiffe, klein wie Stecknadelköpfe, warfen weiße Streifen von Kielwasser hinter sich auf. In einiger Entfernung zog ein brauner Fleck Fels und Moorlandschaft vorbei. Fair Isle, die südlichste Insel von Shetland. Das bedeutete, dass die zerklüftete Küste von Mainland, der Hauptinsel, nicht mehr weit war. Mara bekam Bauchkribbeln vor Aufregung.

»Wir haben Glück mit dem Wetter. Bei wolkenlosem Himmel ist der Landeanflug spektakulär«, sagte eine Frauenstimme mit schottischem Akzent. Mara wandte den Kopf. Die Stewardess – Paris, wie das Namensschild verriet – zwinkerte ihr zu, dann schnallte sie sich auf dem Flugbegleitersitz fest. »Halten Sie nach dem Leuchtturm Ausschau. Er steht auf einer vom Meer umtosten Klippe. Wir fliegen so tief darüber hinweg, dass man die Menschen unter uns winken sieht.«

»Ich erinnere mich«, erwiderte Mara mit einem freundlichen Lächeln. Ihr Einzelplatz in der ersten Reihe lag dem schmalen Notsitz für Flugbegleiter genau gegenüber. »Ich war schon einmal hier.«

Ihr Blick glitt wieder zum Fenster hinaus, wo das Blau des Meeres mit dem Himmel um die Wette leuchtete. Ein bisschen wehmütig wurde ihr schon zumute bei der Erinnerung an das Jahr, das sie seinerzeit in Rosies kleinem B&B auf Shetland verlebt hatte. Wie jung sie gewesen war, und zum ersten Mal richtig verliebt! Beim Gedanken an Gavin verflog ihre Melancholie von einem Moment auf den anderen. Widersprüchliche Emotionen stiegen in ihr auf. Genau wie damals. In der Rückblende erschien es ihr, als wären Wirklichkeit und Schein in jenem Mittsommer so untrennbar miteinander verwoben gewesen wie die endlosen Tage und die hellen Nächte. Auch wenn es ewig her war, löste es immer noch Verwirrung in ihr aus, an Gavin zu denken.

Der Anschnallgurt drückte gegen ihre Hüfte, Mara verlagerte das Gewicht. Normalerweise spazierte Gavin nur selten durch ihre Gedanken. Doch in diesem Moment im Flieger gewann die Vergangenheit wieder ein kleines bisschen an Bedeutung, sodass Mara sich unwillkürlich fragte, was aus Gavin geworden war. Hatte er noch eine so unglaubliche Ausstrahlung wie früher? Diesen Blick, der einem das Gefühl vermittelte, diese eine, ganz besondere Person zu sein? Lebte er überhaupt noch auf Shetland? War er verheiratet? Hatte er Kinder? Wie wahrscheinlich war es, dass sie sich in den kommenden Tagen per Zufall über den Weg liefen? Die letzte Frage ließ sie innehalten. Stirnrunzelnd starrte sie vor sich hin, unfähig zu sagen, was ihr lieber war. Einerseits konnte sie gut auf ein Wiedersehen verzichten. Gavin hatte sie damals verletzt, was sollte ihr eine weitere Begegnung mit ihm da noch bedeuten? Andererseits erschien ihr die Vorstellung, Gavin nach all den Jahren wieder gegenüberzustehen, auf eine unerklärliche Weise reizvoll.

Gedankenverloren wuschelte sich Mara durch das hellblonde Haar, das im kessen Fransenschnitt bis knapp in ihren Nacken fiel. Im Geiste ließ sie die Bilder von früher wiederauferstehen. Wie sie nach dem Abi für ein Jahr nach Shetland, dem nördlichsten Teil Schottlands, gegangen war, um in einem Hotel zu arbeiten … Wie vielversprechend sich der Job angelassen hatte … Wie sie sich nach wenigen Wochen in Gavin, den gut aussehenden und charmanten Sohn der Besitzerin, verliebt hatte … Wie ihre damalige Chefin daraufhin rotgesehen hatte und Mara im hohen Bogen geflogen war. Im Nachhinein gesehen eine unnötige Aktion, denn aus Gavin und ihr wäre auch ohne Mrs Laurensons Einmischung nichts geworden. Nach heißen Küssen und einer unglaublichen Nacht am Strand hatte Gavin Mara sitzenlassen. Ohne Erklärung. Wie sie später erfahren hatte, weil einer seiner Kumpel Gavin zu einem spontanen Trip nach Italien überredet hatte. Männer! Mara atmete die Luft ein, die im Flieger immer diesen typischen Geruch hatte. Von Gavin hatte sie nie wieder etwas gehört. Damals hatte sie gemeint, das mit Gavin und ihr sei ernst. Inzwischen hatte sie längst eingesehen, dass ihre Sichtweise ziemlich einseitig gewesen war. Vermutlich hatte Gavin nie etwas anderes im Kopf gehabt als einen Flirt. Warum hatte sie es damals nicht sehen können?

Sie ließ die Bilder zurück in den Nebel der Vergangenheit sinken. Das Plastik der Armstützen fühlte sich an der Haut ihrer Unterarme klebrig an. Mit einem Seufzen lehnte sie den Kopf gegen das Nackenkissen. Das Leben ließ sich eben nur im Nachhinein verstehen, leben musste man es allerdings vorwärts, ging es ihr durch den Sinn. Mara schnaubte. Da war was dran.

Die Innenverschalung der Kabinendecke knarrte und quietschte unter dem Druck des Landeanflugs. Maras Blick wanderte unwillkürlich zu den sicher verriegelten Gepäckfächern über ihrem Kopf. Mit der Vergangenheit war sie im Reinen.

Mehr noch, inzwischen war sie dankbar, dass aus Gavin und ihr nie ein Paar geworden war. Wie hätte sie sonst später Ben begegnen können? Ihrer großen Liebe. Unwillkürlich tastete sie mit der Hand nach der Stelle am Finger, an der ihr Verlobungsring gesessen hatte. Noch immer meinte sie, das Gewicht des schmalen Goldrings mit dem winzigen Brilli darauf an ihrer Hand zu spüren. Ein trauriges Lächeln spielte um ihre Lippen. Ben hatte sie glücklich gemacht. Um keinen Preis der Welt hätte sie die Jahre mit ihm missen wollen. Sein Tod hatte ein Loch in ihrem Herzen hinterlassen, das sich wohl nie wieder ganz schließen würde.

»Und jetzt sind Sie zurück und machen ein paar Tage Urlaub auf Shetland, weil es Ihnen damals so gefallen hat?« Die Stimme der Stewardess holte Mara zurück in die Gegenwart.

Mara zögerte, in Gedanken noch bei Ben. Dann schüttelte sie den Kopf. »Urlaub kann man es eigentlich nicht nennen. Eher ein überraschendes Ereignis vor einem traurigen Hintergrund. Ich habe ein B&B auf Shetland geerbt«, erklärte sie und spürte, wie seltsam sich der Umstand noch immer anfühlte. Es auszusprechen, machte es eine Spur realer.

»Wow!« Paris rollte die Augen. »Das ist ja praktisch ein Sechser im Lotto! Wenn wir ehrlich sind, haben wir doch alle den Dauerstress im Job satt. Mein Traum ist es auf jeden Fall, irgendwann auszusteigen.«

Mara blinzelte. Klar, ein cooler Traum war das auf alle Fälle. *Hey, ich war im August in der Toskana, und jetzt könnte ich mir vorstellen, für immer dortzubleiben …,* sagte das nicht jeder? Natürlich machten es dann die wenigsten. Die Welt mal kurz anhalten, um aus dem Hamsterrad auszusteigen, kostete nicht nur Mut, ein wenig verrückt musste man dafür schon auch sein. Verrückter, als sie selbst es im Moment war. Paris und sie tauschten Blicke.

»Ja«, sagte Mara gedehnt. Fast fühlte sie den Impuls, sich zu rechtfertigen, weil ihr vonseiten der Stewardess so viel Begeisterung entgegenschlug. »Aber über eine Veränderung denke ich derzeit nicht nach.«

»Ach, Sie ziehen also nicht dauerhaft nach Shetland?« Paris wirkte fast enttäuscht.

»Leider nein. Es ist der falsche Zeitpunkt. Ich arbeite im Hotelfach. Es war ein harter Weg, um bis in die Führung zu kommen. Daher möchte ich in den nächsten Jahren erst Erfahrungen sammeln.« Mara ließ eine Pause entstehen. Ihre Gedanken wanderten zu dem Leben, das sie einst hatte führen wollen. Dass sie mit Leidenschaft in der Hotelbranche tätig war, stimmte. Aber dass sie zu einem Workaholic mutieren würde und um der Karriere willen alles andere auf ein unbestimmtes Später verschob, hatte sie so nicht kommen sehen. Unruhig spielten Maras Finger an der Schnalle des Sicherheitsgurts herum. Sie hatte sich neben dem Job ein Leben an der Seite eines tollen Mannes gewünscht. Und irgendwann vielleicht Kinder. Aber dann war alles anders gekommen.

Begonnen hatte es vor drei Jahren, nach Bens Tod. Sie hatte die Leere in sich durch Arbeit und haufenweise Überstunden kompensiert. Allemal besser, als in der Wohnung zu sitzen, wo alles an Ben erinnerte. Schleichend hatte sich daraus ein Sog entwickelt. Keine nennenswerte Freizeit zu haben, war das neue Normal geworden. Und nun hatte sie die Chance erhalten, sich als Bankettmanagerin zu bewähren. Wäre es da nicht Wahnsinn gewesen, hinzuschmeißen? Um ein B&B auf einer gottverlassenen schottischen Insel zu leiten? Noch dazu eines, das anscheinend kaum Gewinn abwarf. Mara spürte, wie sich alles in ihr sträubte.

Mit einer rollenden Bewegung kippte das Flugzeug über den Flügel. Ein paar Augenblicke sah Mara nichts als blendend helles Licht und blauen Himmel. Dann steuerte der Pilot aus

11

der Kurve, und die klare Linie des Horizonts erschien vor dem Fenster.

Mara lächelte Paris zu, weil sie sich nicht sicher war, ob ihre knappe Antwort nicht unfreundlich rübergekommen war. »Ich bin nur hier, um die nötigen Formalitäten zu erledigen und nach dem Rechten zu sehen. Mein Rückflug geht in einer Woche. Es war schon schwer genug, von jetzt auf gleich Urlaub zu bekommen«, schob sie erklärend hinterher und bremste sich, bevor sie zu ausführlich wurde. Mehr musste Paris nicht wissen. Mara sprach nicht gern über die Vergangenheit. Sie hasste es, mitleidige Blicke zu ernten, wenn die Menschen erfuhren, dass ihr Verlobter kurz vor der Hochzeit gestorben war.

Paris nickte verständnisvoll, ohne weiter nachzuhaken. »Wie schade, dass Sie nicht bleiben. Die Shetländer sind so großherzige und freundliche Menschen. Wenn man auf die Inseln zieht, wird man mit offenen Armen aufgenommen, so habe ich es zumindest gehört.« Die Stewardess strich sich den Rock ihrer rot karierten Uniform zurecht. Dann zog sie eine Packung Kaugummi aus der Jackentasche. »Möchten Sie? Gegen den Ohrendruck bei der Landung?«

»Gern, danke schön.« Mara nahm sich ein Dragee und schob es sich in den Mund. Es schmeckte nach Minze. Als sie aufblickte, zwinkerte Paris ihr zu.

»Das B&B ist in guten Händen«, meinte Mara leichthin. »Im Grunde werde ich hier oben gar nicht gebraucht. Es gibt eine sehr nette Dame, die sich um die Gäste kümmert, Frühstück macht und für die Zimmer zuständig ist. Daher werde ich alles beim Alten belassen. Die Buchungen kann ich von zu Hause aus übers Internet regeln.«

»Klingt vernünftig.« Paris zog die Stirn in Falten. »Als Laie stellt man es sich immer so leicht vor, ein B&B zu führen. Im richtigen Leben braucht es sicher viel Insiderwissen, um erfolgreich zu sein. Und Geduld für die Marotten der Gäste obendrein. Sie machen das schon richtig.«

Mara setzte gerade zu einer Antwort an, als die Saab 2000 die Nase ein wenig weiter nach unten drückte. In Maras Magen schlingerte es. »Hoppla«, entfuhr es ihr.

Paris deutete zur Scheibe. »Schauen Sie hinaus. Gleich kommt der Leuchtturm in Sicht. Ich wünsche Ihnen viel Erfolg und einen schönen Aufenthalt.« Die Stewardess griff nach dem Mikro. »Liebe Fluggäste …«

Gespannt starrte Mara aus dem Fenster. Unter ihr geriet die zerklüftete Steilküste in Sicht. Der ungebremste Wind über der See ließ die Wellen schäumend gegen die Felsen rollen. Gischtnebel hingen in der Luft. Als sie das Leuchthaus von Sumburgh am südlichsten Zipfel von Mainland erblickte, spürte sie alles auf einmal: Melancholie, Freude, Nervosität und noch so viel mehr, was sie gar nicht im Einzelnen benennen konnte. Zugleich strömten tausend Erinnerungen auf sie ein. *Seelenheimat,* ging es ihr durch den Kopf. Wenn es so etwas gab, dann lag ihre Seelenheimat hier. Ihr Herz öffnete sich und wurde weit. Warum hatte sie so lange gebraucht, um zurückzukehren?

KAPITEL 2

Selbst für einen schwer beschäftigten Geschäftsmann war es reichlich früh am Morgen. Frisch geduscht und in Hemd und Hose gekleidet stand Gavin Laurenson am Küchenfenster seines Einzimmerapartments und blickte hinaus. Es hatte seit der Nacht geregnet, doch nun besserte sich zum ersten Mal seit Tagen das Wetter. Jenseits des Hügelkamms kämpfte sich die Sonne durch tief ziehende Wolkenschleier. Der Wind frischte auf, Muster aus Licht und Dunkel huschten über die hügelige Landschaft. Auf der Weide hinter der alten Steinmauer rupften Schafe an saftigen Grasbüscheln, unbeeindruckt von den Naturgewalten. Auf die Entfernung wirkten die Tiere mit ihren bunten Markierungen wie umherwandernde Sofakissen. Gavin ließ den Blick zum Sund schweifen, wo die Brandung unablässig gegen den zerklüfteten dunklen Fels donnerte. In den Lüften kreisten Seevögel. Ein gleißend heller Sonnenstrahl streifte Muckle Roga, die winzige Insel vor der Bucht, bevor es über dem Meer wieder dunkel wurde. In einiger Entfernung steuerte ein einsames Fischerboot an einer Muschelfarm vorbei und brachte die Bojen dort zum Schaukeln. Für Gavin ein vertrauter Anblick. Seit einigen Jahren sah man hier oben immer mehr Lachs- und Muschelfarmen. Aquakultur hatte den Fischfang abgelöst. Auch hier, in Walls, einer Ortschaft im Westen von Mainland, lebte niemand mehr ausschließlich von der Fischerei. Früher hatte sich gutes Geld damit verdienen lassen. Einige Inselbewohner hatten es richtig zu etwas gebracht. Doch die Tage der großen Heringsschwärme waren vorbei, und damit die des Reichtums von Walls, wo Gavin vor fünfunddreißig Jahren zur Welt gekommen war. Seitdem lebte er hier. Die guten Zeiten kannte er nur vom Hörensagen. Inzwischen erinnerten lediglich die drei Kirchen im Dorf an den damaligen Wohlstand, sah man vom Besitz seiner Familie ab. Dieser umfasste neben einer weiter nördlich gelegenen Spinnerei und einem gut gehenden Wollgeschäft in Lerwick ein ehemals prachtvolles Hotel, das Whalwick House, direkt hier in der Bucht, sowie Muckle Roga, die im Privatbesitz der Familie befindliche Insel. Auf ebendieser Insel im Sund vor Walls ruhte Gavins Aufmerksamkeit gerade und auf dem trutzigen, weithin sichtbaren grauen Steinhaus, dem Haa. Aufgrund ihrer hohen und schmalen Bauweise stachen die ehemaligen Häuser der Gutsverwalter auch den Touristen sofort ins Auge.

Gavin kräuselte die Stirn. Seine Gedanken eilten voraus zu dem Gespräch mit seinem Vater, Olaf Laurenson. In der Spinnerei mussten dringend Modernisierungsmaßnahmen durchgeführt werden. Gavin benötigte die Zustimmung seines Vaters zu den Plänen. Die Freigabe der Gelder lag in Händen des Familienoberhaupts, obwohl Gavin seit mehreren Jahren der Geschäftsführer der Spinnerei war. Während in anderen Familien die althergebrachten Strukturen zerbrochen waren, hielt man bei den Laurensons an den Traditionen fest. Sehr zu Gavins Leidwesen. Ihm gingen die Veränderungsprozesse viel zu langsam vonstatten. Wenn man in der heutigen Zeit nicht als Verlierer dastehen wollte, musste man mit dem Wandel Schritt halten, das galt nicht nur in London oder New York. Das Tempo der Zeit machte vor Shetland nicht halt, obwohl dort die Welt in vielen Bereichen weit mehr in Ordnung schien als anderswo, und auch unkomplizierter.

Draußen schaffte es die Sonne endgültig durch die Wolken. Ein doppelter Regenbogen spannte sich über den Sund. Gavin blieb noch etwas am Fenster stehen, in das Schauspiel versunken, bevor er zu seinem Espressokocher griff und Kaffeepulver in den Siebträger füllte. Als waschechter Schotte und Shetländer ging ihm zwar nichts über eine schöne Tasse Tee, doch morgens um sechs war Koffein das Einzige, was ihn in die Gänge brachte. Leider machten sich die meisten seiner Landsleute nicht sonderlich viel aus den braunen Bohnen, daher konnte von Kaffeekultur auf Shetland nicht wirklich die Rede sein. Selbst im Haa, in der Küche seiner Eltern, fand sich nur ein Glas scheußlichen Instantkaffees, dessen Etikett so ausgebleicht war, dass man das Haltbarkeitsdatum nicht mehr entziffern konnte. Gavin lächelte vor sich hin. Vermutlich riskierte man eine Lebensmittelvergiftung, wenn man es wagte, das klumpige Zeugs aufzugießen und das Ergebnis zu trinken. Schulterzuckend nahm er einen silbernen Espressolöffel zur Hand, klopfte damit sorgfältig das Pulver fest, füllte nach und presste erneut mit dem Löffelrücken dagegen, obwohl man das eigentlich nicht tun sollte. Dann schraubte er die Bialetti zu und stellte sie auf den Herd. Während das Wasser langsam zu brodeln begann und der Espresso in die Edelstahlkanne blubberte, wärmte er Milch in dem elektrischen Aufschäumer. Wenn er bei seinen diversen Aufenthalten in Italien eines gelernt hatte, dann war es die Erkenntnis, dass es sich lohnte, die schönen Dinge im Leben zu zelebrieren. Dazu gehörte für ihn unter anderem ein perfekt zubereiteter Cappuccino.

Kurz darauf saß er am Frühstückstisch, vor sich die neueste Ausgabe der *Men's Health*. Hanteltraining zählte seit Jahren zu seinen Hobbys. Wenn das Wetter auf Shetland mal wieder nicht mitspielte und es zu stürmisch fürs Kajakfahren war, konnte er sich an der Hantelbank auspowern. Wichtig bei dem Stress, den er in der Spinnerei hatte. In der Regel kam er erst spätabends aus dem Büro, das brachte die Führung des Dreißigmannbetriebs mit sich. Außerdem war mit seiner Ex längst nicht alles geregelt, und das nervte. Bis die Scheidung durchging, musste er sich weiter mit Sunniva herumschlagen, ohne dass es die Kinder zusätzlich belastete. Durch Sport bekam er den Kopf frei. Er blätterte durch die Zeitschrift, dabei blieb sein Blick an einer Überschrift hängen. N-Hit Training, interessant … Er stützte das Kinn in die Hand und las. Die Headline klang vielversprechend: Muskelzuwachs innerhalb von drei Wochen. Er wollte sich gerade in den Artikel vertiefen, als das Handy klingelte. Das Foto seines Freundes Davy grinste ihm auf dem Display entgegen.

Genervt strich Gavin über den Anruf-annehmen-Button. Davy so früh am Morgen, das konnte nichts Gutes bedeuten. Wahrscheinlich steckte Davy mal wieder bis zum Hals in irgendeinem idiotischen Schlamassel. Gavin drückte die Lautsprechertaste und lehnte das Handy gegen die Bialetti vor sich auf dem Tisch.

»Hey, Gav, sag bloß, du bist schon wach?« Davy nuschelte, also hatte er getrunken.

Gavin knirschte mit den Zähnen und legte sich schon mal eine Ausrede zurecht. Für alle Fälle.

»Hör mal, ich habe gerade mit meinem Bewährungshelfer gesprochen. Wenn du nicht schleunigst hier auftauchst und dich für mich verbürgst, kann er für nichts garantieren.«

»Lass den Quatsch!«, sagte Gavin milde. »Du bist weder vorbestraft noch hast du einen Bewährungshelfer.«

»Hey, da ist was dran.« Pause am anderen Ende. Im Hintergrund waren Stimmen zu hören. Dann wieder Davy: »Das könnte sich allerdings schnell ändern.«

Frustriert schlug Gavin die Zeitschrift zu. Davy war eine Nervensäge. So viel stand fest. Trotzdem hatte er es geschafft, Gavin an den Haken zu bekommen. Wie immer. Gavin hob grinsend eine Augenbraue »Okay, du Spezialist. Was ist es diesmal? Bist du in eine Schlägerei geraten, oder hast du wieder gegen eine Hausecke gepinkelt?« Er bemühte sich nicht, die Ironie in seiner Stimme zu unterdrücken.

»Erinnere mich bloß nicht daran«, sagte Davy seufzend. Gavin konnte förmlich sehen, wie er am anderen Ende der Leitung das Gesicht verzog. »Für die Schlägerei an Up Helly Aa konnte ich nichts. Das waren Kerle aus Glasgow, die zum Festival angereist sind, um Stunk zu machen. Und was das Wildpinkeln betrifft, es war keine Hausecke, sondern ein zerfallener Gartenzaun an einem verlassenen Grundstück. Dort wohnt schon seit Jahren keiner. Dass die alte Dame von Gegenüber so ausgerastet ist, war daher völlig übertrieben. Übrigens hat der Polizist sehr verständnisvoll reagiert. Am Ende hatte ich ihn fast auf meiner Seite.«

»Schön.« Gavin wischte über das Display und warf einen Blick auf die Uhranzeige. »Komm zum Punkt. Ich muss in zehn Minuten los.«

»Trifft sich gut. Ich hatte gehofft, dass ich dich erreiche, bevor du in die Spinnerei fährst. Es ist nämlich so … Ich bin gestern Abend in Lerwick mit ein paar Jungs von Sullom Voe um die Häuser gezogen …«

Sullom Voe. Gavin schnitt eine Grimasse. Klang nach handfestem Saufgelage. Die Männer vom Ölterminal waren schwer in Ordnung und in der Regel trinkfest.

Davy fuhr fort. »Leider sind es ein paar Bier mehr geworden. Also habe ich das Auto stehen gelassen, bevor ich noch angehalten werde und in ein Röhrchen pusten muss.«

»Du meinst, bevor du jemanden über den Haufen fährst«, kommentierte Gavin ungerührt.

»Siehst du. Das war auch mein Gedanke. Übrigens, das ist der Punkt, an dem du ins Spiel kommst. Könntest du vielleicht so nett sein, mich abzuholen?«

Gavin kniff die Augen zusammen. »Nach Lerwick und zurück? Das kostet mich locker eine Stunde.«

»Sorry, Kumpel.« Davy klang kleinlaut. Wieder Stimmen im Hintergrund. »Ich würde ja hierbleiben, bis ich nüchtern bin. Aber zu Hause warten die Kühe. Ich muss dringend melken.«

»Herrgott, Davy, wieso nimmst du dir kein Taxi?« Gavin lehnte sich zurück und verschränkte die Arme vor der Brust.

»Wollte ich, aber ich bin pleite, habe einen gewaltigen Kater und finde keinen Taxifahrer, der mich ohne Bares mitnimmt. Komm schon, Gavin. Schließlich bin ich auch immer für dich da.«

Gavin stöhnte. Das Totschlagargument schlechthin. Seine Finger trommelten einen hektischen Rhythmus auf den Tisch, während er überlegte. Das Gespräch mit der Buchhaltung gleich jetzt in der Frühe konnte er von acht Uhr auf neun Uhr schieben. Wenn er dafür das Essen mit seinem Vater auf den Abend verlegte? »Na schön«, hörte er sich sagen. »Ich komme. Aber dafür bist du mir einen Gefallen schuldig.«

»Was auch immer«, erklärte Davy feierlich am anderen Ende der Leitung. »Für dich würde ich sogar bis zum Äußersten gehen und deine Ex am Wochenende auf einen Drink ausführen. Dann hat sie bessere Laune und du deine Ruhe, weil sie nicht rumnervt.«

»Vergiss es, Davy. Gut gemeint, aber keine Chance. Sunniva kann dich nicht ausstehen, das weißt du.«

»Komm schon, mein Charme hat seine Wirkung noch nie verfehlt.« Davy lachte, wurde dann wieder ernst. »Aber wenn ich's mir recht überlege, kann ich gut darauf verzichten, einen Abend mit deiner Ex zu verbringen. Selbst wenn es für einen guten Zweck wäre.« Davy seufzte hörbar. »Also, was ist, holst du mich?«

»Wenn es sein muss. Wo steckst du?« Gavin stand auf und griff nach seinem Jackett.

»Ich bin im Da Harbour Haddock und hau mir eine Portion Fish and Chips rein. Gordon hat den Laden noch nicht geöffnet, aber er sagt, es macht ihm nichts aus, wenn ich hier drinnen auf dich warte. Hier ist es wenigstens schön warm.«

Wenn ich drinnen auf dich warte ..., wiederholte Gavin in Gedanken und atmete tief aus. Davy hatte also bereits vor dem Anruf damit gerechnet, dass er sich breitschlagen lassen würde. Warum zur Hölle wunderte ihn das nicht? Er machte eine Verrenkung, um mit dem Handy am Ohr in seine Jacke zu schlüpfen. »Fish and Chips also, hm? Ich dachte, du wärst pleite?«

»Tja ... Ich hatte gehofft, dass du das Geld für mich auslegst. Ansonsten muss ich Gordon fragen, ob ich anschreiben lassen kann. Aber eigentlich sieht Gordon das nicht so gern.«

»Ach ja?«, knurrte Gavin.

»Jetzt hab dich nicht so. Wenn du mich zu Hause absetzt, kriegst du es wieder.«

»Sag Gordon, er soll mir eine Portion Chicken Pakora zum Mitnehmen einpacken, oder was auch immer er schon fertig hat. Ich mach mich auf dem Weg.« Gedanklich hatte Gavin das Mittagessen im Whalwick House schon gestrichen. Er würde sich mit einem Take-Away begnügen. »Ähm ..., Davy?«

»Aye?«

Gavin grinste. »Tu mir einen Gefallen: Stell in der Zwischenzeit nichts an. Bleib einfach, wo du bist.«

Kapitel 3

Der Regen setzte so plötzlich ein, dass die Scheibenwischer Mühe hatten, gegen die Wasserflut anzukämpfen. Gavin steuerte den Wagen auf dem Heimweg von Lerwick durch einen der unzähligen Weiler, die in der Regel nicht mehr waren als eine Handvoll in der Landschaft verstreuter Häuser. Er nahm den Fuß vom Gas, schaltete einen Gang hinunter und fuhr auf der Brücke über den Voe, die shetländische Bezeichnung für Meerenge. Die Landschaft ertrank unter den Regenmassen. Über dem tosenden Atlantik hingen schwarze Wolken. Davy, der während der gesamten Rückfahrt neben ihm auf dem Beifahrersitz vor sich hin geschnarcht hatte, schien einen sechsten Sinn dafür zu besitzen, dass er gleich zu Hause war, denn er rekelte sich und gähnte herzhaft.

»Danke fürs Fahren, Kumpel. Ich revanchiere mich, versprochen.« Davy sah aus wie ein aus dem Nest gefallener Vogel. Sein blondes Haar stand in wirren, fedrigen Büscheln von seinem Kopf ab. Er kratzte sich das Kinn. »Wie wäre es, wenn ich dafür sorge, dass du umsonst in den Club kommst, wenn ich das nächste Mal auflege?«

»Versuchst du dich immer noch als DJ? Bist du dafür nicht zu alt?«, witzelte Gavin.

»Nur kein Neid. Die Bräute fahren nun mal auf mich ab. Was kann ich dafür?« entgegnete Davy in aller Unschuld. »Und die Kohle passt auch.«

»Könnte mich nicht erinnern, wann ich zuletzt in einem Club war«, murmelte Gavin und setzte den Wagen mit einem gekonnten Schlenker in eine Ausweichbucht, um den Gegenverkehr passieren zu lassen.

»Komm schon, du Spießer.« Davy boxte Gavin leicht mit dem Ellbogen gegen die Rippen. »Dass wir mal wieder gemeinsam einen draufmachen, ist schon lange überfällig. Wie wäre es an einem der nächsten Wochenenden?«

»Schwierig. Da habe ich meistens meine beiden Mädchen bei mir. Ich bin schon froh, dass Sunniva keinen Ärger wegen der Besuchsregelung macht.«

»Dann eben an einem Donnerstag.«

»Vielleicht. Mal sehen.« Gavin lenkte den Wagen am Walls Shop and Post Office vorbei. Dabei sah er Lowrie unter dem Vordach aus Wellblech stehen. Sie unterhielt sich mit einem älteren Herrn in Wachsjacke und Arbeitshosen. Als sie Gavins Auto vorbeifahren sah, beugte sie sich über das Geländer der Rampe und winkte ihm überschwänglich zu. Ihr langes schwarzes Haar flatterte im Wind. Gleichfalls grinsend winkte Gavin zurück.

»Hey, habe ich etwas verpasst?« Davy warf ihm einen neugierigen Blick von der Seite zu. »Läuft da etwas zwischen Lowrie und dir?«

»Nein, absolut nicht«, erwiderte Gavin, ohne zu zögern. »Lowrie und ich sind einfach gute Freunde.«

»Hm«, brummte Davy, es klang nachdenklich. »Ich hörte, dass es Lowrie nicht gut geht. Sie hat sich also endgültig von ihrem Typen getrennt?«

»Ja, hat sie. Wurde auch Zeit, nach allem, was er ihr angetan hat. Lowrie hat mir ihr Herz ausgeschüttet, als wir letzten Mittwoch zusammen im Mareel waren.«

»Ihr wart im Kino?«

»Wieso nicht? Lowrie wollte sich einen Indiefilm ansehen, auf den keine ihrer Freundinnen Lust hatte.«

»Du warst mit ihr aus?« Davy pfiff durch die Zähne, was Gavin ziemlich übertrieben fand.

Als Gavin kurz den Kopf zu Davy wandte, warf ihm dieser einen merkwürdigen Blick zu. Irgendwo zwischen Ich-glaube-es-nicht und Also-doch-kein-völlig-hoffnungsloser-Fall.

Gavin zuckte die Schultern und konzentrierte sich wieder auf die Straße. Er hatte den Kinobesuch durchaus genossen, aber mehr war nicht gewesen. Ab und zu ging er gern ins Mareel. Vom Kai aus gesehen erinnerte ihn Lerwicks architektonisch modern und eigenwillig gestaltetes Veranstaltungszentrum immer an einen verschachtelten Schuhkarton. Ursprünglich als Kreativzentrum geplant, hatte es sich zum beliebten Treffpunkt von Jung und Alt entwickelt. Unter anderem umfasste es Veranstaltungsräume für Kunst und Kultur, ein gut ausgelastetes Tonstudio – Musik spielte auf Shetland traditionell eine wichtige Rolle –, einen Laden für Kunsthandwerk, ein Café und ein Kino, das sich mit dem Prädikat »nördlichstes Kino Schottlands« brüsten konnte. Nach dem Film hatten Lowrie und er sich bei einem Cocktail einen Spaß daraus gemacht, Locations und Dinge auf Shetland aufzuzählen, die das Attribut »nördlichstes« trugen. Die Liste war lang und am Schluss – nördlichste Bierdose Großbritanniens – sehr albern geworden. Sie hatten viel gelacht. Unterm Strich war es ein schöner Abend gewesen. Der erste seit Langem, ging es ihm durch den Kopf. War er tatsächlich so ein Langweiler geworden? Vielleicht sollte er sich wirklich mehr unter die Leute mischen. Er seufzte und spürte Davys Blick auf sich ruhen.

»Was guckst du so?« Betont gleichgültig zuckte er die Schultern. »Lowrie und ich mögen uns, aber da ist nicht *diese* Art von Chemie zwischen uns.«

»Aha«, spöttelte Davy. »Und was sagt Lowrie dazu? Sieht sie das genauso?«

»Du kannst sie gern fragen, wenn es dir keine Ruhe lässt.«

»Schon okay, ich glaube dir. Übrigens …« Davy unterbrach sich und starrte vor sich hin.

»Übrigens was?«

»Na ja, ich bin mir nicht sicher, ob du es wissen willst, aber ich habe deine Ex gestern Nacht in einer Bar gesehen. Sie war wieder mit diesem Typen unterwegs. Die beiden konnten die Finger nicht voneinander lassen.«

Gavin schnaubte. Es hatte Zeiten gegeben, da hätten ihm Davys Worte tiefen Schmerz bereitet. Sunnivas Affäre war der Grund für das Ehe-Aus gewesen. Obwohl es in der Beziehung schon lange nicht mehr gestimmt hatte, hatte Gavin eine ganze Weile um seine Ehe gekämpft. Vor allem auch, weil Sunniva ihm unter Tränen versichert hatte, dass es eine einmalige Angelegenheit gewesen sei. Allerdings war er dieses merkwürdige Gefühl im Bauch nie losgeworden, dass sie nicht ehrlich zu ihm war. Dass Davy ihm nun den Beweis lieferte, konnte ihn nicht mehr schockieren.

In seine Gedanken vertieft, steuerte er den Wagen aus Walls hinaus. Die Straße folgte dem Küstenverlauf und schlängelte sich einen Hang hinauf. So plötzlich, wie der Starkregen eingesetzt hatte, endete er wieder. Die Wolken rissen auf. Vor ihnen glänzte die regennasse, hügelige Landschaft in der Sonne. Eine Ansammlung aus Felsen und Torfflächen, Seen, Weiden und Trockensteinmauern. Strommasten ragten wie Pfeiler aus der baumlosen Landschaft. Mit ihren durchhängenden Leitungen erinnerten sie an Wäscheleinen. Die Reifen des Autos ratterten über ein Kuhgitter. Im Vorbeifahren ließ Gavin den Blick über den kleinen Bauernhof am Straßenrand schweifen, der sich wenig von anderen Crofts auf Shetland unterschied: ein von einem Gebüsch umgebenes Haupthaus mit dem typischen groben Putz, der schmucklos wirkte, aber dem windigen Wetter standhielt. Als Gavin an der Einfahrt zum Hof vorbeifuhr, kam ein schwarz-weißer Hütehund kläffend angesprungen. Gavin hob den Arm und winkte den beiden kleinen Jungs zu, die sich auf einem Trampolin im Freien austobten, bevor er den Wagen auf der anderen Seite des Hügels hinunterrollen ließ. Vor ihnen lagen der Sund mit seinen zerklüfteten, schwarzen Felsen und die Insel Muckle Roga. Wie eine trutzige Festung erhob sie sich aus dem Meer.

»Traurig, das mit Agnes«, meinte Davy, als sie am Fuß des Hügels angekommen waren. Direkt vor ihnen lag Whalwick House. Fächerförmige Sonnenstrahlen fielen auf das imposante steinerne Gebäude.

Davy deutete auf das angrenzende Grundstück und das Seaview House B&B, ein hübsches einstöckiges Haus mit einer umlaufenden Veranda und blau gestrichenen Holzpaneelen. Bis vor Kurzem hatte es Agnes Tulloch gehört. Davy schüttelte den Kopf. »Sie war so lebenslustig. Ich kann noch immer nicht fassen, dass sie tot ist.«

»Tja, damit hat wohl keiner so schnell gerechnet.«

»Agnes war bewundernswert. Selbst in ihrem Alter hatte sie noch so viele Pläne«, murmelte Davy. Es hörte sich an, als würde er mehr zu sich selbst sprechen. »Grauenvoll, mit einer Zeitbombe im Kopf leben zu müssen.«

Gavin nickte. »Aye, vor allem, wenn du eine ganze Reihe von Spezialisten konsultierst und jeder von ihnen dir mitteilt, dass man nicht operieren kann, weil sich das Aneurysma an einer zu gefährlichen Stelle befindet.«

»Angeblich hat jemand das Haus geerbt. Weißt du etwas Genaueres?«

»Keine Ahnung. Agnes hatte meines Wissens keine Verwandten. Aber da ein Testament existiert, muss wohl jemand erben.«

»Mal gespannt, wer das ist.« Davy ließ die Scheibe auf der Beifahrerseite herunterfahren. Womöglich konnte er seinen abgestandenen Alkoholatem selbst nicht mehr riechen, sagte Gavin sich im Stillen.

»Falls dieser Jemand von weiter weg ist, wird das Seaview sicher verkauft.« Gavin zog die Augenbrauen hoch. »Arme Rosie. Es wird hart für sie, wenn sie ihren Job verliert. Wie lange hat sie im Seaview gearbeitet? Zehn Jahre?«

Davy streckte den Kopf aus dem Fenster. Gavin hoffte, dass er es nicht tat, weil er kotzen musste.

»Könnte hinkommen«, brüllte Davy. Der Fahrtwind zerrte an seinem dunkelblonden Haar. »Jedenfalls liebt sie das Haus. Ich wette, deine Mutter leckt sich schon die Finger danach. Sie wird alles tun, um sich das Seaview unter den Nagel zu reißen.«

»Da kannst du sicher sein.« Gavin nahm Davy die Formulierung nicht übel. Marjoleen Laurenson war ein schwieriger Mensch. Obwohl sie seine Mutter war und er ihr einziges Kind, hatten sie kein herzliches Verhältnis zueinander. Umso dankbarer war Gavin, dass er sich so ausgezeichnet mit seinem Vater verstand. Ihnen beiden lagen der Erhalt und Schutz ihrer Heimat am Herzen, darum hatten sie sich der Nachhaltigkeit und dem schonenden Umgang mit Ressourcen auf die Fahnen geschrieben. Marjoleen dagegen interessierte nur der Profit. Seine Mutter war das, was man im positiven Sinn als geschäftstüchtig bezeichnete. Im negativen konnte man es kühl und berechnend nennen. Gavin schnitt eine Grimasse. Im Lauf seiner Ehe hatte er erkennen müssen, dass sich Marjoleen und Sunniva in ihren Persönlichkeiten erschreckend ähnelten. Nach der Trennung hatte sich Marjoleen auf die Seite der Schwiegertochter geschlagen und dabei Sunnivas Affäre heruntergespielt. Auch jetzt verstanden sich die beiden gut und unternahmen ab und zu etwas mit den Mädchen.

Davys Kopf erschien wieder im Wageninneren. Keine Spur grün im Gesicht, zu Gavins Erleichterung.

Gavin setzte den Blinker und bog nach Hamarness ab, dem Weiler, in dem Davy lebte. Auch Gavins schickes, aber noch immer ziemlich unpersönliches Einzimmerapartment befand sich nur einen Steinwurf entfernt, in einem ehemaligen Bauernhof. Der Schotter knirschte unter den Reifen, als Gavin den Wagen in Davys Hofeinfahrt ausrollen ließ.

»Ok, Kumpel, danke fürs Fahren.« Grinsend hielt ihm Davy die Ghettofaust hin, bevor er sich aus dem Auto schwang. »Ich ruf dich an. Zeit, dass wir dich mal wieder ein bisschen aufmöbeln. Du weißt gar nicht, was du verpasst, wenn du nur daheim rumhängst. Da draußen gibt es verdammt hübsche Bräute.«

»Verschwinde«, knurrte Gavin gespielt streng und fuhr mit quietschenden Reifen davon.

KAPITEL 4

Es gab eine Menge kurioser Phänomene im Leben. Eines davon war, dass Maras Koffer grundsätzlich als einer der letzten vom Gepäckband rollte. Und das führte unweigerlich zu Phänomen Nummer zwei, nämlich dass Mara so gut wie immer als Letzte in der Schlange anstand. Genau wie jetzt. Ungeduldig trat sie von einem Fuß auf den anderen. Sie stand vor dem Schalter der Autovermietung im Sumburgh Airport, den Blick auf die Menschen vor sich gerichtet. Unerträglich langsam setzte sich ihr Vordermann endlich in Bewegung. Mara schob ihren Koffer mit dem Fuß einen halben Meter weiter. Auweia, das dauerte ja ewig. Sollte sie die Wartezeit vielleicht nutzen, um sich zu Hause in ihrer Münchner WG zu melden? Sie hatte Lisa und Jezz versprochen, anzurufen, sobald sie angekommen war. Mara griff zu ihrem Handy.

»Hey, da bist du ja. Gut gelandet? Super, dass deine Anschlüsse geklappt haben. Ich war schon ganz hibbelig vor Sorge, dass du beim Umsteigen in Amsterdam oder London hängen bleibst. Wie ist die Luft da oben im Norden?«, sprudelte es in besorgtem Ton und ohne Atempause aus dem Hörer, so typisch Lisa, dass Mara unwillkürlich grinsen musste. Lisa war schon seit der Schulzeit Maras beste Freundin und ein

Gefühlsmensch durch und durch. Ständig sorgte sie sich darum, dass es allen in der WG gut ging. Und wenn es einmal nichts gab, worüber man sich Gedanken zu machen brauchte, dann sorgte Lisa sich, wie lange es dauern würde, bis das nächste Chaos über sie hereinbrach. Lisa eben. Mara schmunzelte.

»Alles bestens«, versicherte Mara, während ihre Finger am Reißverschluss ihrer vollgestopften Handtasche zerrten, in der sich auch die Kreditkarte befand. »Ich hole gerade den Mietwagen.«

»Wie ist das Wetter?«, fragte Lisa. »Erkälte dich bloß nicht. April auf Shetland ist sicher ungemütlich. Hier in München scheint die Sonne. Es war heute richtig frühlingshaft draußen.«

Mara linste an der Schlange vorbei durch die automatische Schiebetür. Draußen strahlte die Sonne. »Cool. Hier sieht es auch gut aus. Es ist sogar noch richtig hell.«

»Hast du den heißen Gavin schon gesichtet?«, rief Jezz aus dem Hintergrund.

Maras Grinsen wurde breiter. Mit Jezz war das Kleeblatt vollständig. Jezz war als Neuling in der WG erst vor vier Monaten bei ihnen eingezogen. Sie war achtundzwanzig, vier Jahre jünger also als Mara und Lisa, hatte Modedesign studiert, aber dann keinen der begehrten Jobs in der Modewelt bekommen und jobbte derzeit am Empfang eines Fitnessclubs. Anders als Lisa, gab Jezz wenig von sich preis, wenngleich sie sonst aufgeschlossen und fröhlich war. Doch wenn das Gespräch zu persönlich zu werden drohte, blockte sie ab. Jezz bildete den Kontrapunkt zu Lisa. Was auch völlig okay war. Trotz ihrer unterschiedlichen Charaktere verstanden die drei sich blendend.

»Ach, seid doch leise!« Mara stopfte sich die Kreditkarte in die Potasche ihrer Jeans und zog den klemmenden Reißverschluss wieder zu. Sie würde ihn reparieren müssen. Dummerweise war sie extrem unbegabt für so etwas. »Was wollt ihr denn ständig mit Gavin? Warum zur Hölle interessiert ihr euch so für ihn?

Das Ganze ist so lange her. Er ist Geschichte, aber wirklich so was von!«

»Ach was, das glaubst du nur. Über die erste Liebe kommt man nie ganz hinweg. Mach heimlich ein Foto von ihm und schick es uns, wenn er dir über den Weg läuft«, quietschte Lisa, ihre Stimme überschlug sich.

»Träum weiter«, erwiderte Mara lässig und startete das Gegenmanöver. »Was geht bei euch so? Wie lief es mit deinem Date gestern, Jezz? Schade, dass wir uns heute Morgen nicht gesehen haben. Ich hätte zu gern gewusst, ob Lisas Theorie stimmt.«

»Na ja.« Jezz räusperte sich. »Ruben ist ein erstklassiger Tätowierer.«

»Aber?« Mara betrachtete gespannt ihre rot lackierten Fingernägel. Vor knapp zwei Monaten hatten Jezz und Lisa sich vorgenommen, ihrem Singledasein ein Ende zu bereiten. Aber dann war Lisa mit der Behauptung um die Ecke gekommen, dazu müssten sie beide erst einmal sechs miserable erste Dates hinter sich bringen, um dann bei dem potenziellen Mr Right zu landen. Das habe sie in einer Frauenzeitschrift gelesen, die bei ihrem Zahnarzt auslag. Sieben sei laut Statistik die magische Zahl.

Am anderen Ende der Leitung blies Jezz hörbar die Luft durch die Wangen. »Nichts. Kein Aber. Mehr gibt es zu Ruben nicht zu sagen.«

»O nein! Dann war er also nicht dein Traummann? Das magische siebte Date?« Die Schlange bewegte sich, Mara machte zwei Schritte vorwärts. Insgeheim musste sie grinsen. Hatte sie doch gleich gewusst, dass Lisas Theorie Blödsinn war. Wie gut, dass sie gar nicht erst mitgemacht hatte. Ohnehin hatte sie in der Zeit nach Ben bisher nur zwei One-Night-Stands gehabt. Zuerst mit Daniel, einem Handelsvertreter, der regelmäßig im Hotel abstieg. Alles hatte sich falsch angefühlt mit Daniel: die

Art, wie er sie im Arm hielt, wie er küsste, wie er sie berührte. Nach dem Sex hatte Mara haltlos geweint. Ein Desaster. Mit Bastian, ihrem Kollegen vom Facility Management, war es erträglicher gewesen. Dennoch hatte auch er sich als No-Go erwiesen. Mal abgesehen davon, dass es ein Fehler war, Arbeit und Privates zu vermischen. Weitere Anläufe hatte Mara danach nicht mehr unternommen, obwohl sich ein Teil von ihr inzwischen wieder nach einer stabilen Beziehung sehnte.

»Ruben? Auf keinen Fall.« Jezz stöhnte genervt in den Hörer.

»Du hättest den Typ mal sehen sollen«, riss Lisa das Gespräch wieder an sich. »Dieser Ruben war auf gar keinen Fall Jezz' Jackpot. Wir müssen uns bei den Dates verzählt haben.«

»Komm schon, Lisa, du willst nur nicht zugeben, dass deine Theorie total bescheuert ist«, stichelte Mara. »Genau wie dieser Quatsch, dass man angeblich nicht über die erste Liebe hinwegkommt.«

»Pfff«, machte Lisa beleidigt.

»Hör nicht auf Lisa und komm erst mal an«, meinte Jezz beschwichtigend.

»Guter Plan. Alles, was ich momentan möchte, ist eine heiße Dusche und danach ab ins Bett«, stöhnte Mara und setzte sich auf ihren Koffer. Sie hatte keine Lust mehr zu stehen.

»Perfekt, wir telefonieren morgen«, sagte Jezz. »Und verlieb dich bloß nicht wieder in diesen Shetländer. Kein Sex mit dem Ex!«, fügte sie lachend hinzu. Dann legte sie auf.

»Auf gar keinen Fall«, brummelte Mara halblaut vor sich hin. Sie steckte das Handy zurück in ihre Tasche. Ihr Herz klopfte nervös. Mit einem tiefen Atemzug holte sie Luft. Ihre Gedanken wanderten zurück zu dem Sommer vor vierzehn Jahren.

Es war Simmer Dim gewesen, Mittsommer auf Shetland. Eine Zeit wie ein endloser Rausch, weil der Körper in den kurzen Nächten durch die Helligkeit nicht zur Ruhe kam.

Am Abend des längsten Tags hatte eine Party am Strand stattgefunden. Alle jungen Leute aus der Umgebung waren da gewesen, auch Mara. Natürlich kannten sich alle schon ewig. Mara hatte sich etwas verloren gefühlt, obwohl es ein netter Abend war. Während die Stimmung stieg, bekam sie Heimweh und wollte für sich sein. Also setzte sie sich abseits an eine Steinmauer. Doch dann spürte sie, dass sie nicht allein war. Etwas entfernt saß ein junger Mann.

Er kam zu ihr herüber. Sie unterhielten sich und stellten dabei fest, dass sie sich alle beide einsam fühlten. Gavin studierte in London. Vor Kurzem hatte er mit seiner Freundin Schluss gemacht und war über die Semesterferien nach Hause gekommen, weil er Abstand brauchte. Na ja und dann … Irgendwann hatten sie sich geküsst. Sie hatte sich Hals über Kopf in Gavin verliebt, lange bevor sie erfuhr, dass er der Sohn ihrer Chefin war und aus einer der angesehensten Familien auf Shetland stammte.

Und dann, zwei Tage später, war Gavin verschwunden, ohne ein Wort des Abschieds. Es hatte sich bitter angefühlt, geghostet zu werden.

Die Schlange vor ihr an der Autovermietung setzte sich erneut in Bewegung. Mara löste sich aus den Erinnerungen.

Wenn sie es recht bedachte, war es ihr entschieden lieber, Gavin nicht zu begegnen. Vielleicht hatte sie Glück, und er war weggezogen. An den Nordpol oder so. Das wäre das Beste gewesen.

KAPITEL 5

Mara lenkte den Kleinwagen aus dem Parkplatz der Autovermietung des Sumburgh Airport. Sechs Uhr abends und die Sonne stand noch hoch am Himmel. Damit musste ihr System erst mal klarkommen. Genau wie mit der falschen Straßenseite im Verkehr. Zuvor, beim Anfahren, hatte sie versehentlich in den dritten Gang geschaltet, aber unterm Strich war das Linksfahren weniger gruselig, als sie befürchtet hatte. Wo das Steuer ist, ist die Mittellinie, hämmerte sie sich in den Kopf. Wenn sie daran dachte, konnte nichts schiefgehen. So weit, so gut.

Was weniger gut war ... Mara kniff die Augen zusammen. Täuschte sie sich, oder führte die Straße erst den Hügel hinunter und dann geradewegs über die Startbahn? Wie bitte? Mit den Händen umklammerte sie das Lenkrad ein wenig fester. Ihr Puls beschleunigte sich, während sie den Wagen langsamer rollen ließ. »Unmöglich«, keuchte sie. Das konnte nie im Leben die A970 sein, die nach Lerwick und von dort aus über die A971 nach Walls führte! Sie musste eine Absperrung übersehen haben und falsch abgebogen sein. Verflixt! Wo konnte man hier wenden? Im Schneckentempo kroch sie vorwärts, als hinter ihr ein Hupkonzert losbrach. Beim Blick in den Rückspiegel stieg ihr das Blut in den Kopf. O Gott … sie hatte sich nicht verfahren, sie hielt den ganzen Verkehr auf! Mit hochrotem Kopf ließ sie das Fenster hinunter, streckte entschuldigend die Hand hinaus und drückte aufs Gas. In der nächsten Ausweichbucht ließ sie die Kolonne vorbeiziehen.

Kurz darauf war der Schreck vergessen. Verzaubert von der weiten, rauen Landschaft, brauste sie Richtung Lerwick. Rechts von ihr erstreckte sich dramatisch die Küste. Unablässig donnerten die Brecher gegen die zerklüfteten Felsenklippen. Über dem Fjord kreisten Seevögel. Weiter draußen auf dem Meer glitten riesige Frachter vorbei. Hier und da leuchteten Buchten mit einsamen Stränden. Zu ihrer Linken lag sattgrüne, mit Wildblumen bewachsene Hügellandschaft. Bäume gab es nicht, aber dafür glitzerten zwischen den Mooren und den Torfflächen spiegelglatte Seen. Ortschaften mit grauen, grob verputzten Häusern reihten sich entlang der Straße. Als sie an einer Herde Shetlandponys vorbeifuhr, stieß sie einen freudigen Schrei aus. Am liebsten hätte sie angehalten, um ein Foto zu machen. Mit den kurzen Beinen, den Kulleraugen und den struppigen, tief in die Stirn hängenden Mähnen waren die Ponys zum Niederknutschen. Aber zum Fotografieren wäre in den nächsten Tagen noch reichlich Gelegenheit. Zum Glück hatte sie ihre Digitalkamera mitgenommen. Prüfend warf sie einen Blick auf das Navi. Sechsunddreißig Meilen bis zu ihrem B&B. *Ihrem* B&B. Ihr Herz stolperte ein paar unregelmäßige Schläge vorwärts. Unwillkürlich fühlte sie eine Mischung aus Vorfreude und Nervosität in sich aufsteigen. Vorfreude auf das Wiedersehen mit dem Seaview House, Nervosität, weil sie nicht wusste, was sie nach all der Zeit dort erwartete. Mit einem tiefen Atemzug wandte sie die Aufmerksamkeit wieder der Straße zu, neben der die Nordsee glitzerte.

Wenig später fuhr sie durch das Zentrum von Lerwick, Großbritanniens nördlichster Hauptstadt. Inzwischen knurrte ihr der Magen. Die Snacks an Bord hatten ihren Blutzuckerspiegel kurzfristig in die Höhe schießen lassen, dafür spürte sie nun den Hunger erst recht. Mara runzelte die Stirn. Ob sie anhalten und etwas essen sollte? Da das Seaview momentan geschlossen hatte, herrschte in der Küche des B&B sicher gähnende Leere. Und wenn sie es recht in Erinnerung hatte, gab es in Walls keine Restaurants oder Take-Aways. Blieb nur das Whalwick Hotel, aber das fiel von vornherein flach. Bei dem Gedanken, Mrs Laurenson dort per Zufall über den Weg zu laufen, stellten sich ihre Nackenhärchen auf.

Sie beschloss, einen Abstecher in das Zentrum von Lerwick zu machen. Im Hafen schaukelten bunte Fischerboote zwischen Fähren und Kreuzfahrtschiffen aus aller Welt. Trutzige Häuser mit dicken Steinmauern wachten über die Seefront. Mara parkte den Wagen unterhalb des alten Forts an der Commercial Street, von den Einheimischen Da Street genannt, neben einem lang gezogenen Gebäude aus grünem Wellblech, das eher typisch norwegisch als schottisch wirkte. Sie löste den Sicherheitsgurt, blieb dann aber sitzen und lauschte eine Weile dem leisen Ticken, mit dem der Motor abkühlte. Nach den vielen Eindrücken, die seit heute Morgen auf sie eingeströmt waren, brauchte ihre Seele eine kurze Pause, um hinterherzukommen. Nach einer Weile nahm Mara ihre Tasche vom Beifahrersitz, stieg aus und löste ein Parkticket.

Sie schlenderte die Straße entlang. Viel schien sich nicht verändert zu haben. Hier und da gab es ein paar neue Läden, kreuz und quer über der Haupteinkaufsstraße, der Commercial Street, flatterten Girlanden mit bunten Wimpeln. Aus dem Imbiss an der Ecke wehte ihr ein Geruch entgegen, der ihr das Wasser im Mund zusammenlaufen ließ und dem sie schon damals nicht hatte widerstehen können. Kurz entschlossen ging sie hinein.

Fünf Minuten später stand sie wieder auf der Straße, einen Pappkarton Fish and Chips in der Hand. Das Essen duftete herrlich, so rundum nach Shetland und allem, was dazugehörte. Fehlte nur der passende Soundtrack, um sich richtig angekommen zu fühlen. Einer plötzlichen Eingebung folgend, holte sie die Earbuds aus ihrer Tasche und verband sie mit der Shetland-Folk-Playlist auf ihrem Handy. Genüsslich kauend schlenderte sie die Commercial Road entlang. Dabei wippte sie in den Hüften zum Takt der Musik. Die Kruste war herrlich leicht und knusprig. Der Schellfisch zerging auf der Zunge, und die Pommes waren goldgelb und kross. Sie leckte sich das Fett von den Fingern, während sie sich in die Auslagen eines Seifengeschäfts vertiefte. Dort lagen Seifenstücke, eingewickelt in leuchtend bunte Shetlandwolle. Was für eine originelle Idee! Auf dem Schild daneben stand erklärt, dass die Wolle beim Waschen verfilzte und Wollfett abgab, das pflegend für die Haut sein sollte. Das war ja interessant! Vielleicht sollte sie in den Gästebädern des Seaview solche Seifen auslegen? Erfahrungsgemäß führten gerade die Kleinigkeiten dazu, dass sich die Gäste besonders wohl fühlten. Sie klappte den leeren Karton zu. An ihren Lippen klebte der Geschmack von Salz und Pommes. Zwölf unterschiedliche Sorten … Von Rose über Lavendel zu Seetang. Welche davon sollte sie nehmen?

* * *

»Nach aktuellem Stand liegen uns sechsunddreißig Anmeldungen vor. Wir können stolz sein. Das ist eine gute Bilanz.« Gavin lehnte sich auf seinem Stuhl im La Vie est Belle, Lerwicks beliebtem französischem Café, zurück und verschränkte zufrieden die Arme.

»Ja, und es kommt noch besser.« Amber Morris, die langjährige freie Mitarbeiterin der *Shetland Times*, leerte den letzten Schluck ihres Tees und blinzelte triumphierend durch ihre dicken Brillengläser. »Ich war gestern oben in Unst, um mit den Jungs von Viking Brew zu sprechen. Sie finden unsere Idee super. Wie es aussieht, wollen sie eine hübsche Summe auf das Preisgeld drauflegen. Vorausgesetzt, Viking Brew bekommt ein Werbebanner.«

»Warum nicht? Vielleicht motiviert das höhere Preisgeld all diejenigen, die bis jetzt gezögert haben, doch noch teilzunehmen. Die Frist läuft erst in einer Woche ab.«

Amber nickte. Bei dem Wettbewerb, von dem sie sprachen, ging es um die Wahl zur umweltfreundlichsten Touristenunterkunft Shetlands. Er stand im Zusammenhang mit Gavins Herzensprojekt, einer von ihm ins Leben gerufenen regionalen Buchungsplattform, Best-Shetland-B&B.com. Die Idee war ihm vor gut einem Jahr gekommen. Eigentlich ein simpler Ansatz. In seinem Bekanntenkreis hatten sich auffällig viele Betreiber kleiner Pensionen beklagt, dass die Kommissionsrate der Vermittlungsportale ihren Gewinn empfindlich schmälerte. Warum also nicht ein eigenes Portal starten und damit Gebühren umgehen, die in die Kassen von Großkonzernen in New York, London oder sonst wo in der Welt flossen, hatte Gavin überlegt. Wenn die Buchungen vermehrt über das neue Portal liefen, würde das Geld direkt den Menschen auf Shetland zugutekommen, die ihren Lebensunterhalt überwiegend durch die Vermietung privater Unterkünfte bestritten. Ein lohnender Ansatz für einen fairen und nachhaltigen Tourismus. Das fanden auch seine beiden Mitstreiter, Amber und Malcolm. Letzterer besaß eine kleine IT-Firma. Zusammen mit Gavin bildeten sie die dreiköpfige Jury, die nach genauen Regeln über den Sieger entscheiden würde.

»Viking Brew denkt an eine knapp vierstellige Summe«, fuhr Amber fort.

Interessiert lehnte sich Gavin vorwärts. »Bis wann können wir mit einer Entscheidung rechnen?«

»Ich habe ihnen gesagt, dass sie bis morgen Zeit haben.« Amber tippte auf den Ordner mit den Anmeldungen vor sich auf dem Tisch. »Aber mal abgesehen von der Höhe des Preisgelds, viel spannender finde ich, dass der Wettbewerbssieger auf unsere Startseite kommt. Eine bessere Werbung gibt es nicht, vor allem, wenn die Website den Traffic erzielt, den wir uns erhoffen.«

»Absolut.«

»Oh, und noch etwas, Malcolms Schwester hat sich mit ihrem B&B angemeldet.«

»Oh. Okay … Was sagt Malcolm dazu?«

Amber zuckte die Schultern. »Er hat angeboten, seinen Sitz in der Jury abzugeben. Wie es aussieht, sucht er bereits nach einem geeigneten Ersatzkandidaten.«

»Verstehe.« Gavin schob den Salzstreuer auf dem Tisch hin und her. »Bedauerlich, aber andererseits das einzig Richtige. Ich möchte nicht, dass man uns vorwirft zu mauscheln.«

»Aye. Damit wäre unser Projekt gestorben.«

»So sieht es aus.« Gavin hob den Arm, um Philippe, den französischen Kellner, um die Rechnung zu bitten. »Gute Arbeit, Amber. Ich wüsste nicht, was ich ohne dich täte. Dein Tee geht auf mich, in Ordnung?«

»Vielen Dank.« Amber lächelte erfreut.

»Gern. Ich muss los.« Gavin schob den Stuhl zurück und erhob sich. »Kommst du auch?«

»Nein, ich bleibe noch und gönne mir eine leckere Zwiebelsuppe oder ein Crêpe.« Amber tippte mit dem Finger auf die Speisekarte.

»Gute Entscheidung.« Gavin nickte und drückte Amber zum Abschied einen Kuss auf die Wange.

Dann trat er vor die Tür. Ein kräftig wehender Wind ließ den Stoff seiner Helly-Hansen-Windjacke rascheln. Er zog den Reißverschluss bis zum Kinn hoch und sah sich um. Die Läden hatten geschlossen, entsprechend wenig war auf der Commercial Road los. Auf der anderen Seite der Straße stand mit dem Rücken zu ihm eine Frau mit kurzem blondem Haar. Sie war in die Auslage des Seifengeschäfts vertieft. Ein paar Meter neben ihr, an der Ecke zur Charlotte Street, parkte mit laufendem Motor ein Lieferwagen. Der Fahrer, ein untersetzter Mann in gelber Warnweste, schien es eilig zu haben. Mit Schwung warf er eine Sackkarre zurück auf die Ladefläche und schlug die Hecktüren zu.

Unbeteiligt beobachtete Gavin die Szene. Im nächsten Augenblick runzelte er die Stirn. Der Fahrer des Lieferwagens legte einen Gang ein. Das Warnsignal des Rückfahrsystems piepste laut und schrill, aber die Frau schien das nicht zu interessieren. Sie blieb einfach stehen. Gavin schüttelte den Kopf. Sicher keine Einheimische, sonst wäre sie längst einen Schritt zur Seite gegangen. Nur Touristen benahmen sich so, als gälten die allgemeinen Regeln für sie nicht. Gavin beobachtete die Szene mit wachsender Besorgnis.

Der Lieferwagen fuhr an. Im selben Augenblick spurtete Gavin los. Er hechtete über die Straße, packte die Frau am Arm und zerrte sie aus dem toten Winkel.

Mit einem erschrockenen Aufschrei presste sie sich gegen ihn, während der Lieferwagen auf die Stelle zuhielt, an der sie eben gestanden hatte.

Bremsen quietschten. Der Lieferwagenfahrer hatte bemerkt, was um ein Haar passiert wäre. Er lehnte sich aus dem offenen Fenster und ließ deftige Kommentare los über Frauen, die anscheinend nicht ganz zurechnungsfähig waren. Als Gavin ihm mit ruhiger Stimme versicherte, dass nichts Schlimmes passiert sei, legte er erneut einen Gang ein und fuhr davon. Das Motorengeräusch entfernte sich. Dann war es still. Zwei oder drei Sekunden vergingen.

Die Frau schien unter Schock zu stehen, denn ihr Körper war so verspannt, dass er es durch die Kleidung hindurch spürte. Vorsichtig tätschelte er ihr den Rücken. »Sind Sie okay? Tut mir leid, wenn Sie sich erschreckt haben. Aber Sie standen genau im toten Winkel. Der Fahrer konnte Sie nicht sehen.«

Keine Reaktion. Dann, mit einem Mal, erwachte sie aus der Erstarrung. »O Gott!«, keuchte sie in einer Sprache, die Gavin mit etwas Nachdenken als Deutsch erkannte. Nun, da sie offenbar begriff, was beinahe passiert wäre, krallten sich ihre Finger fester in seinen Oberarm. Sie zitterte am ganzen Körper.

»Shhhh«, murmelte er und hielt sie weiter im Arm. »Es ist ja alles gut.«

Ein Aufschluchzen war die Antwort, gefolgt von einer ganzen Reihe jämmerlicher Töne, die verdächtig danach klangen, als wäre sie gerade dabei, in Tränen auszubrechen. Gavin spürte, wie ihm unter der Helly-Hansen-Jacke heiß wurde. Etwas in ihm verspannte sich. Mist, verdammt … Er fühlte sich schrecklich hilflos, wenn Frauen in seiner Gegenwart anfingen zu heulen. Weil er auch nie wusste, wie er darauf reagieren sollte. Tränen machten ihn nicht nur nervös, für ihn läuteten sie den absoluten Ausnahmezustand ein. Unbeholfen senkte er das Kinn über ihren Haaransatz. Dabei nahm er den Duft ihres Parfüms wahr. Blumig leicht und verführerisch … Er ertappte sich dabei, wie seine Gedanken eine ungewollte Richtung nahmen, und riss sich am Riemen.

Behutsam ging er dazu über, sie sanft hin und her zu wiegen, wie ein Baby, das man im Arm hält. Leider nützte es nicht viel. Sie schien sich gar nicht fangen zu können. Verflixt, und jetzt? Sollte er versuchen, sie mit einer lockeren Bemerkung wieder zum Lachen zu bringen? Oder ihr ein Taschentuch reichen, damit sie die verlaufene Mascara wegwischen konnte? Vielleicht war es das Beste, ihren emotionalen Ausbruch schlichtweg zu ignorieren, dann mochte es weniger peinlich für sie sein. Während er überlegte, schluchzte die Fremde immer weiter.

»Entschuldigung, aber kann ich irgendetwas für Sie tun?« Unsicher streichelte er ihren Rücken. »Haben Sie sich nur erschreckt, oder tut Ihnen etwas weh? Ich fürchte, ich war gerade nicht besonders sanft zu Ihnen. Es ging alles so schnell.«

Noch mehr Schluchzen.

Verzweifelt sah er sich über ihre Schulter hinweg um. »Dort drüben ist ein Café … Darf ich Ihnen vielleicht einen Whisky auf den Schreck spendieren?« Er hielt inne und biss sich auf die Zunge. Verdammt …, was für einen Mist redete er denn da? Es klang verdächtig danach, als nutzte er die Situation aus, um an ein Date zu kommen. Dabei war das gar nicht seine Absicht. Eher war es so, dass er selbst einen Drink vertragen konnte. Von einer Sekunde zur anderen versiegte das Schluchzen.

»Moment«, schniefte die Frau. Sie löste sich aus der Umarmung, fischte sich Earbuds aus den Ohren und ließ sie in den Taschen ihrer Jacke verschwinden. Okay … er war ein Idiot. Wieso hatte er nicht bemerkt, dass sie Kopfhörer trug? Das erklärte natürlich alles.

»Was sagten Sie?«, fragte die Frau. Sie legte den Kopf in den Nacken und sah ihn aus Mascara-verschmierten Pandaaugen an.

Gavin stutzte. Seine Augen weiteten sich, während sein Herzschlag schneller wurde. Er blickte in ein Gesicht, das ihm äußerst bekannt vorkam. Schmales Gesicht, blaue Kulleraugen,

Stupsnase, fein geschwungene Lippen, blonde Haare, nur die Frisur war anders. Konnte das sein? Er spürte, wie ihn ein Prickeln durchlief, fast wie ein Stromschlag, aber auf eine äußerst angenehme Weise.

»Mara?«, hörte er sich sagen.

KAPITEL 6

»Gavin …« Mara vergaß fast weiterzuatmen. Für einen Moment hatte sie den irrsinnigen Gedanken, dass das ganze Gerede über Gavin dazu geführt hatte, dass er sich hier vor ihren Augen materialisierte. Eine lebendig gewordene Fantasie. Oder eher ein Albtraum. Ihr Gehirn war unfähig zu entscheiden, was eher zutraf. Intuitiv machte sie einen Schritt zurück. Sie ertappte sich dabei, in ein Gesicht zu starren, das sich seit vierzehn Jahren kaum verändert hatte, abgesehen von den Fältchen rund um die graublauen, intensiv leuchtenden Augen. O Gott … Er sah genauso attraktiv aus wie damals. Dunkelbraunes, aus der Stirn gekämmtes Haar, hohe Wangenknochen, markantes Kinn. Gepflegter Vollbart, der an den Seiten ungleichmäßig wuchs und perfekt zu den kantigen, maskulinen Gesichtszügen passte. Eine sportliche, gut durchtrainierte Figur, soweit sich das unter der dunkelblauen Helly-Hansen-Windjacke erahnen ließ. Er war es wirklich! Natürlich hatte sie damit gerechnet, ihm während ihres Aufenthalts *irgendwann* über den Weg zu laufen. Aber doch nicht gleich am ersten Tag und vor allen Dingen nicht *so,* in Tränen aufgelöst und in seinen Armen liegend. Plötzlich war sie so verlegen, dass sie gar nicht wusste, wohin mit sich.

»Das ist ja mal ein Zufall.« Gavin lächelte. Schief zwar, aber er lächelte. Es wirkte, als könnte er ebenfalls nicht fassen, dass sie sich so plötzlich gegenüberstanden. Schließlich schüttelte er den Kopf. »Großer Gott, du bist es tatsächlich. Verflixt, Mara, wie lange ist das her? Zehn Jahre?«

»Vierzehn«, korrigierte sie und versuchte, zu ihrer üblichen Selbstsicherheit zurückzufinden.

»Bist du okay?« Er musterte sie besorgt.

»Ja, alles gut.« Ihre Stimme klang dünn in ihren Ohren. Sie räusperte sich. »Danke, dass du so schnell reagiert hast. Mit dem Lieferwagen, meine ich.«

»Keine Ursache.«

»Ich weiß gar nicht, was ich sagen soll, außer dass es mir schrecklich peinlich ist.« Unter seinem eindringlichen, wenngleich noch immer ungläubigen Blick wurde ihr heiß. »Die Kopfhörer sind neu. Ich wusste nicht, dass sie die Umgebungsgeräusche so stark ausblenden.« Zerknirscht sah sie zu ihm auf.

»Mach dir keinen Kopf. Es muss dir nicht peinlich sein«, erwiderte er in seinem breiten shetländischen Akzent, der Mara stets ein wenig an das Rollen der Brandung erinnerte. »Jedenfalls bin ich froh, dass dir nichts passiert ist. Wie es aussieht, war ich im richtigen Moment zur Stelle.«

»Ich fühle mich total schlecht.« Unglücklich deutete sie auf einen Schmierer Mascara auf seiner Windjacke. »Vollgeheult habe ich dich auch noch. Ich weiß gar nicht, woher das kam. Normalerweise habe ich nicht so dicht am Wasser gebaut.«

»Na ja.« Er fuhr sich mit der Hand in den Nacken und lächelte mitfühlend. Dabei strahlte er eine Ruhe und Ernsthaftigkeit aus, die Mara guttat. »Wahrscheinlich der Schock. Ich fürchte, ich habe mich wie ein Berserker auf dich gestürzt.«

»So ähnlich.« Sie wagte ein Grinsen.

»Ich hoffe, ich habe dir nicht wehgetan, oder?«

»Ach was, alles gut. Du musst ja ganz schön losgesprintet sein. Trainierst du für Olympia?« Aaaaah! Hatte sie das eben wirklich gesagt? Wie dämlich klang das denn? Vielleicht sollte sie jetzt an dieser Stelle einfach mal die Klappe halten.

»Haha«, machte Gavin und schenkte ihr eines dieser unvergleichlichen Lächeln, die ihr damals schon bis tief unter die Haut gegangen waren. »Jedenfalls freue ich mich, dass wir uns über den Weg gelaufen sind. Du siehst bezaubernd aus, nebenbei bemerkt.«

Das Kompliment kam unerwartet. Irritiert blickte sie zu ihm auf. Versuchte Gavin, mit ihr zu flirten? Das Zittern in ihren Händen hatte aufgehört, dafür spürte sie nun ein nervöses Flattern im Magen. Offensichtlich übte Gavin noch immer eine anziehende Wirkung auf sie aus. Sie spürte, wie sie ärgerlich auf sich selbst wurde, und wünschte sich meilenweit weg. Hatte sie seit damals nichts dazugelernt?

Eine geraume Zeit standen sie sich schweigend gegenüber.

Auf den zweiten Blick wirkte Gavin nicht nur reifer und gefestigter, sondern auch angespannt und müde, als gäbe es etwas, das ihm Kopfzerbrechen bereitete. Zumindest schloss sie das aus den Falten, die sich um seine Mundwinkel gruben, wenn er gerade nicht lächelte. Aber möglicherweise zog sie voreilige Schlüsse. Sie wusste viel zu wenig über Gavin, um sich ein Urteil zu bilden.

»Was führt dich auf die Shetlands? Machst du Urlaub?« Sein Lächeln kehrte zurück.

»Nicht ganz«, erwiderte sie, froh, dass er ein Thema anschlug, das nichts mit ihnen beiden zu tun hatte. »Sicher weißt du, dass Agnes gestorben ist.«

»Agnes?« Er nickte. »Ja, natürlich. Wir waren alle sehr bestürzt über ihren Tod.«

»Ja, das ging mir ähnlich.« Schuldgefühle stiegen in ihr auf, sie blickte auf einen unbestimmten Punkt im Nichts. So oft hatte sie sich vorgenommen, Agnes zu besuchen, und dann war immer etwas dazwischengekommen. Warum verschob man die wichtigen Dinge im Leben immer auf später? Mit Ben war es ähnlich gewesen. So oft hatten sie davon gesprochen, nach Venedig zu fahren, aber getan hatten sie es nie. Sie schüttelte den Gedanken ab und wandte sich an Gavin. »Ich kann es selbst nicht glauben, aber wie es aussieht, hat Agnes mich als Erbin für das B&B eingesetzt. Morgen treffe ich mich mit dem Notar, um Genaueres zu erfahren.«

»Wow!« Gavin fuhr sich mit der Hand durch das dichte, am Oberkopf länger fallende und an den Seiten kurz geschnittene Haar. »Das sind tolle Neuigkeiten. Meinen herzlichen Glückwunsch. Um ehrlich zu sein, haben wir alle schon gerätselt, wer das Seaview House erben wird. Was hast du vor? Willst du es behalten?«

»Ich weiß noch nicht genau …, vielleicht … Na ja, vermutlich schon«, druckste sie herum, obwohl sie eigentlich ziemlich sicher wusste, was sie wollte. Aber irgendwie widerstrebte es ihr, ihn in ihre Pläne einzuweihen. Damals wie heute kannten sie sich nur oberflächlich. Sie beschloss, es vage zu halten. »Momentan kann ich noch nicht viel dazu sagen. Ich bin gerade erst gelandet und auf dem Weg zum Seaview. Die Beurteilungen im Internet lesen sich gut. Anscheinend ist das Haus in einem ordentlichen Zustand. Vielleicht weißt du mehr«, beendete sie ihren etwas unzusammenhängenden Wortschwall.

»Hm.« Gavin kniff die Augen zusammen, als müsste er überlegen. »Agnes schien ganz zufrieden mit den Buchungen im letzten Jahr zu sein, aber mehr kann ich nicht sagen. Es ist ewig her, dass ich zuletzt im Seaview war. Agnes habe ich meist nur bei den Sonntagstees oder beim Einkaufen im Supermarkt in Walls gesehen.«

Mara grinste, als sie ihn den Ortsnamen auf die ortsübliche Weise aussprechen hörte. *Waaas ...* Sie hatte vergessen, wie es klang. Jetzt erinnerte sie sich wieder.

»Ist etwas?« Er maß sie mit einem langen Blick, anscheinend hatte er ihre Belustigung bemerkt.

»Nichts. Ich musste nur gerade an etwas denken.«

»Verstehe«, behauptete Gavin, während sein Gesichtsausdruck eher das Gegenteil verriet.

Stille.

Schließlich war es Mara, die sich aus dem Schweigen löste.

»Ich mache mich dann besser mal auf den Weg. Es war schön, dich zu wiederzusehen, Gavin. Und danke noch mal für deinen heldenhaften Einsatz.«

»Keine Ursache.«

O Gott, diese rollende dunkle Stimme, die bis in ihre Magengegend vibrierte ...

»Ach, Mara?« Er schob die Hände in die Taschen seiner Hose, was ihn fast verlegen wirken ließ.

»Ja?«

»Was hältst du von einem Essen in der Stadt an einem der nächsten Abende?« Er lächelte ihr zu, selbstbewusst dieses Mal. Wieder spürte sie ein Kribbeln im Magen. »Ich fände es nett, wenn wir uns gegenseitig auf den neuesten Stand brächten, nach all der Zeit.«

Wie bitte?, hätte sie fast gefragt. Gerade noch rechtzeitig biss sie sich auf die Zunge.

Eine sehr lange Pause entstand. Maras Herz hämmerte fest gegen ihre Rippen. Sie fragte sich, ob das hier alles echt war oder nur in ihrer Einbildung passierte. Sie schloss kurz die Augen.

Als sie sie wieder öffnete, stand Gavin noch immer vor ihr.

»Was meinst du?«

Sie senkte den Kopf.

»Ich weiß nicht«, sagte sie.

Was voll und ganz der Wahrheit entsprach. *Einerseits* klang es reizvoll. Und was war schon dabei? Ein Essen mit Gavin. Ihr verräterisches Herz machte ein paar aufgeregte Schläge. Warum nicht?

Andererseits … Mara spürte ein Schlingern im Magen.

Andererseits war es die schlechteste Idee der Welt. Gavin hatte auf ihren Gefühlen herumgetrampelt. Auf eine Weise, die definitiv nicht okay gewesen war. Warum also sollte sie sich mit ihm treffen? Um ihm die Chance zu geben, sein schlechtes Gewissen zu erleichtern? Darauf konnte er lange warten.

»Ich würde mich freuen, wenn du ja sagst«, meinte er mit gedämpfter Stimme.

Sie blickte zu ihm auf. Da war er wieder, dieser Blick, der ihr das Gefühl gab, die einzige Frau auf der Welt zu sein.

Es raubte ihr die Luft.

»Hör mal …« Sie löste sich aus dem Blickkontakt und räusperte sich. »Vermutlich ist es besser, wenn wir uns nicht sehen.«

»Hat es mit damals zu tun?«

»Schon möglich.« Sie schob die Unterlippe vor. *Immerhin bist du ohne ein Wort abgehauen …*, dachte sie, sprach es aber nicht aus. Wozu auch? Wahrscheinlich hätte er ohnehin nur eine flaue Ausrede parat. Oder schlimmer noch, konnte sich gar nicht mehr so genau erinnern, was damals gewesen war. Also schwieg sie.

»Das war ein wilder Sommer damals.« Gavin lachte leise auf, als käme ihm die Vergangenheit irgendwie surreal vor. »Wie jung wir alle waren! Unsere Hormone hatten uns ganz schön im Griff. Meine Güte, wenn ich daran denke, welche Mengen an Alkohol wir vertragen haben.«

Ehrlich, Gavin, du schiebst es auf die Hormone und den Alkohol? Skeptisch schielte sie zu ihm hinüber.

Er fuhr sich mit der Hand in den Nacken. »Klar, das mit uns war nichts Ernstes. Aber schön war es trotzdem.«

»Stimmt wohl«, meinte sie etwas lahm. Doch wenn sie ehrlich war, war sie enttäuscht, dass Gavin das mit ihnen als belanglos abtat. Natürlich waren sie jung und unreif gewesen. Andererseits …

»Bitte, Mara, gib dir einen Ruck. Lass uns etwas essen gehen. Ich würde mich wirklich freuen zu hören, wie es dir geht und was du so machst. Ganz ehrlich.« Gavin wirkte betreten. Und unsicher. Und süß. Auf eine seltsame Art unwiderstehlich. Vor allem, wenn er sie so ansah.

Sie spürte, wie etwas in ihr weich wurde. Hatte nicht jeder eine zweite Chance verdient?

»Gut. Gehen wir essen.« Mara nickte schwach. Sie ahnte schon jetzt, dass es ein Fehler war.

»Wow! Das freut mich. Ehrlich.« Ein Lächeln breitete sich über seinen Lippen aus. Mara konnte sich nicht erklären warum, aber es schien ihm wirklich wichtig zu sein.

»Lass uns Nägel mit Köpfen machen«, sagte Gavin. »Am Wochenende bin ich schon verplant, aber wie wäre es mit Montagabend?«

»Spricht nichts dagegen«, erwiderte Mara betont locker. In ihrem Magen kribbelte es. Wahrscheinlich hätte sie ihn etwas länger zappeln lassen sollen. Nur um sich und ihm zu demonstrieren, dass sie immun gegen diesen unvergleichlichen Gavin-Blick war, mit dem er sie betrachtete.

»Prima. Was hältst du davon: Ich lade dich zum Essen ein und du spendierst uns danach einen Drink in einer Bar, wie wäre das?«

»Klingt nach einem Deal.«

»Deal?«, meinte Gavin grinsend und schüttelte den Kopf. Spontan machte er einen Schritt auf Mara zu und berührte kurz ihren Arm. Plötzlich waren sie sich ziemlich nah. Himmel, diese Augen! Auf einmal wusste Mara wieder, weshalb sie bis über beide Ohren in ihn verliebt gewesen war. »Deal klingt schrecklich. Sagen wir eher ein Date.«

»Schön. Nenn es, wie du willst.« Mara war verwirrt. Aber das wollte sie Gavin nicht spüren lassen.

»Ich freue mich.« Fast rechnete Mara damit, dass er sie zum Abschied auf die Wange küssen würde, aber dann meinte er nur: »Cheers, Mara. Komm gut im Seaview an.« Mit einem Lächeln wandte er sich um und spazierte die Commercial Street hinunter.

Benommen starrte sie ihm hinterher. Schließlich zuckte sie die Schultern und ging in die entgegengesetzte Richtung davon.

Im Auto angekommen, steckte sie den Zündschlüssel ins Schloss. Dann holte sie erst einmal Luft. Ach, du Schande, was war das denn eben gewesen? Sie rollte die Schultern, die sich irgendwie verspannt anfühlten. Als sie den Gurt anlegte, fiel ihr Blick in den Rückspiegel. Unter ihren Augen klebte verlaufene Mascara. Sie dachte an das Kompliment, das Gavin ihr gemacht hatte, trotz ihres verheulten Aussehens. Überhaupt, wie lief sie eigentlich herum? Schick ging anders. Eine ausgebeulte Jeans, die sie so gern auf Reisen trug, weil sie wunderbar bequem war. Ein Sweatshirt, dessen Kapuze aus der Jacke hervorschaute und ihr bis zur Mitte ihrer Oberschenkel ging, darüber eine taillenkurze Fliegerjacke … und das nannte Gavin »bezaubernd«? Sie unterdrückte ein Stöhnen. Bestimmt hatte er nur höflich sein wollen. Himmel, hätten sie sich nicht über den Weg laufen können, wenn sie frisch geduscht, aufregend gekleidet und vernünftig geschminkt gewesen wäre? Mit dem Finger rieb sie an den Rändern unter ihren Augen herum. Mitten in der Bewegung hielt sie inne und verzog das Gesicht. Mal ehrlich, warum machte sie sich überhaupt Gedanken, wie sie auf Gavin wirkte?

Überhaupt. Es musste sich um einen schlechten Witz des Schicksals handeln, dass sie in seinen Armen gelandet war. Zu ihrem Ärger begann ihr Herz beim Gedanken an Gavin schon wieder wie wild zu pochen. Frustriert ließ sie den Kopf gegen das Lenkrad sinken. Zur Hölle mit Gavin! Er machte sie völlig konfus.

Sie lehnte sich zurück und starrte durch die Windschutzscheibe. Also war das damals mit ihnen aus seiner Sicht nichts Ernstes gewesen. Reichte das als Entschuldigung dafür, dass er sie hatte sitzen lassen? Ohne Abschied, ohne Erklärung. Um einen spontanen Trip nach Italien zu unternehmen. Mit Davy. Sie verzog das Gesicht. Davy war ihr immer reichlich locker vorgekommen, aber auf eine ungute Art. Zu viele Partys, zu viel Alkohol, zu viele Frauengeschichten. Soweit sie es beurteilen konnte, hatte er früher keinen guten Einfluss auf Gavin gehabt. Ob das heute noch so war?

Ärgerlich über sich selbst schüttelte sie den Kopf. Gavin konnte ihr schnuppe sein. Wieso machte sie sich die Mühe, über ihn nachzudenken? Andererseits bestand immer noch diese enorme körperliche Anziehungskraft zwischen ihnen. Das sehnende Ziehen im Unterleib, das sie in seiner Nähe empfand, war ziemlich eindeutig. Sie sog scharf die Luft ein. Was würde passieren, wenn sie einen Abend mit ihm verbrachte?

Dieser Blick seiner Augen vorhin, als er erkannte, wer sie war.

Dieses Gefühl, das sie dabei empfunden hatte. So wie an einer Wegscheide zu stehen, an der sich die Wege des Lebens gabelten. Einer jener Momente, die nicht länger als einen Wimpernschlag dauerten und doch schicksalhaft waren.

Weil sich dadurch womöglich alles änderte.

Ausdruckslos starrte sie durch die Scheibe.

Unsinn, schalt sie sich und verzog das Gesicht. Was war denn mit ihr los? Auf solche Gedanken kam sie doch sonst nicht. Wahrscheinlich hatte sie auf Netflix zu viele romantische Serien geschaut. Sie musste dringend mal wieder runterkommen.

Schicksalhafte Begegnungen gab es im Film. Im echten Leben waren sie eher selten. Und was Gavin betraf, so spielten ihre Nerven ihr einen Streich. Eine Kombination aus Reise-Hangover, Schock und einem akuten Anfall von Nostalgie.

Sie war viel zu vernünftig, um wieder etwas mit Gavin anzufangen. *Ein Treffen, mehr nicht*, beschloss sie finster. Egal, wie er sie anblickte.

Mit einem entschlossenen Ruck aus dem Handgelenk startete sie den Motor.

KAPITEL 7

Die Reifen knirschten über den Schotter der Einfahrt. Mara schaltete den Motor ab und stieg aus. Das letzte Stück der Fahrt von Lerwick herauf war anstrengend gewesen. Die Straßen waren schmal und kurvenreich, noch dazu war es inzwischen dunkel. Sie verschränkte die Hände, streckte die Arme über den Kopf und lockerte die Nackenmuskeln. »Angekommen«, flüsterte sie vor sich hin und wagte ein Lächeln. Vom schwachen Schein eines silbernen Sichelmondes beleuchtet, lag das Seaview House vor ihr. Ein lang gezogenes, auf zwei Etagen in den Hang gebautes Haus mit verschachtelten Anbauten und einer großen Glasfront zum Meer hin. Maras Blick glitt weiter, auf das geheimnisvoll glitzernde Wasser des Sunds im Hintergrund. Abgesehen vom sanften Plätschern der Wellen war alles ruhig. *Merkwürdig*, dachte sie und schüttelte verwundert den Kopf. Der Lärm der Großstadt war ihr so vertraut, dass sie ihn nicht wahrnahm, aber die Stille hier war so intensiv und gleichzeitig so magisch, dass es einen überwältigte. Sie legte den Kopf in den Nacken und blickte in den Himmel, an dem unzählige Sterne flimmerten. Über ihr verlief das breite Band der Milchstraße. Milliarden über Milliarden von Sternen, eine Zahl, die zu groß war, um sie fassen zu können. Was für ein schöner, friedlicher Augenblick. Momente wie dieser waren selten geworden, seitdem alle statt auf das Leuchtfeuer des Himmels nur auf das Leuchtfeuer ihrer Handys starrten. Sie selbst bildete da keine Ausnahme. Wann hatte sie das letzte Mal in den Nachthimmel geblickt?

Eine plötzliche Windbö fuhr ihr von hinten in die Knie. Fröstelnd zog sie die Jacke enger um sich. Allmählich holte die Müdigkeit sie ein. Sie sehnte sich danach, in ein weiches Bett zu sinken.

Wie mit Rosie, der Hausangestellten, abgesprochen, lag der Schlüssel zum Seaview in einem Blumentopf voller Fuchsien, der neben der Tür im Wind schaukelte. Als Mara den Flur betrat, umfing sie der behagliche Duft von Bienenwachs, Orange und Lavendel. Im Dunkeln tastete sie nach dem Lichtschalter. Die elektrische Beleuchtung flackerte, bevor sie hell wurde. Mara versuchte, sich zu orientieren. Wenn sie es richtig in Erinnerung hatte, ging es rechts in den geräumigen Aufenthalts- und Speisebereich. Nun war sie doch sehr gespannt, was sie erwartete. Sie zog die Tür auf und sah sich um.

Auf Anhieb fühlte sie sich wieder wie zu Hause. Alles schien noch wie früher. Mit der Hand strich sie im Vorübergehen über die Romane und Bildbände, die sich in den beidseitig im breiten Türrahmen eingebauten Regalen aneinanderreihten. Achtlos warf sie ihren Rucksack auf das mit bunten Wolldecken ausgelegte Sofa und ließ den gemütlich gestalteten Gästebereich auf sich wirken. Ihr gegenüber verlief die Glasfront, die dem Raum eine luftige Größe verlieh. Bei Tag hatte man einen herrlichen Blick auf den Sund und die Inseln vor der Küste. Über die gesamte Fläche des Gästebereichs verteilt standen in Form und Farbe unterschiedliche Sessel, die zum Verweilen einluden. Stehlampen mit bunten Stoffschirmen zierten Tische und Anrichten. In einer Ecke neben dem Kamin stand ein

Weidenkorb mit farbenfroher Wolle, daneben ein weiterer mit Zeitschriften und Strickmustern. Neu waren die gerahmten Kunstdrucke an den Wänden. Mara lächelte vor sich hin. Wie sehr das alles Agnes' Handschrift widerspiegelte! Selbst Details waren mit liebevoller Hand arrangiert, dabei wirkte nichts überladen oder kitschig.

Doch bei aller anklingender Melancholie musste Mara feststellen, dass der Zahn der Zeit vor der Pension nicht Halt gemacht hatte. Mit fachmännischem Auge betrachtet, schien alles ein wenig in die Jahre gekommen. Die Teppichböden waren abgetreten, das Weiß an den Wänden war vergilbt und rund um die Lichtschalter durch die Berührung unzähliger Hände abgeschmiert. Wenn man sich die Wolldecken wegdachte, wirkte das Sofa zerschlissen. Doch eine genauere Bestandsaufnahme würde bis morgen warten müssen. Für heute war sie viel zu erledigt.

Mit der Handtasche über der Schulter betrat sie den Gästetrakt im linken Flügel. Rosie hatte die Zimmer nach Orten auf Shetland benannt, die real existierten, aber auch reichlich verrückt klangen: Calback, Ox Eye, Twatt – Idiot also – und Cuppa Water. In ihrer Mail hatte Rosie geschrieben, dass sie Cuppa Water für Mara herrichten werde. Mara ließ die Fingerspitzen über das kühle Messing des Türschilds gleiten. Dann drückte sie die Klinke und trat ein.

Das Zimmer war schlicht, aber gemütlich. Ein Doppelbett mit durchgehender Matratze, Nachtkästchen aus dunklem Holz an den Seiten, dazu Lampen mit cremefarbenen Stoffschirmen. Das Fenster zeigte auf den Sund. Es wurde von dunkelroten Tweed-Vorhängen gerahmt, die farblich zum Bettüberwurf passten. Neben der Tür zu dem Ensuite-Bad stand ein Kleiderschrank aus grau gestrichenem Holz. Mara beschloss, eine ausgiebige Dusche zu nehmen und sich dann ins Bett zu kuscheln.

Mit rosig durchwärmter Haut trat sie wenig später aus der Duschkabine. *Neue Duschköpfe,* setzte sie in Gedanken auf die To-do-Liste, während sie sich in ein flauschiges Handtuch wickelte. Aus dem Hahn war ein dünnes Rinnsal geflossen, aber immerhin war das Wasser schön heiß gewesen. Dafür bekam sie jetzt eine Gänsehaut, weil es im gesamten Haus empfindlich kühl war. Mit klappernden Zähnen richtete sie den Blick auf den Heizstrahler über der Tür. Ein klebriger Staubfilm bedeckte die Ritzen. Wie es aussah, war er lange nicht benutzt worden. Ob er noch funktionierte? Ein wenig skeptisch betätigte sie den Zugschalter und wählte die höchste Stufe. Die Infrarotröhren begannen zu glühen. Es roch nach verbranntem Staub, dann wurde es wunderbar warm. Mit einem wohligen Aufseufzen griff sie nach dem Föhn auf der Ablage, steckte den dreipoligen Stecker in die Steckdose und schaltete das Gebläse ein.

Nichts passierte. Verwundert drehte sie den Föhn in der Hand hin und her. Plötzlich dämmerte es ihr. O Gott …, wie hatte sie das vergessen können? In Großbritannien funktionierte die Elektrik anders. Man musste erst den Sicherungsschalter neben der Steckdose drücken, damit Strom floss. Schulterzuckend behob sie den Fehler und griff erneut zum Föhn. Sirrend pustete er los.

Dann gab es einen Knall und das Licht ging aus.

Mara stieß einen deftigen Fluch aus. Sie hatte sich fast zu Tode erschreckt. Was war das denn gewesen? Ob es an der Sicherung lag? Während sich ihre Augen langsam an die Dunkelheit gewöhnten, tastete sie sich zum Bett vor und griff nach ihrem Handy. Schlotternd vor Kälte huschte sie zurück ins Bad und ließ den Lichtstrahl der Taschenlampenfunktion über die Wände gleiten. Ihr Blick fiel auf ein Schild neben dem Spiegel, das sie vorher nicht bemerkt hatte. Sie kniff die Augen zusammen und las:

Vorsicht, schwaches Stromnetz.
Heizstrahler und Föhn bitte nicht
gleichzeitig betätigen.
Vielen Dank für Ihr Verständnis.

Na prima. Also doch die Sicherung. Noch so ein Punkt, den sie mit auf die Liste der notwendigen Renovierungsarbeiten setzen musste. So, sie stemmte die Hände in die Taille. Und wo befand sich nun der Schaltkasten? Im Flur vielleicht? Oder in der Küche? Auf jeden Fall musste sie sich etwas anziehen, bevor sie sich auf die Suche machte, sonst fing sie sich gleich am ersten Tag eine Erkältung ein.

In Jogginganzug und Wollsocken stand sie zehn Minuten später in der Speisekammer. Den Sicherungskasten hatte sie gefunden und auch alle Schalter durchprobiert. Aber das Licht ging dennoch nicht wieder an. Unsicher blickte sie auf das Display ihres Handys. Zweiundzwanzig Uhr durch, konnte sie Rosie um diese Zeit noch behelligen? Mit furchtbar schlechtem Gewissen wählte sie deren Nummer. Es klingelte in der Leitung, dann meldete sich der Anrufbeantworter. Mara war im Begriff, eine Nachricht zu hinterlassen, als die Türglocke schrillte.

»Sekunde, ich komme«, rief Mara, doch bevor sie aus der Küche eilen konnte, erklangen Schritte im Flur. Eine grauhaarige, untersetzte, etwas ältere Frau trat ihr entgegen. Hinter runden Brillengläsern blitzten besorgte Augen.

»Ach du meine Güte, Liebes.« Warmherzig lächelte sie Mara aus ihrem wettergegerbten Gesicht an. »Lassen Sie mich mal ran. Dieses Haus hat einen eigenwilligen Charakter. Fremden gegenüber ist es oft zickig.«

»Wie bitte?« Verwirrt blinzelte Mara die etwa sechzigjährige Dame an. Sie war einen Kopf kleiner als Mara, trug bequem geschnittene Jeans, darüber einen brombeerfarbenen, handgestrickten Pullover im typischen Shetlandmuster. Ihr salz- und

57

pfefferfarbenes Haar war zu einer praktischen, kurzen Frisur geschnitten, die Nickelbrille hatte kreisrunde Gläser. Mara schmunzelte in sich hinein. Unwillkürlich musste sie an die Harry-Potter-Filme denken. Hätte Harry eine Großmutter besessen, hätte sie ausgesehen wie diese Dame.

»Oje, vermutlich halten Sie mich jetzt für schrullig. Dabei sollte das nur ein Scherz sein«, erwiderte die Frau mit einem entschuldigenden Lächeln. »Übrigens, ich bin Rosie.« Sie streckte ihr eine Hand entgegen, die sich rau und knotig von der Arbeit anfühlte.

»Und ich bin Mara Lindner, aber das haben Sie sich sicher schon gedacht. Übrigens kommen Sie wie gerufen«, sagte Mara und fühlte sich plötzlich sehr erleichtert. »Wussten Sie denn, dass der Strom ausgefallen ist, oder ist es Zufall, dass Sie hier sind?«

»Nennen wir es Gemeinschaftssinn.« Rosie zwinkerte ihr zu. »Hier oben auf den Inseln sind wir aufeinander angewiesen, wie das eben in kleinen Gemeinden so ist. Jeder kennt jeden. Man hilft, wo es nötig ist. Ganz einfach und unkompliziert, denn anders funktioniert es nicht. Wir achten aufeinander. Vor etwa einer Stunde habe ich gesehen, dass Sie angekommen sind, weil das Licht bei Ihnen brannte. Ich wohne gleich oberhalb, auf dem Hügel.«

Mara nickte. »Ich verstehe. Und woher wussten Sie, dass der Strom weg ist?«

»Das war Zufall. Vorhin öffnete ich die Tür, um den Hund rauszulassen. Dann sah ich, wie bei Ihnen mit einem Schlag alle Lichter ausgingen. Also dachte ich, ich komme rüber und frage, ob Sie Hilfe brauchen.«

»Das ist sehr freundlich. Es tut mir schrecklich leid, Ihnen Umstände zu machen.« Mara spürte eine leichte Röte auf ihren Wangen. »Mein Fehler. Ich komme mir so dumm vor. Hätte ich mal besser das Schild im Bad gelesen.«

»Ach was, so etwas passiert.« Rosie drehte ihr den Rücken zu und machte sich am Sicherungskasten zu schaffen. Gleich darauf flackerte das Licht wieder auf. »So. Das hätten wir. Ich zeige Ihnen morgen, was in so einem Fall zu tun ist. So kompliziert ist das nicht.«

»Sie sind ein Engel. Das hätte ich selbst nicht hingekriegt«, meinte Mara und warf dem grauen Schrank mit seinen Schaltern und Hebeln einen zweifelnden Blick zu. Einer Eingebung folgend, wandte sie sich an Rosie. »Es ist zwar schon spät, aber hätten Sie vielleicht Lust auf eine Tasse Tee, als Dank für Ihre Hilfe?«

»Aber sehr gern. Gegen einen Tee und einen Plausch habe ich nichts einzuwenden. Warten Sie mal …« Rosie berührte sie am Oberarm. »Ich habe da noch eine Kleinigkeit für Sie.«

Rosie eilte hinaus in den Flur und kam mit einem Korb über dem Arm zurück. Sie stellte ihn auf dem Küchentisch ab. »Es ist nichts Besonderes, nur ein kleiner Willkommensgruß.«

»Aber, Rosie, wie lieb von Ihnen!« Überrascht von der freundlichen Geste lüftete Mara eine Ecke des Geschirrtuchs. Als sie den Kuchen entdeckte, strahlte sie über beide Backen. »Ich weiß gar nicht, was ich sagen soll. Sie hätten doch nicht extra für mich zu backen brauchen. Vielen herzlichen Dank.«

»Das ist ein Shetland Huffsie Cake, nach meinem Lieblingsrezept.« Stolz präsentierte Rosie ihr den kastenförmigen dunkelbraunen Kuchen. »Haben Sie so einen schon einmal probiert?«

»Aber ja.« Mara nickte. Bei dem Anblick lief ihr regelrecht das Wasser im Mund zusammen. Die Köstlichkeit bestand aus gekochten Trockenfrüchten, Rübensirup und Gewürzen und schmeckte einfach herrlich, das wusste sie noch ganz genau. Sie schenkte Rosie ein warmes Lächeln. »Kommen Sie, setzen Sie sich, während ich uns Tee koche.«

Wenig später saßen sie sich am Tisch gegenüber, in eine angeregte Unterhaltung vertieft. Maras Müdigkeit war inzwischen verflogen. Rosie erzählte, dass sie und ihr Mann Andrew ursprünglich von den Äußeren Hebriden stammten und vor über zehn Jahren hier heraufgezogen waren, nachdem Andrew einen Job in der Fischindustrie gefunden hatte. Rosie hatte seinerzeit begonnen, für Agnes zu arbeiten. Inzwischen war Andrew pensioniert, Rosie jedoch hatte Agnes bis zuletzt bei der Führung des B&B unterstützt.

»So, und nun sind Sie dran«, schloss Rosie ihren Bericht. Sie zwinkerte Mara freundlich über den Tisch hinweg zu. »Erzählen Sie mal. Ich bin so gespannt zu hören, wie Sie und Agnes sich kennengelernt haben.«

»Eigentlich war es ein seltsamer Zufall«, begann Mara. »Nach dem Abitur wollte ich eine Zeit lang ins Ausland gehen. Ich fand eine Stelle als Zimmermädchen im Whalwick Hotel, bei Mrs Laurenson. Alles lief gut, bis ich mich in den Sohn der Laurensons verliebte.«

»In Gavin?« Rosie nickte eifrig. »Das kann ich verstehen. Er ist äußerst attraktiv und ein wunderbarer Mensch obendrein.«

»Und Mrs Laurensons einziger Sohn«, seufzte Mara. »Als Fotos auftauchten, auf denen zu sehen war, wie wir beide bei einer Feier am Strand knutschten, hat meine Chefin getobt. Ich flog in hohem Bogen.«

»Oje, Sie besaßen wohl nicht genügend Upper Class, um als potenzielle Schwiegertochter durchzugehen?«, schlussfolgerte Agnes messerscharf.

»So in etwa.« Mara zuckte die Schultern. »Ich dachte schon darüber nach, zurück nach München zu gehen, aber dann hörte Agnes von dem Drama. Sie bot mir an, stattdessen in ihrer Frühstückspension mitzuarbeiten.«

»Das klingt fast wie im Märchen, eine böse Königin und die rettende gute Fee.« Rosie lächelte versonnen. »Bei Agnes kann ich mir das gut vorstellen. Sie war großartig.«

»Das war sie.« Mara wurde weich ums Herz. Sie legte beide Hände um die wärmende Teetasse. Die Zeit von damals erschien wieder ganz nah. »Übrigens passt der Vergleich, Agnes war wirklich so etwas wie die gute Fee für mich. Zwar besaß sie keinen Zauberstab und auch keine Kürbiskutsche, aber sie hat mir mit ihrer positiven Einstellung zum Leben über meine Enttäuschung hinweggeholfen. Dass ich zu dem Menschen geworden bin, der ich heute bin, verdanke ich zum großen Teil ihr. Agnes war einzigartig, sie kam mit jedem Gast klar. Sogar die größten Nörgler haben ihre Pension mit einem Lächeln auf den Lippen verlassen. ›Das Leben ist ein Geschenk‹, hat sie immer gesagt, deswegen sollten wir jeden einzelnen Tag feiern und uns nicht von Kleinigkeiten die Laune vermiesen lassen. Sie war der Meinung, dass Glück nicht etwas ist, das einem in den Schoss fällt, sondern eine Frage der Einstellung. Anstrengende Gäste waren für sie einfach Menschen, die verlernt hatten, das Gute und Schöne in ihrem Leben zu sehen. Agnes hat sich Zeit genommen und zugehört, wenn sie von ihren Sorgen und Nöten erzählten. Danach sah die Welt für die meisten schon wieder besser aus. Noch dazu strahlte Agnes eben eine unerschütterliche Ruhe aus. Nichts konnte sie unterkriegen.«

Mara lehnte sich zurück. Die Worte waren wie von selbst geflossen. Die Pause, die nun entstand, fühlte sich entsprechend leer an.

Als hätte sie gespürt, was in Mara vorging, reichte Rosie über den Tisch und tätschelte mitfühlend Maras Hand. »Agnes war wie die Natur auf Shetland. Sie trotzte jedem Sturm. Wir vermissen sie alle. In ihr haben wir einen ganz besonderen Menschen verloren.«

Mara musste schlucken. Das Loch in ihrem Herzen schmerzte, sie dachte an Ben. Ben war ebenfalls ein besonderer Mensch gewesen, einer von den Guten. Die sechs Jahre, die sie zusammen verbracht hatten, erschienen ihr im Nachhinein unfassbar kurz. Manchmal fiel es schwer, nicht wütend auf das Schicksal zu sein, sondern dankbar für das, was sie gehabt hatte. Sie spürte Rosies Blick auf sich ruhen. »Für mich hört es sich an, als hätten Sie beide ein ganz besonderes Verhältnis zueinander gehabt.«

In Maras Kehle brannte ein Kloß. Sie brachte kein Wort hervor. Mit dem Finger rieb sie über eine Schramme im Holz des Tisches. So viele Erinnerungen … Sie räusperte sich trocken. »Mehr als das. Ich war für Agnes die Tochter, die sie nicht hatte, während Agnes die Art von Mutter war, die ich mir immer gewünscht hätte.« Beim Gedanken an ihre eigene Mutter, die chronisch unzufrieden mit sich und der Welt war, stiegen Frust und Ärger in Mara auf. Dabei trug Maras Vater seine Ehefrau auf Händen. Mara hatte sich bei ihrem Auszug aus dem Elternhaus geschworen, nie so zu werden wie ihre Mutter.

»Wussten Sie denn, dass Agnes Sie als Erbin eingesetzt hat?«, fragte Rosie vorsichtig in das Schweigen hinein.

»Nein, damit hätte ich nie im Leben gerechnet«, erwiderte Mara. In ihr brannte eine Frage. Nachdenklich stippte sie mit dem Zeigefinger Kuchenkrümel vom Tisch, während sie nach den richtigen Worten suchte. Schließlich hob sie den Blick und sah Rosie ins Gesicht. »Was ich aber nicht verstehe … Offenbar haben Agnes und Sie sich ebenfalls sehr nahe gestanden. Immerhin haben Sie sich in den vergangenen Jahren jeden Tag gesehen, während Agnes und ich nur lockeren Briefkontakt hielten. Darf ich fragen …« Sie unterbrach sich und zog die Stirn in Falten. »Wissen Sie, für mich fühlt es sich an, als hätten Sie es viel mehr als ich verdient, das Seaview zu erben. Ich will nicht indiskret sein, aber haben Sie eine Erklärung, warum ich im Testament bedacht wurde und nicht Sie?«

Rosie seufzte und wiegte den Kopf hin und her. Ihr Lächeln erlosch. Mit einem Mal wirkte sie bedrückt. »Ich glaube, ich weiß, warum. Und ich will ehrlich zu Ihnen sein. Agnes hat das B&B so gerade über Wasser halten können. Geld für Renovierungen war keines da. Dass das Haus etwas heruntergewirtschaftet ist, haben Sie sicher schon festgestellt.«

»Das verstehe ich nicht.« Maras Augenbrauen schnellten in die Höhe. »Ich habe mir die Kommentare auf Trip Advisor angesehen, und die klangen eigentlich recht begeistert. Wie passt das zusammen?«

»In den letzten Jahren buchten fast nur Stammgäste bei uns. Alles ältere Leute, die das Seaview aus seinen guten Zeiten kannten. Wenn Sie genau lesen, stammen die Reviews, die das Seaview betreffen, fast alle aus früheren Jahren. Die neueren beziehen sich meist auf die beiden Glamping-Pods und das Steinhaus am Rand der Klippe, die wir als Self-Catering mitlaufen lassen.«

»Glamping?« Mara schoss Rosie einen ungläubigen Blick zu. Natürlich wusste sie, dass luxuriöses Campen in Holzhütten auch in Oberbayern in den letzten Jahren ziemlich in Mode gekommen war. Dass auch Agnes zwei dieser wie liegende Fässer aussehende Pods unterhielt, war ihr neu. Das Ladies Hole, ein Self-Catering-Steinhaus, kannte sie von früher.

»Agnes wollte gern wieder mehr junge Leute um sich haben«, sagte Rosie. »Daher hat sie sich vor einiger Zeit entschlossen, günstige Übernachtungen für Backpacker anzubieten. Die Buchungen liefen über das Tourist Office in Lerwick, das funktionierte hervorragend. Agnes hat keine Werbung dafür im Internet gemacht, weil sie nicht das Geld für eine neue Website hatte.«

Mara nickte und setzte gedanklich den neuen Internetauftritt mit auf die To-do-Liste. »Okay, aber leider verstehe ich immer noch nicht, warum nicht Sie das Seaview erben, sondern ich.«

Rosies Finger trommelten auf dem Tisch. Zum ersten Mal an diesem Abend blickte sie Mara beim Sprechen nicht direkt an. »Agnes wusste, wie sehr ich das Seaview liebe. Sie ahnte, dass ich es nie übers Herz bringen würde zu verkaufen, wenn es hart auf hart kommt. Wahrscheinlich hat sie befürchtet, dass ich eher einen Kredit aufgenommen hätte, den ich in meinem Alter nie mehr hätte abstottern können, als mich von dem B&B zu trennen.«

Mara spürte ein Schlingern in der Magengegend. Mit allem hätte sie gerechnet, aber nicht damit. Stand es so schlecht um das Seaview?

»Agnes wusste, dass es jemand Jüngeren braucht als mich, um das Seaview zu retten. Jemand mit viel Schwung und einer gehörigen Portion Idealismus. Jemand wie Sie, zum Beispiel«, fuhr Rosie fort.

Oder jemand wie ich, der die Sache weniger emotional anginge und nicht zögern würde zu verkaufen, falls sich herausstellte, dass sich das B&B beim besten Willen nicht trägt, führte Mara im Geist den Gedanken fort. Eine ganze Weile sagte sie nichts. Sie musste das alles erst einmal verarbeiten. Schließlich hob sie den Kopf und sah Rosie über den Tisch hinweg ernst in die Augen. »Sie müssen wirklich sehr am Seaview hängen. Ich will Sie nicht enttäuschen. Andererseits möchte ich nichts versprechen, was ich nicht halten kann.«

»Das erwartet niemand. Sie müssen tun, was Sie für richtig halten.«

»Tja … Ganz ehrlich, eigentlich hatte ich vor, die Leitung des B&B weiterhin Ihnen zu überlassen. Natürlich würde ich eine Aushilfe einstellen, damit es für Sie nicht zu viel wird. Die Buchungen wollte ich von München aus verwalten. Das ist heutzutage ja kein Problem. Allerdings …« Sie unterbrach sich und knetete die Hände im Schoß.

»Sie haben nicht mit so vielen aufwendigen Renovierungsarbeiten und einer schlechten Auslastung gerechnet, stimmt's?«, schlussfolgerte Rosie.

»Richtig.« Mara entfuhr ein Seufzen. Was sollte sie nur sagen? Sie wollte Rosie so ungern enttäuschen. »Ich denke, ich werde zuerst eine Kosten-Nutzen-Rechnung erstellen müssen, bevor ich entscheide, wie es weitergeht. Wie viele Buchungen haben wir denn für die kommenden Monate? Reicht es, um über die Saison zu kommen?«

»Oje.« Rosie rutschte bedrückt auf dem Stuhl herum. »Jetzt, wo Sie es ansprechen … Ich glaube, ich habe einen Fehler gemacht.«

Einen sehr langen Moment sahen sie sich schweigend an.

Rosie wirkte so niedergeschlagen, als würde sie jeden Moment in Tränen ausbrechen. »Dass Agnes so plötzlich von uns gegangen ist, war ein Schock. Von einem Tag auf den anderen stand ich allein da. Ich wusste nicht, was ich tun sollte, da nicht geklärt war, wem das Seaview in Zukunft gehört. Ich wusste ja noch nicht einmal, ob es überhaupt als B&B weitergeführt wird. Also erschien es mir besser, das Haus bis auf Weiteres zu schließen. Die laufenden Buchungen habe ich vorsichtshalber gleich mitstorniert. Es tut mir so leid …«

»O nein! Sie haben alles abgesagt?« Mara spürte, wie ihr das Herz in die Hose rutschte. Finanziell gesehen war das eine Katastrophe. Die Sommer auf Shetland waren kurz. Daher konnte man nur in der Hauptsaison, also im Juni, Juli und August sicher kalkulieren. Alle anderen Monate waren aufgrund des ständig wechselnden Wetters weniger ausgelastet. Nun kam zu den Renovierungskosten auch noch ein ordentlicher Einnahmenausfall hinzu.

»Ja, was machen wir denn jetzt?« Nervös rückte Rosie ihre Brille zurecht.

»Vielleicht ist es ja ganz gut so«, versuchte Mara, die Situation zu retten. Sie mochte Rosie nicht vor den Kopf stoßen. »Um das Haus wieder in Schuss zu bringen, müssen wir ohnehin ein paar Wochen schließen. Also sehen wir es positiv.«

»Bei Gott, da bin ich aber erleichtert.« Ein unglückliches Lächeln spielte um Rosies Mundwinkel.

»Machen Sie sich keinen Kopf. Ich freue mich sehr, dass wir ehrlich reden konnten.«

»Darüber bin ich auch froh«, sagte Rosie. »Und nun lasse ich Sie wohl besser allein. Es ist spät geworden. Schlafen Sie gut und vor allem träumen Sie etwas Schönes. Sie wissen ja, was man sagt.« Bedeutungsvoll wackelte sie mit den Augenbrauen.

Mara schüttelte den Kopf. Sie hatte nicht den leisesten Schimmer.

Rosies Augen hinter den Brillengläsern funkelten schelmisch. Der Stuhl knarrte unter ihrem Gewicht, als sie aufstand. »Was man in der ersten Nacht in einem fremden Bett träumt, geht in Erfüllung.«

Mara runzelte die Stirn. Seit Bens Tod träumte sie wirr und oft so schlecht, dass sie heilfroh war, wenn sie am nächsten Morgen die Hälfte wieder vergessen hatte. Doch davon brauchte Rosie nichts zu wissen. Sie versuchte, unbefangen zu klingen. »Danke für alles, Rosie. Der Kuchen war superlecker. Ich hoffe, dass Sie auch unter meiner Leitung für das Seaview arbeiten wollen.«

»Nichts lieber als das.«

»Wunderbar.« Mara folgte Rosie durch den Flur zur Haustür. »Dann sehen wir uns morgen?«

»Ich freue mich darauf.«

Eine Viertelstunde später legte Mara sich in ihr Bett und knipste das Licht aus. Sie schloss die Augen.

Gleich darauf schlug sie sie wieder auf.

Die Matratze war eine Katastrophe und bog sich unter ihrem Gewicht durch. Pfff, von wegen schöne Träume. Wie sollte sie denn in so einer Kuhle vernünftig schlafen? Sie setzte sich auf. Entschlossen nahm sie Stift und Zettel vom Nachtkästchen und schrieb »Zu erledigen« als Überschrift auf das Blatt. Darunter setzte sie den ersten Punkt: »Preise für Matratzen im Internet vergleichen«. Frustriert blies sie sich den Pony aus der Stirn. Dann legte sie den Zettel beiseite und ließ sich zurück in die ausgeleierte Matratze sinken.

Zweifelsohne würde es eine lange Liste werden.

KAPITEL 8

»Lassen Sie mich eines vorausschicken, Sie sind nicht gezwungen, das Erbe anzunehmen«, eröffnete der Notar sehr direkt das Gespräch. Mara, die ihm gegenüber in dem lichtdurchfluteten Frühstücksraum des Seaview Platz genommen hatte, sah ihn leicht perplex über den großen Holztisch hinweg an. Sie hatte mit einem älteren Herrn gerechnet, aber Mr Murray hatte ihr beim Eintreffen erzählt, dass er die Kanzlei seines Vaters erst kürzlich übernommen habe. Das erklärte sein relativ junges Alter und die für einen Notar eher unübliche Art, sich in Sneakers, Jeans und Hemd zu kleiden. Mr Murray war schätzungsweise Mitte dreißig, dunkelhaarig und auf seine Weise gut aussehend. Vor allem aber machte er einen vertrauenerweckenden Eindruck. In seiner Mail hatte er geschrieben, dass es für ihn kein Problem sei, nach Walls zu kommen, um ihr die Einzelheiten des Testaments zu erläutern. Mara hatte dankend angenommen, und so saßen sie nun hier, zwischen sich eine große Kanne Tee. Mr Murray zog zwei Schnellhefter aus seinem Aktenkoffer. Einen davon überreichte er Mara. »Beginnen wir offiziell mit der Testamentseröffnung. Entsprechend den Formalitäten werde ich alles Punkt für Punkt mit Ihnen durchgehen. Ich würde Sie bitten, mich direkt zu unterbrechen, falls etwas unklar ist.«

Eine Stunde und etliche Tassen Tee später hatte Mara das Gefühl, dass ihr Kopf kurz vor dem Platzen stand. Es war mühsam, sich durch die ganzen Rechtsbegriffe zu arbeiten. Am liebsten wäre ihr gewesen, Mr Murray hätte in eigenen Worten auf den Punkt gebracht, worauf es inhaltlich ankam. Aber zu ihrem Leidwesen hatte er darauf bestanden, jede Zeile und jede Formulierung gemeinsam mit ihr im originalen Wortlaut durchzugehen. Endlich waren sie durch.

Mara legte den Stift beiseite, mit dem sie sich Notizen gemacht hatte, und lehnte sich zurück. »Danke für Ihre Geduld und Ihre ausführlichen Erläuterungen. Wäre es okay, wenn ich das Wichtigste noch mal zusammenfasse, um sicherzugehen, dass ich alle wichtigen Punkte behalten habe?«

»Aber gern. Legen Sie los.« Mr Murray nickte. Spiegelgleich zu ihr lehnte er sich ebenfalls zurück.

»Also«, hob Mara an. Plötzlich unsicher, wippte sie unter dem Tisch mit dem Fuß. Es war alles ziemlich kompliziert. »Ich bin die alleinige Erbin des Seaview und des Grundstücks links der Zufahrt, auf dem auch das Haus steht. Die Zufahrt selbst gehört den Laurensons, aber aufgrund des Gewohnheitsrechts darf ich sie weiterhin benutzen.«

»Richtig. Allerdings nur bis zu Ihrem Haus und nicht weiter bis zum Whalwick Hotel, wo der Schotterweg endet. Dies gilt auch für den Fall, dass Ihre Gäste den Weg für einen Spaziergang in die Bucht hinunter nutzen möchten. Agnes hatte mit dem inzwischen verstorbenen älteren Mr Laurenson seinerzeit ein Zugangsrecht ausgehandelt. Allerdings galt das nur zu Agnes' Lebzeiten. Mit ihrem Tod ist es erloschen. Ich schlage daher vor, dass Sie sich so schnell wie möglich eine neue Genehmigung von Mrs Laurenson einholen. Sie verwaltet den Besitz und ist somit Ihre Ansprechpartnerin.«

Mrs Laurenson, ausgerechnet. Mara verdrehte innerlich die Augen. Wie ärgerlich! Sie konnte ihren Gästen schlecht verbieten, den direkten Zugang zur Bucht zu nehmen, nur weil sie und Mrs Laurenson in der Vergangenheit Probleme miteinander gehabt hatten. Leider war die Zufahrt nicht der einzige Punkt, den es zu klären galt. Seufzend fuhr sie fort: »Na schön. Das Grundstück *rechts* der Zufahrt, auf dem die Glamping-Pods und das Self-Catering stehen, gehört ebenfalls den Laurensons. Auch dieser Pachtvertrag ist mit Agnes' Tod erloschen und muss neu ausgehandelt werden, wenn die Pods dort stehen bleiben sollen. Was sinnvoll ist, denn auf *meinem* Land müsste ich erst die Genehmigung einholen, einen Campingplatz zu betreiben. Außerdem müsste ich eine Reihe von Auflagen beachten und bräuchte dann noch das Einverständnis der Laurensons wegen der möglicherweise entstehenden Lärmbelästigung. Korrekt?« Sie hob eine Augenbraue.

»Korrekt.«

»Habe ich etwas vergessen?«

»Nein.«

Sie schwieg einen Moment. »Das hört sich alles nicht sonderlich schön an.«

»Leider nicht.« Mr Murrays Miene drückte Verständnis aus. »Daher auch meine Eingangsworte. Es steht Ihnen frei, das Erbe auszuschlagen.«

Mara wischte sich die schwitzigen Hände an ihrer Jeans trocken. »Was würden Sie an meiner Stelle tun?«

Mr Murray schüttelte den Kopf. »Es steht mir von Berufs wegen nicht zu, Ihnen Ratschläge zu geben. Aber wenn Sie meine ganz private Meinung hören möchten …«

»Bitte. Es wäre mir sogar ausgesprochen wichtig.« Mara lehnte sich vor und zählte an den Fingern ab. »Erstens sind Sie nicht betroffen und daher objektiv. Zweitens kennen Sie die in Schottland üblichen Pacht- und Immobilienpreise. Und zu guter Letzt können Sie die wirtschaftliche Situation nach dem Brexit hier auf Shetland besser beurteilen als ich.«

»Schön. Sie liegen in allen drei Punkten richtig.« Er ließ eine Pause entstehen.

Gespannt wartete Mara darauf, dass er weitersprach.

»Wenn ich mich hier so umsehe, sind grundlegende Renovierungsarbeiten nötig. Dazu das komplizierte Nachbarschaftsverhältnis.« Er schraubte an der Kappe seines Füllhalters. »Ich frage mich, ob ich an Ihrer Stelle nicht lieber verkaufen würde.«

»Puh …« Mara ließ die Luft nach einem tiefen Atemzug entweichen und lehnte sich zurück. Eine ehrliche Antwort, allerdings nicht die Antwort, die sie sich erhofft hatte. Ihr Blick glitt aus dem Fenster. Unten in der Bucht glitzerte das Meer tiefblau. Die Wellen liefen gegen einen breiten Saum aus goldenen Sandflächen auf. Daneben erhoben sich schroffe, zerklüftete Klippen. Das Kreischen der Seevögel erfüllte die Luft, der Himmel war endlos weit. Ein Sehnsuchtsort, wie es ihn nur selten gab. Sollte sie das alles kampflos aufgeben? Eine ganze Weile starrte sie schweigend vor sich hin. Schließlich gab sie sich einen Ruck. »Ich verstehe. Wissen Sie, ob es überhaupt Interessenten gäbe?«

»Die gibt es. Allerdings …« Mr Murray sah sie an, als überlegte er, ob er sich so weit aus dem Fenster lehnen sollte. Wieder schraubte er an dem Füller herum. Nach einer ziemlichen Weile legte er ihn vor sich auf den Tisch und faltete die Hände. »Ich erzähle Ihnen das nur im Vertrauen. Sie haben diese Information nicht von mir. Einverstanden?«

»Einverstanden.« Sie nickte und versuchte, sich nicht anmerken zu lassen, wie irritiert sie war. Das ungute Gefühl in ihrem Bauch wurde stärker.

»Mrs Laurenson ist an einem Kauf interessiert.«

Mara schluckte. Warum erstaunte es sie nicht im Mindesten, dass Mrs Laurenson scharf darauf war, das Seaview zu kaufen?

»Mein Vater und Agnes waren gute Bekannte«, fuhr Mr Murray fort. »Daher weiß ich, dass ein Gespräch über einen möglichen Verkauf schon länger im Raum stand, Agnes sich aber mit Händen und Füßen dagegen gesträubt hat. Um meinen Vater zu zitieren, Agnes meinte wohl, eher werde die Hölle zufrieren, als dass sie an die Laurensons verkaufen würde. Warum, kann ich Ihnen leider nicht sagen.«

»Gut. Ich verstehe.« Ernüchtert rang sich Mara ein Lächeln ab. Es überforderte sie, weiter über das Thema nachzudenken. Sie musste das alles erst einmal sacken lassen. »Danke, dass Sie sich die Mühe gemacht haben, hierherzukommen.«

»Keine Ursache. Warten Sie.« Er bückte sich nach seinem Aktenkoffer und zog einen Umschlag heraus. »Hier. Bevor ich es vergesse, Agnes hat Ihnen einen Brief hinterlassen. Sie bestand darauf, dass er Ihnen erst nach Verlesung des Testaments übergeben wird.«

Mara spürte ihre Brust eng werden, als sie ihren Namen in Agnes' verschnörkelter Handschrift auf dem Kuvert erblickte. Die Emotionen brachen wie eine Welle über ihr zusammen. Sie war außerstande, etwas zu sagen.

Mr Murray schloss seine Aktentasche und damit die Unterhaltung. Mara brachte ihn vor die Haustür. Benommen blieb sie auf der Schwelle stehen, den ungeöffneten Brief in den Händen, während Mr Murray in seinem Rover davonfuhr. Ihr Kopf schmerzte. Sie brauchte dringend Luft. Eine leichte Brise wehte vom Meer heran und trug den Geruch von Salz und Seetang mit sich. Mit zittrigen Knien setzte sie sich auf die Bank vor dem Haus.

Wie lange sie einfach dagesessen und aufs Meer geblickt hatte, wusste sie hinterher nicht, aber schließlich öffnete sie den Umschlag und begann zu lesen:

Meine liebe Mara,

wenn dich diese Zeilen erreichen, bin ich aller Voraussicht nach tot. Bitte sei nicht traurig deswegen. Ich hatte ein gutes und glückliches Leben. Vor allem war es mir vergönnt, meinen Traum zu leben. Das können die wenigsten von sich behaupten.

Sicherlich warst du überrascht zu hören, dass du das Seaview erben sollst. Ebenso sicher bin ich, dass dich eine Menge Fragen bewegen. Daher möchte ich dir erklären, was mich zu meiner Entscheidung bewogen hat.

Zuallererst hoffe ich, dass dieses Erbe dir Glück bringt, in welcher Form auch immer. In der Zwischenzeit dürftest du von Mr Murray, den ich sehr schätze, erfahren haben, dass die Umstände leider nicht eben günstig sind. Ich erspare mir, die rechtlichen Einzelheiten der Pachtverträge aufzuführen, denn darüber solltest du inzwischen unterrichtet sein.

Zum Geschäftlichen: Ich konnte in den letzten Jahren zufriedenstellend von den Einkünften der Frühstückspension leben. Allerdings habe ich keine sonderlich hohen Ansprüche und benötige nur wenig Geld für mich selbst. Daher bin ich nicht das Maß aller Dinge. Den Mut, einen Kredit aufzunehmen und die nötigen Renovierungen anzugehen, hatte ich leider nicht mehr. Bitte sieh es mir nach. Leider bringt es das Alter mit sich, dass man sich eventuell vor einem unüberwindbaren Berg aus Schwierigkeiten sieht, den man in mittleren Jahren leicht aus dem Weg geräumt hätte.

Um es auf den Punkt zu bringen: Du wirst entscheiden müssen, ob du dich den Herausforderungen stellen und das Seaview behalten möchtest oder ob du verkaufst. Es liegt in deinen Händen.

Vielleicht hast du auch erfahren, dass Mrs Laurenson am Kauf interessiert ist, ich mich allerdings dagegen gesperrt habe. Der Grund liegt in der Vergangenheit. Es ist eine lange Geschichte und tut nichts zur Sache. Vielleicht so viel, durch Mrs Laurenson hat mein Leben einen anderen Verlauf genommen, als ich es mir gewünscht hätte. Sie hat mir viel genommen, daher hat sich alles in mir gesträubt, ihr auch noch das Seaview zu überlassen, obwohl sie mir ein lukratives Angebot gemacht hat. Du siehst, mit dem Alter wird man nicht nur weise, sondern in meinem Fall leider auch unnachgiebig und nachtragend.

Liebe Mara, wie auch immer es nun weitergeht, eines ist mir wichtig zu sagen: Das Seaview war mein Traum, und ich habe ihn gelebt. Du hingegen hast das Recht, ja sogar die Pflicht, deinen eigenen, ganz persönlichen Traum zu leben. Und er sieht gewiss anders aus, als meiner ausgesehen hat. Wenn du verkaufen möchtest, um dir mit dem Geld eine Zukunft aufzubauen, dann zögere nicht, es zu tun, selbst wenn das Haus dadurch an die Laurensons fällt. Ich hätte den dummen Streit längst begraben sollen.

Gottes Segen für dich, liebe Mara, ich wünsche dir alles Glück der Welt. Danke für unsere wunderbare gemeinsame Zeit. Du sollst wissen, dass du für mich die Tochter warst, die ich nie

hatte. Daran hat sich über die Jahre nie etwas
geändert.
  In Liebe
  Agnes

Mara musste mehrfach schlucken. Zu ihrer Bestürzung kamen
ihr die Tränen. Mit dem Ärmel wischte sie sie weg. Wie gern
hätte sie jetzt hier zusammen mit Agnes auf dieser Bank gesessen, mit ihr gelacht, geplaudert oder einfach nur geschwiegen.
Mit Agnes hatte man herrlich schweigen können, ohne dass
es sich merkwürdig anfühlte. Das war ihr bisher mit keinem
anderen Menschen so gegangen. Immer heftiger flossen die
Tränen. Sie vermisste Agnes fürchterlich.

Dieser Brief … Was sollte sie nur tun? Durch die Enge in
ihrer Brust hindurch spürte sie, wie sehr es ihr widerstrebte,
mit Mrs Laurenson zu sprechen. Dennoch führte kein Weg
daran vorbei. Sie musste es wohl oder übel hinter sich bringen.
Am besten möglichst bald. Dann wusste sie zumindest, woran
sie war. Mit einem Schlingern im Bauch nahm sie das Handy
aus der Jackentasche, rief die Website des Whalwick Hotels im
Browser auf und drückte auf das blaue Google-Anruf-Icon.

KAPITEL 9

Als Mara am nächsten Tag nach dem Termin mit Mrs Laurenson das Whalwick House verließ, war sie nicht nur erleichtert, sondern auch ganz schön durch den Wind. Benommen zog sie die wuchtige Eingangstür hinter sich zu und blieb stehen, um tief durchzuatmen. Dafür, dass Mrs Laurenson und sie sich nach wie vor nicht sympathisch waren, war das Gespräch erstaunlich emotionslos und auf einer durchweg sachlichen Ebene verlaufen. Jetzt lagen die Karten auf dem Tisch, und obwohl sie Mara nicht sonderlich gefielen, konnte sie nun in Ruhe überlegen, was sinnvoller war, verkaufen oder renovieren.

Sie legte die Hand auf ihren leeren Magen. Heute Morgen beim Frühstück hatte sie keinen Bissen runtergebracht, dafür spürte sie den Hunger nun umso deutlicher. Besorgt blickte sie in den Himmel, an dem sich dunkle Wolkenberge türmten. Dass das Wetter hier oben ständig wechselte, war nichts Neues für sie. Manchmal erwischte man an einem Tag alle vier Jahreszeiten. Eigentlich das typische Shetlandklischee, aber heute schien so ein Tag zu sein. Ursprünglich hatte sie vorgehabt, im Anschluss an das Gespräch einen Spaziergang in den Ort zum Supermarkt zu machen und frisches Brot zu kaufen. Aber sollte sie vielleicht besser das Auto nehmen? Sie stemmte sich gegen den Wind und machte sich auf den Weg zu ihrem Mietwagen. Dabei sah sie sich in Gedanken schon in ein Scone beißen, dick mit goldener Shetlandbutter bestrichen, die herrlich nach Salzwiesen und Wildblumen schmeckte. Vor Heißhunger lief ihr das Wasser im Mund zusammen.

Eine Viertelstunde später stand sie an der Kasse des Walls Shop. Die Mitarbeiterin hinter der Theke schien in etwa so alt zu sein wie sie selbst. Sie hatte langes schwarzes Haar und einen alabasterhellen Teint. *Eine Mischung aus Schneewittchen und Natural Beauty Queen, die keine Schminke nötig hat, um frisch und attraktiv zu wirken,* dachte Mara nicht ohne Neid. Musste an der vielen frischen Luft hier oben liegen. Sie als Großstadtpflanze konnte da schlecht mithalten.

»Großeinkauf?«, scherzte die Kassiererin mit einem so gewinnenden Lächeln, dass sie Mara vom Fleck weg sympathisch war.

Verlegen lächelnd beugte sich Mara über den randvollen Einkaufskorb. »Tja, man sollte nicht hungrig einkaufen gehen. Schon gar nicht, wenn es so leckere Sachen gibt.«

»Ach was!« Grinsend und selbstbewusst fuhr die junge Frau mit den Händen über die Rundung ihrer Hüften. »Vergiss die Kalorien. Sieh es als Comfort Food, als Essen für die Psyche. Wenn man bei dem trostlosen Wetter drinnen hockt, muss man sich eben etwas gönnen. Essen, das der Seele schmeichelt, ist wie die Kuscheldecke, die wir als Kinder hatten. Brauchen wir das nicht alle in Zeiten wie diesen?«

Mara seufzte. »Ich konnte dem Shetlandkäse, dem Lachs, den Oatcakes nicht widerstehen. Dabei wäre es vernünftiger gewesen, erst einmal die Vorräte in der Speisekammer des Seaview aufzubrauchen. Aber der Homemade Double Chocolate Cake schrie förmlich danach, in meinem Einkaufskorb zu landen.«

Die Kassiererin zog eine Packung Schokokekse über den Scanner. Dann blickte sie neugierig auf. »Du wohnst im Seaview? Cool. Dann musst du Mara sein.«

Mara staunte nicht schlecht.

»Rosie hat mir von dir erzählt«, fügte sie rasch hinzu, als sie Maras Blick auffing. Sie deutete auf das Namensschild an ihrer Schürze, »Lowrie«. »Freut mich, dich kennenzulernen. Ich bin Loorie.« Sie sprach ihren Namen breit und lang gezogen aus.

»Ich freue mich auch«, antwortete Mara. Während Lowrie kassierte, trat sie einen Schritt näher an das Schwarze Brett neben dem Kassenbereich. Dort herrschte ein buntes Durcheinander an Zetteln. Während sie las, kam ihr eine Idee. Fragend wandte sie sich an Lowrie. »Sag mal, wäre es wohl möglich, dass ich einen Aushang mache? Es geht um Agnes' persönlichen Besitz. Kleider, ein paar Möbel, Andenken von Reisen und so weiter. Rosie meinte, es sei üblich, dass man der Gemeinde anbietet, vorbeizuschauen und sich zu nehmen, was gebraucht wird.«

»Ja, so wird das hier meist gehandhabt. Es ist nachhaltig und spart Geld. Bring den Zettel einfach vorbei.«

»Um was geht es hier?« Interessiert tippte Mara auf einen ansprechend gestalteten Flyer. »Wahl zum umweltfreundlichsten B&B? Klingt gut.«

»Aye. Die Anmeldefrist läuft nächste Woche ab. Falls du mitmachen möchtest, solltest du dich so schnell wie möglich im Tourist Board in Lerwick anmelden. Meine Eltern oben auf Whalsay nehmen mit ihrer Pension auch teil.«

Mara musste überlegen, aber dann fiel ihr ein, dass Whalsay eine der kleineren Inseln Shetlands war. »Du kommst von Whalsay? Deshalb kenne ich dich nicht von früher. Ich habe ein Jahr in Walls gewohnt.«

»Wie cool! Nein, was mich betrifft, ich bin erst letzten Sommer hierher umgezogen. Der Liebe wegen.« Lowrie strich den zerknitterten Aufkleber mit dem Barcode an dem

Räucherkäse glatt und zuckte beiläufig die Schultern. »Hat sich als Irrtum erwiesen. Im Moment bleibe ich lieber Single. Und du? Verheiratet? Kinder?«

Mara lächelte. Lowries offene, direkte Art imponierte ihr. »Weder noch. Noch nicht einmal einen Freund.«

»Na, hier oben gäbe es eine ganze Auswahl an potenziellen Kandidaten. Das heißt, wenn du auf den kräftigen, zupackenden, rustikalen Typ mit wildem Hairstyle und Bartwuchs stehst.«

Mara musste an die uniformierten, anzugtragenden, durch und durch farblosen Businesstypen denken, mit denen sie in München tagtäglich zu tun hatte. Sie grinste. »Nichts dagegen einzuwenden. Allerdings bin ich nicht auf der Suche.«

»Pass nur auf.« Lowrie wedelte mahnend mit der Packung Shetland Shortbread. »Meistens trifft man den Richtigen gerade dann, wenn man von Männern gründlich die Nase voll hat und absolut nichts mehr mit ihnen zu tun haben will.«

Mara spürte, wie sich etwas in ihr verspannte. Ein Flirt, ja, warum nicht, aber etwas Ernstes? Nach Ben konnte sie sich nur schwer vorstellen, mit einem anderen Mann noch einmal dauerhaft so glücklich zu werden wie mit ihm. Er war das Beste, was ihr je passiert war. Lowrie lag falsch mit ihrer Hypothese, aber komplett.

Der Scanner piepste. Eine Packung Milch wanderte in die braune Einkaufstüte. »Darf ich dich etwas fragen?«

»Sicher.« Mara nickte.

»Was hast du mit dem Seaview vor?« Lowrie wackelte bedeutungsschwer mit den Augenbrauen. »Wir sind alle so gespannt. Du sorgst für ordentlich Gesprächsstoff in der Gemeinde. Es laufen schon Wetten, ob du einen Abflug startest oder bleibst. Letzteres würde mich im Übrigen echt freuen.«

»Da muss ich dich leider enttäuschen.« Mara setzte ein bedauerndes Gesicht auf und erklärte, was sie vorhatte:

renovieren und die Buchungen von München aus verwalten. Dann erzählte sie von dem auslaufenden Pachtvertrag und dem weiteren Stand der Dinge. »Ich komme gerade von Whalwick House«, schloss sie ihren Bericht.

»Oje, von der Furcht einflößenden Mrs Marjoleen Laurenson.« Lowrie verdrehte vielsagend die Augen.

»Ja.« Mara nickte. »Allerdings wirkt sie auf mich weniger Furcht einflößend als vor vierzehn Jahren. Damals habe ich als Zimmermädchen in ihrem Hotel gearbeitet. Tja …, dann habe ich mich dummerweise in ihren Sohn verliebt und wurde gefeuert. Mrs Laurenson dachte wohl, ich wäre nicht hinter Gavin, sondern hinter dem Familienvermögen her.«

»Gavin? Ihr beide wart zusammen?« Ein Blitzen trat in Lowries Augen.

»Es war nichts Ernstes«, meinte Mara zögerlich. Vorsichtig musterte sie Lowrie von der Seite. Von einer Sekunde auf die andere fühlte sie ein Ziehen in der Brust. Herrje, das fühlte sich verdammt nach Eifersucht an. Wo kam das denn auf einmal her? »Läuft da etwas zwischen Gavin und dir?«, hörte sie sich zu allem Übel auch noch fragen. Dabei fiel ihr Blick auf Lowrie. Täuschte sie sich, oder flackerten Lowries Augen verdächtig?

Mara sog scharf die Luft ein. Im nächsten Moment hätte sie sich am liebsten geohrfeigt. War sie noch ganz zurechnungsfähig? Schuld war dieses dumme Gequatsche von Lisa und Jezz. Anscheinend hatten es die beiden geschafft, ihr einen Floh ins Ohr zu setzen. Von wegen, alte Liebe rostet nicht und so. So ein Blödsinn! Wehe, sie kamen beim nächsten Telefonat wieder auf die Idee, sich auf Gavin einzuschießen.

»Iwo, wir sind nur gute Kumpels, obwohl Gavin höllisch attraktiv ist. Gelegentlich unternehmen wir etwas zusammen.« Ganz entspannt griff Lowrie nach der Packung Lachs. Anscheinend hatte Mara sich das Leuchten in Lowries Augen nur eingebildet. »Wir kommen beide gut klar damit, Single zu sein.«

»Gavin hat also keine feste Beziehung?«, entschlüpfte es Mara.

Zum zweiten Mal innerhalb weniger Sekunden hätte sie sich am liebsten in den Hintern getreten. Warum klopfte ihr Herz immer ein wenig schneller, wenn sie an Gavin dachte? Dieses ganze Theater von wegen Date und so. Sie musste aufhören, sich in etwas hineinzusteigern. Gavin hatte es damals nicht ernst gemeint. Das hatte er selbst gesagt, oder etwa nicht? Warum sollte es jetzt anders sein?

Lowrie zuckte die Schultern. »Gavin war – oder ist – mit Sunniva verheiratet. Die beiden haben zwei süße Kinder. Vor ungefähr einem Jahr haben sie sich getrennt. Aber frag mich nicht, warum und ob sie sich scheiden lassen wollen. Gavin spricht nicht gern darüber.«

Mara nickte. Ohne sich wirklich bewusst zu sein, was sie tat, griff sie nach den Keksen neben der Kasse und drehte deren Cellophantüte gedankenverloren in den Händen. »Lowries selbst gebackene schottische Haferkekse« stand handgeschrieben auf dem Etikett.

»Wir sind vom Thema abgekommen. Gute Wahl, übrigens.« Lowrie hielt eine Flasche 60° North Shetland Lager hoch und schnalzte anerkennend mit der Zunge. Sie schien kein Problem damit zu haben, zwischen mehreren Themen hin und her zu switchen. »Zurück zu Marjoleen. Lass mich raten. Als du die Pacht verhandeln wolltest, hat sie versucht, dich abzuzocken.«

»Hm, irgendwie schon.« Unentschlossen, ob der Angriff auf ihre schlanke Linie zusätzlich zu dem Naschzeug im Einkaufskorb ein paar Kalorien mehr verkraften konnte, stellte Mara die Kekse wieder zurück. »Andererseits hat sie mir ein großzügiges Angebot gemacht. Falls ich verkaufe, zahlt sie mir angeblich mehr als den Marktwert.«

»Und? Willst du verkaufen?«

»Ursprünglich nicht. Aber jetzt häufen sich die Schwierigkeiten, und ich bin mir nicht mehr sicher. Wenn das Angebot wirklich so gut ist, wäre es schon fast dumm von mir, abzulehnen.«

»Trotzdem zögerst du?« Offenbar konnte Lowrie ausgezeichnet zwischen den Zeilen lesen. »Fühlst du dich Agnes gegenüber verpflichtet, das Haus weiterzuführen?«

»Nein«, versicherte Mara trotz der plötzlichen Enge in ihrer Brust. »Agnes hat mir einen Brief hinterlassen, in dem steht, dass es allein meine Entscheidung ist. Sie hat mich sogar ermutigt, meinen Weg zu gehen und nicht am Seaview festzuhalten.«

Lowrie seufzte. »Agnes war eine tolle Frau.«

»Ja, das war sie.«

»Schade um das Seaview, falls du verkaufst. Ich würde das hübsche blaue Haus am Rand der Bucht vermissen. Hoffentlich kommt nicht so ein grässlicher moderner Klotz dorthin. Soll ich dir den Kopfsalat in eine extra Tüte packen?«

Maras Augenbrauen schossen in die Höhe. »Wieso sagst du das?«

»Na, damit deine anderen Einkäufe nicht schmutzig werden.«

»Ach was, ich meinte doch nicht den Salat. Warum sagst du hässlicher moderner Klotz?«

»Ähm.« Lowrie errötete. Sie strich sich das offene Haar hinter das Ohr. »Entschuldige. Das ist mir so rausgerutscht.«

Mara wartete darauf, dass Lowrie weitersprach, aber nichts passierte.

»Komm schon, Lowrie.« Mara hob bittend die Hände. »Ich weiß, dass du mir zu nichts verpflichtet bist. Aber ich wäre dir echt dankbar, wenn du es nicht bei einer vagen Andeutung belassen könntest. Schließlich geht es ja auch um meine Zukunft und nicht allein um das Seaview.«

Lowrie tippte sich mit dem Fingernagel gegen einen ihrer oberen Vorderzähne und überlegte. »Ok. Du hast recht. Außerdem fand ich dich gleich sympathisch, als du vorhin den Laden betreten hast. Ich wäre gern mit dir befreundet.« Sie warf Mara eines dieser tollen Lowrie-Lächeln zu.

Mara lächelte zurück. »Das fände ich auch schön«, erwiderte sie und meinte es so.

»Hm, den liebe ich, der ist so lecker.« Lowrie hielt eine Packung Sticky-Toffee-Pudding in die Luft. »Also schön. Marjoleen ist vor ein paar Tagen hier im Laden einer Bekannten begegnet. Die beiden haben sich unterhalten und nicht bemerkt, dass ich auf der anderen Seite des Regals Waren einsortiert habe. Ich hatte natürlich nicht vor, sie zu belauschen, andererseits konnte ich schlecht weghören. Jedenfalls beklagte sich Marjoleen, was für ein scheußlicher, abgetakelter Kasten Seaview sei, und dass sie es kaum erwarten könne, das Grundstück zu kaufen und das Ding abzureißen. Soweit ich verstanden habe, plant sie stattdessen so eine Art Glaspalast für Neureiche. Damit die mit ihren Luxusjachten auch anlegen können, will sie wohl die Marina neben dem Whalwick House vergrößern. Außerdem die Zufahrt verbreitern, die am Seaview vorbeiführt. Die momentane Hotelzufahrt lässt sich anscheinend nicht ausbauen, weil sie zu nah am Hügel verläuft. Die Pläne zum Ausbau habe sie schon in der Schublade, aber mit so einer schrecklichen Person wie Agnes hätte man ja nicht reden können. Daher hat sie gewartet, bis …« Lowrie brach ab und biss sich betreten auf die Lippe.

»Bis zu Agnes' Tod«, führte Mara den Satz zu Ende.

»Du sagst es.« Lowrie verzog das Gesicht.

»Danke. Jetzt weiß ich Bescheid.« Mara fühlte, wie ihr Herz vor Wut und Enttäuschung fest und hart gegen die Rippen klopfte. Wenn es stimmte, was Lowrie sagte, hatte Marjoleen ihr glatt ins Gesicht gelogen. Von wegen, das Seaview solle so wenig wie möglich verändert werden! Deswegen das großzügige Angebot. Wenn Marjoleen so ein ultraschickes Glasdings für Superreiche errichtete, konnte sie auch ultrahohe Preise für die Übernachtung verlangen. Damit ginge die Rechnung auf.

Lowries Stimme riss sie aus ihren Gedanken. »Übrigens war das vorhin nicht nur so gesagt. Ich würde mich echt freuen, wenn wir uns öfter sehen. Und wenn ich etwas für dich tun kann, dann sag es.«

»Danke, Lowrie, das ist lieb von dir. Ich zahle dann.« Mara zückte ihre Geldbörse.

»Bar oder mit Karte?«

»Mit Karte bitte. Und das mit dem Wettbewerb lasse ich mir durch den Kopf gehen. Noch ist nicht entschieden, ob ich verkaufe.«

»Warte mal …« Lowrie blickte auf einmal merkwürdig intensiv zu ihr. »Vielleicht täusche ich mich, aber ich hatte vorhin das Gefühl, dass es dir bei der Entscheidung verkaufen oder nicht unter anderem auch ums Geld geht.«

»Du täuschst dich nicht«, erwiderte Mara mit einem Stöhnen und reichte die Kreditkarte über die Theke. »Ich habe zwar noch etwas auf der hohen Kante. Für die Renovierung müsste es reichen, aber das wär's dann auch. Falls die Buchungen ausbleiben, habe ich kein Geld mehr zur Überbrückung.«

»Ha!« Schwungvoll schob Lowrie die Karte in das Lesegerät. Dabei grinste sie triumphierend, als wäre ihr eben ein ziemlich genialer Einfall gekommen. »Da mach dir mal keine Sorgen. Die Sache ist ganz einfach, du musst nur den Wettbewerb zum besten B&B gewinnen, dann bist du aus dem Schneider. Hier tipp mal die PIN ein.« Sie hielt Mara das Gerät unter die Nase.

Mara tippte. Dabei kräuselte sie die Stirn. »Ich verstehe nur Bahnhof. Was hat der Wettbewerb mit meiner Entscheidung zu tun?«

Lowrie wackelte bedeutungsvoll mit den Augenbrauen. Dann deutete sie auf das Schwarze Brett hinter sich. »Lies mal die Ausschreibung etwas genauer. Mit dem Sieg ist nicht nur der Titel, sondern auch eine Gewinnsumme nebst einem ziemlich attraktiven Marketingpaket verbunden. Das spült dir nicht nur Moneten in die Kasse, sondern sorgt auch dafür, dass du ein ganzes Jahr lang kostenlose Werbeunterstützung bekommst.«

»Was? Echt?« Mara spürte ein Kribbeln über ihr Rückgrat laufen. Plötzlich war sie ganz aufgeregt.

Im Gegensatz zu Lowrie, die in aller Seelenruhe die Schultern zuckte. »Wenn das Geschäft damit nicht laufen sollte, dann weiß ich auch nicht. Dann soll es vermutlich nicht sein. Aber verkaufen kannst du im schlimmsten Fall immer noch.«

Ohne lange zu fackeln drehte Lowrie sich um, löste den Flyer mit der Ausschreibung vom Brett und drückte ihn Mara in die Hände.

Maras Blick flog über die Zeilen. Beim Lesen geriet sie ganz aus dem Häuschen. Wow, das klang wirklich super. Unwillkürlich spürte sie Adrenalin durch ihre Adern rauschen. Eine ziemliche Herausforderung, aber warum nicht?

»Du hast recht.« Mit vor Eifer geröteten Wangen reichte sie das Blatt an Lowrie zurück. »Selbst wenn ich es nur auf Platz zwei oder drei schaffe, wäre das schon super für den Bekanntheitsgrad.«

»Also wirst du es versuchen?«

»Ich denke schon. Vor allem, weil ich in Deutschland schon lange in der Hotelbranche arbeite. Gerade was das Thema Nachhaltigkeit betrifft, hat sich in den letzten Jahren einiges getan. Das kann ich nutzen.«

Lowrie bedachte sie mit einem Sherlock-Holmes-mäßigen Blick. »Deinem Gesicht nach zu urteilen, fängt es in deinem Gehirn bereits an zu arbeiten.«

»Ertappt.« Mara lächelte, während sie im Geiste das Schaufenster des Seifengeschäfts wieder vor Augen hatte. »Ich wüsste auch, wo ich ansetzen würde.«

»Cool.«

»Na ja, nur so ein spontaner erster Gedanke«, wiegelte Mara leicht verlegen ab. »Ein richtiges Konzept auszuarbeiten, ist noch mal was anderes.«

»Ach was, ich traue dir zu, dass du das fabelhaft hinbekommst. Versprichst du mir, dass du dich anmeldest?«

»Versprochen!«, beschloss Mara spontan. Lowries Begeisterung war so ansteckend, dass sie gar nicht anders konnte.

Kurz darauf trat Mara vor die Tür, eine randvolle Tüte mit Einkäufen im Arm. Während sie sich drinnen mit Lowrie unterhalten hatte, war das Wetter erneut umgeschlagen, diesmal von Nieselregen zu Sonnenschein. Abgesehen von ein paar Wattewölkchen war der Himmel strahlend blau. Mara zog den Schlüssel des Mietwagens aus der Tasche und drückte den Knopf der Fernbedienung. Mit einem lauten Klack sprang die Verriegelung auf.

Während sie die Einkäufe in den Kofferraum lud, musste sie wieder an Marjoleens gar nicht so großzügiges Kaufangebot denken. Immer deutlicher wurde ihr bewusst, dass sie Marjoleen nicht über den Weg trauen durfte. Wäre das Gespräch mit Lowrie nicht gewesen, hätte sie sich womöglich zu einem Verkauf hinreißen lassen, in dem Glauben, einen fairen Handel abzuschließen.

Von wegen fair! Aufgebracht stieß Mara die Luft aus. Als wäre Marjoleens Verhalten nicht schon damals fragwürdig genug gewesen. Wie es aussah, hatte sich Gavins Mutter seit damals nicht verändert. Eine Frage des Charakters. Je länger Mara darüber nachdachte, desto wütender wurde sie. Auf Marjoleen, aber auch auf sich selbst, weil sie mal wieder zu gutgläubig gewesen war. Es hätte ihr von Anfang an zu denken geben sollen, dass Agnes sich strikt geweigert hatte, an die Laurensons zu verkaufen. Maras Brustkorb hob und senkte sich in einem schweren Atemzug. Was mochte der Grund für die langjährige erbitterte Feindschaft zwischen Agnes und Marjoleen gewesen sein? Aus Agnes' Zeilen wurde sie nicht richtig schlau. Sie wusste, dass Agnes ein sehr friedliebender Mensch gewesen war. Sich mit jemandem wie Agnes auf Dauer zu zerstreiten, war so gut wie unmöglich.

In ihr arbeitete es. So sehr, dass sie sich auf keinen Fall hinter das Steuer setzen und zurück ins Seaview fahren konnte. Sie beschloss, einen Spaziergang hinunter an den Pier zu unternehmen, um sich abzuregen. Mit festen Schritten marschierte sie los, in der Hand die Packung mit dem Shortbread. Dabei schimpfte sie leise vor sich hin, die beste Möglichkeit, ihrem Ärger Luft zu machen.

Dass Marjoleen das Seaview abreißen und etwas Neues auf dem Grund errichten würde, war eines. Dass sie Mara gegenüber behauptet hatte, so wenig wie möglich ändern zu wollen, war eine Unverschämtheit. Und eine glatte Lüge. Mara hatte das Lowrie gegenüber nicht aussprechen wollen und möglicherweise war es eine Unterstellung, aber sie empfand es so. Und dann hatte Marjoleen das Seaview auch noch als Schandfleck bezeichnet und Agnes als eine schreckliche Person. Außer Puste vom schnellen Gehen blieb sie stehen. Sie presste die freie Hand in die stechende Seite. Ihr Blick wanderte über den Hafen.

Nach einigen tiefen Atemzügen kam Mara wieder zu sich, ihre schlechte Laune verflog. Frische Seeluft wehte ihr ins Gesicht, in ihren Ohren erklang das Kreischen der Seevögel. Bunte Fischerboote schaukelten am Anlieger. Ihre Umrisse spiegelten sich in der nur leicht gekräuselten Wasseroberfläche. Ein paar Schritte entfernt entdeckte sie einen Stapel Krebsreusen, die Käfige selbst waren mit blauem und orangem Seil umwickelt.

Das Bild war so typisch Shetland, dass Maras Herz aufging. Für einen Moment vergaß sie ihren Ärger. Ganz automatisch zückte sie ihr Handy. Früher hatte sie gern fotografiert. Sie war ganz gut gewesen. Sogar ein Auge für eine gelungene Einstellung hatte sie entwickelt. Ein toller Ausgleich zu dem Stress im Job.

Seit Bens Tod hatte sie kein einziges Foto mehr geschossen, weil ihr jeder Augenblick zu leer erschien, um festgehalten zu werden. Nach Shetland hatte sie ihre Spiegelreflexkamera auch nur mitgenommen, um für Werbezwecke von den Gästezimmern Fotos mit hoher Auflösung zu machen. Ansonsten interessierte die Fotografie sie nicht mehr. Jetzt allerdings ertappte sie sich dabei, dass sie ganz darin aufging, Bilder der schaukelnden Boote mit den leuchtend bunten Reusen im Vordergrund zu schießen. Das Zusammenspiel von Licht und Schatten, die farblichen Kontraste und die reizvollen Motive nahmen sie so gefangen, dass sie darüber ihre Aufmerksamkeit von den vielen Baustellen, auf denen sie gedanklich unterwegs war, abzog.

Ohne dass es ihr bewusstwurde, flog die Zeit dahin. Gespannt auf die Bilder, setzte sie sich auf einen der Begrenzungssteine in der Nähe des Hafenbeckens und klickte durch die Fotogalerie. Sie löschte die Aufnahmen, die ihr nicht gefielen. Diejenigen, die sie behielt, bearbeitete sie in ihrer Fotoapp. Zum Schluss erstellte sie ein Album und schickte es per WhatsApp an Lisa und Jezz. Ein Grummeln in ihrem Magen erinnerte sie daran, wie hungrig sie war, und leicht unterzuckert dazu. Mit fliegenden Fingern riss sie die Packung mit dem Shortbread auf und stopfte sich einen Keks nach dem anderen in den Mund. Plötzlich hielt sie inne. Zwischen den Steinen am Ufersaum hatte sich etwas bewegt. Da! Sie unterdrückte einen Aufschrei. Ihre Augen weiteten sich ungläubig. Direkt vor ihr saß ein Otter und blickte mit runden schwarzen Knopfaugen zu ihr herüber. Mara wagte kaum zu atmen, aus Sorge, das Tier zu verscheuchen. So leise wie möglich und ohne Rascheln ließ sie die leere Plastikverpackung sinken.

Vor Freude schlug das Herz in ihrer Brust auf einmal viel schneller. Ihre Nerven vibrierten vor Anspannung. Otter gehörten zu ihren Lieblingstieren, seit sie gelesen hatte, welch außergewöhnliche Verhaltensweisen sie an den Tag legten. Ottermütter liebten es, auf dem Rücken zu schwimmen und dabei ihr Kleines auf dem Bauch zu halten. In den Videos, die Mara gesehen hatte, wirkte es, als würden beide die kuschligen Schwimmstunden genießen. Und dann bunkerten Otter in den losen Falten ihrer Haut nicht nur Nahrung, sondern auch kleine Steine, die sie benutzten, um die Schalen von Muscheln aufzubrechen und dann das weiche Innere zu verzehren. Besonders rührend fand Mara, dass Otter so etwas wie einen Lieblingskiesel besaßen, mit dem sie nicht nur spielten, sondern den sie auch untereinander verschenkten. Und erwachsene Otter hielten beim Schwimmen miteinander Händchen, damit sie im Schlaf nicht auseinandertrieben. Mara spürte, wie ihre Kehle eng wurde, und musste schlucken. Wenn sie Ben nur ausreichend festgehalten hätte, dann wäre das Unglück nie passiert.

Es hätte ihm hier gefallen, dachte sie und schluckte gegen die Enge in ihrer Kehle an. Er hatte die Natur genauso geliebt wie sie. Mara hatte immer vorgehabt, ihm eines Tages die großartige und raue Landschaft Shetlands zu zeigen, aber dann war ihnen die Zeit davongelaufen. Dieser dumme Streit. Er war so unnötig gewesen. Tränen schossen ihr in die Augen. Einmal mehr fühlte sie Trauer und Wut in sich aufsteigen. Doch anders als zu Hause, wo so vieles an Ben erinnerte, überrollte die Welle sie dieses Mal nicht. München war weit genug entfernt, um den Schmerz auf einem einigermaßen erträglichen Abstand zu halten.

Die Sonne versteckte sich hinter einer Wolke. Sanft strich der Wind über ihr Gesicht, während es sich anfühlte, als würde etwas in ihr anfangen zu heilen. Das Leben war anders ohne Ben, aber es wollte gelebt werden, ging es ihr durch den Kopf und sie musste lächeln. So etwas in der Art hätte Agnes sicher gesagt, wenn sie jetzt hier gewesen wäre.

Ihre Gedanken wanderten zurück zum Seaview. Die Renovierung würde jede Menge Geld und Arbeit kosten, das ja. Doch andererseits, warum sollte es ihr nicht gelingen, das B&B zu neuem Leben zu erwecken? Mit dem Wettbewerb im Hintergrund eröffnete sich außerdem eine ganze Reihe von Möglichkeiten, vorausgesetzt natürlich, sie schaffte es zu gewinnen. Aber was hatte sie zu verlieren? Einen Versuch war es wert. Nicht um Agnes' willen, sondern weil sie es sich selbst schuldig war. Hatte Agnes nicht geschrieben, dass Mara ihren eigenen, ganz persönlichen Traum leben musste? Und wenn dieser nun mit Shetland und mit Seaview zu tun hatte? Vielleicht war die Pension genau das, was sie brauchte, um die Trauer nach Bens Tod hinter sich zu lassen. Sie hatte es so satt, zu kämpfen. Satt, vor sich selbst wegzulaufen.

Der Otter ließ sich zurück ins Wasser gleiten. Mara blickte ihm hinterher, bis sie ihn zwischen zwei Tauchgängen aus den Augen verlor. Etwas steifbeinig stand sie auf und wischte sich die Kekskrümel von der Jacke. Jetzt, da ihr Entschluss gefasst war, hatte sie es eilig, zurück zum Seaview zu kommen. Gedanklich nahmen ihre Pläne schon konkrete Formen an. Als Erstes würde sie versuchen, das Rückflugticket umzubuchen. Dann würde sie an die Human Resources Abteilung des Hotels schreiben und um ein Sabbatical bitten. Und danach Lisa und Jezz anrufen. Sie ertappte sich dabei, breit vor sich hin zu grinsen. Was die beiden wohl sagen würden, wenn sie die Neuigkeiten erfuhren?

KAPITEL 10

»Ich schlage vor, wir streichen zuallererst die Wände«, sagte Rosie am nächsten Tag über einer Tasse Tee zu Mara. Seit einer Stunde schon saßen sie sich in dem hellen, gemütlichen Frühstücksraum am Tisch gegenüber und redeten sich die Köpfe heiß.

»Klingt vernünftig.« Mara nickte. Fasziniert starrte sie auf die klappernden Nadeln in Rosies Händen. Rosies Finger flogen so schnell, dass Mara Schwierigkeiten hatte, die Bewegungen mit den Augen zu verfolgen. Wie schaffte es Rosie nur, beim Stricken auch noch aufzublicken, ohne aus dem Rhythmus zu kommen?

Rosie fuhr fort. »Wenn wir die Möbel in den Gästezimmern in der Mitte zusammenschieben und mit Folie abdecken, haben wir Platz, uns zu bewegen.«

»Das ist gut. Die alten Teppichböden reißen wir später raus. Dann müssen wir also nur die Möbel abdecken.« Zufrieden überflog Mara das Blatt mit den Notizen. Der Arbeitsplan für die kommenden Wochen stand. Das Ergebnis konnte sich sehen lassen. Viel ließ sich in Eigenregie erledigen. Das sparte Handwerkerkosten. Wie es aussah, benötigten sie nur einen Klempner, der neue Waschbecken und Armaturen installierte, und einen Elektriker, der die Leitungen im Haus modernisierte. Sogar um das Verlegen neuer Teppichböden kamen sie herum. Unter der betagten Auslegware hatte Mara Holzdielen entdeckt. Sie war so aufgeregt gewesen! Rosie hatte ihr versichert, dass man die Böden mit Muskelschmalz und einer ordentlichen Portion Wachsöl problemlos wieder in Schuss bringen konnte. Nun, da sie einen Überblick hatte, fühlte Mara sich zunehmend beruhigt. Allerdings, und das war die Kehrseite, schien zu jeder Lösung ein neues Problem aufzutauchen. Sie zog die Stirn in Falten und tippte mit dem Kuli gegen ihr Klemmbrett. »Und wohin mit den Möbeln, wenn wir uns an den Fußboden machen? Schließlich können wir sie nicht frei im Raum schweben lassen.«

Rosie kicherte. Im Laufe der letzten Tage waren sie bei einem vertrauteren Ton angekommen. »Ein bisschen Bibidibabidibu habe ich mir beim Putzen und Staubsaugen schon oft gewünscht. Leider habe ich noch keine gute Fee auftreiben können, die für ein paar Stunden die Woche bei uns aushelfen könnte.«

Mara nippte an ihrem Tee und verfolgte gebannt das Spiel der Nadeln. »Hm, das Tempo, mit dem du strickst, grenzt für mich auch an Magie. Wie machst du das nur?«

Jetzt musste Rosie lachen. »Ich kann mich nicht einmal daran erinnern, wie ich stricken gelernt habe. Wenn du in einer Familie von Strickerinnen aufwächst, ist das wie mit dem Zähneputzen, es erlernt sich von allein.«

»Ich glaube eher nicht. Zumindest wäre es in meinem Fall nicht so. Was Handarbeit betrifft, bin ich ein hoffnungsloser Fall.« Mara zog die Nase kraus. »Wahrscheinlich würde ich an den vielen verschiedenfarbigen Fäden, die mitlaufen, und den komplizierten Mustern verzweifeln.«

»Ich kann es dir beibringen, wenn du willst«, bot Rosie mit einem warmen Lächeln an. »Es ist keine Zauberei. Es braucht am Anfang nur ein wenig Geduld und dann natürlich Übung. Hier oben auf Shetland wurde schon immer viel gestrickt, es ist einfach Tradition. Heute strickt man aus Spaß, aber früher diente es zum Überleben, neben dem Fischfang und der Farm.« Sie warf Mara einen Blick über den Rand der Brille hinweg zu. »Du weißt vermutlich, was man sagt. Die Leute auf Orkney sind Bauern, die auch mal Fische fangen, während die Shetländer Fischer sind, die nebenbei einen Bauernhof betreiben. Da ist was dran. In früheren Zeiten waren unsere Männer viel auf See unterwegs. Die Frauen kümmerten sich um Hof und Kinder. Und an den langen Winterabenden wurden Pullover gestrickt. Mit dem Verkauf erwirtschafteten die Frauen einen Zuverdienst, von dem dann Tee, Zucker und andere Dinge gekauft wurden.«

»Eine Erfolgsgeschichte. Shetlandpullover sind überall auf der Welt bekannt.« Mara betrachtete voller Bewunderung den roten Pullover, den Rosie heute trug. Die Fair-Isle-Muster aus Blau und Grün waren akkurat symmetrisch angeordnet und sahen kompliziert aus. »Du bist unglaublich schnell. Trotzdem entdecke ich an deinen Arbeiten nicht den winzigsten Fehler.«

»Shetland Knitting hat eine bestimmte Technik, die muss man sich aneignen. Und du musst deinen Rhythmus finden. Das Tempo kommt mit der Zeit von selbst.« Rosie zuckte die Schultern, als wäre nichts dabei. Und wahrscheinlich war es das für sie auch nicht. »Komm gern mal zu einem unserer Strickwettbewerbe und schau zu. Die meisten von uns schaffen weit über zweihundert Maschen in drei Minuten. Damit zählen wir zu den schnellsten Strickerinnen der Welt. Eine unserer Damen hält sogar den Weltrekord.«

»Warte mal.« Mara blickte Rosie an, in dem Gefühl, gerade auf einen ziemlich genialen Dreh gekommen zu sein. »Was hältst du davon, wenn wir Strickabende für unsere Hausgäste veranstalten? Das wäre doch ein tolles Highlight für den perfekten Urlaub. Genau wie eine Begegnung mit den Shetlandponys.

Meinst du, wir könnten ein oder zwei Frauen finden, die Lust hätten, den Urlaubern die shetländischen Stricktechniken beizubringen?«

»Warum nicht? Ich höre mich gern um.« Rosie errötete ein wenig. Sie wirkte verlegen, aber auch sehr erfreut über das Interesse, das Mara an den Tag legte.

»Super. Kennst du vielleicht auch jemanden, der Shetlandponys züchtet und bereit wäre, eine Hofführung für unsere Gäste zu veranstalten?«

»Aber natürlich.« Jetzt strahlte Rose über beide Backen. Sie war ein hilfsbereiter, großherziger und sehr zurückhaltender Mensch, das hatte Mara inzwischen bemerkt. Doch jetzt schien sie sich von Maras Begeisterung mitreißen zu lassen. »Ich kenne auch einen Vogelkundler, der gelegentlich Expeditionen anbietet, und jemanden, der Wal- und Robbenbeobachtungen organisiert. Früher haben wir für unsere Gäste regelmäßig die Teilnahme an Veranstaltungen organisiert, aber Agnes wurde das am Schluss zu viel.«

»Dann sollten wir das jetzt wieder aufleben lassen. Dabei fällt mir ein, dass die Infoordner für die Gäste überarbeitet werden müssen. Die Informationen über die Ausflüge in die Umgebung sind nicht auf dem aktuellen Stand. Ich dachte, ich könnte die Texte mit selbst geschossenen Fotos ergänzen, dann wirkt es ansprechender.«

»Prima Idee«, lobte Rosie. »Die Aufnahmen, die du mir gezeigt hast, waren toll.«

»Das waren doch nur Schnappschüsse«, wehrte Mara ab und errötete ihrerseits. »Für die Gästemappe möchte ich Fotos mit meiner Digitalkamera machen. Und wenn etwas Gutes dabei ist, lasse ich Vergrößerungen machen. Die könnten wir in den Gästezimmern aufhängen. Ein Sonnenaufgang über einem der Strände hier vor Ort hat mehr Atmosphäre als ein Kunstdruck.«

»Das gefällt mir.« Rosie legte ihr Strickzeug beiseite. »Hast du schon Pläne für den Nachmittag? Falls nicht, könntest du heute gleich losziehen und dir einen schönen Tag am Strand machen. Das Wetter soll perfekt werden. Ich denke, das würde dir guttun.«

»Was meinst du damit?«

»Du wirkst erschöpft. Vielleicht solltest du dir einen freien Tag gönnen«, sagte Rosie und häufte dabei köstlich duftenden Zitronenauflauf auf zwei Teller. Einen davon schob sie Mara zu. »Probier mal. Mein Lemon-Surprise-Pudding ist bei den Gästen sehr beliebt.«

Mara beugte sich über den Teller und schob sich einen Löffel des zarten goldgelben Biskuits in den Mund. Er zerging auf der Zunge. Die Zitronensoße unter dem Teig war ein Traum. Die fruchtige Säure harmonierte perfekt mit der Süße des Teigs. Genüsslich verdrehte sie die Augen. »Hm … Köstlich! Und weißt du was, die Idee mit dem Ausflug gefällt mir. Ich könnte zur St. Ninian's Isle hinunterfahren. Die kenne ich noch von früher. Es ist wunderschön dort.«

»Einer der besten Strände auf Shetland«, schwärmte Rosie zwischen zwei Bissen. »Ich liebe es, wie die Wellen von beiden Seiten an den Strand rollen. Es fühlt sich an, als würde man über das Wasser schweben.«

»Ich weiß, was du meinst.« Mara nickte zustimmend. Der Tombolo, ein schmaler, etwa fünfhundert Meter langer, relativ schmaler Dünenstreifen, war bei Ebbe und die meiste Zeit des Jahres auch bei Flut begehbar. Bei einem Spaziergang zur Insel hinüber sah man die Wellen aus zwei unterschiedlichen Richtungen auf den Sand auflaufen. Ziemlich atemberaubend fühlte sich das an. Der Ausflug dorthin musste unbedingt in den Ordner mit den Gästeinformationen aufgenommen werden. Mara legte den Löffel beiseite und sah Rosie über den

Tisch hinweg an. »Möchtest du nicht doch mitkommen? Zu zweit macht es mehr Spaß.«

Rosie lachte. »Nein, fahr du nur. Ich glaube kaum, dass es für einen jungen Menschen wie dich reizvoll ist, mit einer alten Schachtel wie mir rumzuhängen.«

»Wie bitte? Alte Schachtel? Das ist doch wohl nicht dein Ernst?« Gespielt vorwurfsvoll wackelte Mara mit den Augenbrauen. »Du hast mehr Schwung als so manche Dreißigjährige.«

»Ach was!« Rosie winkte lächelnd ab, aber das Funkeln ihrer Augen hinter den Brillengläsern verriet, wie gerührt sie war. Sie schob ihren leeren Teller beiseite. »Außerdem hätte ich gar keine Zeit. Ich habe alle Hände voll zu tun, Kuchen für den Sonntagstee zu backen, der übermorgen im Gemeindesaal stattfindet.«

»Sonntagstee? Gibt es den immer noch?«

»Aber sicher! Die ganze Gemeinde trifft sich dort. Du musst unbedingt auch kommen. Ich möchte dich mit allen bekannt machen.« Rosie schob den Stuhl zurück und erhob sich. »Aber jetzt ab mit dir, sonst verpasst du das schöne Licht. Versprochen, dass du übermorgen dabei bist?«

»Na schön, wenn es dir so wichtig ist«, meinte Mara zögernd.

»Du wirst sehen, es wird dir gefallen.« Aufmunternd klopfte Rosie ihr im Vorbeigehen auf die Schulter. »Übrigens, ich habe Mutton Pie für Andrew und mich zum Abendessen vorbereitet. Wenn du möchtest, stelle ich dir eine Portion in den Kühlschrank.«

»Danke, Rosie, das wäre lieb. Vielen Dank für alles.« Mara lächelte Rosie zum Abschied zu. Ihre Gedanken wanderten zu Gavin. Sie fühlte ein Flattern im Magen. Ob er wohl auch zum Sonntagstee kam?

KAPITEL 11

Gott, fühlte es sich gut an, wieder am Meer zu sein! Regelrecht befreiend. In ihrem Münchner Hamsterrad hatte Mara den Stress und die Hektik zuletzt gar nicht mehr gespürt, so sehr war sie es gewohnt, damit zu leben. Hier aber, als sie auf dem Parkplatz von St Ninian's stand und über die Dünen blickte, fiel alle Belastung der letzten Wochen von ihr ab. Der Herzschlag Shetlands vermischte sich mit dem ihres Herzens. Als wären sie nie getrennt gewesen. *Seltsam ...* Gedankenverloren blies sie sich den Fransenpony aus der Stirn. Obwohl sie hier keine genetischen Wurzeln hatte, lag ihr Shetland im Blut. Es war einfach Seelenheimat. Zu Hause ist da, wo das Herz ist, ging es ihr durch den Kopf.

Mit der Kamera um den Hals zog sie los. Das Licht war traumhaft. Noch dazu hatte sie den Strand ganz für sich allein. Der Tombolo schimmerte golden in der Sonne, umrahmt vom türkisfarbenen Meer. Begeistert schoss Mara eine Aufnahme nach der anderen, bis die Speicherkarte voll war. Die Fotos sahen aus, als wären sie in der Karibik aufgenommen worden.

Mara beschloss, eine Pause einzulegen. Sie folgte dem Wanderpfad, der über die Insel verlief und zu den Mauerresten einer mittelalterlichen Kapelle führte. Dort setzte sie sich auf die

Steine und sog die Ruhe der Umgebung in sich auf. Über ihrem Kopf schwirrten Seevögel, vor ihr wiegte sich das Dünengras im Wind. Es duftete nach Salz, Wildblumen und Seetang. Sie zog die Knie an die Brust, legte den Kopf darauf ab und atmete tief ein und aus. Und dann noch mal und noch mal. Dabei merkte sie, wie sich etwas in ihr entspannte. Niemand konnte vorhersehen, was die Zukunft brachte oder ob sie es irgendwann bereuen würde, das Seaview nicht verkauft zu haben, aber zumindest im Moment hatte sie das Gefühl, alles sei gut. Es gab so wenig im Leben, worüber man Kontrolle hatte. Ein Satz, den John Lennon als Jugendlicher gesagt haben sollte, fiel ihr ein: »Leben ist das, was passiert, während du damit beschäftigt bist, andere Pläne zu machen.« Daran war viel Wahres, das hatte sie am eigenen Leib erlebt. Wer wusste schon, wie seine Welt morgen oder übermorgen aussehen würde? Oder wie viel Zeit einem vergönnt war?

Das Wiehern von Pferden drang an ihr Ohr, dazu jauchzten Kinder. Sie wandte den Kopf und sah, wie zwei Mädchen auf ihren Shetlandponys in wildem Galopp über den Sandstreifen fegten. Instinktiv griff sie nach ihrer Kamera. Die Kinder auf ihren Ponys und dazu der goldene Sand waren ein tolles Motiv. Wie stimmungsvoll sich das Bild auf der Homepage des Seaview machen würde, pures Shetlandfeeling! Mara sprang auf, klopfte sich den Sand von den Jeans und eilte die Düne hinunter an den Strand.

Eine dunkelhaarige Frau, in Stiefel und rote Tweedjacke gekleidet, näherte sich ihr vom Festland her über den Strand. Dabei behielt sie die Kinder im Blick. Mara schlussfolgerte, dass es sich um die Mutter der beiden handelte, und ging mit einem freundlichen Lächeln auf sie zu.

»Entschuldigung«, sagte sie ein wenig schüchtern und blieb vor der Fremden stehen. »Dürfte ich Sie vielleicht etwas fragen?«

»Sicher.« Die Frau wirkte überrascht, aber nicht unfreundlich. Aus der Nähe betrachtet, war sie ausgesprochen hübsch: schmales, aristokratisch geschnittenes Gesicht mit hohen Wangenknochen und ausdrucksvollen, dunkelbraunen Augen und perfekt gezupften Brauen. Dazu braunes, zu einem Pagenkopf geschnittenes Haar, das seidig im Licht der tief stehenden Sonne glänzte. Ihre Mundwinkel wirkten ernst und ein wenig streng.

»Gehören die Kinder auf den Ponys zu Ihnen?«

»Ja. Ich bin ihre Mutter.« Eine der perfekt geformten Augenbrauen wanderte in die Höhe.

»Ich mache gerade Fotos für die Website meiner Frühstückspension.« Mara deutete auf die Kamera, die über ihre Schulter hing. »Als ich die Kinder auf ihren Ponys sah, dachte ich, was für ein hübsches Motiv das ist. Ich würde die Fotos aus der Entfernung und von hinten schießen, sodass die Kinder nicht zu erkennen wären. Was meinen Sie, wäre das möglich?« Sie warf der Fremden einen fragenden Blick zu.

Die Frau überlegte einen Moment. Schließlich nickte sie. »Ich finde es gut, dass Sie fragen. Was glauben Sie, wie oft die Touristen ohne Erlaubnis die Kamera zücken, wenn sie meine Mädchen mit den Ponys sehen.«

»Oje«, seufzte Mara. »Das tut mir leid. Eigentlich sollte es selbstverständlich sein, zu fragen.«

»Hm.« Die Frau verschränkte die Arme vor der Brust und blickte Mara an, als wollte sie sie einer genaueren Musterung unterziehen. »Machen wir es so: Sie fotografieren und zeigen mir die Aufnahmen. Dann entscheide ich, ob ich mit einer Veröffentlichung einverstanden bin.«

»Das ist ein richtig guter Vorschlag«, antwortete Mara erfreut und streckte ihr zur Abmachung eine Hand entgegen. »Übrigens heiße ich Mara.«

»Angenehm.« Der Händedruck der Frau war kurz und fest. »Ich bin Mrs Laurenson.«

Mara spürte ein Schlingern im Bauch. »Laurenson?«, echote sie unsicher. Hatte die Fremde etwas mit Gavins Familie zu tun?

»Ein häufiger Namen auf Shetland. So wie anderswo Jones oder Smith.«

»Verstehe.« Mara nickte. Ihr lag auf der Zunge zu fragen, ob Mrs Laurenson Verwandtschaft in Walls hatte, aber dann erschien es ihr nicht wichtig genug.

»Natürlich müssen die beiden auch einverstanden sein.« Mrs Laurenson legte die Hände zu einem Trichter um den Mund und schrie gegen das Rauschen des Winds an. »Olivia! Grace! Kommt bitte mal her.«

Die Mädchen machten brav kehrt. Kurz darauf standen sie mit runden Augen neben ihren Ponys auf dem Sand und hörten zu, während Mara ihnen erklärte, was sie vorhatte.

»Au ja!« Olivia, die Kleinere, hüpfte aufgeregt auf der Stelle. Ihre dunklen Zöpfe unter dem Reithelm wippten. »Bekommen wir ein Foto für unser Zimmer?«

»Und kannst du auch ein Foto von mir und Samson von ganz nah machen?«, bat Grace, die Ältere der beiden.

Mara musste grinsen. Die Fröhlichkeit der Mädchen war ansteckend. »Na klar. Samson ist dein Pony, nicht wahr? Das hübsche schwarze mit den riesigen Augen?«

»Aye«, kam Olivia mit glühenden Wangen ihrer Schwester zuvor. »Das schwarz-weiß gescheckte heißt Tiddles. Das reite ich. Tiddles sieht aus, als hätte sie Kajal um die Augen, so wie Mummy. Aber ich schwöre dir, dass wir sie nicht angemalt haben.« Die Kleine nickte ernsthaft. »Sie sieht immer so aus. Bei Tiddles bleibt der schwarze Rand um die Augen ordentlich. Bei Mummy nicht. Da verwischt das immer.«

»Olivia! Schluss jetzt«, sagte Mrs Laurenson streng.

»Ist gut«, murmelte Olivia und zuckte die Schultern, als sei sie daran gewöhnt, zurechtgewiesen zu werden.

»Schön. Wollen wir anfangen?«, meinte Mrs Laurenson, ihr Lächeln wirkte nun ein wenig gezwungen. Sie schien nicht entzückt darüber zu sein, dass Olivia wie ein Wasserfall redete.

Kurz darauf war die Anspannung verflogen. Die Kinder und die Ponys machten ihre Sache ausgezeichnet. Nach ihrer anfänglichen Zurückhaltung taute Mrs Laurenson immer mehr auf. Der angespannte Zug um ihre Mundwinkel wich einem fröhlichen Lachen, das ihr besser zu Gesicht stand und sie gleich viel sympathischer machte. Schließlich waren die Aufnahmen im Kasten. Zu viert standen sie um das Display der Kamera gedrängt und bewunderten die Fotos. Mrs Laurenson reichte Mara ihre Visitenkarte mit der E-Mail-Adresse, an die Mara die Fotos für Olivia und Grace schicken konnte.

»Vielen Dank.« Mara warf einen kurzen Blick auf die Karte, bevor sie sie in ihre Jackentasche gleiten ließ. Eine Adresse in Bigton, gleich hier in der Nähe. Dann ging sie vor Olivia und Grace in die Hocke. »Ich hatte furchtbar viel Spaß mit euch und euren Ponys. Passt gut auf sie auf, sie sind etwas Besonderes, genau wie ihr.«

»Und ob wir das machen.« Olivia nickte eifrig. Mittlerweile wusste Mara, dass die Kleine eine entzückende Plaudertasche war, während Grace eher die Zurückhaltung ihrer Mutter geerbt hatte, wenn es nicht gerade um Pferde ging.

Mara erhob sich aus ihrer kauernden Stellung und schenkte Mrs Laurenson ein Lächeln. »Die beiden sind wirklich tolle Kinder. Sie müssen riesig stolz sein.«

»Das bin ich.« Ein Leuchten trat in Mrs Laurensons Augen. »Machen Sie es gut, Mara. Man sieht sich. Auf Shetland ist das quasi programmiert.«

»Das würde mich wirklich freuen«, versicherte Mara, bevor sie sich auf den Weg zurück zu ihrem Auto machte.

KAPITEL 12

Durch die geöffneten Türen der Community Hall in Walls drang munteres Stimmengewirr nach draußen. Der Sunday Tea, eine Institution auf Shetland, schien drinnen in vollem Gang zu sein. Mit gemischten Gefühlen blieb Mara einige Schritte vom Eingang des grauen, lang gezogenen Gebäudes entfernt stehen. Sie seufzte. In ihrem Job war sie es gewohnt, auf Menschen zuzugehen und sie im Hotel willkommen zu heißen. Das machte ihr nichts aus, denn es gehörte zu ihrer Rolle. Privat bereiteten ihr Menschenansammlungen eher Unbehagen. Bei der Vorstellung, gleich als Fremde in einer Halle voller Leute zu stehen, die sich untereinander seit Ewigkeiten kannten, wurde ihr mulmig. Am liebsten wäre sie wieder umgekehrt.

»Mara!«, rief in diesem Moment eine Stimme. Als Mara den Kopf drehte, sah sie Lowrie an der Treppe zum Hintereingang stehen und winken. Erleichtert, zumindest ein bekanntes Gesicht zu entdecken, ging Mara auf sie zu.

»Hi, schön, dass du hier bist.« Umständlich drückte Lowrie ihre Zigarette am Rand eines Mülleimers aus und zuckte schuldbewusst die Schultern. »Ich weiß, ich sollte nicht rauchen. Dumme Angewohnheit. Aber der Vorteil ist, dass ich so zumindest zu einer Pause an der frischen Luft komme. Ich bediene nämlich am Kuchenbüfett. Rosie hat den Teeausschank übernommen. Da drinnen ist die Hölle los.«

»Oh!« Mara kaute zögernd an ihrer Unterlippe. »Ich hatte es nicht so voll in Erinnerung.«

»Na ja, eine ganze Weile konnten keine Veranstaltungen stattfinden. Umso mehr freuen wir uns jetzt, wieder zusammen zu feiern.« Lowrie löste die Schleife an ihrer weißen Schürze und band sie sich wieder ordentlich an der Taille. Dabei warf sie Mara einen prüfenden Blick zu. »Was ist? Du willst doch nicht etwa kneifen?«

»Um ehrlich zu sein, spielte ich gerade mit dem Gedanken ...« Mara kräuselte unglücklich die Nase.

»Kommt gar nicht infrage!«, protestierte Lowrie. »Du hast keine Ahnung, was du verpasst. Reestit Mutton und Bannocks, gigantische Kuchenberge und Tee bis zum Abwinken. Du kannst essen, so viel du willst. Und das alles für nur vier Pfund, die auch noch einem wohltätigen Zweck zugutekommen. Wer kann da schon Nein sagen?« Sie kam auf Mara zu und hakte sich entschlossen unter.

»Na schön, überzeugt«, meinte Mara und ließ sich mit nach drinnen nehmen. In Lowries Gesellschaft fühlte sie sich gleich viel entspannter. Und bei dem Gedanken an das shetländische Nationalgericht – Kartoffel- und Rübensuppe mit gepökeltem Hammelfleisch – bekam sie richtig Appetit. Dazu Bannocks, in einer Eisenpfanne gebackenes Fladenbrot. »Aber versprich mir, dass du später einen Tee mit mir trinkst, wenn ich als Einzige einsam und allein an meinem Tisch sitze.«

Lowrie grinste. »Glaub mir, das wird nicht geschehen. Ungeschriebenes Gesetz auf Shetland. Niemand sitzt traurig und verlassen vor seinem Kuchenteller. Außerdem ...« Sie wackelte bedeutungsvoll mit den Augenbrauen.

»Außerdem was?« Mara runzelte die Stirn.

»Gavin ist auch da.«

Mara spürte, wie ihr Magen ins Schlingern geriet.

»Mit seinen beiden Mädels. Die zwei sind zum Anbeißen süß. Es wird lustig, du wirst sehen.«

Dass es lustig würde, bezweifelte Mara. Ungewohnt traf es wohl eher. Sie unterdrückte ein Stöhnen. Wie würde es sein, Gavin als Vater zu erleben? Ihre Gedanken wanderten zurück zu dem Moment vor ein paar Tagen, als er sie vor dem Lieferwagen gerettet und sie in seinen Armen gelegen hatte. Da war es wieder, dieses sehnsüchtige, aufregende Prickeln in ihrem Magen.

Am Eingang des Gemeindesaals angekommen, ließ Lowrie Maras Arm los. »Ich muss wieder hinter die Theke. Aber wir sehen uns.«

Mara nickte benommen. Sie zahlte an der Kasse bei dem älteren Herrn mit der Schirmmütze und dem wettergegerbten Gesicht und reihte sich in die Schlange vor der Theke ein.

Als sie etwas verloren mit ihrem Kuchenteller dastand und nach einem freien Platz Ausschau hielt, forderte eine muntere Damengesellschaft sie auf, sich zu ihr zu gesellen. Eine halbe Stunde später kannte Mara nicht nur die Damen aus der Runde, sondern praktisch das ganze Dorf. Marion, die Strickkurse abhielt, Hester, die Glaskunst fertigte, Robina, die ein Self-Catering betrieb. Bob, der eine Croft mit Schafen und Shettys besaß und es insgesamt auf elf Enkel brachte, die ihn regelmäßig besuchten. Brydon, der Bootsausflüge durchführte, bei denen man Seehunde, Delfine und, wenn man Glück hatte, Wale beobachten konnte. Ständig gesellte sich jemand zu ihnen, um Mara in der Gemeinde willkommen zu heißen. Alle boten ihr Unterstützung an. Am Schluss schwirrte Mara regelrecht der Kopf. Sie ahnte, dass es schwer werden würde, die vielen Namen später wieder den einzelnen Gesichtern zuzuordnen, aber das spielte keine Rolle. Im Moment war sie einfach nur dankbar dafür, so offen aufgenommen zu werden. Rosie hatte recht behalten. Ohne Gemeinschaftssinn funktionierte das Leben auf Shetland wohl nicht. Ganz anders, als Mara es aus der Großstadt gewohnt war. Dort waren die Leute vorwiegend damit beschäftigt, sich selbst zu optimieren. Yogastunde am Morgen, Lifehacks, um fit zu bleiben und noch mehr Leistung am Arbeitsplatz abzuliefern, Spinning, Boxen oder HIIT-Training nach der Arbeit, um den Stress abzubauen. Am Abend dann Social Media, um am bunt bebilderten, perfekten Leben von Menschen teilzunehmen, denen man nie persönlich begegnete. Wie sollte da ein Gefühl von Zusammengehörigkeit aufkommen?

»Noch Tee?« Rosie trat neben sie an den Tisch, auch sie in Schürze und mit einer Kanne in der Hand, aus der sie kräftig für alle nachschenkte. Sie zwinkerte Mara hinter ihren dicken Brillengläsern zu.

»Nein, danke«, wehrte Mara lächelnd ab. »Wenn ich noch eine einzige Tasse trinke, platze ich. Übrigens …« Ihr Blick flog suchend umher. »Wo finde ich die Toiletten?«

»Gleich dort hinten.« Rosie deutete auf den Gang am Ende der Halle. »Wie ich sehe, hast du bereits Anschluss gefunden. Amüsierst du dich gut?«

»Ja, danke. Die Menschen hier sind unglaublich. Alle sind freundlich und hilfsbereit.«

»Aye, so ist das eben in abgelegenen Gemeinden. Du wirst dich daran gewöhnen. Vielleicht ist es ja an der Zeit, dass du deinen wahren Norden findest.« Rosie zwinkerte ihr vielsagend zu. Bevor Mara antworten konnte, hatte sich Rosie bereits dem nächsten Tisch zugewandt.

Mara stand auf und schob sich zwischen Stühlen und Tischen durch die mit bunten Wimpeln geschmückte Halle. Sie näherte sich den Toiletten, als sie eine helle Stimme ihren Namen rufen hörte. Verwundert sah sie sich um. Im nächsten Moment stürzte ein quirliges Bündel im hellblauen Kleidchen auf sie zu und schlang die Arme um ihre Beine. »Mara! Ich wollte schon die ganze Zeit zu dir«, erklärte Olivia und sah voll Eifer zu ihr auf. »Aber Daddy meinte, es wäre unhöflich, dich beim Essen zu stören. Hast du die Fotos dabei?«

»Junge Lady, du weißt, was ausgemacht war, oder?«, fragte eine dunkle, samtige Stimme. Mara spürte ein Prickeln über ihren Rücken laufen. Als sie den Kopf hob, stand Gavin vor ihr, mit Grace auf der Hüfte, die einen Arm um den Nacken ihres Daddys geschlungen hatte und sich an ihn kuschelte.

Mara blinzelte. Nachdenklich beobachtete sie, wie Gavin mit der freien Hand über Olivias Kopf strubbelte, eine zärtliche, liebevolle Geste. Olivia ließ Maras Taille los und drückte sich an ihren Daddy. Mara schluckte. Die drei bildeten eine Einheit, wie ein dreiblättriges Kleeblatt. Nervös und ein wenig verlegen verlagerte Mara das Gewicht von einem Fuß auf den anderen.

»Entschuldige, Daddy«, piepste Olivia und zog einen Schmollmund. »Aber Mara hat mir versprochen, dass sie mir zum Geburtstag ein Foto von Tiddles und mir schenkt.«

»Hat sie gar nicht«, widersprach Grace vom Arm ihres Vaters herab und zog die Augenbrauen über der Stirn zusammen. Dabei sah sie ihrem Vater so verblüffend ähnlich, dass Mara unwillkürlich schmunzeln musste. Eine Miniaturausgabe von Gavin. »Wir haben gebettelt. Du weißt genau, dass Mummy das nicht mag.«

»Ach, sei doch leise.« Verärgert stampfte Olivia mit dem Fuß auf.

»Stopp, ihr zwei! Nicht streiten.« Gavins Stimme klang ruhig, aber bestimmt. »Wenn ihr versprecht, artig zu sein und Mara nicht weiter zu bestürmen, werde ich sie bitten, ob sie so freundlich ist, ein Bild für jede von euch vergrößern zu lassen. Gegen Bezahlung selbstverständlich.«

»Jaaa!«, kam es unisono zurück.

Gavin setzte Grace auf dem Boden neben ihrer Schwester ab und beugte sich zu Mara hinüber, sodass nur wenige Zentimeter sie trennten. »Entschuldige. Normalerweise sind die zwei nicht so aufdringlich. Aber seitdem sie dich hereinkommen gesehen haben, waren sie nicht mehr zu bremsen. Natürlich kenne ich die Story von eurem Fotoshooting inzwischen in allen Einzelheiten«, raunte er ihr ins Ohr.

»Schon gut.« Mara spürte die Wärme seines Körpers neben sich und roch den Duft seines dezenten Aftershaves. Bei der Erinnerung daran, wie sie nach dem Beinahe-Unfall mit dem Lieferwagen in seinen Armen gelegen hatte, durchströmte sie Sehnsucht.

»Schade.« Gavin seufzte leise.

»Wie?« Mara schüttelte irritiert den Kopf. Was fand Gavin schade? Dass sie seiner Ex-Frau über den Weg gelaufen war? Die im Übrigen nicht einmal unsympathisch war. Die beiden waren bestimmt ein hübsches Paar gewesen. »Was genau meinst du?«

»Ich würde dich jetzt gern in den Arm nehmen. Aber damit würde ich die Mädels vor den Kopf stoßen.«

Ihre Blicke trafen sich. Maras Herz stolperte ein paar unregelmäßige Schläge vorwärts, während sie Schmetterlinge im Bauch flattern fühlte.

Noch immer ruhte Gavins Blick auf ihr. Für einen Moment meinte sie darin einen Anflug von Einsamkeit zu entdecken. Mara schluckte. Das Gefühl kannte sie nur zu gut. In der nächsten Sekunde veränderte sich Gavins Gesichtsausdruck. Hatte sie sich das kurze Aufflackern nur eingebildet?

Gavin griff nach den Händen seiner Töchter. »So, ihr beiden. Was haltet ihr von einem Stück Kuchen?«

»Au ja, Schokoladenkuchen, bitte«, jubelte Grace.

»Ich auch!« Olivia zupfte an Gavins schwarzem Hemd herum.

»Und kann ich dazu noch einen Muffin haben? Einen mit rosa Zuckerglasur und Perlen darauf?«

»Ein Stück Kuchen, junge Dame, nicht zwei.« Augenzwinkernd gab Gavin seiner Jüngsten einen Stups auf die Nase. Mara ertappte sich dabei, wie ihr Herz sich öffnete. Gavins Art, mit den Kindern umzugehen, war zärtlich und liebevoll, ohne es an der nötigen Konsequenz fehlen zu lassen. Da hatte sie im Hotel ganz anderes erlebt. Eltern, die ihren Kindern alle Freiheiten ließen, nur um Ruhe vor ihnen zu haben. Eltern, die sich mehr für ihre Handys als für ihren Nachwuchs interessierten. Eltern, denen man ansah, dass sie nicht wirklich Lust hatten, auf die Kinder oder deren Bedürfnisse einzugehen. Erstaunlicherweise schien Gavin das Gegenteil davon zu sein. Nachdenklich musterte sie ihn. Ihn als Vater zu erleben machte ihn als Mann nicht weniger attraktiv. Im Gegenteil. Es verlieh ihm einen ganz eigenen, zusätzlichen Reiz, ohne dass sie in Worte fassen konnte, was es war.

»Kann Mara mit uns kommen? Sie darf auch ein Stück von meinem Muffin haben.« Olivia warf Mara einen Blick zu, der jedes Herz zum Schmelzen gebracht hätte.

Mara ging vor der Kleinen in die Hocke, sodass sie auf Augenhöhe waren. »Ein anderes Mal gern. Aber jetzt muss ich ganz dringend zur Toilette.«

»Ich muss auch«, versicherte Olivia ernsthaft und mit großen Augen.

»Du lügst«, kommentierte Grace. »Daddy war erst vorhin mit dir.«

»Aber ich muss schon wieder.« Vor Aufregung kaute Olivia an einem Ende ihrer geflochtenen Zöpfe.

»Du spinnst.« Grace schüttelte – ganz erwachsen – den Kopf.

Mara erhob sich und blickte schulterzuckend zu Gavin hinüber. »Es macht mir nichts aus. Olivia kann gern mit mir kommen.«

»Na schön.« Verlegen rieb sich Gavin den Nacken. »Wenn du dir sicher bist. Unser Tisch ist gleich da vorne, wenn ihr uns sucht.«

»Klar, kein Problem. Komm, Olivia.« Mara griff nach der Hand der Kleinen. Sie fühlte sich unfassbar weich an. Vertrauensvoll tippelte Olivia neben ihr her. Mara spürte, wie ein bisher ungekanntes Gefühl sie überrollte. Woher kam nur auf einmal das Bedürfnis, die Kleine auf den Arm zu nehmen? Kinder waren für Mara nie ein aktuelles Thema gewesen, sondern eines, das irgendwo am Horizont ihrer Zukunft auf sie wartete. Ben und sie hatten es in ihrer Planung immer wieder auf später verschoben.

Mara öffnete die Tür der Damentoilette und ging mit Olivia zu einer der leeren Kabinen. »So. Da wären wir. Wie ist es, soll ich mit reinkommen oder schaffst du das?«

»Klar schaffe ich das.« Olivia schenkte ihr einen nachsichtigen Blick, der wohl bedeutete, dass Mara sich Olivias Ansicht nach nicht sonderlich mit Kindern auskannte. »Ich bin doch kein Baby.«

»Ähm, da hast du wohl recht«, pflichtete Mara ihr bei. Sie musste sich auf die Wangen beißen, um ernst zu bleiben. »Dann treffen wir uns gleich wieder hier. Ich bin in der Kabine nebenan.«

Ein paar Minuten später stand sie mit Olivia zusammen am Waschbecken und beobachtete, wie die Kleine sich mit viel Ausdauer und Begeisterung die Hände einseifte, bis es schäumte. Mara warf ihr über den Spiegel hinweg ein Lächeln zu. »Fertig?«

»Noch nicht ganz, aber gleich.« Olivia nickte ihr ebenfalls über den Spiegel zu. »Du, soll ich dir etwas verraten?«

»Okay«, erwiderte Mara zögerlich, aber auch neugierig. Was war denn da im Busch? »Wenn du möchtest.«

»Daddy mag dich.«

»Ach ja?« Mara spürte ein Schlingern im Magen. »Hm, und wie kommst du darauf? Hat er das gesagt?«

»Nö.« Olivia spülte sich ausgiebig den Schaum von den Händen. »Aber ich weiß es trotzdem. Er guckt dich nämlich immer so an.«

»Aha. Und wie guckt er denn?«, fragte Mara verblüfft.

»So wie mein Pony, wenn es Leckerlis möchte«, erwiderte Olivia und nickte ernst. »Ich glaube, er würde dich gern küssen. Das machen nämlich alle Erwachsenen, wenn sie sich mögen. Früher hat Daddy Mummy geküsst. Aber jetzt nicht mehr. Jetzt streiten sie nur, wenn sie sich sehen.«

»Das tut mir leid«, murmelte Mara und legte die Hand sanft auf Olivias Rücken.

»Schon okay. Seitdem Mummy mit uns nach Bigton gezogen ist, ist es besser.« Olivia zog ein Papier aus dem Spender und wischte sich die Hände trocken. »Fertig. Meinst du, Daddy hat an meinen rosa Muffin gedacht?«

»Bestimmt«, erklärte Mara mit einem merkwürdigen Kratzen im Hals. Sie nahm Olivia bei der Hand und führte sie zu Gavins Tisch. »So, da sind wir wieder.« Sie lächelte in die Runde.

Mit einem Begeisterungsschrei stürzte sich Olivia auf das Kuchenteil, das so aussah, als enthielte es so viel Zucker, wie für Kinder in einer Woche vertretbar war. Mit verschmiertem Mund zupfte die Kleine an Gavins Ärmel. »Kann Mara auch mal bei uns übernachten, wenn wir bei dir sind?«

Gavin entglitten alle Gesichtszüge. Er wirkte leicht verzweifelt. »Irgendwann vielleicht, wenn Mara das möchte.«

Mara verstand. Gavin fuhr ein Ausweichmanöver. Vielleicht war er sich nicht sicher, ob sie auf einen Besuch bei ihnen überhaupt Lust hatte. Oder aber er war nicht sonderlich scharf darauf, mit Mara und den Kids Happy-Family zu spielen.

»Fürs Erste gehen Mara und ich einmal zusammen essen.« Gavin bedachte Mara mit einem intensiven Blick, der das Prickeln in ihrem Bauch verstärkte.

»Mann, das ist doof«, protestierte Olivia und kassierte dafür einen Stups in die Seite von ihrer Schwester. »Immer nur die Erwachsenen.«

»Lass sie.« Grace schüttelte missbilligend den Kopf.

»Warum können wir nicht mitkommen?«

Grace formte mit den Händen einen Trichter und legte sie um Olivias Ohr. Dann tuschelte sie ihrer Schwester etwas zu. Olivia kicherte. Dann warf sie geräuschvoll mit Luftküssen und kicherte noch mehr.

»Schluss, ihr Gänse!« Gavin hob mahnend einen Zeigefinger, aber Mara konnte sehen, dass er Mühe hatte, ernst zu bleiben. Er wandte sich zu Mara. »Bleibt es bei unserem Date morgen Abend? Ich hole dich ab, wann passt es dir denn?« Seine Stimme war dicht neben ihrem Ohr.

»Klar, war doch ausgemacht. Aber treffen wir uns besser in der Stadt. Ich habe nämlich vorher am Nachmittag in Lerwick zu tun«, erwiderte Mara, während ihr Herz auf einmal viel schneller schlug. Der Gedanke an das Date, wie Gavin es bezeichnete, machte sie nervös. Die Spannung zwischen ihnen war mit Händen greifbar. Dass sie mit dem eigenen Auto käme, hatte sie als Vorsichtsmaßnahme einfließen lassen. Rein zur Sicherheit. Falls sie sich nichts zu sagen hatten, konnte sie früher gehen. Und sollte Gavin anfangen, mit ihr zu flirten, bestand keine Gefahr, dass er sie bei der gemeinsamen Heimfahrt noch auf einen Drink zu sich einlud, sie der Romantik des Augenblicks erlag und einwilligte. Wie es dann weiterginge, war relativ vorhersehbar. Nach einem Glas Wein käme ihr die Idee, Gavin leidenschaftlich zu küssen gar nicht mehr so verwegen vor. In dieser Hinsicht traute sie sich nämlich selbst nicht über den Weg. Schließlich hatte sie nicht vor, gleich bei der ersten Verabredung mit ihm im Bett zu landen. Auch wenn die Vorstellung äußerst reizvoll war.

Sie verabschiedete sich von Gavin und den Kindern und ging zu Lowrie hinüber, die noch immer am Kuchenbüfett bediente.

»Hurra, du bleibst und renovierst das Seaview!«, begrüßte Lowrie sie jubelnd. »Ich habe die guten Nachrichten schon gehört.«

»Sorry, eigentlich wollte ich es dir selbst erzählen.« Mara schnitt eine Grimasse. »Aber als wir uns vorhin draußen getroffen haben, war ich viel zu nervös, um daran zu denken. Ich hatte schrecklich Bammel davor, die Außenseiterin zu sein.«

»Von wegen Außenseiterin. Den Zahn haben wir dir hoffentlich gezogen.« Lowrie griff zu einem Pappteller und häufte eine Ladung unterschiedlicher Gebäckteile darauf.

Mara grinste. »Allerdings. Ich habe nicht damit gerechnet, so herzlich aufgenommen zu werden.«

Lowrie kicherte. »Ganz zu schweigen von Gavins Begeisterung für dich.«

»Ach was!«, wehrte sie ab, obwohl die Zitronenfalter in ihrem Bauch erneut wild durcheinanderwirbelten. Also hatte sie es sich doch nicht eingebildet, dass da etwas zwischen Gavin und ihr war, wenn sogar Lowrie es bemerkte. Sie spürte, wie sich ihre Wangen röteten, und wechselte rasch das Thema. »Übrigens ist es großartig, wie er mit seinen Kindern umgeht.«

Lowrie hörte für einen Moment auf, Kuchenteile auf den Teller zu laden, und klapperte mit der Gebäckzange. »Weißt du, es klingt vielleicht seltsam. Gavin an sich ist ja schon ultraheiß, aber ihn mit seinen Mädels zu erleben, macht ihn geradezu unwiderstehlich. Verstehst du, was ich meine?«

112

»Und ob.« Mara nickte heftig. »Es ist irgendwie ziemlich sexy, oder?«

»… sagte die eine Höhlenfrau zu der anderen …«, witzelte Lowrie und brach in Gelächter aus. »Wir können so modern sein, wie wir wollen, dabei ticken unsere Steinzeitgene immer noch in uns. Sobald wir einen Mann sehen, der nicht nur gut aussieht, sondern auch als Vater unserer Kinder eine tolle Besetzung wäre, geht es mit uns durch. Woran liegt das wohl? Am Oxytocin?«

»Mit Sicherheit. Andernfalls wäre die Menschheit längst ausgestorben.« Mara bog sich vor Lachen. Die Vorstellung, wie Gavin und sie als Neandertaler vor ihrer Höhle saßen, trieb ihr Tränen in die Augen. Japsend holte sie Luft. »Übrigens ist mir Gavins Ex vor ein paar Tagen zufällig über den Weg gelaufen.«

Lowrie erholte sich von ihrem Lachanfall und machte große Augen. »Sunniva? Ach komm!«

Mara nickte. »Ja, und um ehrlich zu sein, fand ich sie sehr sympathisch. Zumindest, nachdem sie ein wenig aufgetaut war. Die beiden waren sicher ein tolles Paar. Für die Kinder tut es mir ausgesprochen leid, dass die zwei nicht mehr zusammen sind.«

»Manche Ehen werden eben nicht im Himmel geschlossen.« Lowrie schob den Teller mit dem Kuchenberg in eine riesige durchsichtige Plastiktüte.

Und manche nicht einmal auf Erden, ging es Mara durch den Kopf, während eine düstere Erinnerung sie einholte. Plötzlich sah sie sich wieder vor der Verkäuferin stehen, an jenem schrecklichen Tag, an dem sie ihr Brautkleid ungetragen in den Salon zurückgebracht hatte. Sie spürte ein Frösteln im Nacken. Statt zu einer Hochzeit war sie zu einer Beerdigung gegangen.

»Mara?« Lowries Stimme riss sie aus ihren Gedanken. »Alles gut? Du siehst ganz blass aus.«

»Wie? Nein. Alles gut. Die dicke Luft hier drin ist nur ein wenig viel für meinen Kreislauf.« Sie vermied es, Lowrie in die Augen zu sehen.

»Niedriger Blutdruck, wem sagst du das.« Lowrie klang mitfühlend. Sie überreichte Mara die Tüte mit dem Kuchenberg. »Hier. Für dich.«

»Für mich?« Maras Augenbrauen schnellten in die Höhe. »Aber das kann ich doch unmöglich alles essen.«

»Ach was! Was glaubst du, wie hungrig die Seeluft macht. Außerdem brauchst du kein schlechtes Gewissen zu haben. Jeder hier geht mit einem dicken Kuchenpaket nach Hause. Das ist ein weiterer Grund, warum die Sonntagstees so beliebt sind: Man ist für die ganze Woche mit leckerem Gebäck eingedeckt.«

»Danke. Und was bin ich dir schuldig?«

Lowrie zuckte die Schultern. »Nichts. Du hast Eintritt gezahlt, Kuchenpaket inklusive. Also hau rein.«

»Wenn das so ist …« Mara beugte sich über die Tüte und schnupperte. Es roch wunderbar nach Zimt, Schokolade und Apfel. Ein Lächeln breitete sich über ihre Mundwinkel aus. »Dann speichere ich das mal als Comfy Food ab, Essen für die Seele.«

»Richtig. Bloß keinen Stress.« Lowrie stemmte die Hände in die rundliche Taille und grinste spitzbübisch. »Weißt du was, Mara, du gefällst mir immer besser. Am Ende wird doch noch eine richtige Shetländerin aus dir.«

KAPITEL 13

Gavin lenkte den Wagen von Bigton nach Hause. Die Umgebung rauschte an ihm vorbei, ohne dass er viel davon mitbekam. Gefühlsmäßig war er damit beschäftigt, den Abschied von seinen Töchtern zu verdauen. Erst als er die Bridge of Walls passierte, wurde ihm bewusst, dass er beinahe die Abzweigung nach Hamarness verpasst hätte. Fast wäre er gewohnheitsmäßig zu dem rot gestrichenen Haus in Walls mit dem hübschen Garten und dem Schaukelgerüst gefahren. Es war nicht das erste Mal, dass ihm das passierte. Eigentlich war es immer der gleiche Schmerz. Die gleiche Verdrängung der Realität. Sein Gehirn wollte nicht realisieren, dass er nicht mehr zusammen mit seiner Familie in Walls lebte. Die Kinder bei Sunniva abzuliefern fühlte sich an, als hätte man ihm den rechten Arm amputiert. Natürlich war er sich im Klaren darüber, dass es – gerade im Interesse der Kinder – falsch gewesen wäre, die kaputte Ehe weiterlaufen zu lassen und vorzugeben, alles sei in Ordnung, wie manche seiner Bekannten es taten. Kinder besaßen feine Antennen. Sie spürten, wenn man ihnen etwas vorspielte. Davon abgesehen, wollte er sie nicht mit einer falschen Vorstellung von Beziehung groß werden lassen. Aber die Kleinen nach einem Nachmittag in seiner Obhut wieder gehen zu lassen, tat weh, sehr sogar. Beim Abschied musste er sich regelmäßig die eine oder andere Träne verkneifen. Die beiden waren sein Sonnenschein. Er vermisste es, jeden Abend an ihren Betten zu sitzen und ihnen eine Geschichte vorzulesen. Die Minuten, wenn er sie mit einem Kuss auf die Wangen unter die Decke packte und dann das Licht ausknipste, zählten für ihn zu den schönsten des Tages. Früher war er oft noch im Halbdunkel in der Tür zum Kinderzimmer gestanden, weil er sich vom Anblick ihrer Gesichter im Schlaf nicht losreißen konnte. Doch nun war es anders. Sowohl er als auch die beiden Mädchen würden sich daran gewöhnen müssen. Und das würden sie. Irgendwann würde es leichter werden. Der Mensch war ein Gewohnheitstier.

Die Luft im Auto war zum Ersticken. Er drückte den Knopf in der Tür. Leise sirrend fuhr die Scheibe herunter. Die kühle Nachtluft streifte seinen Nacken, beruhigte sein aufgewühltes Innenleben. Er atmete tief ein und aus.

Dabei zog der Nachmittag im Gemeindesaal gedanklich an ihm vorüber. Er ertappte sich dabei, breit vor sich hin zu grinsen. Mara hatte unglaublich süß ausgesehen heute, in den eng anliegenden Jeans und der weißen Bluse, die gerade so tief aufgeknöpft war, dass die Spitze ihres cremefarbenen BHs hervorblitzte. Dann ihr wilder, frecher Fransenschnitt, der dazu verlockte, mit den Fingern durch ihr blondes Haar zu wühlen …, die Art, wie sie unbewusst beim Lachen die Nase kräuselte …, dazu das schmale Gesicht, in dem ihre babyblauen Augen riesig erschienen. Sie war schrecklich dünn geworden. Nachdenklich runzelte er die Stirn. Auf ihn wirkte es, als hätte Mara nicht unbedingt gute Zeiten hinter sich. Dennoch war ihr Lächeln noch genauso offen und warm wie früher. Er spürte eine Welle von Sehnsucht in sich aufsteigen. Dieser Moment, als er sich zu ihr hinübergebeugt hatte und sie sich so nahe gekommen waren, dass er den verführerischen Duft ihres Parfüms gerochen hatte. Um ein Haar hätte er sie geküsst. Gott sei Dank hatte er sich in Gegenwart der Kinder in letzter Sekunde zurückgehalten. Die Kleinen hatten gerade die Trennung ihrer Eltern hinter sich. Er wollte sie nicht damit belasten, dass er plötzlich Augen für eine andere Frau hatte, zumal Mara ohnehin nicht lange auf Shetland bleiben würde. Welchen Sinn hatte es, Mara in das Leben der Kinder zu lassen, wenn sie in wenigen Wochen ohnehin wieder von der Bildfläche verschwand?

Er lenkte die schmale, hügelige Straße nach Hamarness hinauf. Als er in den Rückspiegel blickte, erhaschte er einen Blick auf das Seaview. Hinter dem Haus glitzerte das Meer. Schlagartig stand ihm Maras Lächeln vor Augen. Verflixt! Was war nur los mit ihm? Er konnte nicht aufhören, an sie zu denken. Sie war ihm damals schon gewaltig unter die Haut gegangen. Daran hatte sich bis heute nichts geändert. Zwischen ihnen herrschte eine prickelnde, fast elektrische körperliche Anziehungskraft. Erneut wanderten seine Gedanken zu der Vorstellung, wie es sein mochte, ihre Lippen zu küssen. Nicht sanft, sondern leidenschaftlich. Herrgott! Er stöhnte leise auf. Schließlich war er auch nur ein Mann.

Was Davy davon hielt, dass Mara zurück war? Nervös trommelten seine Finger über das Lenkrad. Sicher wusste er längst, dass Mara momentan im Seaview wohnte. Auf Shetland blieb nichts lange geheim. Er beschloss, Davy einen spontanen Besuch abzustatten.

Fünf Minuten später parkte er den Wagen auf dem Hof seines Freundes. Er stieg aus und schlug die Tür hinter sich zu. Davy stand in Arbeitshosen und T-Shirt vor dem Hühnerstall und pfiff gut gelaunt vor sich hin, während er mit einem Spatel Kot von der Rampe kratzte. Eine Arbeit, die er sonst hasste.

»Cheers, Davy.« Gavin blieb stehen und maß Davy mit einem neugierigen Blick. »Was läuft so bei dir?«

»Nichts.« Davy zuckte betont unbeteiligt die Schultern.

Intuitiv machte Gavin einen Schritt nach vorne. »Ist Hühner ausmisten deine neue Leidenschaft, oder weshalb bist du so gut drauf?«

»Ich war in Gedanken woanders.«

»Verstehe.« Gavin kratzte sich den Nacken. »Wo hast du gesteckt heute Nachmittag? Ich könnte mich nicht erinnern, wann du dir das letzte Mal die Chance auf All-you-can-eat Reestit Mutton und Bannocks hast entgehen lassen.«

»Mir ist etwas dazwischengekommen.« Davys Oberkörper verschwand bis zur Taille im Inneren des Hühnerstalls.

»Ich vermute mal, du hast irgendeinen heißen Aufriss gestartet. Zumindest deiner guten Laune nach zu urteilen«, frotzelte Gavin. »Komm schon, raus mit der Sprache. Wen hast du abgeschleppt und warum weiß ich nichts davon?«

Stille. Der Spatel kratzte über den Boden des Hühnerstalls.

»Tu mir einen Gefallen, Gavin. Kümmere dich um deinen eigenen Scheiß.« Davys Stimme klang dumpf aus dem hölzernen Verschlag.

Gavin spürte, wie sich etwas in ihm verspannte. Normalerweise machte Davy kein Geheimnis um seine Frauengeschichten. Im Gegenteil. Meist konnte er es nicht erwarten, Gavin brühwarm von seiner neuesten Eroberung zu berichten.

Wie aus dem Nichts musste Gavin an Mara denken. Dabei spürte er wieder dieses komische, sehnsüchtige Ziehen. Plötzlich schoss ihm ein Gedanke durch den Kopf. Konnte es sein, dass Davy etwas mit Mara am Laufen hatte? Damals, vor vierzehn Jahren, waren sie beide in Mara verliebt gewesen. Nun war Mara zurück. Gavin spürte einen Stich in der Brust, der sich ziemlich nach Eifersucht anfühlte.

»Mara ist zurück«, sagte Gavin und stellte dabei fest, dass sein Versuch, unbeteiligt zu klingen, gründlich danebengegangen war.

»Wenn du wissen willst, ob ich mich mit Mara getroffen habe, dann frag mich gefälligst direkt.« Prustend und mit schweißglänzender Stirn tauchte Davy aus dem Hühnerstall auf. In seinem zerzausten Haar klebte eine kleine weiße Feder.

»Okay.« Breitbeinig verschränkte Gavin die Arme vor der Brust. »Und? Hast du?«

»Nein. Habe ich nicht. Wenn du es genau wissen willst, setze ich alles daran, ihr aus dem Weg zu gehen. Diese Frau macht nur Ärger. Ich kann mich noch sehr gut erinnern, wie es damals lief.« Davy wischte sich mit dem Ärmel über die verschwitzte Stirn.

Gavin schwieg. Dann sagte er: »Also spricht nichts dagegen, dass ich morgen Abend mit Mara ausgehe?«

»Nur die Tatsache, dass es dämlich ist, alte Geschichten aufzuwärmen. Aber bitte, wenn du meinst, nur zu!«

Ungewohnt schweigsam standen sie sich gegenüber.

Verlegen kratzte sich Gavin den Kopf. Obwohl es keinen Grund gab, hatte er das Gefühl, eine Erklärung abliefern zu müssen. »Pass auf. Wir gehen essen. Mehr nicht. Du glaubst doch wohl nicht, dass ich drauf scharf bin, wieder eine Frau in mein Leben zu lassen? Mir reicht das Drama mit Sunniva.«

»Besser so.« Davy winkelte das Bein ab und kratzte sich mit dem Spatel Hühnerkot vom Stiefel. »Vor allem, weil du einem Phantom hinterherjagen würdest. Dem Phantom des Sommers von damals, als wir überzeugt waren, dass die Welt uns gehörte. Alter Schwede …, wenn ich an die vielen Aufrisse denke! Damals waren wir echt schwanzgesteuert, oder?«

»Manche von uns sind das noch immer.«

»Sind was?«

»Schwanzgesteuert.«

»Hey. Meinst du etwa mich?« Davy verlor das Gleichgewicht und setzte den Fuß ab.

»Wie kommst du nur auf die Idee?«, feixte Gavin.

119

»Sag mal, wieso stehe ich jetzt auf einmal im Mittelpunkt? Kannst du mir das erklären? Es ging gerade um dich. Und Mara.« Davy verengte die Augen zu Schlitzen. »Gav, ich sage es dir noch einmal. Wenn du schlau bist, lässt du die Finger von ihr. Mara hat uns schon damals alle verrückt gemacht mit ihrem hinreißenden Lächeln, den großen blauen Augen und der scharfen Figur.« Davy warf den Spatel in einen leeren Eimer und wischte sich die Hände an der Arbeitshose ab. »Du kannst es drehen und wenden, wie du willst. Diese Frau ist schlimmer als ein Zyklon. Sie hinterlässt nur Verwüstung. Boah, wenn ich daran denke, dass ich ihretwegen beinahe meinen besten Kumpel verloren hätte!«

»Mach mal halblang.« Gavin spürte ein hohles Gefühl im Magen. »Dazu ist es nie gekommen.«

»Ach ja? Aber nur, weil ich dich dazu überredet habe, dass wir die Kurve kratzen und uns in Italien den Wind um die Nase wehen lassen, bevor sie uns beiden das Herz bricht.«

»Okay. Lassen wir das, es hat keinen Sinn. Das Thema Mara ist und bleibt ein Tretminenfeld. Bock auf ein Bier später?«, schlug Gavin vor, um die ungewohnt verkrampfte Atmosphäre zwischen ihnen zu lockern.

»Heute nicht. Ich muss morgen mit den Hühnern aufstehen«, scherzte Davy und rang sich ein Grinsen ab, das ein wenig gezwungen wirkte. Er deutete auf den Freilauf, in dem braune Hennen scharrten.

»Aye, das musst du jeden Tag.« Gavin zog eine Grimasse und schlenderte zu seinem Auto zurück. »Wir sehen uns. Ruf mich an, wenn du dich dazu durchringen kannst, mir zu verraten, wer dein neuester Aufriss ist.«

»Du kannst mich mal.« Davy grinste herausfordernd. »Weißt du was?«

»Jepp. Ich soll mich um meinen eigenen Scheiß kümmern.« Gavin grinste zurück. »Genau das mache ich jetzt. Cheers,

Davy. Ach, und wenn du jemanden brauchst, der nach dem nächsten Saufgelage Taxifahrer für dich spielt, dann tu mir einen Gefallen: Ruf nicht mich an.«

Mit quietschenden Reifen fuhr Gavin vom Hof. Wen Davy wohl diesmal am Haken hatte? Egal, er zuckte die Schultern. Davys Frauengeschichten hielten ohnehin nie lange. In der Regel endete es damit, dass Davys ehemalige Flammen sich bei Gavin ausheulten und sich beschwerten, was für ein blöder Arsch Davy sei. Gavin verzog das Gesicht. Mal ehrlich: Darauf konnte er verzichten. Wer sagte, dass er ständig als seelischer Mülleimer für Davys Probleme herhalten musste? Derzeit war er schon froh, wenn er seinen eigenen Mist auf die Reihe bekam. Allem voran die Scheidung. Solange die Vermögensverhältnisse nicht geklärt waren, standen ihm noch einige unangenehme Auseinandersetzungen bevor.

Kapitel 14

»Wow, drei ganze Monate. Wie großartig! Ich habe nicht damit gerechnet, dass sie dir das Sabbatical genehmigen.« Jezz' Begeisterung am anderen Ende der Leitung war nicht zu überhören.

Mara verzog das Gesicht zu einem vorsichtigen Grinsen. Sie stand auf dem Parkplatz am Victoria Pier in Lerwick, hinter sich die großen Fähren und Kreuzfahrtschiffe. Vor ihr ragten die Steinhäuser der Hafenfront empor, die so grau waren wie der Himmel heute über Da Toon, wie die Stadt bei den Einheimischen hieß. Ihr Blick folgte einer zerknüllten Papiertüte, die an ihr vorbei über den Parkplatz segelte. Irgendwie konnte sie selbst noch nicht glauben, dass ihr der Sonderurlaub genehmigt worden war. Nur ganz allmählich erlaubte sie sich eine erste zarte Vorfreude. Der Wind frischte auf und zerrte an ihrer Kapuze. Sie legte die Hand schützend vor ihr Handy und sprach mit erhobener Stimme ins Mikro. »Ich musste zwar ziemlich kämpfen, aber am Schluss hat die Personalabteilung mitgespielt.«

»Cool! Ich soll dir von Lisa ausrichten, dass sie dich vermisst und dass es ohne dich in der Wohnung schrecklich öde ist. Sag mal, habt ihr Sturm da oben? Ich versteh dich so schlecht.«

»Shetlandwetter … Nur ein wenig windig.« Mara ließ den Blick über den stahlgrauen, wolkenverhangenen Himmel wandern und zuckte die Schultern. »Du, warum sucht ihr euch nicht einen Zwischenmieter für mein Zimmer, während ich weg bin? Dann hättet ihr mehr Leben in der Bude.«

»Kommt nicht infrage«, erwiderte Jezz wie aus der Pistole geschossen. »Wir wollen dich und niemand anderen.«

»Ooh«, machte Mara gerührt, während sie vom Parkplatz auf die Ampelanlage vor der Esplanade zuschlenderte. »Ich vermisse euch schon richtig.« Beim Gedanken an die Münchner WG fühlte sie einen Anflug von Wehmut aufsteigen. Lisa und Jezz fehlten ihr wirklich. Die Freundschaft zu den beiden war zu einer tragenden Kraft in ihrem Leben geworden.

»Das will ich hoffen. Komm schnell zurück. Und hör bloß auf, uns mit diesen Hammerfotos vollzuspammen. Wir sind total neidisch. Shetland sieht nach einem Megaabenteuer aus.«

Grinsend wartete Mara darauf, dass die Ampel umschaltete. »Okay, keine Fotos mehr.«

»Untersteh dich!«, knurrte Jezz. »Lisa und ich sind süchtig nach den Schnappschüssen von süßen Shetlandponys. Als du die Otterfotos geschickt hast, konnte ich Lisa nur unter Androhung von Gewalt davon abhalten, in den nächsten Flieger zu steigen. Wie sieht es überhaupt aus bei dir? Wirst du denn klarkommen mit der Renovierung? Kostet das nicht eine Menge Geld?«

»Rosie und ich haben vor, so viel wie möglich selbst zu machen. Zum Glück habe ich etwas auf der hohen Kante.« Mara atmete tief ein und wieder aus. Eigentlich war das Geld für die Hochzeit gedacht gewesen. Sie spürte einen dumpfen Schmerz in ihrer Brust. Wenn sie nur in der Zeit hätte zurückreisen können, um Ben davon abzuhalten, an jenem Abend aus dem Haus zu gehen … *Halt,* befahl sie sich und presste die Kiefer aufeinander. Nur Masochisten quälten sich damit, die Vergangenheit ändern zu wollen. Entschlossen reckte sie das

Kinn. »Übrigens findet hier ein Wettbewerb statt. Es geht um die Wahl zum umweltfreundlichsten B&B. Der Sieger erhält ein Preisgeld und ein ziemlich geniales Marketingpaket noch dazu. O Gott, stell dir nur mal vor, wenn ich gewinnen würde! Dann wäre ich mit einem Schlag die finanziellen Sorgen los. Übrigens komme ich gerade vom Tourist Center. Heute war der letzte Tag, an dem man sich anmelden konnte.«

»Dann drück ich die Daumen. Was ist mit Gavin? Hast du ihn endlich gesichtet?«

Augenblicklich zuckte ein verräterisches Grinsen über Maras Mundwinkel. Sie spürte ihre Wangen prickeln. Zum Glück telefonierte sie nicht über Facetime, sonst wäre sie jetzt in Erklärungsnot geraten. Himmel, was war nur los mit ihr? Ihr Verstand mochte sich noch so sehr dagegen wehren, aber der Gedanke an das bevorstehende Treffen war elektrisierend. Sie räusperte sich umständlich. »Gavin? Ähm, ja … Tatsächlich warte ich hier gerade auf ihn. Wir sind uns bei einem Gemeindefest über den Weg gelaufen. Er hat mich gefragt, ob wir zusammen mal was essen gehen.«

»Wow!« Jezz' Grinsen schwebte förmlich durch die Leitung. »Höre ich da heraus, dass er Single und noch zu haben ist?«

»Na ja, so in etwa. Er ist verheiratet, lebt aber von seiner Frau getrennt und hat zwei süße Töchter.« Kaum war der Satz heraus, zuckte Mara zusammen. Ups, das klang nicht gerade nach einem Traumdate. Bildlich gesprochen schleppte Gavin einen ziemlichen Rucksack mit sich herum. Andererseits konnte ihr das egal sein. Wenn, dann kam für sie nur eine unverbindliche Affäre infrage, nichts Ernstes. Unwillkürlich durchlief sie beim Gedanken an Gavin ein sinnliches Sehnen. Wie aufregend es sich anfühlen musste, die straffen Muskeln seiner Brust zu berühren, seinen männlichen Geruch einzuatmen, den Geschmack seiner Lippen zu kosten … Manchmal war bedeutungsloser Sex genau das, was dem Singledasein seinen

Schrecken nahm. Außerdem tat es dem Selbstbewusstsein gut, sich begehrt zu fühlen. Zugegeben, mit den beiden Typen, mit denen sie sich auf einen One-Night-Stand eingelassen hatte, war es deutlich schiefgegangen. Vermutlich, weil sie über Bens Tod noch nicht hinweg gewesen war. Aber wer sagte, dass es diesmal nicht anders sein konnte? Immerhin lag der Unfall nun schon zwei Jahre zurück. Vielleicht hatte sie mittlerweile genügend Abstand gewonnen.

Jezz am anderen Ende der Leitung räusperte sich. »Hör mal, wenn er noch verheiratet ist, lass besser die Finger von ihm. Ich möchte nicht, dass du mit gebrochenem Herzen endest.«

»Da besteht keine Gefahr, weißt du ...« Mara hielt mitten im Satz inne. Unwillkürlich sog sie die Luft ein, als sie Gavins Gestalt inmitten der Passanten ausmachte. Er kam direkt auf sie zu. Wieder schob sich diese prickelnde Sehnsucht in ihr in den Vordergrund und drängte den Verstand auf ein Abstellgleis. Etwas zu hektisch hob sie den Arm und winkte ihm zu, das Handy noch am Ohr. »Sorry, ich muss Schluss machen. Wir hören uns bald wieder, ja?«

»Mach's gut, Mara. Und falls dir ein einsames Shetty über den Weg läuft, das keiner haben will, kleb ihm eine Briefmarke auf den Hintern und schick es hierher in die WG.«

»Wird gemacht. Ciao.« Mara legte auf. Etwas in der Art, wie Gavin sie anlächelte, als er vor ihr stehen blieb, ließ Schmetterlinge durch ihren Bauch flattern.

»Cheers, Mara.« Gavins graublaue Augen leuchteten intensiv. Einen Moment schien es, als wollte er sie zur Begrüßung in die Arme nehmen, aber dann beließ er es bei einem sanften Berühren ihrer Schulter. »Hungrig?«

»Ein wenig.«

»Wonach ist dir? Asiatisch? Indisch? Oder regional? Im Da Steak Hoose bieten sie neben Fleischgerichten auch Meeresfrüchte und vegetarische Gerichte an.«

125

»Klingt fantastisch. Lass uns dorthin gehen.« Mara nickte. Allerdings fragte sie sich, ob sie in Gavins Gegenwart viel hinunterbekäme. Die wild umherflatternden Schmetterlinge in ihrem Bauch ließen wenig Platz für Essen.

Kurz darauf saßen sie sich an einem Zweiertisch in einer Ecke des urigen Restaurants gegenüber und studierten die Speisekarte. Gavin entschied sich für ein Angus-Steak, Mara für Lachs mit Muscheln. Nachdem die Bedienung ein Glas dunkles, schäumendes Tushkar-Bier für Gavin und ein Glas Alkoholfreies für Mara auf dem grob geschreinerten Holztisch abgestellt hatte, prosteten sie sich zu.

Das Alkoholfreie hatte einen kräftig malzigen Geschmack. Mit einem Lächeln, von dem sie hoffte, dass es halbwegs souverän wirkte, ließ Mara ihr Glas sinken. Sie lehnte sich zurück und lockerte unauffällig die Schultern. Sie fühlte sich jetzt doch ziemlich befangen und nervös. Was hatte sie sich eigentlich dabei gedacht, mit Gavin essen zu gehen? Woher sollten sie den Gesprächsstoff für die Dauer eines Dinners nehmen? Was, wenn sie sich nichts zu sagen hatten und einander nur stumm gegenübersaßen? Oder wenn Gavin auf früher zu sprechen kam? Um ehrlich zu sein, hatte sie kein Interesse, die alten Geschichten wieder aufzuwärmen. Wie Gavin gesagt hatte, waren sie beide sehr jung gewesen, das konnte sie mit dem Abstand der Jahre deutlich sehen. Damals hatte sie geglaubt, Gavin sei die Liebe ihres Lebens. Inzwischen hatte das, was passiert war, keine Bedeutung mehr. Mara hatte die schönen Erinnerungen an das Simmer Dim gedanklich in das Glas gepackt, in dem sie die besonderen Momente ihres Lebens aufbewahrte. Dass Gavin sie hatte sitzenlassen, hatte sie dagegen in eine hintere Ecke ihres Geistes geräumt. Dorthin, wo sie so schnell nicht wieder darüber stolpern würde. Wozu jetzt wieder davon anfangen? Angespannt spielte sie an ihrem silbernen Armbändchen herum.

»Hast du dich inzwischen gut eingelebt bei uns?« Gavin wischte sich dezent einen Rest Schaum vom Mund. Das sanfte, lilafarbene Leuchten der indirekten Beleuchtung verlieh dem Raum zusammen mit den Steinwänden und der Holzdecke eine intime Atmosphäre.

»Und ob. Ich liebe es hier«, erwiderte sie, dankbar, dass Gavin einen ungezwungenen Ton anschlug. Sie schob sich das kurze Haar hinters Ohr. »Es ist nicht nur diese irre Landschaft, auch die Menschen auf Shetland sind großartig. Letzten Sonntag beim Gemeindetee zum Beispiel … Ich dachte, es würde hart werden für mich als Neuling. Aber dann wurde ich mit offenen Armen aufgenommen. In der Großstadt muss man viel mehr kämpfen, um Anschluss zu finden. Vielleicht klingt das schräg, aber irgendwie habe ich das Gefühl, hier oben freier atmen zu können als anderswo.«

Er musterte sie aufmerksam. Schließlich nickte er langsam, als wüsste er, was sie meinte. »Das geht mir ähnlich. Eine gewisse Zeit lang fand ich es ganz okay, mir den Londoner Lifestyle reinzuziehen, aber irgendwann hat es genervt.« Er beugte sich etwas weiter vor und verschränkte die Hände über dem Tisch. In dem lilafarbenen Licht wirkten seine Augen geheimnisvoll und seine Gesichtszüge äußerst sexy. »Ich meine, was hast du davon, wenn du jedes Wochenende in Clubs abhängst oder versuchst, genauso hip wie alle anderen zu sein? Du kennst zwar eine ganze Menge Leute, aber Freundschaften entstehen dabei nicht. Die meisten interessieren sich nur für sich selbst. Du bist für sie Teil ihres Netzwerks, mehr nicht. Dein Wert steht und fällt damit, wie nützlich du für ihre Karriere bist.«

»Klingt zynisch, aber ja, ich weiß genau, was du meinst.«

Gavin schnaubte durch die Nase. »Wenn du wüsstest, wie viele meiner Bekannten in London irgendwelches Zeug einschmeißen, damit sie mit dem Tempo mithalten und ihre innere Leere verdrängen. Für mich war das nichts. Mit Drogen hatte ich nie etwas am Hut. Also habe ich mich entschieden, aus dem Londoner Zirkus auszusteigen und zurückzukommen.«

»Ich vermute, deine Mutter war begeistert«, entschlüpfte es Mara schneller, als sie denken konnte.

Gavin warf ihr einen merkwürdigen Blick zu. »Ich glaube, es ist kein Geheimnis, dass meine Mutter und ich uns nicht sonderlich gut verstehen.«

»Wirklich? Das wusste ich nicht. Woran liegt es?«

Er zuckte die Schultern. »Ich glaube, sie kann mir nicht verzeihen, dass ich nach meinem Vater komme und nicht nach ihr. Dad ist der bodenständige Typ, der mit den Kleinbauern in der Umgebung kooperiert und auch in der Spinnerei alles daransetzt, nachhaltig zu wirtschaften. Meine Mutter dagegen … Na ja, ihr ging es wohl schon immer hauptsächlich um Geld und Status. Du brauchst dir nur die Website des Whalwick Hotels im Internet anzusehen. Da wird klar, dass sie es auf gut betuchte Gäste abgesehen hat, möglichst mit Rang und Namen.«

Mara hob eine Augenbraue. »Aber zu deinem Vater hast du ein besseres Verhältnis?«

Er nickte. »Auf jeden Fall. Erst recht, seit ich die Geschäftsführung der Spinnerei übernommen habe. Natürlich haben wir auch unsere Differenzen, aber zumindest vertreten wir die gleichen Werte. Wie ist es mit dir?« Er lehnte sich zurück und trank einen Schluck von seinem Bier. »Was machst du so beruflich?«

Mara erzählte ihm von ihrem Job in der Hotelbranche, von ihrer kürzlichen Beförderung in die Leitungsebene und von dem Sabbatical, das sie genommen hatte, um das Seaview zu renovieren. Das Thema Ben ließ sie außen vor.

»Deine Mutter hat mir ein Kaufangebot für das B&B gemacht«, schloss sie und zuckte die Schultern. »Ich habe abgelehnt. Agnes lag so viel an dem Haus, also sollte ich wohl zumindest versuchen, es wieder zum Laufen zu bringen.«

Er nickte ernst. »Tu das. Es ist eine gute Entscheidung. Sicher weißt du, dass meine Mutter Agnes schon vor Jahren zu einem Kauf überreden wollte, aber Agnes hat sich geweigert.«

»Ja, das ist mir bekannt.« Mara runzelte die Stirn. »Hast du eine Ahnung, was zwischen deiner Mutter und Agnes seinerzeit vorgefallen sein könnte? Die beiden haben sich ja regelrecht gehasst.«

»Ich habe nicht die leiseste Idee.« Er runzelte die Stirn, als würde er versuchen, sich an Einzelheiten aus der Vergangenheit zu erinnern. »Jedenfalls wäre es meiner Mutter am liebsten gewesen, Agnes wäre von hier weggezogen.«

»Und wie stand Agnes dazu?«

»Boah, gute Frage.« Er zuckte die Schultern. »Agnes hat sich immer sehr bedeckt gehalten, was das Thema betraf. Außer einmal … Sie hatte sich wohl sehr über meine Mutter geärgert, jedenfalls ist ihr mir gegenüber eine Bemerkung herausgerutscht, die komisch war.«

Er ließ eine Pause entstehen.

»Und?«, drängte Mara.

»Tja … Agnes meinte, meine Mutter hätte ihr schon so viel genommen, daher würde sie ihr nie im Leben auch noch das Seaview überlassen. Natürlich habe ich nachgefragt, was sie damit meinte, aber Agnes hat sich geweigert, näher darauf einzugehen.«

»Hm, dann wird es wohl ein ewiges Geheimnis bleiben. Außer, deine Mutter entschließt sich zu reden, was ich mir allerdings kaum vorstellen kann.« Mara griff zu einem Bierfilz auf dem Tisch und drehte ihn in den Händen. »Weißt du, mir wäre wirklich daran gelegen, die Streitereien beizulegen. Letztendlich wirkt es sich nur negativ auf das Geschäft aus, und zwar für beide Seiten.«

129

Gavin hob eine Augenbraue. »Hast du das meiner Mutter mal genauso gesagt? Würde mich interessieren, wie sie darauf reagiert.«

»Noch nicht, aber ich muss demnächst mit ihr die Pacht für das Grundstück aushandeln, auf dem die Glamping-Pods stehen. Dabei wollte ich das Thema mal anschneiden.« Mit einem Dreh aus dem Handgelenk ließ sie den Bierfilz über den Tisch kreiseln. Vor Unwohlsein zog sie eine Grimasse. »Um ehrlich zu sein, graut mir vor dem Gespräch.«

Die Bedienung kam und stellte zwei gut gefüllte und ansprechend dekorierte Teller vor ihnen ab.

»Sieht lecker aus.« Gavin zwinkerte ihr zu, während er Messer und Gabel aus seiner Stoffserviette wickelte. »Und was meine Mutter betrifft …, falls ich etwas für dich tun kann, lass es mich wissen.«

Mara zögerte. Da war tatsächlich etwas. Liebend gern hätte sie erfahren, was Marjoleen denn nun in Wirklichkeit mit dem Seaview vorhatte. Während sie eine angeschnittene Zitrone über den Meeresfrüchten ausdrückte, überlegte sie, wie sie das Gespräch darauf lenken konnte, ohne zu riskieren, dass Lowrie in Schwierigkeiten geriet. Nicht ohne Grund hatte Lowrie um Geheimhaltung gebeten. Schließlich wischte sie sich mit der Serviette Zitronenspritzer von den Fingern und schielte vorsichtig zu Gavin hinüber. »Nur für den Fall, dass alle Stricke reißen und ich am Ende doch verkaufen muss. Was meinst du? Würde deine Mutter das Seaview weiter bestehen lassen, so wie es jetzt ist?«

»Weiter bestehen im Sinne von ›das Haus erhalten‹?« Gavin lachte kurz und bitter. »Ich glaube kaum, dass man einen Abriss so bezeichnen könnte.«

»Was?« Mara keuchte auf. Ihr blieb buchstäblich die Luft weg. Also doch. »Mir hat sie versichert, dass alles beim Alten bliebe.«

»Das hat sie gesagt?« Gavin kniff die Augen zusammen. »Unglaublich. Andererseits ist es ihr auch wieder zuzutrauen. Willst du meine Meinung hören?«

»Gern.«

»Ich finde, das Seaview hat es verdient, zu überleben. Im Gegensatz zu dem Superluxusprojekt meiner Mutter hat es inseltypisches Flair. So, jetzt aber guten Appetit, bevor es kalt wird.« Er deutete auf die bislang unberührten Teller.

Mara starrte sekundenlang auf ihr Essen, dann spießte sie eine Muschel auf ihre Gabel. »Dir auch. Und danke, dass du so ehrlich bist. Was deine Mutter betrifft …« Sie brach ab und ließ die Gabel sinken.

Gavin reichte über den Tisch und berührte kurz ihren Arm. Mara fühlte ein Kribbeln durch ihren Körper laufen. »Hey, nimm es nicht persönlich. Mum war schon immer ein schwieriger Mensch. Zum Glück tickt mein Dad ganz anders, sonst wäre meine Kindheit ziemlich fürchterlich gewesen.«

»Klingt nicht gerade danach, als wären deine Eltern ein Traumpaar«, sagte Mara.

»Meiner Meinung nach hätten sie sich schon vor Jahren scheiden lassen sollen.« Gavin wirkte, als ließe ihn das Thema inzwischen völlig kalt. »Ich vermute, die beiden hätten nie geheiratet, wenn meine Mutter nicht ungewollt mit mir schwanger geworden wäre. Na ja, Marjoleen zählt wohl zu den Frauen, die besser nie Kinder bekommen hätten.«

»O nein, das klingt schrecklich«, meinte Mara mitfühlend.

Gavin winkte ab. »Ich habe lange gebraucht, um zu verstehen, dass es nicht an mir lag. Als Mutter war sie nun mal eine völlige Fehlbesetzung. Mit Olivia und Grace ist sie ganz anders. Liebevoll, geduldig, präsent. Ist wohl einfacher für sie, weil sie keine Erziehungsarbeit leisten muss. Ihre Enkel kann sie abgeben, wenn es ihr zu anstrengend wird.« Er lächelte, aber in seinem Blick lag Verletzlichkeit.

Mara spürte den Impuls, etwas Tröstliches zu sagen, doch bevor ihr geeignete Worte einfielen, sprach Gavin weiter. »Dass Sunniva und ich uns getrennt haben, hat Mum schwer getroffen. Sie liebt Sunniva, die beiden haben sich schon immer gut verstanden. Liegt wohl daran, dass sie ähnliche Charakterzüge haben.«

Gavin verstummte. Kurz wirkte es, als wollte er noch etwas hinzufügen, aber das passierte nicht.

Eine Pause entstand, in der nichts weiter zu hören war als das Kratzen des Bestecks auf den Tellern und das allgemeine Grundrauschen der Gespräche, die an den umliegenden Tischen geführt wurden.

»Warum habt ihr euch eigentlich getrennt?«, fragte Mara schließlich. Sie wollte nicht indiskret sein, aber die Frage ließ ihr keine Ruhe. Gleich darauf biss sie sich verlegen auf die Unterlippe. »Oder ist das zu persönlich?«

»Nein, schon okay.« Gavin legte das Besteck beiseite und zuckte die Achseln. »Unsere Ehe war schon längere Zeit unglücklich. Wir waren von Anfang an zu verschieden in unseren Einstellungen und Bedürfnissen. Trotz der Kinder fühlte es sich an, als wären wir in unterschiedlichen Welten unterwegs. Irgendwann fand ich heraus, dass Sunniva eine Affäre hatte.«

Impulsiv reichte Mara über den Tisch und drückte Gavins Hand. »Das tut mir leid.«

»Das muss es nicht. Ich habe noch eine ganze Weile um unsere Ehe gekämpft, glaub mir, aber Sunnivas Affäre war wohl keine einmalige Sache.« Gavin erwiderte ihren Händedruck. Es fühlte sich beinahe vertraut und zugleich ziemlich aufregend an. Sanft rieb sein Daumen über ihren Handrücken, ihre Blicke trafen sich. Als Gavin ihre Hand losließ und der Blickkontakt endete, fühlte Mara zu ihrer Überraschung ein leises Bedauern. Verwirrt schob sie sich das letzte Stück Lachs in den Mund.

»Was ist mit dir? Bist du verheiratet oder in einer Beziehung?«
Gavin verteilte Sour Cream auf seiner Ofenkartoffel. Dann
blickte er ihr interessiert ins Gesicht. »Erzähl doch bitte. Ich
möchte dich gern besser kennenlernen. Damals haben wir uns
im Grunde ja nur oberflächlich gekannt.«

Maras Herz schlug ein wenig schneller, weil Gavin sich so
offensichtlich für sie interessierte. Allerdings brachte sie es auch
jetzt nicht fertig, von Ben zu erzählen. »Ich bin Single. Meine
letzte Beziehung liegt zwei Jahre zurück. Übrigens bin ich nicht
auf der Suche, falls das deine nächste Frage wäre.« Ups. Der Satz
war heraus, bevor sie nachgedacht hatte. Am liebsten hätte sie
sich auf die Zunge gebissen. Ihre Reaktion klang unangemessen barsch. Nervös schielte sie zu Gavin hinüber. Wie würde er
reagieren?

In Gavins Augen lag ein amüsiertes Funkeln. »Das passt
prima. Ich auch nicht.«

»Super.« Sie räusperte sich. »Damit haben wir klare
Fronten.«

»Großartig. Lass uns darauf anstoßen.« Mit einem Zwinkern
hielt er ihr sein Glas entgegen.

»Übrigens, um noch mal auf früher zurückzukommen …«
Gavin unterbrach sich und stellte das Bier beiseite.

Mara spürte, wie sich ihr Magen zusammenschnürte. »Wie
du völlig richtig gesagt hast, war es nichts Ernstes«, behauptete sie rasch. In Gedanken suchte sie verzweifelt nach neuem
Gesprächsstoff, bevor Gavin das Thema auswalzen konnte.

Doch anscheinend hatte er ebenfalls wenig Lust, die
Vergangenheit wieder aufzurollen. Seine etwas angespannten
Gesichtszüge lösten sich. Er kaute, dann ließ er das Besteck sinken. »Gott sei Dank. Ich bin froh, dass du das sagst. Ich habe
schon befürchtet, du wärst noch sauer wegen damals.«

Obwohl sie sich fest vorgenommen hatte, sich nicht von
ihm auf dieses Spielfeld locken zu lassen, arbeitete es jetzt

natürlich doch in ihr. Ein Hauch der Demütigung, die sie erlitten hatte, kam wieder auf. Wie ein bitterer Geschmack, der sich plötzlich auf ihre Zunge legte. Aber das wollte sie Gavin auf keinen Fall spüren lassen. Also nahm sie das Kinn ein ganz klein wenig höher und schüttelte entschieden den Kopf. »Du meinst, weil du einfach zusammen mit Davy abgehauen bist? Ganz ehrlich, es hat mich nicht gewundert. Ein paar Minuten mit Davy, und mir war klar, dass es euch in jenem Sommer nur darum ging, so viele Aufrisse wie möglich zu starten«, behauptete sie und staunte selbst darüber, wie überzeugend es klang.

»Halt, stopp!« Gavin wirkte ehrlich gekränkt. Er zog die Augenbrauen zusammen. »Du tust mir unrecht. Für Davy traf das vielleicht zu, aber nicht für mich.«

»So?« Herausfordernd sah sie ihm ins Gesicht. »Na, du weißt ja, was man sagt, mitgefangen, mitgehangen. Wer mit den Wölfen heult, muss sich nicht wundern, wenn er selbst als Wolf durchgeht.«

Gavin maß sie mit einem langen Blick. »Dennoch hast du dich von mir küssen lassen?«

»Simmer Dim eben.« Sie zuckte die Schultern, als würde sich damit alles erklären. »Die langen, hellen Nächte, der wenige Schlaf … da ist man am Ende so komplett drüber, dass man nicht mehr klar denken kann.«

»Wie bitte?« Mit flackerndem Blick starrte er sie an. »Du willst mir also erklären, dass du wegen der pausenlosen Helligkeit durchgedreht bist? Und deswegen durfte ich dich küssen?«

»Vielleicht habe ich mich ja auch ein wenig einsam gefühlt an jenem Abend«, räumte sie ein. Für einen Moment stand Simmer Dim mit seinem romantischen Zauber wieder so greifbar vor ihrem geistigen Auge, als wäre es gestern gewesen. Die Welt um sie herum war ihr in jener Nacht fast unwirklich erschienen. Was nur zum Teil daran lag, dass die Sonne kurz den Horizont gestreift hatte, ohne unterzugehen, während sie am Strand um die Lagerfeuer verteilt saßen. Viel verstörender war gewesen, wie intensiv sie damals auf Gavins Küsse reagiert und wie tief sie für ihn empfunden hatte. Ihr Herz machte ein paar schnelle, aufgeregte Schläge. Entschlossen, die wachsende Bitterkeit hinunterzuspülen, leerte sie das Bier in einem Zug.

»Trotzdem. Es war schon ziemlich beschissen von dir, einfach so abzuhauen.«

Zack! Nun war es heraus. Obwohl sie vorgehabt hatte, die Coole zu spielen, die über den Dingen stand. Benommen schaute sie auf das leere Glas, an dem Schaumspuren und Reste von ihrem Lippenstift hingen.

Ehrlich gesagt, fühlte es sich ziemlich befreiend an, dass es gesagt war.

Sie bemerkte, wie Gavin zu ihr herüberstarrte, und hob den Kopf. Er schien überrumpelt. Sogar in dem lilafarbenen Licht wirkte er eine Spur fahl. Wahrscheinlich war ihm sein Verschwinden doch unangenehmer, als er zugeben wollte, schoss es Mara durch den Kopf. Sie spürte, wie Hitze und noch mehr Vorwürfe in ihr aufstiegen, und biss fest die Zähne zusammen. Es reichte schon so. Er brauchte nicht zu wissen, wie viele Tränen sie seinetwegen vergossen hatte.

Gavin löste sich aus dem Blickkontakt und beugte sich über sein Bier. Statt zu trinken, schob er es auf dem Tisch herum. »Na ja, du warst damals auch nicht ganz ehrlich«, murmelte er vor sich hin, ohne aufzusehen.

Zumindest *glaubte* sie, dass er das sagte. Bei den Nebengeräuschen im Pub und Gavins breitem shetländischem Akzent war sie sich allerdings nicht sicher. Er konnte auch etwas ganz anderes gemeint haben.

Sie beschloss, keine große Sache daraus zu machen. Wozu auch? Sie war mit der Absicht hierhergekommen, sich einen schönen Abend zu machen. Warum hätte sie sich das verderben sollen? Am besten ignorierte sie die Bemerkung.

Etwas abrupt hob er sein Glas an die Lippen. Beim Trinken legte er den Kopf ein wenig in den Nacken, gerade so weit, dass sie sah, wie sein Adamsapfel auf- und abglitt. Ein Anblick, der ihr von jener Nacht am Strand so vertraut war, dass sich ihr Magen zusammenzog. Nervös blickte sie weg, während ihre Hände schweißig wurden.

Er stellte das Glas ab. Dann lehnte er sich zurück und musterte sie mit durchdringendem Blick. Schließlich fuhr er sich mit der Hand durch das Haar, mit der Geste eines Mannes, der versucht, eine unangenehme Erinnerung beiseitezuwischen, und säbelte etwas zu bemüht an seinem Steak herum.

Es arbeitete in ihm. Ganz eindeutig.

Das Schweigen wurde unbehaglich. Mara rutschte auf ihrem Stuhl hin und her. Sie wollte irgendeine belanglose Bemerkung machen, um die unterschwellige Spannung zu lösen, doch ihr Kopf fühlte sich leer an.

»Auf jeden Fall freue ich mich, dass wir uns wieder begegnet sind«, meinte Gavin unvermittelt.

»Ich mich auch.« Sie lächelte. Er legte das Messer beiseite und drückte kurz ihre Hand auf dem Tisch, bevor er weiteraß.

Danach schafften sie es tatsächlich, entspannt und locker miteinander umzugehen. Gavin brachte sie ein paarmal mit seinem trockenen Humor zum Lachen. Sie wiederum erzählte von ihrer Arbeit im Hotel und einigen absurden Erlebnissen mit Gästen, die in Adiletten und Bademantel in der Hotelbar aufkreuzten und sich Bier bestellten oder einen ausgewachsenen, handzahmen Habicht auf dem Zimmer untergebracht hatten.

»Sollen wir dir noch ein Bier bestellen?« Er sah sie wieder auf diese Weise an, die sich so aufregend und so besonders anfühlte. Dabei deutete er auf ihr leeres Glas.

»Ich weiß nicht …«, meinte sie und spürte das Verlangen, den Abend noch ein klein wenig in die Länge zu ziehen.

»Oder wäre dir ein Ortswechsel lieber? Ich kenne eine nette Bar mit Livemusik gleich hier in der Nähe. Die Cocktails da sind spitze.«

»Klingt verlockend, aber besser nicht. Ich muss noch fahren.« Sie verzog bedauernd das Gesicht. Es war doch keine so gute Idee, wie sie gedacht hatte, mit dem eigenen Auto zu kommen. Natürlich war sie nicht so dumm, sich ein zweites Mal in Gavin zu verlieben, aber der Gedanke an einen Absacker in einer Kneipe mit möglichem Open End war reizvoll. Sie ertappte sich bei der Vorstellung, Gavins Arme um ihre Taille zu spüren und von ihm geküsst zu werden.

»Schade. Lass uns zahlen.« Gavin hob den Arm. Er winkte der Bedienung.

Der Moment war vorbei. Die Fantasie verblasste.

»Darf ich dich einladen?«, fragte er.

Sie gab sich einen Ruck und kam wieder in der Gegenwart an. »Danke. Das ist nett.«

»Wow! Im Ernst?« Gavin wirkte verblüfft. Anscheinend hatte er mit einer anderen Antwort gerechnet. Er machte richtig große Augen. Dann schüttelte er den Kopf. »Die meisten Frauen, die ich kenne, würden endlos über die Aufteilung der Rechnung diskutieren. Was um alles in der Welt ist verkehrt daran, zuvorkommend zu sein? Klar klingt es nach Old School, aber müssen wir denn zwangsläufig mit der Gleichberechtigung auch sämtliche netten, gut gemeinten Gesten über Bord werfen?«

Mara wartete mit der Antwort, bis die Kellnerin kassiert hatte, dann meinte sie augenzwinkernd: »Scheint herausfordernd, sich als Mann mit dem veränderten Rollenverständnis zurechtzufinden.«

»Du sagst es.« Gavin lächelte gequält. »Biete ich einer Frau an, die Rechnung zu übernehmen, riskiere ich, dass sie mir an den Kopf wirft, ein blöder Macho zu sein. Und wenn ich es nicht tue, muss ich mir anhören, ob mir das Date mit ihr nicht gefallen habe oder ob ich sie nicht attraktiv finde und was denn bittschön mit ihr verkehrt sei.«

Mara brach in Gelächter aus.

»Diese ganze Datingszene ist ein einziger Dschungel«, versicherte Gavin und setzte ein übertrieben verzweifeltes Gesicht auf. »Im Ernst. Die Frau, die sich von mir in den Mantel helfen lässt, ohne mir zu erklären, dass sie das auch selbst schafft, landet auf der Liste meiner Traumfrauen.«

»Ertappt, Gavin«, prustete Mara und bog sich vor Lachen. »Gerade outest du dich als unverbesserlicher, arroganter Macho.«

»Ach ja? Ist es das, was du von mir hältst?« In Gavins Augen trat ein schelmisches Glitzern. »Na schön. Herausforderung angenommen. Dann werde ich dich wohl eines Besseren belehren müssen.«

»Mach das. Ich bin gespannt«, gab Mara belustigt zurück. »Wollen wir gehen?«

»Im Ernst.« Augenzwinkernd schob er den Stuhl beiseite und erhob sich. »Du wirst dich noch wundern, wie nett ich im Grunde meines Herzens bin.«

KAPITEL 15

Kurz darauf schlenderten sie Da Street entlang. Es war schier unmöglich, fünf Schritte zu gehen, ohne dass sie auf jemanden trafen, den Gavin kannte. Irgendwann, als er bemerkt hatte, dass sie fror, hatte er den Arm um sie gelegt. Sie hatte nicht protestiert. Im Gegenteil. Es fühlte sich überraschend gut an, die Wärme seines Körpers neben sich zu spüren. Ganz abgesehen davon, dass es ziemlich aufregend war. Er wiederum hatte offensichtlich kein Problem damit, sich Arm in Arm mit ihr sehen zu lassen. Das Verlangen in ihr, sich noch etwas enger an ihn zu schmiegen oder stehen zu bleiben, um ihn zu küssen, wurde immer größer. Wer hätte das gedacht? Zwischen ihnen bestand nach wie vor diese besondere Chemie. Ihre Körper zogen sich an wie zwei Magnete. Das hatte sich seit damals nicht verändert. Und diesmal ließ sich dieses Prickeln zwischen ihnen nicht als Folge des Schocks über den Beinahe-Unfall erklären, wie bei ihrer ersten Begegnung, als er sie von dem Lieferwagen weggezerrt hatte.

Gavin verlangsamte seine Schritte. An einer der engen Gassen, die von der Commercial Road – Da Street – abbogen und über unzählige Treppchen den Hügel hinaufführten, blieb er stehen. Er drehte sich zu ihr um. Etwas in der Art, wie er sie ansah, ließ Maras Knie weich werden. Wieder spürte sie das fast unbeherrschbare Verlangen, mit den Händen durch sein Haar zu streichen und seine Lippen auf ihrem Mund zu spüren.

»Weißt du, was ich jetzt gern machen würde?« Gavins Stimme klang rau und dunkel.

»Hm?« Maras Herz pochte vor Aufregung wie verrückt.

»Ich würde dich gern küssen«, murmelte er.

Ihre Blicke verfingen sich. Atemlos ließ sie sich von ihm in das schützende Dunkel der Seitengasse ziehen. Seine Lippen fanden ihren Mund. Er küsste sie, zunächst zärtlich, dann mit wachsender Leidenschaft. Ihr Körper reagierte so intensiv, dass es ihr die Luft nahm. In jeder ihrer Nervenzellen vibrierte es, während ihr Verstand noch ungläubig hinterherhinkte. *Ich stehe hier und küsse Gavin,* echote es durch ihr Gehirn. Wären ihre Lippen nicht mit Gavin beschäftigt gewesen, wäre sie Gefahr gelaufen, in übermütiges, albernes Kichern auszubrechen. Einen irrwitzigen Moment lang dachte sie daran, was Lisa und Jezz dazu gesagt hätten. Dann dachte sie gar nichts mehr. Fühlte nur noch. Schwindel, Aufregung, Glück, alles durcheinander.

Als der Kuss endete, löste sie sich atemlos von Gavin.

»Wow«, meinte er leise. Seine Augen weiteten sich für den Bruchteil einer Sekunde. Ganz langsam breitete sich ein Lächeln auf seinen Lippen aus. Noch immer hielt er den Arm fest um ihre Taille geschlungen.

»Hmmm … Gar nicht mal so schlecht«, untertrieb sie augenzwinkernd und zwang sich, ihn nicht weiter anzustrahlen, als wäre sie fünfzehn und zum ersten Mal geküsst worden. Obwohl das der Beschreibung ihrer Gefühle ziemlich nahe kam.

Sein Grinsen wurde breiter. »Sicher, dass du zu deinem Auto möchtest?«

»Es ist ein Mietwagen. Ich musste dem Typ in der Autovermietung versprechen, gut darauf aufzupassen.« Sie blinzelte unschuldig.

»Dumme Sache, die hohe Kriminalitätsrate auf Shetland. Fast wie in der Bronx.«

»Schauderhaft. Du sagst es. Und dann die vielen Kreuzungen. Ständig biegt man falsch ab. Besonders nachts.« Verführerisch schlang sie die Arme um seinen Nacken, während er seine Hände zu ihrem Po wandern ließ.

»Im Dunkeln ist es die Hölle«, stimmte er ihr zu. »Wenn man sich auf Shetland nicht auskennt, ist man verloren.«

»Richtig. Dazu noch der Linksverkehr …«

»Wirklich ein Problem. Es wäre unverantwortlich, dich deinem Schicksal zu überlassen.« Er beugte den Kopf und ließ seine Lippen langsam über ihren Hals wandern. Seine Bartstoppeln fühlten sich kratzig auf ihrer Haut an. »Was machen wir denn da?«

»Na ja …« Unter seinen Küssen wurde ihr heiß vor Verlangen. Die Erinnerung, wie es sich anfühlte, wenn seine Lippen ihre Brüste erforschten, kehrte zurück. Mühsam unterdrückte sie ein Stöhnen. »Du scheinst ortskundig zu sein. Vielleicht fahre ich besser hinter dir her? Rein zur Sicherheit …«

»Ausgezeichnete Idee.« Er hörte auf, sie zu küssen, und hielt sie ein wenig auf Abstand, um ihr in die Augen zu sehen. »Da wir ja praktisch Nachbarn sind und vom Seaview zu meiner Wohnung nur fünf Minuten zu Fuß, könntest du dann noch auf einen Absacker zu mir kommen. Ich habe einen ausgezeichneten Shetlandgin zu Hause. Wenn du Lust hast …«

Da war er wieder, dieser typische Gavin-Blick, der ein Prickeln durch ihren Körper schickte und ihren Verstand verstummen ließ.

Sie legte beide Hände auf seine Brust. Durch den Stoff seiner Windjacke hindurch spürte sie den Schlag seines Herzens, fest und schnell. »Sehr verlockend. Ich liebe Gin. Wie könnte ich da Nein sagen?«

»Mein Auto parkt am Ende der Straße …«

141

»Meines ein Stück den Hügel hinauf …«

»Komm.« Er nahm sie bei der Hand und zog sie mit sich. Maras Augen brauchten einen Moment, um sich nach dem Dunkel der Gasse an das Licht der Straßenlaternen auf der Commercial Road zu gewöhnen. Blinzelnd und mit vor Hitze geröteten Wangen schlenderte sie neben Gavin her, dabei fiel ihr Blick auf die Schrift über dem Eingang zu einem Wollgeschäft. »Laurenson's Wool«, las sie und runzelte die Stirn. »Gehört der Laden euch?«

»Aye.« Gavin zuckte in breiter Selbstverständlichkeit die Schultern, als wäre es keine Sache. »Wir haben schon immer einen Teil unserer Wolle selbst verkauft. Hauptsächlich an Touristen. Shetlandwolle ist ein beliebtes Souvenir.«

»Hmm«, machte sie geistesabwesend. Sie hatte ihm gar nicht richtig zugehört, weil sich ihre Aufmerksamkeit auf einen Aushang im Schaufenster richtete. Sie hob den Arm und deutete auf die Scheibe. »Schau mal hier. Das Seaview macht bei dem Wettbewerb zum umweltfreundlichsten B&B mit. Drück mir die Daumen, dass ich gewinne.«

»Du nimmst an dem Wettbewerb teil?« Mit einem seltsamen Ausdruck im Gesicht starrte er sie an.

»Ähm … ja. Warum nicht?«, erwiderte sie lahm. Irgendetwas lief falsch. War es das schon wieder gewesen? Genau wie damals? Anscheinend schaffte sie es nur, Strohfeuer in Gavin zu entzünden, und keine dauerhafte, beständige Flamme. Unwillkürlich rückte sie ein Stück von ihm ab.

Gavin rieb sich den Nacken. Er wirkte bedrückt. »Vielleicht ist es doch keine so gute Idee, wenn du noch mit zu mir kommst.«

Treffer. Als hätte sie es nicht eben schon geahnt. Obwohl sie den Schlag hatte kommen sehen, traf er sie mitten ins Herz.

»Oh. Okay.« Wie betäubt sah sie zu ihm auf. Im nächsten Moment platzte ihr der Kragen. Zornig schüttelte sie den

142

Kopf. »Oder nein, nicht okay. Verflixt, Gavin, was ist los? Was verdammt noch mal soll das? Es erinnert mich verdammt an früher. Erst willst du mit mir zusammen sein und im nächsten Moment stößt du mich weg. Was stimmt nicht mit dir? Liegt es an mir, oder bist du einfach nur ein Arsch?«

»Was? Wovon redest du? Warte mal …« Gavin hob beschwichtigend die Hände. »Ich habe mich vielleicht gerade schlecht ausgedrückt, jedenfalls hast du es in den falschen Hals bekommen.«

»Ach ja?« Sie funkelte ihn an.

»Ja.« Gavin atmete tief ein und wieder aus. »Wir beide wissen, was passiert, wenn du noch auf einen Drink mit zu mir kommst.«

»Ja, und wo ist das Problem? Wir sind niemandem Rechenschaft schuldig.«

»Na ja.« Gavin trat von einem Fuß auf den anderen. »Wie man es nimmt. Rechenschaft ist das falsche Wort, aber es würde ziemlich sicher gegen die Regeln des Wettbewerbs verstoßen, wenn wir etwas miteinander laufen hätten.« Schweigen. Die Muskeln an seinem Kinn zuckten vor Anspannung. »Ich sitze zusammen mit zwei anderen in der Jury.«

»Was?« Fassungslos starrte sie ihn an. »Das ist nicht dein Ernst, oder?«

»Leider doch.«

»Aber das ist lächerlich!« Alles in ihr begehrte auf. »Das lässt sich doch trennen.«

»Leider sehe ich das anders. Wenn herauskommt, dass ich dich mit zu mir genommen habe und du gewinnst, wird man uns Mauschelei unterstellen.« Er hob zögerlich die Handflächen.

»Wir können also nicht einmal befreundet sein?«

»Befreundet schon, allerdings auf eine unverfängliche Art. Nur, bis der Wettbewerb vorbei ist. Danach sieht es anders aus.«

»Moment.« Ihr schoss ein Gedanke durch den Kopf. »Was ist mit den Leuten, die dich vorhin gegrüßt haben? Die haben uns Arm in Arm zusammen gesehen.«

»Daran habe ich auch eben gedacht.« Er fuhr sich mit der Hand in den Nacken. »Aber das lässt sich jetzt nicht mehr ändern. Das Gute ist, dass dich in Lerwick niemand kennt. Also wird sich wahrscheinlich keiner erinnern, uns beide zusammen gesehen zu haben.«

Maras Schultern sackten hinunter. Mit einem Schlag war alle Energie aus ihr heraus. »Du meinst das also wirklich ernst?«

»Leider ja. Zum Glück bleibst du ja noch länger auf Shetland.« Gavin klang, als wollte er sich damit selbst trösten.

Mara seufzte. »Trotzdem. Ich verbringe gern Zeit mit dir. Es wäre schön, mit dir befreundet zu sein.«

»Geht mir ähnlich. Ich bin auch gern mit dir zusammen.«

»Okay. Wenn es nicht zu ändern ist, dann müssen wir es so nehmen«, meinte Mara in einem kläglichen Versuch, tapfer zu sein. Ach, verdammter Mist! Es hätte alles so schön sein können. Zuvor, als sie sich geküsst hatten, hatte sie sich fallen lassen und die Welt um sie herum vergessen. Ein Gefühl, das sie schon ewig nicht mehr verspürt hatte. Kein Wunder, dass sie mehr davon wollte. Die beiden One-Night-Stands hatten nicht funktioniert. Dennoch war es viel zu lange her, dass sie mit einem Mann zusammen gewesen war. Bisher hatte sie geglaubt, dass sie nichts vermisste. Jetzt aber musste sie feststellen, dass ihr Bedürfnis nach Zärtlichkeit und Leidenschaft immens war. Schuld daran war Gavins Nähe. Doch so verführerisch die Vorstellung war, kein noch so guter Sex war es wert, die Chance auf einen Sieg im Wettbewerb aufs Spiel zu setzen.

»Also schön«, wiederholte sie fest und trat einen Schritt zurück. Plötzlich wusste sie nicht mehr, wohin mit sich. Etwas linkisch reichte sie Gavin zum Abschied die Hand. »Dann gehe ich jetzt ohne dich zu meinem Auto.«

Gavin erwiderte nichts, aber es kam Mara so vor, als knirschte er mit den Zähnen.

»Schätzungsweise habe ich mit der Renovierung in den nächsten Wochen ohnehin alle Hände voll zu tun«, sagte sie mit einer Zuversicht, die sie nicht empfand. Sie rang sich ein dünnes Lächeln ab.

»Ich bin telefonisch erreichbar, wenn du mich brauchst, okay?« Gavin warf ihr, halb zum Abschied, ein schiefes Grinsen zu. »Und auch sonst, wann immer du Lust hast, mit mir zu sprechen, oder dich einsam fühlst. Schließlich gibt es keine Regel, die es verbietet, sich mit einem Mitglied der Jury über Facetime zu unterhalten.«

»Okay, das ist zumindest etwas.«

»Eines noch …« Er zwinkerte ihr zu. »Unsere Wette gilt trotzdem. Ich werde dir beweisen, dass ich kein dämlicher Macho bin.«

»Aha. Und wie willst du das anstellen, wenn wir uns nicht sehen?« Sie runzelte die Stirn.

»Warte ab. Ich werde schon eine Möglichkeit finden, dich davon zu überzeugen, dass ich im Grunde richtig nett bin.« Sein Blick wurde ernst, er griff nach ihrer Hand. »Das damals mit uns ist dumm gelaufen. Bitte gib uns eine zweite Chance. Ich würde dich wirklich sehr gern besser kennenlernen. Und dabei geht es mir nicht nur um Sex.«

»Okay. Wir werden sehen, was passiert«, erwiderte Mara vage, zu mehr war sie momentan nicht fähig. Sie musste diesen Abend, der ziemlich achterbahnmäßig verlaufen war, erst einmal verdauen. Mit einem flüchtigen Lächeln verabschiedete sie sich von Gavin und ging davon, ohne sich noch einmal umzudrehen. Den ganzen Weg zurück zum Auto klopfte ihr Herz wie verrückt, während sie Gavins Küsse noch immer auf ihren Lippen spürte.

Kapitel 16

Die Tür des Walls Shop fiel krachend hinter Mara zu, als sie in den Supermarkt stürmte, in dem es immer so herrlich nach frisch gebackenem Brot roch. Normalerweise reagierte ihr Magen mit wohligem Grummeln auf den Duft, heute nahm sie ihn nicht wahr. Schwungvoll stellte sie ihre Tasche neben der Kasse ab und funkelte Lowrie aus zusammengekniffenen Augen an. Dazu hämmerte sie mit dem Absatz ihres Schuhs einen wilden Rhythmus auf das Linoleum. »Ich bin so wütend, dass ich platzen könnte.«

»Ach, du Schande!« Lowrie legte das Sudokuheft beiseite, über dem sie gebrütet hatte, und blickte auf. »So habe ich dich noch nie erlebt. Was ist los, Süße?«

»Marjoleen«, stieß Mara hervor, als ob der Name gleichbedeutend mit Ärger war.

»Erzähl.« Lowrie zog die dichten, dunklen Augenbrauen zusammen. »Was hat sie sich diesmal einfallen lassen?«

Mara pustete sich den Fransenpony aus der Stirn und überlegte. Vor lauter Zorn wusste sie gar nicht, wo anfangen. »Du weißt ja, dass meine Zufahrt seit Tagen behindert ist, weil Marjoleen es sich in den Kopf gesetzt hat, den Schotterweg in einen achtspurigen Highway umzuwandeln.

Passend zu den Luxusschlitten, die in Zukunft direkt an meiner Frühstücksterrasse vorbeibrausen und den Gästen die Ruhe stehlen.«

»Mist.«

»Du sagst es. Da ich nichts dagegen unternehmen kann, muss ich es akzeptieren«, erklärte Mara. »Aber das ist es noch gar nicht, was mich auf die Palme bringt.«

»Was dann?«

Mara schnaubte geräuschvoll. »Diese Frau lässt keine Gelegenheit aus, mich zu provozieren. Rosie und ich sind wie geplant seit vorgestern mit dem Streichen der Zimmer und dem Polieren der Böden fertig. Mit der Spedition war ausgemacht, dass gestern die neuen Matratzen geliefert werden. Daher rief ich Marjoleen an und bat sie zu veranlassen, dass dieser bescheuerte Bagger ihrer Baufirma anderswo parkt. Er steht schon seit einer Woche da, ohne bewegt zu werden, und versperrt die Zufahrt, sodass der Lieferwagen nicht zum Seaview durchkommt.«

»Lass mich raten.« Lowrie runzelte die Stirn. »Marjoleen hat natürlich nichts unternommen.«

»Garantiert nicht. Sie behauptet, bei der Baufirma sei gerade so viel los, dass nicht extra jemand dafür kommen könne.« Mara verdrehte die Augen, um zu verdeutlichen, dass sie das Ganze für eine glatte Lüge hielt. »Was blieb Rosie und mir also übrig, als fünf riesige Queensize-Matratzen von der Hauptstraße über den löchrigen Trampelpfad zum Seaview zu schleppen. Diese Dinger sind so was von unhandlich. Kannst du dir vorstellen, was das für eine Plackerei war?«

»O Gott, ja.« Lowrie verdrehte die Augen.

»Und heute Morgen …« Maras Stimme bebte vor Wut. »Heute wollte endlich der Klempner mit den Gästebädern anfangen. Aber jetzt steht der Bagger natürlich immer noch da und der Klempner hat sich geweigert, die Waschbecken und alles andere Zeug zu Fuß zum Haus zu schleppen, was ich

147

ja verstehen kann. Also ist er unverrichteter Dinge gefahren, stinkesauer war er obendrein. Na, und jetzt geht auf unbestimmte Zeit nichts vorwärts. Du weißt doch, wie das mit den Handwerkern ist, die können sich vor Aufträgen nicht retten. Wahrscheinlich muss ich ewig auf einen neuen Termin warten.«

»O weia!« Lowrie wirkte bestürzt. »Was sagt Rosie dazu? Vielleicht kann sie noch mal mit den Handwerkern reden.«

»Rosie ist mit Andrew nach Unst hinaufgefahren, Freunde besuchen. Ich habe ihr heute und morgen frei gegeben, weil sie nach der Schlepperei mit den Matratzen so geschafft war.«

»Ach, verdammt! Wieso hast du auch gestern nicht Bescheid gesagt? Ich hätte mir eine Stunde freinehmen und mit anpacken können.«

Mara kräuselte die Nase. »Daran habe ich gar nicht gedacht. Aber danke trotzdem.«

»Kein Problem. Wozu sind Freundinnen da?«

Mara lächelte dankbar. Lowrie war ihr inzwischen richtig ans Herz gewachsen. Wann immer es ihre knapp bemessene Zeit zuließ, schaute Mara auf einen Plausch im Supermarkt vorbei. Und wenn Mara es durch die laufenden Renovierungsarbeiten nicht schaffte, das Haus zu verlassen, kam Lowrie im Seaview vorbeigeschneit, unter dem Arm einen Korb voller Sandwiches oder selbst gebackenem Kuchen. »Überlebensration«, wie Lowrie es grinsend nannte, weil Mara in dem ganzen Chaos selten Zeit zum Kochen fand.

»Warte mal.« Lowrie beugte sich über die Theke und nahm eine Packung Puffin Poo aus einem hübsch dekorierten Korb. Die unregelmäßig geformten, in Kokosnussraspeln gerollten Kügelchen aus weißer Schokolade, geröstetem Reis und Marshmallow waren der Verkaufsschlager unter den Mitbringseln von Shetland, das hatte Mara längst mitbekommen. Das lag zum einen an dem niedlichen Papageientaucher auf der Packung, zum andern an dem witzigen Namen Puffin

Poo, Papageientaucherkacke. Abgesehen davon schmeckten die Pralinen göttlich. Mara war regelrecht süchtig danach.

»Hier. Greif zu!« Lowrie hielt ihr die geöffnete Packung unter die Nase und wackelte bedeutungsvoll mit den Augenbrauen. »Nervennahrung.«

»Die kann ich gebrauchen«, stöhnte Mara und bediente sich.

Lowrie griff ebenfalls zu. »Okay«, meinte sie zwischen zwei Bissen und musterte Mara kritisch. »Ich nehme an, das mit dem Klempner und den Matratzen war nur die Spitze des Eisbergs. Sonst würdest du nicht noch immer vor Wut schäumen.«

»Du triffst ins Schwarze.« Mit grimmigem Blick nahm sich Mara noch ein Puffin Poo. Einen Moment hielt sie es unschlüssig vor das Gesicht, bevor sie es sich in den Mund schob. Egal. Wie meinte Lowrie immer? Soul Food wird bei den Kalorien nicht mitgerechnet. Sie leckte sich einen Kokosraspel aus dem Mundwinkel. »Vorhin bekam ich eine E-Mail von Marjoleen. Stell dir vor, dafür, dass ich die neue, verbreiterte Zufahrt weiter nutzen kann, verlangt sie eine Gebühr von mir. Mit der Begründung, der Ausbau komme auch mir zugute. Daher sei es nur fair, dass ich auch dafür bezahle.«

»Was?« Lowrie sah aus, als fehlten ihr die Worte. »Die hat sie doch nicht alle. Wie absurd ist das denn? Die Idee mit dem Ausbau ist schließlich auf ihrem Mist gewachsen!«

»Sag das mal Marjoleen. Wenn ich nicht bezahle, müssen meine Gäste die Abzweigung weiter oben an der Hauptstraße nutzen, die zu meinem Grundstück gehört. Allerdings ist diese durch die vielen Schlaglöcher praktisch unpassierbar. Außer du nimmst einen Bruch der Radaufhängung und kaputte Reifen in Kauf.«

»Was für eine miese Tour! Als ob sie die Kohle dringend nötig hätte. Die alte Giftnudel besitzt Geld ohne Ende.« Lowrie stieß wütend die Luft aus. »Das ist doch alles nur Schikane, damit du aufgibst und verkaufst.«

»Ha! Den Teufel werde ich tun. Jetzt erst recht«, erklärte Mara selbstbewusst.

»Das war's dann also mit deinen Plänen, das Kriegsbeil mit Marjoleen zu begraben?«, mutmaßte Lowrie.

»Keine Ahnung. Irgendwie hoffe ich noch immer, dass wir den alten Streit begraben. Wenn ich nur wüsste, worum es damals ging!«

»Sorry!« Lowrie hob entschuldigend die Hände. »Ich bin ja nicht von hier, also kann ich dazu nichts sagen. Aber wenn es hilft, kann ich mich unauffällig umhören. Vielleicht bringe ich etwas in Erfahrung.«

»Mach das, bitte. Jedenfalls konzentriere ich mich erst einmal auf den Wettbewerb, alles andere ist mir gerade egal. Ich schwör dir, ich werde alles daransetzen, ihn zu gewinnen, allein schon, um es Marjoleen zu zeigen. Mit dem zusätzlichen Geld und der Werbung kann ich es schaffen, das Seaview auszulasten, sodass Marjoleen vor Ärger die Augen aus dem Kopf fallen.«

»Gut so«, lobte Lowrie und warf ihr einen aufmunternden Blick zu. »Kämpfe! Ich glaube fest daran, dass du gewinnst.«

»Danke, Lowrie.« Mara hätte die Freundin glatt küssen können, so gerührt war sie von der offenherzigen Unterstützung. Und was den Wettbewerb betraf, standen die Chancen nicht schlecht, dass sie zumindest eine gute Platzierung erreichte. Seit der Anmeldung hatte sie viel im Internet recherchiert und dabei so einiges über umweltbewusstes Renovieren gelernt. Besonders hilfreich waren die YouTube-Videos gewesen, auf denen gezeigt wurde, wie man alte Holzböden ökologisch auf Vordermann brachte. Mara hatte sie sich so lange angesehen, bis sie jeden Handgriff auswendig kannte. Erst dann hatte sie sich mit Rosie an die Arbeit gewagt. Mittlerweile glänzten die Dielen honigfarben von biologischem Hartöl. Das Mittel sorgte im ganzen Haus für einen wunderbaren Orangenduft. Die Gästezimmer waren mit Bio-Wandfarbe gestrichen und leuchteten in Cremeweiß. Der Elektriker hatte den Sicherungskasten modernisiert und die alte Windanlage auf dem Hügel hinter dem Haus gegen ein leistungsfähigeres Modell ausgetauscht. Zusammen mit den Solarpanels waren sie jetzt praktisch vom Stromnetz unabhängig. Wenn dann endlich der Klempner loslegte, konnten die Bäder wassersparend saniert werden. Doch obwohl schon viel geschafft und die Grundrenovierung abgeschlossen war, lag eine weitere Herausforderung vor ihnen: die Innendekoration der Gästezimmer und des Aufenthaltsbereichs.

»Was sagt Gavin dazu, dass seine Mutter dir ständig Ärger macht?« Lowries Stimme riss Mara aus ihren Gedanken.

»Na ja, natürlich ist er nicht begeistert.« Mara biss sich auf die Lippe. »Er hat angeboten, mit Marjoleen zu reden, aber ich möchte nicht, dass er sich einmischt.«

»Du hast Angst, dass man es dir als unfairen Vorteil im Wettbewerb auslegen könnte, wenn Gavin sich offiziell auf deine Seite schlägt?«, mutmaßte Lowrie.

»So in etwa«, murmelte Mara. »Außerdem ist es mir wichtig, allein mit Marjoleen klarzukommen. In meinem Job im Hotel muss ich ständig mit Einkäufern großer Firmen verhandeln. Da werde ich mich doch von dieser Spinatwachtel nicht ins Bockshorn jagen lassen.«

»Cool. Das ist die richtige Einstellung. Was ist mit Gavin und dir? Ihr beide scheint euch prima zu verstehen. Läuft da was?«

Mara spürte, wie sie errötete. Lowries Frage überforderte sie. Um Zeit zu schinden, schob sie sich noch ein Stück Puffin Poo in den Mund, obwohl ihr vom Naschen allmählich übel war. Insgeheim stöhnte sie auf. Sie wusste selbst nicht genau, was mit Gavin und ihr abging. Was sollte sie antworten?

Eine sehr lange Pause entstand.

Gerade als Mara zu einer vagen Erklärung ansetzen wollte, flog die Tür auf und ein schlanker, lässig in Arbeitshosen und T-Shirt gekleideter, ziemlich gut aussehender Mann mit Strubbelhaar und kurzem Vollbart stürmte in den Laden. Ohne in ihre Richtung zu sehen, steuerte er auf die Regale zu. Maras Herz schlug augenblicklich zum Zerspringen, allerdings nicht vor Freude, sondern aus Entsetzen. Der blonde Typ musste sich nicht erst vorstellen. Sie erkannte ihn auf einen Blick wieder. Dieses anzügliche, selbstbewusste Grinsen war unverwechselbar.

»Davy?«, fragte sie mit einem Beben in der Stimme.

Beim Klang seines Namens drehte er sich um, in der Hand eine Packung Frühstücksflocken.

»Mara.« Davy starrte ungläubig über den Gang hinweg zu ihr herüber. Es hätte nur gefehlt, dass er die Weetabix vor Schreck fallen ließ. Oder vor schlechtem Gewissen. Mara musterte ihn scharf. Sofort tauchten die Erinnerungen wieder vor ihren Augen auf. Leider waren es keine besonders guten. Es war in einer der hellen Nächte gewesen, die Mara gemeinsam mit den vielen anderen jungen Leuten aus Walls bei einem Lagerfeuer am Strand verbracht hatte. Sie hatte sich ein wenig die Füße vertreten wollen und einen Spaziergang in die Dünen gemacht. Davy war ihr hinterhergekommen. Er hatte versucht, zudringlich zu werden, obwohl Mara ihm am Tag zuvor klar zu verstehen gegeben hatte, dass sie nicht interessiert war. Doch Davy war zu betrunken gewesen, um vernünftig zu reagieren. Es hatte damit geendet, dass sie ihm eine kräftige Ohrfeige versetzt und ihn stehen lassen hatte. Danach war sie zu den anderen ans Lagerfeuer zurückgekehrt. Davy hatte sich an jenem Abend nicht mehr blicken lassen. Auch später hatte er ihre Gesellschaft gemieden. Nun standen sie sich wieder gegenüber, nach all den Jahren. Mara merkte, wie sich ihr

Nacken verspannte. Anscheinend reagierte sie immer noch allergisch auf Davy, obwohl sie sonst nicht nachtragend war. Kein Wunder, Typen wie dieser Davy waren unerträglich. Weshalb bloß hielt Gavin so große Stücke auf ihn? Sie runzelte die Stirn. Womöglich war Davy anders, wenn er mit Gavin zusammen war. Wer konnte das wissen? Sie hatte die beiden viel zu selten miteinander erlebt, um sich ein Urteil bilden zu können.

»Hi, Davy.« Lowries Stimme holte sie zurück in die Gegenwart.

»Davy … Schön, dich zu sehen«, presste Mara hervor, nachdem sie sich wieder gefangen hatte. »Wie geht es dir?«

»Gut, danke, und selbst?« Davy wirkte immer noch, als hätte ihn ein Laster überfahren.

»Auch gut.«

Davy trat von einem Fuß auf den anderen, wie ein nervöses Rennpferd. »Ich hätte nicht damit gerechnet, dich hier zu treffen. Dein Mietwagen steht nicht draußen.«

»Nein« erwiderte Mara lang gezogen, während sie innerlich eins und eins zusammenzählte. Sieh an, sieh an. Davy wusste also, welches Auto sie fuhr. Sicher war er auch sehr wohl im Bilde, dass sie im Seaview lebte. Was er offensichtlich nicht wusste, war, dass sie den roten Kleinwagen letzte Woche zurückgegeben und sich dafür Rosies altes Auto geliehen hatte. Gespielt freundlich lächelte sie ihm zu. »Komisch, dass wir uns bisher nicht begegnet sind. Dabei bin ich schon seit Wochen hier.«

»Ach, echt jetzt?« Davy wirkte verlegen. Er strubbelte sich mit der Hand durch das Haar. »Na ja, 'ne Menge los auf der Farm im Moment, mit den Lämmern und so. Aber ich hörte, dass du das Seaview renovierst. Eigentlich habe ich längst bei dir vorbeischauen wollen, um Hallo zu sagen, aber dann hat es sich irgendwie nicht ergeben. Sorry dafür.«

»Schon okay.« Mara lächelte kühl. Typisch Davy. Dämlicher hätte er nicht daherquasseln können. Als ob er vorgehabt hätte, sich bei ihr blicken zu lassen! Damit brauchte er ihr gar nicht zu kommen.

»Also dann. Ich muss weiter. Kühe melken und so. Man sieht sich.« Er grinste, breit und unverbindlich.

»Klar«, gab Mara ebenso unverbindlich zurück.

Davy warf ein paar Münzen auf die Theke. »Passt so«, meinte er. Bevor Lowrie das Wechselgeld herauszählen konnte, war er zur Tür hinaus.

»Was ist denn mit dem los?« Verwundert starrte Lowrie ihm hinterher. »So kurz angebunden ist er sonst nie. Hattet ihr mal Stress miteinander?«

»Könnte man so sagen.« Mara zuckte die Schultern.

»Verstehe.« Lowrie winkte ab. »Ich kann's mir in etwa denken. Davy ist ganz süß, aber ein notorischer Aufreißer.«

»Dann hat er sich seit damals nicht verändert«, kommentierte Mara ungerührt. »Ist er noch so dick mit Gavin befreundet?«

»Soweit ich weiß, schon. Natürlich hat Gavin, seit er Vater ist, Besseres zu tun, als jedes Wochenende mit Davy abzuhängen. Aber nun, da Gavins Ehe gescheitert ist, haben die zwei wieder einen ziemlichen Draht zueinander. Möchtest du noch eins?« Lowrie hielt ihr die Tüte mit dem Puffin Poo entgegen.

»Nein danke.«

»Auch gut. Dann bleibt mehr für mich übrig.« Lowrie streckte Mara keck die Zunge heraus. »Ach ja, wir wurden vorhin unterbrochen. Wolltest du mir nicht verraten, was zwischen Gavin und dir läuft?«

»Was sollte laufen?«, erwiderte Mara kopfschüttelnd.

»Nun, als Gavin das letzte Mal hier im Laden war, hat er eine merkwürdige Bemerkung fallen lassen. Irgendetwas mit einer Wette, die ihr beide laufen hättet. Näher wollte er sich dazu nicht äußern.« Lowrie stemmte die Hände in die üppige Taille und zwinkerte ihr herausfordernd zu. »Kannst du mich bitte mal aufklären?«

Mara seufzte. »Na schön. Als ich vor circa drei Wochen mit Gavin aus war, sind wir darauf zu sprechen gekommen, was damals zwischen uns lief. Gavin sieht es ähnlich wie ich, es hatte keinerlei Bedeutung.«

»Wie jetzt?«, ächzte Lowrie. »Du warst nie in ihn verliebt?«

»Na ja, doch, eigentlich schon«, stöhnte Mara. »Aber wehe, du verrätst es Gavin! Ihm gegenüber würde ich nicht einmal unter Androhung von Folter zugeben, dass er mir damals fast das Herz gebrochen hat. Versprich mir, dass es unter uns bleibt.«

»Klar. Meine Lippen sind versiegelt.« Lowrie deutete mit der Hand ein Schloss vor ihrem Mund an.

»Okay. Was damals passiert ist, steht nicht mehr zwischen uns.«

»Wie gut, dass ihr damit umgehen könnt. Das schaffen die wenigsten«, sagte Lowrie.

»Na ja, ich kann es vor allem deshalb locker nehmen, weil die Beziehung, die ich nach Gavin hatte, mein ganz persönlicher Jackpot war. Allerdings konnte ich mir nicht verkneifen, Gavin einen blöden Macho zu nennen, weil ihm eine verunglückte Bemerkung herausgerutscht ist«, bemerkte sie genüsslich.

»Aber du hast es nicht ernst gemeint, oder?« Lowrie runzelte die Stirn.

»Ach, woher!« Mara winkte ab. »Ich wollte Gavin nur ein wenig aufziehen. Aber jetzt will er mir beweisen, dass was in ihm steckt.«

»Trefft ihr euch denn?«

»Nein. Gavin ist da sehr korrekt. Es könnte mir die Chancen beim Wettbewerb verbauen, wenn man uns vor der Entscheidung zusammen sieht. Aber wir telefonieren regelmäßig.« Ein Lächeln spielte um ihre Mundwinkel. Gavins Anrufe waren für sie zum Highlight des Tages geworden.

»Er telefoniert mit dir?« Lowrie schaute sie ungläubig an.

»Äh, ja … Wieso sollte er nicht?« Verständnislos hob Mara eine Augenbraue.

»Gavin *hasst* es zu telefonieren. Im Ernst. Er findet es grauenhaft. Ihm muss ziemlich was an dir liegen, wenn er sich überwindet, dich anzurufen. Ist das nicht *ultra* romantisch?«

»Findest du?«

»Klar. Dir zuliebe tut Gavin etwas, was er im Grunde schrecklich findet. Was könnte romantischer sein?«

»Hm. Übertreibst du nicht? Auf mich macht es nicht den Eindruck, als hätte Gavin eine Handyphobie.«

»Süße, das hat er. Glaub mir«, bekräftigte Lowrie.

Maras Hand wanderte wie von selbst zu der Tüte mit den Puffin Poos. Nachdenklich schob sie sich ein weiteres Konfekt in den Mund. Gab es einen Beweis für Lowries Behauptung? Moment, da war was … Als sie am Tag nach dem Date aus dem Haus getreten war, hatte ein Sixpack mit unterschiedlichen shetländischen Biersorten vor ihrer Haustür gestanden. Daneben hatte ein Zettel gelegen, mit Gavins schwungvoller Handschrift darauf:

Hi Mara,
was hältst du von einem gemeinsamen Feierabendbier? Über Facetime. Damit verstoßen wir nicht gegen die Regeln. ;-)
Gavin, xx

Mara musste lächeln. Ganz schön clever von Gavin. Das Bier war beim Telefonieren so etwas wie ein Anker für ihn. Etwas, woran man sich festhalten konnte. Wenn einem der Text ausging, konnte man sich immer noch zuprosten. Und wenn das Bier leer war, hatte man einen guten Grund aufzulegen.

Komisch nur, dass Gavin die Gesprächsthemen nicht ausgingen und er auch nicht auflegte, wenn er ausgetrunken hatte.

»Was ist? Warum grinst du so?«, erkundigte sich Lowrie.

»Tu ich das?«

»Und ob.« Lowrie nickte wissend. »Du stehst auf Gavin, nicht wahr? Er ist heiß, oder?«

»Na ja …, schon.« Mara spürte, wie ihr das Blut in die Wangen schoss. O Gott, in letzter Zeit spukte Gavin erschreckend oft durch ihre Gedanken. Eigentlich ständig. Von dem Bauchkribbeln ganz abgesehen, wenn er sie über Facetime mit diesem Blick ansah, den er nur für sie zu haben schien. Die Sache war ganz schön verwirrend … Irritiert zerknüllte sie die leere Tüte. Auweia, hatte sie die restlichen Puffin Poos im Alleingang gefuttert? Sie zuckte die Schultern. »Es ist nicht so, wie du denkst. Ich bin nicht auf der Suche, und Gavin ist es auch nicht.«

Lowrie grinste breit. »Aber gegen eine Affäre hättest du nichts einzuwenden?«

Mara verschluckte sich und musste husten. Verflixt, Lowries direkte Art brachte einen ganz schön zum Schwitzen … Sie errötete bis unter die Haarspitzen.

»Wusste ich es doch!« Lowrie schüttete sich aus vor Lachen.

»Egal, was läuft, auf jeden Fall werde ich mich kein zweites Mal in Gavin verlieben. Einmal sitzengelassen werden reicht.«

»Klingt nach einem ausgeklügelten Plan.«

»Wieso? Warum nicht?«

»Du kannst dir noch so sehr vornehmen, dich nicht in Gavin zu verlieben, spätestens wenn du mit ihm geschlafen hast und du in seinen Armen aufwachst, ist es vorbei, das garantiere ich dir. Casual Sex funktioniert vielleicht bei Männern. Frauen ticken da meist anders.«

»Quatsch. Bei meinen bisherigen One-Night-Stands sind die Gefühle auch außen vor geblieben« Mara zuckte die Schultern. »Wieso sollte ich nicht einfach nur Spaß haben?«

»Warte ab.« Lowrie zwinkerte ihr zu. »Auf mich wirkst du schon jetzt verliebt.«

»Lowrie! Könnten wir jetzt bitte das Thema wechseln?«, schlug Mara vor und spürte, wie ihr das Blut in die Wangen schoss. »Ich finde, nach dem Ärger mit Marjoleen habe ich eine Aufmunterung verdient. Kannst du mir einen guten Gin empfehlen? Dann mache ich es mir heute Abend auf dem Sofa gemütlich.«

»Oder du kommst mit mir nach Lerwick und wir trinken dort zusammen was. Im Da Lounge gibt es Live Music«, sagte Lowrie. »Ich übernachte bei einer Freundin. Für dich ist auch Platz. Sarah hat ein großes Gästezimmer.«

»Klingt gut, aber ich befürchte, dafür bin ich heute zu erledigt. Ich muss mal dringend Schlaf nachholen. Diese hellen Nächte machen mich kirre.« Mara verzog entschuldigend das Gesicht.

»Kein Problem. Dann eben ein anderes Mal«, winkte Lowrie ab. Sie ging zu dem Regal mit den alkoholischen Getränken hinüber und kehrte mit einer Flasche zurück, deren Boden orange war und die nach oben hin transparent wurde. »Wie wäre es damit?«

Mara studierte die Aufschrift. »Shetland Reel Simmer Gin?« Sie grinste.

Lowrie grinste zurück. »Passt perfekt zu deiner Verfassung und zur Jahreszeit.«

»Cool! Ich brauche diese Flasche unbedingt, schon weil sie so toll aussieht. Und bitte zwei Dosen Tonic Water.«

»Hier. Eine Orangenscheibe gehört auch noch in den Drink.« Lowrie bückte sich und nahm eine Orange aus dem Obstregal. »Wenn du Rosmarin in deinem Gewächstunnel hast, gib noch einen Stängel in das Glas. Dann schmeckt der Gin perfekt.«

»Danke für den Tipp. Cheers, Lowrie, und viel Spaß heute Abend in der Stadt.« Mara nahm ihre Einkäufe und verabschiedete sich.

Kapitel 17

Es war ein wunderbarer Abend. Viel zu schön, um ihn drinnen zu verbringen. Ausgerüstet mit einem Kissen, dem Gin Tonic und einem Teller Sandwiches machte es sich Mara auf der Bank auf der Terrasse gemütlich. Sie streckte die Arme über den Kopf und rekelte sich genüsslich. In der vergangenen Woche hatte es häufig geregnet. Der Himmel war grau und bedeckt gewesen und die Temperaturen so kühl, dass sie abends im Kamin Feuer gemacht hatte. Doch nun schien der Sommer auf Shetland angekommen zu sein. Die Wildblumen vor dem Haus waren wunderschön, jeden Tag blühten neue Sorten auf. Die Luft schmeckte nach Salz, Sommer und Meer. Mara atmete tief ein, während sie die Geräusche der Umgebung in sich aufsog, die so typisch für Shetland waren: das Kreischen der Seevögel, das Blöken der Schafe auf den Weiden, das konstante Rauschen der Wellen unten in der Bucht. Dazu das leise Knacken der Kiesel, die von der Brandung aneinandergerieben wurden.

Zufrieden nippte sie an ihrem Drink. Gott, tat das gut, einfach dazusitzen und nichts zu tun. Seit dem Beginn der Renovierungsarbeiten hatte sie kaum Zeit für sich gefunden. Sie griff nach ihrem Buch, das sie mit nach draußen genommen hatte, und vertiefte sich in das Leben der Romanheldin.

Zehn Minuten später klappte sie das Buch frustriert wieder zu, weil sie sich nicht auf die Geschichte konzentrieren konnte. Ihre Gedanken waren überall, nur nicht im Roman.

Gavin hatte sich gestern nicht bei ihr gemeldet.

Ein nervöses Ziehen breitete sich in ihrer Magengegend aus. Und wenn sie ihm eine WhatsApp schrieb? Zögernd griff sie nach dem Handy.

Hi Gavin, alles gut bei dir?

Gleich darauf löschte sie die Nachricht wieder. Sie schnitt sich eine Grimasse. Nein, sie würde nicht von sich aus die Initiative ergreifen. Wie verzweifelt wirkte das denn? Auf keinen Fall würde sie Gavin hinterherrennen, auch wenn die Erinnerung an seine Küsse noch so aufregend war. Sie musste einfach aufhören, an ihn zu denken. Vielleicht sollte sie sich einen zweiten Gin Tonic gönnen?

In Flipflops tappte sie zurück ins Haus, um sich einen neuen Drink zu mixen. Verflixt, der war aber stark geworden, stellte sie fest, als sie im Hinausgehen davon kostete. Zu hibbelig, um sich zu setzen, spazierte sie mit dem Glas in der Hand im Garten hin und her. Leider sorgte der Alkohol nur dafür, dass sie immer mehr in Versuchung geriet, Gavin zu texten. Nicht einmal die Atemübungen aus dem Yoga, die Jezz ihr gezeigt hatte, halfen, um ruhiger zu werden. O Gott, diese andauernde Helligkeit! Ihr Hormonsystem spielte verrückt. Sie brauchte eine sinnvolle Beschäftigung, bevor sie völlig durchdrehte. Ihr Blick fiel auf die drei Gewächstunnel hinter dem Haus.

Entschlossen marschierte sie auf den größten zu. Körbe mit Cherrytomaten baumelten von der Decke und verströmten ein unverkennbares Aroma. Allerdings war die Luft nach siebzehn Stunden Sonnenschein unter dem Plexiglas ziemlich stickig. Nicht nur Mara bekam eine trockene Kehle, auch die Pflanzen brauchten Wasser und, wie es aussah, Pflege. Sie zog ihre Windjacke aus, nahm einen der Körbe vom Haken und stellte ihn vor sich auf die Werkbank. Konzentriert brach sie einen Geiztrieb nach dem anderen aus den Blattachseln. Dabei spulte sie in Gedanken das Gespräch mit Lowrie noch einmal ab.

Lowrie täuschte sich, überlegte Mara stirnrunzelnd. Ganz sicher hatte sie sich nicht in Gavin verliebt. Es war einfach schön, mit ihm zu telefonieren. Mehr nicht. Weil sie die gleiche Wellenlänge besaßen. Weil sie mit ihm über Gott und die Welt reden konnte. Weil er sie zum Lachen brachte, wenn sie gestresst war und schlechte Laune hatte. Weil sie sich schon lange in Gesellschaft eines Mannes nicht mehr so wohl gefühlt hatte. Die Sache mit Gavins angeblicher Handyphobie ging ihr wieder durch den Kopf. War Gavin tatsächlich um Längen romantischer, als sie vermutet hatte? Hatte sie sich so in ihm getäuscht? Egal. Schwungvoll rupfte sie den nächsten Trieb aus. Konnte ihr doch völlig schnurz sein, wie Gavin tickte. In wenigen Wochen endete ihr Gastspiel auf Shetland. Wenn sie erst wieder in München war, würde der Kontakt ohnehin abreißen. Und was Lowries Bemerkung betraf, dass Casual Sex nicht funktionierte, nun, da war sie anderer Ansicht. Nach einer Nacht mit Gavin wäre ihr Bedarf nach Zärtlichkeit und Nähe bestimmt ausreichend gedeckt, um einen Schlussstrich unter das Thema zu ziehen. Wobei sie schon zugeben musste, dass Gavin verdammt scharf war. Sicher würde er nicht lange Single bleiben.

Gott! Sie zerbrach sich ja schon wieder den Kopf über ihn!

Verärgert betrachtete sie die Bescherung vor sich auf der Werkbank. Hätte sie vielleicht nicht ganz so viele Triebe ausreißen sollen? Inzwischen wirkte die Staude so mickrig, als hätte Mara sie aus einem Sonderposten beim Gartenmarkt gerettet.

Möglicherweise erholte sie sich wieder, wenn man sie ausgiebig wässerte. Mara trat an das Waschbecken und ließ Wasser in einen Eimer laufen. Spärlich tröpfelte es aus dem Hahn. Plötzlich musste sie bei dem Geräusch ganz dringend zur Toilette. Unruhig trat sie von einem Fuß auf den anderen. Mist, das dauerte ja ewig, bis der Eimer voll war. So lange konnte sie nicht warten. Mit zusammengekniffenen Lippen drehte sie den Hahn wieder zu und spurtete los.

Sekunden später stand sie an der Tür und kramte nach ihrem Schlüssel. Verflixt, sie musste ihn drinnen vergessen haben, als sie sich den Drink gemixt hatte. Dank des neuen Sicherheitsschlosses, das sie vor drei Wochen hatte einbauen lassen, ließ sich die Haustür ohne Schlüssel nicht öffnen. Auch die Hintertür hatte ein neues Schloss, genau wie die Glamping Pods und das Self-Catering. Sie fluchte leise vor sich hin. Das durfte doch jetzt nicht wahr sein? Nervös presste sie die Beine zusammen. Ihre Blase platzte gleich.

Moment … lag nicht noch ein Ersatzschlüssel in der Werkbank im linken Gewächstunnel? Sie meinte sich zu erinnern, dass Rosie einen Schlüssel zur Sicherheit dort deponiert hatte. Mit zusammengekniffenen Lippen trippelte sie zurück und suchte in den Schubladen. Dann fiel ihr ein, dass Rosie den Schlüssel dem Elektriker geliehen hatte. Auch das noch. Vor Verzweiflung knirschte sie mit den Zähnen. Schön. Musste sie sich eben hinter das Gebüsch verkrümeln. Wozu war sie bei den Pfadfindern gewesen?

Erleichtert kam sie kurz darauf wieder aus dem Gebüsch hervor. Inzwischen war es leider ziemlich kühl geworden. Fröstelnd holte sie ihre Windjacke aus dem Gewächstunnel und zog den Reißverschluss bis unters Kinn zu.

Was nun? Sie konnte wohl schlecht auf dem Boden neben den Hortensien übernachten? Missmutig kickte sie mit dem Fuß nach einem Kiesel. Warum musste so was ausgerechnet immer im denkbar dümmsten Augenblick passieren? Es wäre kein Problem gewesen, bei Rosie oder Lowrie zu übernachten. Nur leider waren beide nicht da. Wenn sie die Nacht nicht in der Kälte im Freien verbringen wollte, gab es nur einen Ausweg, sie musste Gavin anrufen.

Seufzend zog sie das Handy aus der Tasche und wählte seine Nummer. Er meldete sich beim ersten Klingeln. In kurzen Sätzen schilderte sie ihm, was passiert war.

»Okay, keine Panik. Ich setz mich ins Auto und komm rüber. Irgendwie kriegen wir die Tür schon auf. Wenn das nicht klappt, versuchen wir, eines der Fenster zu öffnen.«

Es dauerte nicht lange, dann knirschten Reifen über den Kies der Einfahrt. Gleich darauf stand Gavin neben ihr und gab ihr zur Begrüßung einen Kuss auf die Wange. Erleichtert atmete Mara aus. In seiner Nähe fühlte sie sich gleich entspannter. Sicher würde Gavin wissen, wie sie ins Haus kommen konnte.

»Du lässt dir ganz schön was einfallen, um mich zu sehen.« Er trat einen Schritt zurück und grinste breit. »Mit einem Undercover-Einsatz hätte ich nicht gerechnet.«

»Danke, dass du gekommen bist. Ich hoffe, ich habe dich nicht aus dem Bett geholt.« Zerknirscht sah sie zu ihm hinüber. Gavins Haare waren verstrubbelt. Das ausgewaschene T-Shirt steckte nur halb in der Jeans, er trug keine Socken zu den Sneakers. Außerdem roch er nach Zahnpasta. Alles Anzeichen dafür, dass er bereits geschlafen und sich in Eile angezogen hatte.

»Kein Problem. Übrigens, was unsere Challenge betrifft, bringt mich das mindestens zehn Punkte weiter nach vorne auf der No-Macho-Skala. Das möchte ich nur mal so anmerken.«

»Nur theoretisch, denn leider wirft dich deine letzte Bemerkung um mindestens zwanzig Punkte zurück«, konterte Mara und wackelte mit den Augenbrauen.

»Mist.« Er grinste anzüglich. »Kann man wohl nicht ändern.«

»Nö. Aber du steigst im Ranking, wenn du das mit der Tür hinkriegst.«

»Sieh zu und lerne.« Er trat neben die Tür und wedelte triumphierend mit einer Kreditkarte. »Das haben wir gleich.«

Gespannt beobachtete sie, wie Gavin die Karte zwischen Türrahmen und Haustür schob. »Glaubst du, dich hat jemand gesehen?« Sie legte die Stirn in Falten.

»Ich denke nicht. Das Auto habe ich so geparkt, dass man es von der Straße aus nicht sieht. Und selbst wenn.« Energisch bewegte er die Karte auf und ab. »Kein Wettbewerb der Welt rechtfertigt, dass du dir eine Nacht im Freien um die Ohren schlägst.«

»Hm. Meinst du, das klappt mit der Karte?« Skeptisch blickte sie ihm über die Schulter.

»Im Fernsehen funktioniert das immer«, murmelte Gavin, allerdings wirkte er bereits weniger überzeugt als noch eben. »Fuck. Was ist denn das für ein Mist … Hast du ein Spezialsicherheitsschloss einbauen lassen?« Er stemmte sich mit der Schulter gegen die Tür und rüttelte an der Klinke. Schließlich drehte er sich mit einem entnervten Seufzen zu ihr um. »Sinnlos.« Er zuckte die Achseln und ließ die Karte in der Gesäßtasche seiner Jeans verschwinden.

»Und jetzt?« Mara stöhnte. Wäre auch zu schön gewesen, wenn es so einfach gewesen wäre.

Er lächelte schief. »Jetzt wissen wir zumindest, dass deine Haustür einbruchsicher ist.«

»Na, immerhin«, murmelte Mara.

»Tja. Allerdings haben wir hier auf Shetland eine so geringe Kriminalitätsrate, dass es schätzungsweise alle hundert Jahre zu einem Einbruch kommt.«

»Haha. Sehr hilfreich.« Sie seufzte. »Am Ende muss ich doch noch draußen pennen.«

»Ach was! Erst einmal schauen wir, ob wir ein Fenster öffnen können. Wenn das nicht geht, überlegen wir uns etwas anderes.« Gavin machte sich daran, als Erstes das Küchenfenster zu inspizieren. Mara schlich mit hängendem Kopf hinter ihm her. Mit jedem Fenster, das sich Gavins Gewalt widersetzte, wurde sie kleinlauter. Inzwischen ging es auf Mitternacht zu. Er ließ sich nichts anmerken, aber sicher musste er von der ganzen Aktion mittlerweile ziemlich genervt sein. Eine Glanzleistung war es nicht, sich auszusperren. O Gott! Sie mochte sich gar nicht ausmalen, für wie dumm er sie hielt. Schuld daran war dieser verflixte Gin.

»Das war's. Ich gebe auf.« Gavin hörte auf, am letzten Fenster zu rütteln, und drehte sich zu ihr um. Im Licht des Halbmonds traten seine Gesichtszüge markant hervor, was ihn noch ein wenig verführerischer wirken ließ als ohnehin. Wahrscheinlich so ein Robert-Pattinson-Twilight-Effekt, überlegte Mara.

»Mist. Müssen wir jetzt ein Fenster einschlagen?« Sie kräuselte die Nase.

»Nein. Abgesehen davon, dass das ziemlich teuer würde, habe ich keine Lust, mir bei dem Versuch blutige Knöchel zu holen. Ich habe eine bessere Idee.«

»Und die wäre?«

»Du übernachtest bei mir.«

»Bei dir?«, wiederholte Mara und stierte ihn mit großen Augen an.

»Eine andere Lösung fällt mir nicht ein.«

Schweigend standen sie sich gegenüber.

»Hör zu«, meinte Gavin und legte ihr die Hand auf die Schulter. Ein sehnsüchtiges Prickeln lief durch Maras Körper. »Das ist kein unmoralisches Angebot, sondern das einzig Vernünftige. Schließlich sind wir erwachsene Menschen.«

»Ich weiß nicht.« Unschlüssig zuckte sie die Schultern. Zu ihrem Leidwesen fand ein unvernünftiger Teil von ihr die Aussicht, die Nacht bei Gavin zu verbringen, extrem reizvoll. Demzufolge schwach fiel ihre Gegenwehr aus. »Was, wenn es jemand mitbekommt?«

»Das Risiko müsstest du in Kauf nehmen.« Gavin maß sie mit einem langen Blick. In seinen Augen lag ein Funkeln, allerdings war Mara nicht sicher, ob sie es sich in dem seltsamen Dämmerlicht nicht nur einbildete.

»Na schön … Wenn es nicht anders geht.«

»Dann komm.« Er nahm ihre Hand und führte sie zu seinem Auto. Schweigend setzte sich Mara auf den Beifahrersitz und schnallte sich an.

Hätte ihr jemand am Morgen vorhergesagt, wie der Tag enden würde, sie hätte ihn für verrückt erklärt.

Kapitel 18

Wenig später kamen sie in Hamarness an. Gavin öffnete die Tür und ließ sie hinein. Im gelblichen Licht der Straßenbeleuchtung, die durch die Fenster hereinschimmerte, konnte Mara nicht viel erkennen, nur so viel, dass es sich um ein Einzimmerapartment mit großer Küchenzeile handelte. Sie drehte sich zu Gavin um. »Okay. Es ist schrecklich nett von dir, dass du mich hier schlafen lässt. Aber eins vorneweg: Ich bin diejenige, die auf der Couch schläft. Du hast morgen sicher einen langen Arbeitstag vor dir. Ich möchte nicht, dass du meinetwegen mit steifem Nacken und Kopfweh rumläufst.«

»Wie edel von dir. Allerdings muss ich dich enttäuschen. Es gibt kein Sofa.«

»Was?« Maras Augenbrauen schossen in die Höhe. Ihr Herz klopfte nervös. »Aber sicher hast du zwei Sessel, die man zusammenschieben kann.«

»Es gibt zwei Sitzwürfel, aber auf denen kann man unmöglich schlafen. Sorry, ich habe die Wohnung möbliert übernommen.« Gavin trat neben sie und schaltete das Licht an. Grell flammten die Deckenleuchten auf.

Augenblicklich verstand Mara, was das Problem war.

Gavin zuckte die Schultern. »Wie du siehst, ist es eine Übergangslösung, weil ich noch nichts anderes in der Nähe finden konnte. Auf Dauer ist es mir zu eng. Der Vorbesitzer hat in erster Linie Wert auf eine schicke Küche gelegt.« Er deutete auf die chromblitzende Küchenzeile und die Theke mit den zwei Barhockern davor. »Viel Platz zum Wohnen und Schlafen bleibt da leider nicht.«

Mara spürte, wie ihr die Hitze in die Wangen stieg. »Und wo dachtest du, schlafe ich?«

Gavin fuhr sich mit der Hand in den Nacken und wirkte auf einmal leicht verlegen. Er räusperte sich. »Na ja …«

»Wie bitte?«, unterbrach sie ihn. »Das heißt, wir teilen uns ein Bett?«

»Komm schon, schau nicht so.« Gavin warf ihr einen aufmunternden Blick zu. »So schlimm wird es schon nicht werden. Falls es dich tröstet, ich schnarche nicht.«

Das ist meine geringste Sorge, dachte sie, sprach es jedoch nicht aus. Also schön. Sie beschloss, es locker zu sehen. Was blieb ihr schon übrig?

»Irgendwo müsste ich noch eine unbenutzte Zahnbürste haben. Ein Handtuch und ein Schlaf-T-Shirt kriegst du natürlich auch.«

»Cool.« Mara lächelte verkrampft. »Dein B&B bekommt von mir eine Fünf-Sterne-Bewertung bei Trip-Advisor.«

Er lachte übertrieben laut über ihren Scherz, woraufhin Mara ihn zweifelnd musterte. So schrecklich witzig war ihre Bemerkung nun auch wieder nicht gewesen. Konnte es sein, dass Gavin sich genauso befangen fühlte wie sie?

Einen unangenehm langen Moment herrschte Schweigen. Verlegen trat Mara von einem Fuß auf den anderen.

»Verrätst du mir, wo das Bad ist? Ich würde mir gern die Hände waschen«, meinte sie dann und versuchte, lässig zu klingen. Sie brauchte unbedingt einen Moment für sich. Die

Aussicht, die Nacht zusammen mit Gavin in einem Bett zu verbringen, machte sie hibbelig vor Anspannung.

»Klar, gleich dort hinten.« Gavin deutete quer durch den Raum.

»Na dann …«

Das Bad sah aus, wie man es in einem Männerhaushalt erwarten konnte: Rasierspiegel, Deo, Aftershave. Keine überflüssigen Accessoires wie Duftkerzen, Seepferdchen oder meditierende Buddhas. Alles sehr übersichtlich und funktional gehalten, und blitzeblank noch dazu. Um ihre Nerven zu beruhigen, ließ sich Mara mit dem Händewaschen mehr Zeit als nötig. Nervös zupfte sie an dem Ausschnitt ihres Pullovers herum. Verflixt! Warum passierten ausgerechnet ihr solche merkwürdigen Dinge? Genügte es nicht, dass sie gleich am ersten Tag auf Shetland in Gavins Armen gelandet war? Wie konnte es sein, dass sie jetzt auch noch zusammen mit ihm in seinem Bett übernachtete? Stirnrunzelnd beäugte sie im Badezimmerspiegel die hektischen Flecken an ihrem Hals.

Was auch immer in dieser Nacht passieren würde, eines war von vornherein klar, sie würde neben Gavin kein Auge zumachen können. Dazu war sie zu sehr durch den Wind. Sie schnitt sich selbst eine Grimasse und beschloss, wieder hinüber zu Gavin zu gehen. Sie war schon verdächtig lange im Bad.

»Oh«, machte sie, als sie die veränderte Atmosphäre bemerkte. Blinzelnd sah sie sich um. Gavin hatte die grellen Deckenstrahler ausgeschaltet. Die Stehlampe in der Ecke warf einen gemütlichen Schein, die LED-Beleuchtung über der Theke war heruntergedimmt. Aus der Musikbox klang leiser Jazz. Sie verkniff sich ein Grinsen, während sie überlegte, was sie davon halten sollte. War Gavin tatsächlich romantisch veranlagt oder versuchte er, den Verführer zu spielen?

Gavin stand mit dem Rücken zu ihr in der Küche. Er schenkte Rotwein in zwei Gläser. Als er sie bemerkte, drehte er sich um. Über die Länge des Raums hinweg begegneten sich ihre Blicke.

»Zu viel?«, fragte er und zuckte die Schultern. »Ich dachte nur, ich mache es etwas gemütlicher hier drin, auf die Aufregung hin. Um runterzukommen. Aber vielleicht habe ich übertrieben. Wenn du willst, mach ich das Licht wieder an. Schluck Wein für dich?« Reichlich unsicher hielt er ihr ein Glas entgegen.

»Gern. Rotwein ist eine prima Idee.« Sie nickte und setzte sich auf einen der Hocker an der Theke. Verlegen schlug sie die Beine übereinander und griff nach dem Glas. »Runterkommen klingt gut.«

Gavin setzte sich zu ihr. Sein Schienbein streifte ihren Knöchel.

»Auf die Nachbarschaftshilfe. Cheers.« Er prostete ihr zu und setzte das Glas an die Lippen.

Mara nahm ebenfalls einen Schluck. Der Wein schmeckte angenehm leicht nach Tannin, genau wie sie es mochte. Sie wollte gerade ein Gespräch über australische Rotweine beginnen, als Gavin sein Glas ein wenig zu heftig auf der Marmorplatte der Theke abstellte.

»Wie soll das funktionieren?« Gavin schüttelte den Kopf. Frustriert raufte er sich durch das Haar. »Es fällt mir schon jetzt schwer, dich nicht zu berühren. Wie soll das erst im Bett werden?«

»Verflixt!« Sie bemühte sich, nicht auf die Muskeln zu starren, die sich unter seinem schwarzen T-Shirt abzeichneten.

»Du sagst es.« Er gönnte sich noch einen Schluck.

»Ganz schön hart«, seufzte sie.

Er nickte.

Mara rutschte mit dem Po auf dem Lederpolster herum, in dem Versuch, eine möglichst entspannte, lässige Haltung einzunehmen. Was gar nicht so einfach war. Bislang war ihr noch nie aufgefallen, wie elend unbequem Barhocker sein konnten.

Das Saxofonsolo in der Musikbox verklang, sanftes Klavierspiel setzte ein.

Gavin hatte einen Ellbogen auf die Theke gestützt. Mit der freien Hand ließ er den Wein im Glas kreisen. Die kurzlebigen roten Schlieren am Rand des Kristallglases schienen ihn zu faszinieren.

»Woran denkst du?«, fragte Mara.

Er warf ihr einen merkwürdig intensiven Blick zu. »Das sage ich dir lieber nicht.«

»Verstehe.« Sie kräuselte die Stirn. »Und wenn wir es anders versuchen? Mit einem einzigen Kuss und nicht mehr? Vielleicht verfliegt dann die Spannung, wir können locker mit der Situation umgehen und haben kein Interesse an Sex.«

»Ganz schlechte Idee«, murmelte Gavin. »Wenn ich anfange, dich zu küssen, werde ich nicht mehr aufhören können.«

»Hm. Okay. Vermutlich hast du recht.«

»Ziemlich sicher sogar.« Er nippte an dem Wein.

»Na schön.« Sie seufzte. »Was schlägst du dann vor? Hast du vielleicht Spielkarten da?«

»Nein.« Gavin blickte düster zu dem Regal in der Ecke hinüber. »Nur ein Dr.-Bibber-Spiel.«

»Ich hasse Dr. Bibber.« Mara schüttelte den Kopf.

»Eines der dämlichsten Spiele, die je erfunden wurden«, stimmte Gavin ihr zu.

Mara trank einen Schluck Wein.

»Ist dir schon einmal aufgefallen, wie schwer es ist, *nicht* an etwas ganz Bestimmtes zu denken?«, meinte Gavin finster.

»Gerade eben.« Mara stellte ihr Glas ab, dabei berührten sich ihre und Gavins Fingerspitzen. Maras Herz pochte schneller.

»Vielleicht sollten wir einfach ins Bett gehen und versuchen zu schlafen«, sagte Gavin. Er starrte auf sein halb leeres Glas.

»Vielleicht.« Mara nickte.

»Schön.« Mit einem entschlossenen Nicken führte Gavin das Glas an die Lippen und trank den Rest in einem Zug.

Schulterzuckend beschloss Mara, es genauso zu machen. Dabei schielte sie unauffällig zu Gavins Bett hinüber. Es war ein Kingsize mit durchgehender Matratze. Eine Längsseite schloss an die Wand an. Neben Gavins schwarz bezogener Bettwäsche machte sie zwei weitere Kissen und Decken mit Pferdemotiven aus. Sie lächelte in sich hinein. Grace und Olivia. Immerhin bot das Bett ausreichend Platz, dass die Mädchen zu ihrem Daddy ins Bett passten. Allerdings konnte sie nun gut verstehen, weshalb Gavin auf Olivias Vorschlag, sie solle einmal bei ihnen übernachten, zurückhaltend reagiert hatte.

Gavin erhob sich und überreichte ihr Handtuch, T-Shirt und Zahnbürste. »Willst du zuerst ins Bad oder soll ich?«

Mara überlegte kurz. »Ich zuerst«, entschied sie.

»Okay.«

Sie nickte ihm zu und verschwand ins Badezimmer.

»In Ordnung, wenn ich das Licht ausmache?«, erkundigte sich Gavin, als sie mit frisch geputzten Zähnen und seinem T-Shirt bekleidet neben ihm lag. So weit weg von ihm wie möglich.

»Klar. Gute Nacht, Gavin. Schlaf gut.«

»Du auch, Mara.«

Er rollte sich auf die Seite und drehte ihr den Rücken zu. Mara lag da und starrte an die Decke, während ihre Augen sich allmählich an das seltsame Zwielicht im Raum gewöhnten. Müde war sie kein bisschen. Ihr Herz pochte so unruhig, dass es zum Verzweifeln war. Ob sie es wagen sollte, aufzustehen und sich noch ein Glas Wein zu holen? Mit einem unterdrückten Stöhnen drehte sie sich zu ihm um. Gavin schien zu schlafen. Er atmete ganz ruhig. Mara hob den Kopf und starrte entrüstet auf ihn hinunter. Er konnte doch unmöglich auf der Stelle eingepennt sein, während sie es nicht fertigbrachte, ein Auge zuzumachen. Verärgert knuffte sie ihr Kopfkissen zurecht und starrte wieder zur Decke. Obwohl es albern war, empfand sie es als unfair, dass er so ohne Weiteres schlief.

Frustriert wälzte sie sich zur anderen Seite. Gavin war so nah, dass sie seine Wärme neben sich spürte, und gleichzeitig so weit entfernt wie der Mond von der Erde. Die Sehnsucht, die Hand nach ihm auszustrecken, wuchs. So einsam hatte sie sich lange nicht gefühlt, obwohl sie daran gewöhnt war, ihr Bett für sich allein zu haben.

»Mara?«

»Was ist?« Ihre Stimme klang kratzig, sie räusperte sich. Das Verlangen, seinen durchtrainierten Körper eng an ihrem zu spüren, wurde unerträglich.

»Drehst du dich bitte mal zu mir?«

Sie tat, worum er sie bat. Sein Kopf ruhte auf dem Kissen, in seinen Augen lag ein so intensiver Ausdruck von Zärtlichkeit und Begehren, dass sie fast vergaß, weiterzuatmen. Gleichzeitig spürte sie, wie sich in ihrer Brust etwas löste, das seit Bens Tod wie ein verschlungener Knoten dort festgesessen hatte. Sie konnte nicht benennen, was es war, aber es fühlte sich an, als würde ein Teil von ihr entspannen und ruhig werden.

»Du kannst nicht schlafen, oder?« Seine Stimme war warm und dunkel.

»Nein. Entschuldige, ich versuche jetzt stillzuliegen. Tut mir leid, wenn ich dich geweckt habe.«

»Ich habe nicht richtig geschlafen.«

Schweigend lagen sie sich gegenüber, während Mara das Gefühl hatte, in Gavins graublauen Augen zu versinken. Es fühlte sich an wie damals, vor vierzehn Jahren: so, als würden sie sich schon ewig kennen. Als hätte das Leben vorherbestimmt, dass sie sich begegneten.

»Schäfchenzählen funktioniert wohl nicht«, meinte er leise und tastete nach ihrer Hand.

»Das hat bei mir noch nie geklappt.« Als sie seinen Händedruck erwiderte, verschlang er ihre Finger miteinander. Ein elektrisierendes Gefühl schoss durch ihren Arm. In ihrem Bauch flatterten Schmetterlinge.

»Wie wäre es, wenn ich dich in den Arm nehme? Bei Grace und Olivia funktioniert das immer.«

Mara schluckte. Sein Vorschlag hatte nichts Sexuelles, das spürte sie, obwohl das Knistern zwischen ihnen ziemlich eindeutig war. Sie nickte, während ihr Herz so fest gegen ihren Brustkorb hämmerte, dass Gavin es hören musste. »Na schön. Versuchen wir es.«

Sanft zog Gavin sie zu sich heran und schob seinen Arm unter ihren Kopf. Sie schmiegte sich enger an ihn, wobei es ihr vorkam, als wären ihre Körper wie füreinander gemacht. Zwei Teile eines Ganzen.

»Geht es so? Liegst du bequem?« Er streichelte mit der freien Hand über ihr Haar, sein kurzer Bart fühlte sich an ihrer Stirn überraschend weich an.

»Prima, danke.« Vorsichtig legte sie die Hand auf seine Brust und spürte das Heben und Senken seiner Rippen.

Er hob den Kopf. Seine Lippen näherten sich ihrem Mund. Sie schloss die Augen und gab sich seinem Kuss hin. Es war … unbeschreiblich. Und beängstigend zugleich. Sie konnte sich nicht erinnern, wann sie sich das letzte Mal so geborgen, so vollständig und so lebendig gefühlt hatte.

»Schlaf gut«, murmelte er dunkel, als sich ihre Lippen wieder gelöst hatten. Dann zog er sie fest an sich, so, als sei es nur natürlich, dass sie eng umschlungen miteinander einschliefen.

So, als wollte er sie nie wieder loslassen.

KAPITEL 19

Gavin konnte nicht schlafen. Im Gegensatz zu Mara, die seit einer halben Stunde in seinem Arm ruhig und tief schlummerte. Es hatte ihn schwer erwischt. Schon damals hatte er viel für Mara empfunden, aber jetzt, in den vergangenen Wochen, war eine Verbundenheit zwischen ihnen entstanden, wie er sie noch nie zuvor mit einer Frau erlebt hatte.

Mara war sein erster Gedanke, wenn er morgens aufwachte, und sie war sein letzter Gedanke, wenn er abends einschlief.

Verdammt, er unterdrückte ein gequältes Stöhnen, er konnte es kaum aushalten ohne sie. Die Videochats zwischen ihnen waren zu einem Fixpunkt in seinem Universum geworden, etwas, worauf er sich schon lange im Voraus freute. Und das passierte ausgerechnet ihm! Wie konnte das sein? Wenn es nicht gerade geschäftlich war, vermied er es, so gut es ging, zu telefonieren. Ehrlich gesagt, hasste er es regelrecht. Es machte ihn nervös, dass über das Handy so viel an echter zwischenmenschlicher Begegnung verloren ging. Die Technik machte alles flacher, die Zwischentöne waren nicht mehr da. Missverständnisse waren programmiert. Darum hielt er Telefongespräche so kurz wie möglich.

Außer mit Mara. Da fiel es ihm ausgesprochen schwer aufzulegen, auch wenn das Bier längst leer war. Ein Trick, den er anfangs gebraucht hatte, um seine Scheu zu überwinden. Mittlerweile fühlte es sich für ihn an, als würde die Welt etwas farbloser, wenn das Facetime-Fenster auf dem Display zuklappte. Er war regelrecht süchtig danach, ihre Stimme mit dem sympathischen Akzent zu hören und ihr Gesicht zu sehen, mit der Stupsnase, den riesigen Augen und der wirren Fransenfrisur.

Es war erschreckend. Er erkannte sich selbst kaum wieder. Deswegen hatte er sich eine zweitägige Zwangspause verordnet, was das Telefonieren betraf. Er musste mal wieder runterkommen und Abstand gewinnen. Schließlich war sie auch nur eine Frau, oder nicht? Eine, die bald wieder aus seinem Leben verschwinden würde.

Er hasste den Gedanken, sie gehen zu lassen, schon jetzt.

Als sie zuvor am Seaview vor ihm gestanden und ihn mit ihren blauen Kulleraugen so erwartungsvoll und auch sehnsüchtig angesehen hatte, hätte er sie am liebsten niedergeküsst.

Natürlich hatte er es nicht getan. Das Letzte, was er wollte, war, ihre Chancen auf einen Sieg im Wettbewerb zu gefährden.

Vorsichtig streckte er die Hand aus und berührte eine Strähne ihres verstrubbelten Haares. Wie vertrauensvoll sie sich im Schlaf an ihn schmiegte! Dabei hatte sie eine Verletzlichkeit an sich, die ihn tief berührte und instinktiv den Beschützer in ihm auf den Plan rief.

Nachdenklich zog er die Stirn in Falten. Er hatte keine Ahnung, weshalb Maras letzte Beziehung in die Brüche gegangen war, aber er hatte gespürt, dass sie nicht darüber reden wollte. Anscheinend saß der Schmerz noch immer tief. Dieser Mistkerl musste ihr richtig wehgetan haben, überlegte er düster.

Gleichzeitig regte sich sein schlechtes Gewissen. Er hatte kein Recht, diesen anderen Typen zu verurteilen. Schließlich war er derjenige, der Mara als Erster hatte sitzenlassen.

Wegen Davy, der sich damals zur gleichen Zeit wie er in Mara verliebt hatte.

Wegen Davy, den Mara noch vor ihm geküsst hatte.

Wegen Davy und des Versprechens, das sie sich nach dem College gegeben hatten und das besagte, dass sie nie zulassen wollten, dass eine Frau zwischen ihre Männerfreundschaft käme.

Verdammt! Er spürte einen dumpfen Schmerz in sich. Manche Versprechen erwiesen sich im Nachhinein als die dümmste Entscheidung, die man hätte treffen können.

Und nun war Mara wieder in sein Leben geschneit. Ganz überraschend. Den Moment, als er sie von dem Lieferwagen weggezerrt und sie in seinen Armen gelegen hatte, würde er so schnell nicht vergessen.

Noch weniger würde er aus seinem Gedächtnis streichen können, wie es sich anfühlte, hier mit ihr zu liegen, eng umschlungen, ein Knäuel aus Armen und Beinen, und den Duft ihrer Haut zu atmen.

Es hatte ihn beinahe übermenschliche Anstrengung gekostet, den Kuss, den er ihr beim Einschlafen gegeben hatte, nicht auszuweiten.

Dieser beschissene Wettbewerb! Bevor Mara in sein Leben geschneit war, hatte es für ihn nichts Wichtigeres gegeben, als den Vorsitz in der Jury zu übernehmen. Immerhin ging es um das von ihm ins Leben gerufene Projekt, das gemeinnützige Buchungsportal. Es war seine ganz persönliche Herzensangelegenheit gewesen. Nun wusste er nicht, wie er die Zeit bis zur Entscheidung überleben sollte.

Noch zwei endlos lange Wochen, in denen er sich zurückhalten und seine Gefühle für Mara vor ihr verbergen musste, genau wie das brennende Verlangen nach ihr. Das hielt doch kein Mensch aus.

In diesem Augenblick bewegte sich Mara neben ihm leicht im Schlaf. Ihr Mund stand offen und enthüllte einen Blick auf die kleine Lücke zwischen ihren Vorderzähnen. Eine winzige Imperfektion, die sie nur noch reizvoller machte.

Er hob den Kopf, beugte sich über ihr Gesicht und hauchte ihr einen Kuss auf die Wange. Dann ließ er sich zurück in die Kissen sinken.

Verdammt! So konnte es nicht weitergehen.

Und dann, einfach so, stand sein Entschluss fest. Er wusste, was er tun würde. Gleich morgen, nachdem er sie mit einem kräftigen, frisch gebrühten Kaffee verabschiedet hatte, würde er dem Komitee eine Mitteilung schreiben und seinen Sitz in der Jury niederlegen.

KAPITEL 20

»Bist du völlig irre? Wie konntest du nur bei Gavin übernachten?« Als Mara am nächsten Tag den Supermarkt betrat, flogen ihr Lowries entsetzte Worte förmlich entgegen. Lowrie war gerade dabei, Waschpulverpakete in eines der Regale zu räumen, doch nun erhob sie sich aus ihrer gebückten Haltung und kam auf Mara zu. »Was hast du dir bloß dabei gedacht?«, setzte sie, bereits etwas ruhiger, hinterher und blickte betrübt drein. Dazu zog sie Mara in den Arm und drückte sie.

Mara spürte, wie ihr flau im Magen wurde. »Du weißt es also.« Geknickt blickte sie zu Boden.

»Betty Daniels hat dich heute Morgen aus der Tür kommen sehen. Ihre Farm liegt gegenüber von Gavins Apartment. Sie ist seine Vermieterin und eine schreckliche Klatschtante.«

»Fuckkkk …«

»Das kannst du laut sagen.« Lowrie verdrehte die Augen. »Sie brannte regelrecht darauf, es mir zu erzählen. Ich wette, sie ist extra deswegen in den Laden gekommen. Es kann nämlich nicht sein, dass sie schon wieder frische Milch braucht. Gestern hat sie erst vier Liter gekauft.«

»O mein Gott!« Mara raufte sich vor Frust mit der Hand durch das Haar. »Zu meiner Verteidigung: Es ist nicht das, wonach es aussieht.«

»Das ist der dämlichste Satz überhaupt. Ich glaube dir kein Wort.« Lowrie zuckte nicht mit der Wimper.

»Nein, hör mir zu! Ich hatte mich ausgesperrt und den Ersatzschlüssel hat der Elektriker. Ich konnte nicht ins Haus. Gavin hat mich bei sich pennen lassen. Aber es lief nichts zwischen uns.«

»Na schön.« Lowrie verschränkte die Arme vor der Brust und nickte. »Das klingt schon ganz anders. Es hätte mich auch gewundert, dass du deine Chancen beim Wettbewerb leichtfertig aufs Spiel setzt. Das passt so gar nicht zu dir. Nur ändert es leider nichts daran, dass das ganze Dorf inzwischen glaubt, du und Gavin wärt zusammen.«

»Aber das stimmt überhaupt nicht«, protestierte Mara. Ihr wurde heiß vor Aufregung. Jetzt hatten sie sich zusammengerissen und sich nur wegen des Wettbewerbs um ein neutrales Verhältnis bemüht, und nun war alles umsonst gewesen. Da hätten sie heute Nacht auch gleich …

Lowrie schenkte ihr einen vielsagenden Blick. »Mal ehrlich, Mara, was sollen die Leute denn sonst denken? Das kannst du ihnen nicht verübeln. Das Blöde ist nur, dass jetzt das Gerücht umgeht, du wärst mit Gavin ins Bett gegangen, weil du dir einen Vorteil beim Wettbewerb verschaffen wolltest.«

»Das ist doch lächerlich! Als ob ich darauf aus wäre, mir den Sieg zu erschlafen!«

»Tja … Ich will dich nicht beunruhigen, aber es sind Stimmen laut geworden, die fordern, dass du freiwillig auf eine Teilnahme verzichten solltest.«

»Ich habe mir nichts vorzuwerfen.« Vor Entrüstung blieb Mara glatt die Spucke weg. »Auf gar keinen Fall ziehe ich zurück.«

»Das würde ich an deiner Stelle auch nicht tun.« Lowrie musterte sie mit einem prüfenden Blick. »Jetzt erzähl mal. Hat Gavin echt nicht versucht, sich an dich ranzumachen? Ich möchte niemandem etwas unterstellen, aber ich könnte mir denken, dass die Verlockung auf beiden Seiten enorm war. Vor allem, da du mir zuvor fröhlich verkündet hast, Casual Sex wäre für dich eine Option.«

»Gavin war einfach nur für mich da, als ich ihn brauchte«, erklärte Mara schlicht. Dabei dachte sie an den Moment heute Morgen zurück, als sie aus dem Bad gekommen war und Gavin dabei beobachtet hatte, wie er in dem italienischen Kaffeekocher lecker duftenden Espresso für sie zubereitete, den er danach mit Milchschaum krönte. Er hatte ein schwarzes T-Shirt über seinen Boxershorts getragen, sein dunkles Haar war feucht und verstrubbelt gewesen vom Duschen. Bei seinem Anblick und dem männlich frischen Geruch, den er verströmte, waren ihr vor Sehnsucht die Knie weich geworden. Am liebsten hätte sie ihm die Arme von hinten um die Hüften geschlungen und sich an ihn geschmiegt. Aber die Intimität zwischen ihnen hatte sich im hellen Licht des Tages längst verflüchtigt.

»Keine Zärtlichkeiten?«, bohrte Lowrie weiter.

»Nur ein Gutenachtkuss. Aber er hat mich die ganze Nacht über im Arm gehalten.«

»Wie bitte?« Ungläubig starrte Lowrie zu ihr hinüber. »Dann ist er Mr Perfect. Ihm muss wirklich viel an dir liegen.«

»Meinst du?«

»Mann, Mara, du bist echt schwer von Begriff.« Lowrie sah sie an, als käme Mara von einem anderen Stern. »Was denkst du denn? Glaubst du im Ernst, ein Kerl würde sich dermaßen zurückhalten, wenn er nicht Gefühle für dich hegen würde? Meines Wissens ist Gavin weder schwul, noch hat er ein Mönchsgelübde abgelegt.«

»Du spinnst doch«, wehrte Mara ab, aber insgeheim ließ der Gedanke, Gavin könne in sie verliebt sein, ihr Herz höherschlagen.

»Hat er sich seitdem mal gemeldet?«

»Nein.« Mara schüttelte den Kopf. »Ich habe ihm vor einer Stunde eine WhatsApp geschrieben und mich nochmals bedankt. Aber bisher hat er nicht geantwortet.«

»Das hat nichts zu bedeuten.«

»Meinst du?«

»Ja. Warte ab, was passiert. Gavin gehört zu den Menschen, die zwar nichts versprechen, es aber dann schaffen, dich völlig umzuhauen, und zwar im positiven Sinn. Vielleicht muss er sich nach der Nacht erst einmal selbst sortieren.«

»Mag sein. Ich habe da keinerlei Erwartung, das führt ohnehin nur zu Enttäuschungen.« Mara ging zum Brotregal hinüber und packte mit der Zange Scones in eine Papiertüte.

»Stimmt, doch wer hofft, der erlebt oft Wunder«, erklärte Lowrie salbungsvoll. Sie zuckte die Schultern. »Sagt zumindest die weise Stimme meiner Meditations-App.«

Mara kicherte. »Der Satz könnte glatt von meiner Freundin Jezz stammen. Sie arbeitet in einem Fitnessstudio und ist eine glühende Yoga-Anhängerin.«

»Jezz würde ich gern einmal kennenlernen.« Lowrie grinste. »Wir würden uns sicher super verstehen. Lade sie doch mal ein. Vielleicht hat sie ein paar Tipps auf Lager, wie ich den Sonnengruß ohne Verwackeln hinbekomme.«

»Ich richte es ihr aus.« Mara legte das Geld auf den Tresen und verabschiedete sich. »So, und jetzt mache ich mich besser wieder an die Arbeit. Zum Glück ist Rosie heute Vormittag zurückgekommen, sonst könnte ich immer noch nicht ins Haus.«

»Dann schläfst du heute Nacht also nicht bei Gavin?«, neckte Lowrie sie.

»Zu deiner Beruhigung, ich schlafe in *meinem* Bett, und zwar auf *meiner* neuen Matratze.« Sie streckte Lowrie frech die Zunge raus. Dann schnappte sie sich die Brötchentüte und verabschiedete sich von Lowrie.

Draußen nieselte es. Die Schafe auf den Weiden hatten sich zu Gruppen zusammengedrängt und ließen die Köpfe hängen. Der Seenebel über dem Sund war so dicht, dass er die vorgelagerten Inseln verschluckt hatte. Passendes Wetter, um die Erde zwischen den Gemüsebeeten zu lockern und aufzufüllen. Es gab nichts Besseres, als mit beiden Händen in der Erde zu wühlen, um den Kopf freizubekommen, hatte ihr Vater immer gesagt. Zwar hatte Mara sich zu Hause immer um die Gartenarbeit gedrückt, aber was nicht war, konnte ja noch werden. Nach dem Gespräch mit Lowrie gab es einiges, worüber sie nachdenken musste. Konnte Lowrie recht haben? Empfand Gavin wirklich etwas für sie? Und falls ja, wie sollte sie damit umgehen? War sie bereit, ihr Herz neu zu vergeben, obwohl sie nicht daran glaubte, dass sie je wieder so glücklich werden könnte wie mit Ben? Seit letzter Nacht herrschte Chaos in ihrem Gefühlsleben. Es wurde Zeit, dass sie für Ordnung sorgte, und das nicht nur zwischen den Gemüsebeeten.

KAPITEL 21

Ach, du Schande! Hier sah es aus wie im Dschungel, und zwar im wahrsten Sinne des Wortes. Dafür, dass Agnes so ordnungsliebend gewesen war, herrschte in den Gewächstunneln unvorstellbares Chaos. Mara stemmte die Hände in die Hüften und betrachtete missmutig die Brennnesseln, die zusammen mit anderem Unkraut auf den Beeten zwischen Fenchel, Auberginen und Wickenstauden wucherten. Sie hatte sich vorgenommen, ganz pragmatisch mit dem Gewächstunnel anzufangen, der dem Seaview am nächsten lag. Nun stand sie auf dem mit rötlichem Zierkies ausgelegten Gehweg, in Gummistiefeln und Shorts, und wischte sich den Schweiß von der Stirn. Warum war es hier drinnen auch immer so stickig? Und jede Menge Ungeziefer gab es noch dazu. Eine dicke Schmeißfliege summte dicht an ihrem Ohr vorbei. Mara wedelte hektisch mit der Hand vor ihrem Gesicht. Überall schien es zu schwirren und zu brummen: Mücken, Fruchtfliegen, Hornissen, grüne Florfliegen. Sogar ein Spatz flatterte von dem Apfelbaum auf, der in einem Kübel neben dem Eingang wuchs. Mara seufzte. Das war ja der reinste Tummelplatz für alle möglichen Schädlinge. Bei all den verrottenden Blättern und Stängeln, die zwischen den Pflanzen herumlagen, kein Wunder. Entweder hatte Agnes zu wenig Zeit gehabt oder aber nicht sonderlich viel übrig gehabt für den Gemüseanbau, so wie es hier aussah. In dieser Hinsicht waren sie beide sich also auch ähnlich gewesen. Wie Mara schien auch Agnes den Gemüseanbau als notwendiges Übel betrachtet zu haben. Mara krempelte gedanklich schon mal die Ärmel hoch.

Ihr stand schweißtreibende Arbeit bevor. Sie streifte sich den Pulli über den Kopf und strubbelte sich durch das Haar. Puh, im Tanktop fühlte sie sich gleich viel wohler. Unentschlossen sammelte sie ein paar verrottende Blätter auf. Dabei entdeckte sie den Ackerschachtelhalm, der sich auf den Beeten breitgemacht hatte, und rupfte gleich ein paar Stängel davon aus. Dass hier so viel Unkraut wuchs, war seltsam. Nachdenklich betrachtete sie die ausgerissenen Halme. Vielleicht sollte sie systematisch vorgehen. Sie konnte ja vielleicht mit dem Ernten der Erdbeeren beginnen, die so hübsch zwischen dem Grün hervorleuchteten? In einer Bowle würden sie sich prima machen. Kurz entschlossen legte sie die ausgerissenen Halme beiseite und machte sich auf ins Haus, um eine Schüssel für die Erdbeeren zu holen.

Dabei fiel ihr Blick auf eine Reihe hoher blauer Plastikfässer, die vor dem Polytunnel standen. Aus einem davon roch es streng. Angewidert hielt sie sich die Nase zu und beugte sich über die braune Brühe. Igitt, wie ekelhaft! Das Zeug musste weg, und zwar schleunigst, sonst konnte sie ihre Chance auf einen Sieg beim Wettbewerb gleich vergessen. Und die Plastikfässer mussten erst recht verschwinden. Das war ja das reinste Umweltverbrechen, von Nachhaltigkeit keine Spur. Was hatte Agnes sich denn *dabei* gedacht? Auf keinen Fall durften die Juroren diese Ansammlung von Plastikmüll entdecken, sonst gäbe das ordentlich Punkteabzug. Mit aller Kraft stemmte sie sich gegen das stinkende Fass. Es wackelte, ließ sich aber nicht umstoßen. Ärgerlich schnalzte sie mit der Zunge. Es würde nicht anders gehen, sie musste es mit einem Eimer leerschöpfen. Die Eimer waren im Gewächstunnel, also ging sie wieder hinein. »Puh«, stöhnte sie und wischte sich über die Stirne. Nach der willkommenen Abkühlung im Nieselregen draußen kam es einem hier drin erst recht vor wie in einer Sauna. Sie bückte sich und suchte unter der Werkbank nach einem Eimer. O Gott, weshalb tat sie sich das hier freiwillig an?

»Mara? Wo steckst du?«, hörte sie plötzlich Gavins Stimme. Mit klopfendem Herzen krabbelte sie unter der Werkbank hervor. Er stand in der Tür des Polytunnel.

»Ich bin hier.« Sie sprang auf und ging ihm einen Schritt über den knirschenden Kies entgegen. »Schön, dich zu sehen. Ich habe dem Unkraut den Kampf angesagt und war so vertieft in die Arbeit, dass ich weder dich noch dein Auto kommen gehört habe.«

Mit einem breiten Lächeln kam er auf sie zu und küsste sie ausgiebig auf den Mund, mitten zwischen den Beeten. Zum Glück waren sie durch das wild wuchernde Grün vor neugierigen Blicken geschützt, schoss es Mara ganz am Rande ihres Bewusstseins durch den Kopf. Gleich darauf dachte sie an gar nichts mehr. Spürte nur noch, wie intensiv ihr Körper auf Gavin reagierte und sich mit wachsendem Begehren nach ihm sehnte. Als der Kuss endete, löste sie sich mit einem lustvollen Stöhnen von Gavin.

»Du kommst genau richtig.« Sie deutete auf die Fässer draußen vor der Tür. »Könntest du mir vielleicht helfen?«

»Was hast du vor?«

»Na, zuerst einmal die stinkende Brühe wegkippen, und dann muss der ganze Plastikmüll weg, und zwar schleunigst. Ich plane, das Regenwasser zukünftig in Zinkwannen zu sammeln. Weißt du, wo ich welche auftreiben kann?«

»Äh …, warte mal. Das würde ich an deiner Stelle lieber nicht machen.« Gavin kratzte sich den Schädel. Ihm schien ebenfalls warm zu werden, denn er zog seine Windjacke aus und hängte sie an einen Zweig des Apfelbaums.

»Warum? Der ganze Müll hier lässt sich wohl kaum als umweltfreundlich betrachten. Schau dir das hier mal an.« Sie deutete durch das durchsichtige Plexiglas auf eine Rinne, die an der Außenseite des Gewächshauses angebracht war und über die Längsseite verlief. Agnes hatte sie wohl eigenhändig aus Plastikflaschen gebastelt und diese dazu der Länge nach aufgeschnitten und ineinandergesteckt. Mara stöhnte. »Agnes muss auf ihre alten Tage etwas wunderlich geworden sein. Wer kommt denn bitteschön auf eine so gruselige Idee? Die gammeligen Wasserflaschen gehören zum Recycling. Und um die Gewächstunnel hat sich auch schon lange kein Mensch gekümmert. Alles ist voller Unkraut, und das Ungeziefer feiert wilde Partys.«

Wenn sie mit Gavins Zustimmung gerechnet hatte, so wurde sie enttäuscht. Einen Moment lang starrte er sie schief an, um gleich darauf in schallendes Gelächter auszubrechen. »O Gott, Mara, du hast ja überhaupt keine Ahnung von Pflanzen. Was auch immer du vorhast, lass es lieber«, japste er und hielt abwehrend beide Hände in die Luft.

»Herzlichen Dank und schön für dich, dass du dich so gut auskennst.« Sie funkelte ihn vorwurfsvoll an. »Würdest du mir freundlicherweise erklären, was gerade so komisch ist?«

»Eigentlich alles«, gestand er und kassierte dafür von ihr einen Stoß mit dem Ellbogen in die Seite.

»Autsch! Entschuldige.« Immer noch lachend rieb er sich die Rippen.

Mara verzichtete auf eine Antwort. Was zur Hölle fand Gavin so zum Brüllen? Selbstbewusst reckte sie das Kinn und hielt seinem Blick stand, der mit einer Intensität auf ihr ruhte, dass es unter die Haut ging. Mara versuchte weiter, distanziert und kühl zu wirken, ertappte sich dann aber dabei, anhimmelnd nach den Lachfältchen zu schielen, die um Gavins Augen tanzten. Sie ließen ihn umwerfend sexy aussehen. Blinzelnd starrte sie auf das dunkle Brusthaar, das unter dem V-Ausschnitt seines eng anliegenden T-Shirts hervorlugte. Sie wusste genau, wie es sich anfühlte, weich und seidig. Am liebsten hätte sie ihre Hand unter sein Shirt geschoben, um seine Haut zu spüren. Rasch steckte sie aber die Hände in die Gesäßtaschen ihrer Shorts, um nicht in Versuchung zu geraten. O Gott, stöhnte sie innerlich, was war nur mit ihr los? Wahrscheinlich hätte sie ihn auch unwiderstehlich gefunden, wenn er der größte Macho-Arsch aller Zeiten gewesen wäre. Was er, wie sie inzwischen wusste, nicht war. Eher im Gegenteil. Nervös wackelte sie in ihren Gummistiefeln mit den nackten Zehen.

Als Gavin sich wieder beruhigt hatte, warf sie ihm einen säuerlichen Blick zu. »Hättest du vielleicht jetzt die Güte, mir mit dem Fass zu helfen?«

»Nein. Aber darf ich dir stattdessen einen Tipp geben?« Wieder dieser intensive Blick. »Das Zeug, was du gerade wegkippen willst, ist Brennnesseldünger. Äußerst wertvoll. Natur pur. Umweltfreundlicher geht es nicht. Er stinkt, lässt aber das Gemüse prima wachsen.«

»Na schön.« Verärgert kratzte sie sich die Stirn. Er brauchte nicht so belehrend zu tun. Woher hätte sie es denn wissen sollen? Schließlich lebte sie in einer Großstadt, nicht auf dem Land, und da kam das Gemüse nun mal aus dem Supermarkt an der Ecke. Überhaupt …, die ersten zehn Jahre ihres Lebens hatte sie geglaubt, dass Kühe lila seien, wie in der Werbung, so wenig Bezug hatte sie zur Agrarwissenschaft.

»Und die blauen Fässer lässt du bitte auch stehen. Das ist nämlich Treibgut«, führte Gavin weiter aus. »Vermutlich stammen sie von einer der Lachsfarmen und wurden in die Bucht gespült, wo Agnes sie dann gefunden und mitgenommen hat. Beachcombing – so nennt man das, wenn man angeschwemmtes Strandgut aufsammelt – hat eine lange Tradition auf den Inseln. Im Grunde handelt es sich um eine sehr ursprüngliche

Form von Upcycling. Genau wie die DIY-Regenrinne, die Agnes aus alten Wasserflaschen gebastelt hat, statt neues Material aus dem Baumarkt zu verwenden.«

»Ja, aber …« Mara kräuselte die Nase. »Wie wirkt es denn auf die Jury, wenn hier jede Menge Plastik rumsteht? Ich glaube nicht, dass die das gut finden wird.«

Gavin widersprach mit einem schiefen Grinsen. »Doch, für die CO_2-Bilanz ist das sehr gut. Der Müll muss weder verbrannt noch recycelt werden. Du verwendest Altes einfach weiter, statt neue Dinge zu kaufen, deren Produktion ja ebenfalls die Umwelt belasten würde. Natürlich wäre es besser, wenn es zum Beispiel erst gar kein Wasser in Plastikflaschen gäbe, aber von heute auf morgen kann man nicht alles umstellen. Außerdem, zu deiner Beruhigung, ich weiß, dass die Flaschen nicht aus Agnes' Verbrauch stammen. Agnes hat sie hier und dort aus herumliegendem Müll gelesen.«

Na prima. Mara ließ sich mit dem Po auf die Werkbank sinken. Neben ihr krabbelte eine Spinne unter einem Blumentopf hervor und tastete mit den Vorderbeinen über eine Tonscherbe. Mara rutschte ein wenig von dem Krabbeltier weg und atmete tief ein und aus. Kleinlaut blickte sie zu Gavin hinüber. »Tja, dann hätte ich wohl gerade einen Riesenfehler gemacht. Danke, dass du mich davon abgehalten hast.«

»Keine Ursache.«

Plötzlich kam ihr ein Gedanke. Besorgt betrachtete sie ihre Fingerspitzen, die schwarz vor Erde waren. »Ähm … was mir gerade kommt …, könnte man dir als Juror die Unterstützung nicht als eklatanten Regelverstoß auslegen?«

Sie spürte seinen Blick auf sich ruhen. »Tja, weißt du, genau deswegen bin ich hier.«

Intuitiv musste sie an die vergangene Nacht denken. Ihr stieg die Hitze in die Wangen. O Gott, vermutlich würde er ihr gleich mitteilen, dass sie sich den Wettbewerb aus dem Kopf schlagen konnte, weil inzwischen halb Shetland fälschlicherweise der Meinung war, dass sie mit einem Mitglied der Jury geschlafen habe.

»Ich habe dem Komitee heute Morgen meinen Rücktritt mitgeteilt.«

Der Satz detonierte wie eine Bombe.

»Das meinst du unmöglich ernst.« Sie rutschte von der Werkbank und machte impulsiv einen Schritt auf ihn zu. Ein Zweig Rosmarin streifte gegen ihre nackte Kniekehle.

»Doch. Und wie ich es ernst meine.«

Maras Gehirn fühlte sich an wie in Watte gepackt. Gavin war aus der Jury ausgeschieden? Dafür konnte es nur einen Grund geben …

»Du weißt also, dass Betty Daniels uns gesehen hat«, schlussfolgerte sie düster.

»Betty? Wirklich?« Er hob eine Augenbraue. »Nein, das wusste ich nicht. Es spielt auch keine Rolle.«

Schweigen. Mara schluckte trocken. »Warum dann der Rücktritt?«

»Ich weiß auch nicht, wie ich es erklären soll«, hob Gavin an und ergriff ihre Hände. Sanft zog er sie zu sich heran. »Das gestern Nacht war … irgendwie besonders.«

Mara schluckte. Gavins Atem vermischte sich mit der Wärme der schwülen Gewächshausluft, ihre Blicke verschlangen sich ineinander. Maras Herz hämmerte fest gegen ihre Rippen. Das Gekabbel von eben war vergessen. Dafür spürte Mara erneut diese besondere Verbundenheit zwischen ihnen, wie schon in der vorangegangenen Nacht.

Gavin sah sie mit einer Intensität an, die sie schwindlig machte. »Ich weiß nicht, wie ich es beschreiben soll, aber als du neben mir eingeschlafen bist, das war unglaublich schön.« Er unterbrach sich und schien der Erinnerung nachzuhängen. Dann schüttelte er den Kopf. »Am Morgen dann, nachdem

191

du weg warst, fühlte sich alles irgendwie falsch an. Das leere Bett, die beiden benutzten Cappuccinotassen auf der Theke … Mir ist bei dem Anblick klar geworden, wie gern ich mit dir zusammen bin. Doch anstatt die Zeit, die wir haben, gemeinsam zu verbringen, gehen wir uns aus dem Weg. Das ist der Wettbewerb nicht wert.«

Sanft strichen seine Finger über ihren Nacken. Mara spürte, wie ihre Haut an der Stelle zu prickeln begann. »Es ist ja nicht so, dass ich nicht gern mit dir zusammen wäre …«, setzte sie an und brach gleich wieder ab. Stumm schüttelte sie den Kopf.

»Aber …?« Gavin hörte auf, sie zu streicheln, und ergriff ihre Hände.

»Kein Aber.« Ihr Brustkorb hob und senkte sich in einem schweren Atemzug. »Ich weiß nur nicht, wohin das führen soll.«

»Ich auch nicht. Aber spielt es wirklich eine Rolle?«

Sie zögerte, nickte aber dann. »Nein, du hast recht. Wir sollten es locker sehen.«

Mara meinte Enttäuschung in Gavins Augen aufflackern zu sehen, aber bevor sie sich sicher sein konnte, ließ er ihre Hände los und drehte sich von ihr weg. Ein wenig zittrig wischte sie sich die Hände an ihrer Jeansshorts ab.

»Das hier muss hochgebunden werden, sonst bricht es ab.« Er bückte sich, um eine Wicke zu befestigen, die sich von den Rankstäben gelöst hatte.

Verwirrt und ein wenig skeptisch blickte sie ihm über die Schulter. »Was tust du da?«

»Dir helfen. Gärtnern ist nicht dein Ding. Mannomann, hier drinnen ist es wie zum Ersticken.« Er wischte sich mit dem Handrücken über die verschwitzte Stirn, während er ihr weiter den Rücken zuwandte. Mara beobachtet, wie er mit beiden Händen die Erde rund um die Wurzeln der Pflanze festdrückte.

»Woher willst du wissen, dass ich keinen grünen Daumen habe?« Herausfordernd starrte sie seinen Hinterkopf an. In der feuchten Luft kringelten sich die Haarspitzen in seinem Nacken. Das schwarze T-Shirt klebte an seinem Rücken. Ein männlich-herber Geruch nach Moschus und Duschgel ging von ihm aus. Das Ganze wirkte irgendwie sehr … *sinnlich,* schoss es ihr durch den Kopf. Mit bloßen Händen wühlte er in der Erde. Lange, schlanke Finger, die sowohl sanft als auch leidenschaftlich berühren konnten. Erneut überrollte sie heißes Verlangen. In Gedanken war sie kurz davor, ihm das T-Shirt vom Leib zu reißen. Nervös griff sie nach der Gießkanne neben sich auf dem Boden und goss wahllos Wasser über den Auberginen aus.

»Du willst einen Beweis? Hier, bitteschön!« Er drehte sich zu ihr um und hielt ihr triumphierend einen der ausgerissenen Schachtelhalme entgegen. Dabei streifte er scheinbar versehentlich mit den Blättern ihre nackte Kniekehle. »Das zeigt deutlich, dass du keine Ahnung hast, was du tust.«

»Ah ja?« Sie schoss ihm einen herausfordernden Blick zu.

»Schon mal was von Permakultur gehört?« Er erhob sich aus seiner kauernden Haltung und grinste über beide Ohren. »Jede Pflanze, die hier wächst, erfüllt einen bestimmten Zweck.«

Mara reagierte leicht säuerlich. Schön, dass er sich offenbar bestens amüsierte, und das auf ihre Kosten. »Permakultur? Ich bin Hotelmanagerin, nicht diplomierte Biologin. Woher sollte ich das denn wissen?«

»Hey, war kein Vorwurf«, beeilte er sich zu sagen und hob beschwichtigend die vom Wühlen in der Erde schwarz gefärbten Hände. »Aber nun, da ich nicht mehr in der Jury bin, würde ich dich gern dabei unterstützen, den Wettbewerb zu gewinnen. Selbstversorgung ist eines der Kriterien bei der Bewertung. Wenn du es richtig anstellst, können dir die Gewächstunnel entscheidende Pluspunkte einbringen.« Er nahm ihr die Gießkanne ab, ließ Wasser über seine Hände laufen und wischte sie sich mit einem herumliegenden Lappen sauber. Dann streckte er sich und angelte eine Frucht von dem Zweig über seinem Kopf. »Schau mal hier. Du hast sogar Nektarinen. Wusstest du, dass Agnes den Baum aus dem Kern einer Nektarine gezogen hat, die sie im Supermarkt gekauft hat? Nein? Das solltest du unbedingt erwähnen, wenn du die Jury auf dem Rundgang hier durchführst. Mal schauen, ob sie schon schmecken.« Er rieb die Schale an seinem T-Shirt ab und biss hinein. »Hmm, lecker. Hier. Probier.« Er hielt ihr die angebissene Frucht entgegen. Vorsichtig lehnte sie sich vor und tat, worum er sie bat. Klebriger, süßer Saft tropfte von ihrem Kinn. Sie leckte sich die Lippen und bemerkte, wie Gavins Blick mit einer Intensität auf ihr ruhte, die ihren Puls wie verrückt hämmern ließ. Verflixt, sie nagte an ihrer Unterlippe! Jetzt, da es keinen Grund mehr gab, sich von Gavin fernzuhalten, hielt sie es vor Verlangen kaum aus.

»Schmeckt prima.« Betont locker zuckte sie mit den Schultern. Gavin musste ja nicht gleich merken, was in ihr vorging. Sie wischte sich den Saft vom Kinn. »Okay. Dass du Nektarinen von anderem Obst unterscheiden kannst, spricht für deine Kompetenz. Der Punkt geht daher an dich. Also, du Superprofi, was schlägst du vor?«

Gavins Grinsen wurde anzüglich. Etwas Unzweideutiges schlich sich in seinen Blick. »Soweit ich sehe, ist alles ganz gut in Schuss. Daher schlage ich vor, wir binden nur die Triebe bei den Pflanzen zusammen, die es nötig haben. Zum Beispiel bei dem wilden Tabak hier. Übrigens ist diese Pflanze eine natürliche Fliegenfalle. Fühl mal, wie klebrig das ist.« Er pflückte ein Blatt ab und strich damit spielerisch über ihren Unterarm. Mara bekam eine Gänsehaut. Ihr ganzer Körper vibrierte. Sie spürte, wie ihre Wangen zu glühen anfingen, doch glücklicherweise kehrte ihr Gavin gerade in diesem Augenblick den Rücken zu und kramte in der Werkbank. »Gibt es irgendwo Bast?«

Mara räusperte sich. Die erotische Spannung war schier unerträglich. »Moment.« Sie schob sich in dem engen Gang an ihm vorbei und klappte den Deckel einer Holzkiste auf. »Hier.«

Sie streckte ihm den Arm entgegen. Doch statt nach dem Bast zu greifen, packte er ihr Handgelenk und zog sie zu sich heran. Mit der anderen Hand umfasste er ihre Taille. »Mara ...« Er legte seine Stirn gegen ihre. In der schwülen Luft fühlte sich sein Atem an ihrer Wange heiß und feucht an. Seine Hände glitten unter ihr Tanktop und umkreisten ihren Bauchnabel. Langsam schob er den Stoff nach oben. »Darf ich?«, fragte er mit rauer Stimme.

Mara nickte keuchend und ließ sich von ihm das Shirt über den Kopf schieben. Nur im BH stand sie vor ihm, ihr Körper heiß vor Begehren. Gavin überkreuzte die Arme und streifte sein Shirt ebenfalls ab. In der nächsten Sekunde lag sie eng an ihn geschmiegt in seinen Armen und spürte sein Brusthaar an ihrem Busen. Er ließ seine Lippen über ihren Hals bis zu einem Ohrläppchen wandern. Sein Atem ging schwer. »Gehen wir ins Haus?«

»Einverstanden«, erwiderte sie heiser und zerfloss halb vor Verlangen. Sie schloss die Augen. Seine Lippen fanden ihren Mund und ...

Kräftiges Hupen ließ sie auseinanderfahren. Mit einem erschrockenen Quietschen schnappte sich Mara ihr am Boden liegendes Shirt und stülpte es sich über den Kopf. Gavin tat es ihr mit seinem Shirt gleich. Dabei schoss er ihr einen entgeisterten Blick zu. »Erwartest du Besuch?«

»Nein.« Sie schüttelte vehement den Kopf. »Keine Ahnung, wer das ist.«

»Überraschung! Hey, Mara, wo steckst du?«

Eindeutig Lisas Stimme! Nachdem der erste Schreck überwunden war, machte Maras Herz vor Freude einen Satz. Ein

Grinsen breitete sich über ihre Mundwinkel aus. Sie schlang die Arme um Gavins Hals und gab ihm rasch einen Kuss auf den Mund. »Das klingt nach meinen Freundinnen aus der Münchner WG. Diese verrückten Weiber, die Überraschung ist ihnen wirklich gelungen. Ich hatte keine Ahnung, dass sie kommen.«

»Herrje, was für ein Timing!« Gavin zupfte sich an einem seiner rot glühenden Ohrläppchen und warf ihr dabei einen sehnsüchtigen Blick zu. »Freut mich für dich, nur leider haben sich unsere Pläne für heute wohl erledigt. Richtig?«

Mara spürte, wie sich ihr Magen vor Bedauern zusammenzog, als ihr dämmerte, dass Gavin damit recht hatte. So glücklich sie über den Besuch war, so sehr bedauerte sie andererseits, was sie sich entgehen lassen musste. Ihre Gefühle fuhren Achterbahn. Jede Faser ihres Körpers sehnte sich nach Gavin. Sie hätte sich so gewünscht, nach dem Sex entspannt in seinen Armen zu liegen. Sie setzte zu einer Antwort an, doch bevor sie etwas erwidern konnte, bog Lisa um die Ecke, gefolgt von Jezz. Mit einem wilden Aufschrei stürzten sich die beiden auf Mara und umarmten sie.

»Puh, bis hierher ist es ja fast weiter als bis zum Mond, aber die Landschaft ist echt ein Traum.« Nachdem die Worte nur so aus ihr herausgesprudelt waren, schien Lisa eine Atempause zu benötigen und fasste ihr blondes Haar im Nacken zusammen. Sie wirkte völlig aus dem Häuschen. Mara schmunzelte. Sie wusste nur zu gut, wie ihre Freundinnen sich fühlten. Die Großartigkeit der Landschaft und die Weite des Himmels konnten einen beinahe erschlagen, besonders beim ersten Besuch.

»Hör nicht auf sie«, widersprach Jezz prompt und rollte die dunklen Rehaugen. »Lisa übertreibt. Die Anreise war gar nicht so schlimm. Abgesehen vom letzten Flug. Ich dachte, wir stürzen jeden Moment ab. Diese winzigen Propellermaschinen sind der blanke Horror. Aber die Stewardess war sehr nett. Sie hieß Paris, stell dir vor!«

Mara kicherte. »Paris? Wie witzig. Die hatte ich auch.«

»Vielleicht hat sie einem der Passagiere in den Tee gespuckt und wurde dafür dauerhaft auf diese Strecke strafversetzt«, witzelte Jezz.

»Meint ihr wirklich?« Lisa schlug sich die Hand vor den Mund. Was Witze betraf, stand sie meistens ziemlich auf dem Schlauch. »O Gott, die Arme! Jeden Tag die gleiche Strecke, das muss sich ja anfühlen wie Murmeltiertag.«

Ein vernehmliches Räuspern von Gavin unterbrach das Geplauder. Siedend heiß fiel Mara ein, dass sie die drei einander noch nicht vorgestellt hatte. Dazu war sie vor lauter Überraschung zu perplex gewesen. Dafür holte sie es jetzt nach.

»Freut mich, euch kennenzulernen«, meinte Gavin dann und lächelte charmant. Mara ließ ihren Blick verstohlen zwischen Gavin und ihren Freundinnen hin- und herwandern. Ein bisschen stolz war sie schon darauf, wie Lisa und Jezz auf Gavin reagierten. Schwer zu übersehen, dass sie ihn umwerfend fanden. Sie klebten förmlich mit den Blicken an ihm.

»Schön.« Gavin fuhr sich mit der Hand in den Nacken. Wie es aussah, wurde ihm die unverhohlene Bewunderung ein wenig zu viel. »Ich verabschiede mich dann mal. Ihr drei habt euch sicher viel zu erzählen. Cheers, Mara, man sieht sich.« Er gab ihr einen Kuss auf die Wange und machte sich davon. Eine ganze Weile sahen die drei ihm schweigend hinterher.

»Wenn ich gewusst hätte, dass es hier so tolle Männer gibt, hätte ich mir die vielen lahmen Dates in München gespart«, bemerkte Jezz trocken, nachdem Gavin um die Ecke war. »War das Gavin, deine alte Flamme? Ist er jetzt wieder aktuell?«

»Öhm, na ja … Irgendwie schon.« Mara lief rot an.

»Ha! Wie ich gesagt habe, du bist noch nicht über ihn hinweg«, erklärte Lisa triumphierend.

Das ließ Mara lieber unkommentiert. Sie lächelte unverbindlich. »Wie ist es, wollt ihr euch frisch machen? Dann kommt mit ins Haus.«

»Gern. Eine Dusche wäre himmlisch«, erwiderte Lisa. Sie hakte sich bei ihr unter, Jezz tat es ihr auf der anderen Seite gleich. Gemeinsam schlenderten sie auf das Haus zu. »Übrigens, glaub bloß nicht, dass das Thema Gavin damit vom Tisch ist.« Lisa drückte ihren Arm ein wenig fester. »Süße, ich glaube, du hast uns viel zu beichten.«

Kapitel 22

»Da sind wir ja mitten in einen romantischen Moment hineingeplatzt.« Lisa warf Mara einen betretenen Blick zu. Nach einem wunderbaren Abendessen mit Leckereien aus Maras Speisekammer – allesamt von Rosie vorbereitet –, saßen sie zusammen auf der Veranda vor dem Seaview und ließen sich die inzwischen zweite Flasche Weißwein schmecken. Der Regen hatte sich verzogen, der Abend war mild, sodass man es in Windjacke und in eine Decke gehüllt gut im Freien aushalten konnte. Bislang hatte die Sonne sich tapfer am Himmel gehalten. Nun war ihr Leuchten nur noch ein schmales oranges Band über dem Horizont.

»Für mich hat es eher nach einem leidenschaftlichen Moment ausgesehen«, meinte Jezz. »Zumindest, wenn man danach geht, wie deine Wangen geglüht haben. Und Gavin hatte verdächtig rote Ohren.«

»Verflixt! Ich hoffe, wir haben nichts verdorben.« Lisa wickelte sich eine Strähne ihres langen karamellblonden Haares um den Finger.

»Im Gegenteil. Ihr seid genau im richtigen Moment gekommen. Ich war anscheinend gerade dabei, eine Riesendummheit zu begehen. Ein Glück, dass ihr mich noch zu Verstand gebracht habt.« Mara lehnte sich zurück und betrachtete den Himmel, der sich in ein sphärisch anmutendes Weltraumblau färbte. Inzwischen war sie sich ziemlich sicher, dass es gut so war, wie es war. Sich erneut mit Gavin einzulassen, war gefährlich. Zu leicht konnte sie wieder verletzt werden. Und Lowrie hatte recht. Gavin bedeutete ihr inzwischen zu viel, um unverbindlichen Sex mit ihm haben zu können.

»Und er hat wirklich den Sitz in der Jury für dich aufgegeben?« Lisa runzelte die Stirn. »Obwohl es seine Idee war, die Booking-Page und den Wettbewerb ins Leben zu rufen?«

»Ja, schon«, räumte Mara ein. »Er weiß, wie viel für mich auf dem Spiel steht. Wenn ich das Marketingbudget gewinne, schaffe ich es, das B&B am Laufen zu halten. Ich könnte so viel mehr machen.«

»Zum Beispiel dir einen Freiberufler suchen, der dir einen Instagram-Account anlegt und mit inselspezifischem Content füllt«, meinte Lisa. »Dein Social-Media-Marketing ist miserabel. Da muss dringend etwas passieren.«

»Da hast du sicher recht«, stimmte Mara ihr zu. »Mir fallen noch tausend andere Dinge ein, die ich tun könnte, wenn ich das Preisgeld gewinne. Zum Beispiel die Küche umrüsten und Abendessen für die Hausgäste anbieten.«

»Was meinst du, ist es Gavin schwergefallen, nicht länger Juror zu sein?«, fragte Jezz.

Mara zögerte. »Ich denke, schon. Nachhaltigkeit ist für Gavin ein großes Thema, schon wegen der Spinnerei. Er und sein Vater legen viel Wert auf klimaneutrales Handeln, was die Firma angeht. Daher ist die Spinnerei auch Hauptsponsor. So gesehen wirkt es etwas ungünstig für das Image, wenn er aus der Jury austritt.«

»So, als hätte er plötzlich keine Lust mehr«, warf Jezz ein.

»Oder als stünde er nicht mehr dahinter«, meinte Lisa.

Mara nickte. »Genau. Außerdem hat Gavin das Projekt mit der regionalen Buchungspage überhaupt ins Leben gerufen und federführend daran mitgearbeitet. Sein Herzblut steckt darin. Kurz vor Ende auszusteigen, muss wehtun.«

Jezz und Lisa warfen sich über den Tisch hinweg bedeutungsvolle Blicke zu.

»Das muss wahre Liebe sein«, seufzte Lisa.

»Wie hast du das geschafft?« Jezz grinste. »Er ist dein Mr Perfect, dabei hattest du zuvor keine sechs schrecklichen Dates, so wie in Lisas Theorie.«

»Ach was, Mr Perfect!« Mara spürte, wie sie errötete. »Es ist höchstens ein Urlaubsflirt. Wir wollen beide nichts Festes. Abgesehen davon ist Gavin immer noch verheiratet.«

»Na und?« Jezz kräuselte die Stirn. »So, wie du es schilderst, hat seine Ex für ihn keine Bedeutung mehr.«

»Hattet ihr denn Sex miteinander?«, wollte Lisa wissen und wickelte die karierte Wolldecke ein wenig fester um ihre Schultern.

»Nein«, erwiderte Mara. »Wie denn auch?«

»Shit …« Jezz pfiff anzüglich durch die Zähne. »Dann lag ich also doch richtig. Ihr beide wart vorhin im Gewächshaus gerade dabei, übereinander herzufallen.«

»Und dann kamen wir«, führte Lisa den Gedanken zu Ende.

»Fuck«, stellte Jezz in ihrer trockenen Art fest.

»Ja, Fuck«, stimmte Lisa zu, obwohl sie nicht zu Kraftausdrücken neigte. »Wir müssen das unbedingt wiedergutmachen.«

»Ach was, ich sagte doch, ihr habt mich vor einem Fehler bewahrt«, wiegelte Mara ab.

»Keine Widerrede, Mara«, sagte Jezz. »Du nimmst dir frei und besuchst Gavin. In der Zeit übernehmen wir hier das Kommando. Schade, dass ihr schon mit dem Streichen der Zimmer fertig seid. Ich hätte liebend gern den Pinsel geschwungen.«

»Du hast nichts verpasst. Es war eine Heidenarbeit. Vor allem das Abschleifen der Böden. Der Staub fliegt jetzt noch im ganzen Haus herum«, seufzte Mara. »Ich bin wirklich froh, euch hierzuhaben. Rosie und ich können die ganze Putzerei kaum schaffen.«

»Mag sein. Aber trotzdem, Jezz hat recht«, griff Lisa das eigentliche Thema wieder auf. »Nimm dir mal frei und mach dir mit Gavin einen schönen Tag. Was spricht dagegen? Ihr könntet picknicken gehen oder an den Strand fahren.«

»Ich weiß nicht recht. Wie stellt ihr euch das vor? Ich kann doch nicht einfach bei ihm auf der Matte stehen und um ein Date betteln«, wandte Mara ein. Ihr ging das alles ein wenig zu schnell.

»Das sollst du ja auch nicht. Warte mal …« Lisa zog die Stirn in Falten. »Mir kommt da eine Idee. Du stellst doch gerade alle möglichen Ausflugstipps für die Urlauber zusammen, richtig?«

»Ja, schon.« Mara nickte.

»Prima.« Lisas Augen leuchteten vor Eifer. »Bestimmt gibt es hier in der Nähe eine tolle Location, die du noch nicht besucht hast.«

Mara überlegte kurz. »Ja, schon. Nicht weit von hier liegt der Burn of Lunket, ein kleiner Fluss mit einem Wasserfall. Mit etwas Glück soll man dort angeblich winzige Nuggets finden können. Ich halte das zwar für ein Gerücht, aber es klingt nach einem tollen Abenteuer für Familien. Jede Menge Ponys gibt es dort auch.«

»Perfekt.« Lisa hielt beide Daumen in die Höhe. »Ruf Gavin an und frag ihn, ob er Lust hat, dich dorthin zu begleiten und mit Insidertipps zu versorgen.«

»Ja, mach das«, pflichtete Jezz ihr bei. »Wir packen einen Picknickkorb für euch, damit die Romantik nicht zu kurz kommt.«

Mara zögerte. Der Gedanke, den Tag mit Gavin zu verbringen, war mehr als reizvoll. Doch andererseits fühlte sie sich ihren Freundinnen verpflichtet. Sie hatten die weite Reise unternommen, um Zeit mit ihr zu verbringen. Zweifelnd blickte sie in die Runde. »Ich kann euch doch nicht allein lassen.«

»Ach was, geh ruhig.« Jezz wischte in ihrer gewohnt lässigen Art mit der Hand die Bedenken beiseite. »Wir kommen ohne dich klar. Sag uns einfach, wie wir uns nützlich machen können. Deswegen sind wir schließlich hier – um dir unter die Arme zu greifen.«

»Richtig«, pflichtete Lisa ihr bei. »Deine WhatsApp-Nachrichten klangen, als könntest du Unterstützung beim Putzen und beim Dekorieren der Zimmer dringend gebrauchen. Also haben wir beschlossen, ein paar Tage freizunehmen und dir zu helfen.«

»Kommt nicht infrage«, wehrte Mara entschieden ab. »Das kann ich nicht annehmen. Das Gröbste ist ja auch schon geschafft. Ihr könnt für mich doch nicht euren Urlaub opfern.«

»Und ob wir das können.« Jezz grinste. »Oder glaubst du, du kannst ganz allein eine aufregende Zeit haben? Bei all den heißen Typen hier in der Gegend? Ich will doch schwer hoffen, dass es ein paar mehr von Gavins Kaliber gibt.«

Mara wusste nicht, was sie sagen sollte. Wie konnte sie da noch widersprechen? Schulterzuckend blickte sie in die Runde. »Na schön, um ehrlich zu sein, würde ich mich schrecklich gern mit Gavin treffen. Aber ein wenig schlechtes Gewissen habe ich doch. Seid ihr sicher, dass ihr nicht mit auf den Ausflug kommen wollt?«

»Absolut sicher«, sagte Jezz.

»Auf gar keinen Fall wollen wir das«, erklärte auch Lisa. »Also ist das beschlossene Sache. Sobald Gavin Zeit hat – und die wird er sich bestimmt liebend gern nehmen –, hast du frei. So, Mädels, und jetzt sollten wir uns einen Schluck Wein genehmigen. Es ist nämlich gar nicht so leicht, dich zu deinem Glück zu überreden, Mara.«

Sie prosteten sich zu.

»Jetzt erzähl, wie wir uns nützlich machen können«, meinte Lisa.

»Puh …« Mara pustete durch die Wangen. »Da fällt mir spontan eine ganze Menge ein. Der Wettbewerb geht in die heiße Phase. Konkret bedeutet das, dass die Juroren jederzeit unangemeldet bei mir aufkreuzen können, um sich ein Bild zu machen. Die Wiedereröffnung des B&B ist übrigens für übernächstes Wochenende geplant.«

»Das heißt, uns bleiben weniger als zwei Wochen, um mit allem fertig zu werden?«, hakte Jezz nach.

»Du sagst es.« Mara nickte.

»Schaffen wir«, meinte Lisa zuversichtlich.

»Was hältst du davon, wenn ich für die Gästezimmer Vorhänge und Kissen in einem hübschen Wollstoff nähe?«, schlug Jezz vor. »Ich könnte auch die Bettwäsche mit dem Logo des Seaview besticken. Allerdings bräuchte ich dafür eine Nähmaschine. Meinst du, du kannst eine auftreiben?«

»Bestimmt.« Mara drehte das Weinglas in ihren Händen. In Gedanken war sie schon am Planen. »Rosie – ihr werdet sie morgen kennenlernen – hat mit Näharbeiten zwar nichts am Hut, aber ich kann Lowrie fragen. Sie kennt Gott und die Welt.«

»Prima. Dann haben wir für Jezz schon mal ein Betätigungsfeld gefunden«, rief Lisa erfreut aus. Sie hob eine Augenbraue. »Wie sieht es mit deiner Homepage aus? Wenn du möchtest, kann ich alles ansprechender und moderner gestalten. Wozu arbeite ich schließlich im Marketing? Und deine Social Media bringe ich auch so weit auf Vordermann. Deine Fotos machen sich super auf Insta. Aber du bräuchtest wirklich jemanden für den Content. Das frisst ein Menge Zeit.«

»Ihr seid die Besten.« Mara warf ihren Freundinnen dankbare Blicke zu. »Ich hätte dafür im Augenblick überhaupt keinen Kopf. Ach, und könntest du vielleicht auf der Homepage ein Online-Anmeldeformular einbauen? Ich möchte Strickabende, geführte Ausflüge in die Umgebung und Ponytouren anbieten.«

»Klar doch.« Lisa nickte. »Fällt dir sonst noch etwas ein?«

Mara wiegte zögerlich den Kopf. »Ja, da wäre noch etwas. Kommendes Wochenende findet in Walls die jährliche Landwirtschaftsshow statt. Diese Art von Veranstaltungen gibt es in den Sommermonaten überall auf Shetland. Es wird viel geboten, daher finden sie enormen Zulauf. Zum Beispiel werden Tiere in verschiedenen Kategorien beurteilt und prämiert. Dann gibt es Kuchenwettbewerbe, Gemüsewettbewerbe, Stickwettbewerbe, Bastelwettbewerbe für die Kleinsten und noch vieles mehr«, zählte sie an den Fingern ihrer Hand auf.

»Cool.« Jezz wirkte vom Fleck weg begeistert. »Du meinst, so eine Art von Gemeindefest wie bei ›Unsere kleine Farm‹? Die Serie habe ich als Kind geliebt. Ich wollte immer Laura sein. Ich glaube, ich kenne jede Folge auswendig.«

Mara musste lachen. Jezz war ja eher die Rockerbraut. Die Vorstellung, dass sie in schwarzen Lederklamotten vor der Glotze saß und Heile-Welt-Idylle schaute, war zu köstlich. »Ja, ein wenig Walnut-Grove-Touch hat es sicher, aber eben viel moderner. In jedem Fall ist es ein Riesenspaß für die ganze Familie«, sagte Mara, immer noch grinsend.

»Ich verstehe den Witz nicht, aber okay.« Jezz zuckte die Schultern. »Und was hat das Fest mit dir zu tun?«

»Ganz einfach: Ich bin in der Gemeinde so herzlich aufgenommen worden, dass ich gern etwas zurückgeben möchte. Also habe ich mich spontan bereit erklärt, einen Stand zu übernehmen und selbst gebackenen Kuchen zu verkaufen.«

»Du willst backen?« Lisa verschluckte sich an ihrem Wein und prustete. »Dein Ernst? Backen ist nach Gärtnern dein zweitschlechtestes Talent.«

»Ich weiß.« Mara schnitt eine Grimasse. »Aber etwas Besseres fiel mir nicht ein. Der Gedanke, dass die Leute für etwas bezahlen sollen, das ich zusammengerührt habe, macht mich komplett nervös. Im Ernst, ich habe deswegen schon schlaflose Nächte. Was, wenn der Kuchen nicht richtig aufgeht oder der Teig in der Mitte noch roh ist?«

Lisa winkte ab. »Süße, mach dir keinen Kopf. Ich übernehme das. Backen ist meine Leidenschaft. Ich habe auch schon eine Idee. Im Moment sind Candy Bars bei Hochzeiten und Partys der große Renner. So etwas Ähnliches können wir auch aufziehen. Ich könnte Cupcakes, Muffins und Cake-Pops backen. Lollis vielleicht, die sind immer ein besonderer Hingucker. Und Jezz näht hübsche Schleifen für den Tisch.«

»Klingt perfekt.« Mara strahlte. »Ach, Mädels, ich weiß gar nicht, wie ich euch danken soll.«

»Oh, ich wüsste da schon etwas.« Jezz kniff die Augen zusammen und grinste herausfordernd. »Du könntest herausfinden, ob es in Gavins Umfeld noch mehr umwerfend attraktive Single-Männer gibt, und uns die Telefonnummern weiterleiten. Frag mal Gavin, wen er denn so in der Hinterhand hätte.«

»Mal sehen, was sich machen lässt.« Mara unterdrückte ein Gähnen. »Ich weiß nicht, wie es euch geht, aber es ist spät und ich bin schrecklich müde. Nichts wie ab ins Bett. Ich hoffe, ihr schlaft gut. Immerhin kommt ihr in den Genuss der neuen Matratzen.«

Die drei erhoben sich. »Gute Nacht und überlasst die Gläser mir. Ich stell sie in die Spülmaschine.«

»Okay, Mara, danke.« Lisa legte den Arm um sie, während Jezz sich auf den Weg ins Bad machte. »Übrigens, ich meine das ganz im Ernst. Mach dir mit Gavin einen schönen Tag, und zwar so bald wie möglich.«

»Hm, mal sehen …«, meinte Mara vage.

»Komm schon, Gavin scheint ein toller Mann zu sein«, hielt Lisa dagegen. »Schnapp ihn dir, was spricht dagegen?«

Mara seufzte. »Ich bin mir nicht sicher, ob ich wirklich bereit bin für mehr.«

»Mensch, Mara!« Lisa drückte sie fest an sich. »Öffne dich doch mal für eine neue Beziehung. Ben hätte gewollt, dass du wieder glücklich wirst.«

»Wer sagt, dass ich mit Gavin glücklich werde?« Mara starrte düster vor sich hin.

»Wenn du es nicht versuchst, wirst du es nie herausfinden. Außerdem wirkst du auf mich schon jetzt sehr glücklich. So lebendig habe ich dich nicht mehr erlebt, seit Ben gestorben ist.«

Mara nickte dumpf.

»Mara?« Lisa suchte ihren Blick. »Ursprünglich hatte ich ja meine Bedenken, weil Gavin dich damals sitzengelassen hat. Aber jetzt, wo ich ihn kennengelernt und euch zusammen erlebt habe, hat sich meine Meinung geändert. Gavin scheint ein sehr netter Mann zu sein. Plus, er wirkt sehr verliebt in dich. Tu dir bitte einen Gefallen, schau nach vorne und nicht zurück. Alles verdient eine zweite Chance, auch die Liebe. Wirf dein Glück nicht weg. Versprichst du das?«

Mara nickte. Sagen konnte sie nichts. Dafür musste sie viel zu sehr gegen das Brennen in ihrer Kehle ankämpfen.

Aber tief in sich drinnen spürte sie, dass Lisa recht hatte. Ben hätte gewollt, dass sie einen Neubeginn wagte. Vielleicht war es Zeit, die Bedenken über Bord zu schmeißen und auf ihr Herz zu hören. Vielleicht würde ja dieses Mal mit Gavin und ihr alles gut.

KAPITEL 23

Mara hatte tatsächlich ihr Herz geöffnet. Zumindest ein erstes, vorsichtiges Stück weit. Nach dem Gespräch mit Lisa hatte sie zum Handy gegriffen und Gavin gefragt, ob er Lust hätte, sie zum Burn of Lunket zu begleiten. Wie Lisa prophezeit hatte, war Gavin von der Idee begeistert. Da das Wetter für shetländische Verhältnisse gerade ungewöhnlich schön war und niemand wusste, wie lange es anhalten würde, hatte er sich spontan mitten unter der Woche freigenommen.

Quietschend fiel das Schafsgatter hinter Mara in die Angeln. Gavins Auto hatten sie etwas weiter unten, auf dem Parkplatz neben einer Weide mit süßen Shetlandponys, abgestellt. Hand in Hand waren sie losgeschlendert. Nun schlängelte sich ein schmaler Wanderpfad vor ihnen über die Hügel bis hinauf zum Wasserfall. Daneben rauschte der Bach, dem der Ort seinem Namen verdankte. Staunend ließ Mara den Blick schweifen. Die Sonne warf ein goldenes Licht über die Moorlandschaft. Schlankes Wollgras zitterte im Wind, dazwischen blühte leuchtend gelb das Habichtskraut. Aufgeschreckt vom Geräusch ihrer Schritte huschte ein Schneehase ins Gebüsch. In einiger Entfernung flogen Raben auf.

»Wow, das ist ja traumhaft hier!«, entfuhr es ihr.

Gavin, der auf dem schmalen Weg vor ihr ging, wandte sich zu ihr um. Er grinste breit. »Tut gut, sich die Spinnweben aus dem Kopf pusten zu lassen. Ich bin froh, dass du mich gebeten hast, mitzukommen.«

»Cool, dass du Zeit hattest«, sagte Mara, den Blick auf Gavins Rücken gerichtet.

Den ersten Teil der Strecke absolvierten sie im Gänsemarsch. Schließlich führte der Weg über einen Holzsteg, danach wurde er breiter. Gavin blieb stehen und wartete auf sie. Maras Herz hüpfte vor Freude. Sie hatte sich so danach gesehnt, Gavin zu berühren, nun konnte sie wieder seine Hand nehmen.

»Krass, wie lange ich schon nicht mehr hier war«, sagte Gavin verwundert. »Es heißt ja, dass man das, was man direkt vor der Nase hat, zu wenig schätzt. Scheint was dran zu sein. Früher, in unserer Anfangszeit, haben Sunniva und ich regelmäßig Ausflüge in die Umgebung unternommen. Irgendwann haben wir die Wochenenden nur noch auf dem Sofa verbracht. Im Nachhinein einer von vielen Fehlern, die wir gemacht haben. Letztendlich hat dann eines zum anderen geführt. Unsere Ehe ist wohl daran gescheitert, dass wir uns zu wenig Mühe gegeben haben. Wir haben den anderen einfach für selbstverständlich genommen. Vor allem später, mit den Kindern, gab es kaum noch Momente, die wir für uns allein hatten. Als uns bewusst wurde, dass wir uns auseinandergelebt hatten, war es zu spät.« In seiner Stimme schwang Bedauern mit.

Mara musterte ihn von der Seite und versuchte zu lesen, was in ihm vorging. Bedeutete ihm Sunniva mehr, als sie bisher vermutet hatte? Sie räusperte sich. »Klingt, als würdest du noch an deiner Ex hängen.«

»Nein.«

Mara war sich nicht sicher, was sie davon halten sollte, denn Gavin beschleunigte auf einmal das Tempo. So, als wäre ihm ihre Frage unangenehm. Kopfschüttelnd blieb sie stehen und hielt sich die Seite. »Schön, aber kannst du vielleicht langsamer gehen?«

»Entschuldige.« Er blieb ebenfalls stehen und zuckte die Schultern. »Es macht mich immer noch wütend, darüber zu sprechen. Eine Affäre hätte ich Sunniva vielleicht noch verziehen. Aber leider hat sie mich noch weiter belogen.«

»Die Trennung ging also von dir aus?«

»Schon. Anfangs konnte ich nicht glauben, dass uns das passierte. Ich habe wirklich gekämpft. Aber dann wurde das ungute Ticken in meinem Hinterkopf immer stärker. Zu Recht, wie sich herausgestellt hat. Was ist, wollen wir weitergehen?«

»Sicher.« Mara setzte sich in Bewegung. »Ihr habt also versucht, an eurer Beziehung zu arbeiten?«

»Natürlich. Schon der Kinder wegen. Wir waren bei einer Eheberatung. Geholfen hat es nichts. Dafür war zwischen uns zu viel kaputt gegangen. Wenn man sich nicht mehr vertraut, hat die Liebe keine Chance mehr.«

Mara runzelte die Stirn. Es war nicht ganz die Antwort, die sie hatte hören wollen. Wie sollte sie das denn bitte interpretieren? Unwillkürlich spürte sie einen Stich in der Brust. Gab Gavin ihr gerade zu verstehen, dass er emotional noch nicht über Sunniva hinweg war? Oder legte sie seine Worte zu sehr auf die Goldwaage? Während sie noch überlegte, ob sie ihn darauf ansprechen sollte, wurde der Weg erneut so schmal, dass man hintereinander gehen musste. Über ausgetretene, ins Erdreich gehauene Stufen führte er hügelaufwärts. Noch dazu wurde das Rauschen des Baches immer stärker, sodass es sinnlos war, die Unterhaltung weiterzuführen. Mara beschloss, nicht weiter auf dem Thema Sunniva herumzureiten. Damit hätte sie sich nur selbst im Weg gestanden. Der Tag war viel zu schön, um ihn sich zu verderben. Und Gavin hatte eben, genau wie sie, eine Vergangenheit. Das ließ sich nicht so einfach beiseitewischen.

Kurz darauf erreichten sie den Wasserfall.

»Wie wäre es da drüben?« Gavin deutete auf ein Stück Wiese, von dem aus man einen wunderbaren Blick auf das herabstürzende, bernsteinfarbene Wasser hatte.

»Gern. Ich komme um vor Durst.«

Kurz darauf saßen sie nebeneinander auf der Picknickdecke, die Gavin zusammen mit dem Rucksack getragen hatte, und ließen sich Oatcakes, Käse und Weintrauben schmecken. Dazu teilten sie sich eine Flasche Bier.

Schließlich ließ sich Gavin auf den Rücken fallen. Mara tat es ihm gleich. Sie entspannte sich immer mehr neben ihm. Die Sonne wärmte ihr Gesicht, blinzelnd blickte sie in den blauen Himmel. Als Gavin die Hand nach ihr ausstreckte, rutschte sie ganz selbstverständlich enger an ihn heran und lehnte den Kopf an seine Schulter. Gavin schien ihr Begehren zu spüren, denn er hob den Oberkörper, schob den Arm unter ihren Rücken und küsste sie ausgiebig. Mit einem Mal waren alle Bedenken, die noch in Mara arbeiteten, wie ausgeknipst. Schnips, einfach so … Es gab nur noch sie und ihn und den Wunsch, sich fallenzulassen und in den Kuss zu versinken.

Mit einem Seufzen löste Gavin seine Lippen. Er ließ sich zurück auf die Decke fallen und streichelte zärtlich ihren Nacken und Hals. Mara schob ihre Hand unter seinen Pulli und liebkoste mit den Fingerkuppen die Haut, die sich über seine Bauchmuskeln spannte. In den Moment versunken, lagen sie dicht aneinandergeschmiegt in der Sonne.

»Woran ist deine letzte Beziehung gescheitert?«, fragte Gavin, seine Stimme klang zögernd. »Du sprichst nie davon.«

Mara zuckte zusammen. Im ersten Moment war sie versucht, gewohnt flapsig über das Thema hinwegzuwischen, doch Gavin sollte die Wahrheit erfahren. Ihr Brustkorb hob und senkte sich in einem langen Atemzug. »Daran, dass der Mann, den ich liebte, tödlich verunglückt ist.«

»Shit. An die Möglichkeit habe ich nicht gedacht.« Gavin hob den Kopf und suchte ihren Blick. Als sie stumm die Schultern zuckte, seufzte Gavin schuldbewusst. »Entschuldige. Ich hätte nicht fragen sollen. Es war dir anzumerken, dass du nicht gern darüber sprichst.«

»Ben und ich waren sechs Jahre zusammen. Wir wollten heiraten.«

»Du musst nicht darüber reden.« Vorsichtig lehnte Gavin sich wieder zurück und zog sie dabei an sich. Ohne weitere Worte tastete er nach ihrer Hand und verschränkte ihre Finger ineinander. Wieder war da diese tiefe Verbindung zwischen ihnen, für die es keine Erklärung gab.

»Es ist okay. Ich möchte, dass du verstehst, warum ich die letzten Jahre keine feste Bindung eingegangen bin ...«, begann sie. Wie von selbst drängten sich die Worte über ihre Lippen. »Ich habe Ben beim Eisbachsurfen in München kennengelernt. Es war Liebe auf den ersten Blick, auch wenn wir unterschiedliche Interessen hatten. Ich hatte mit Sport nicht viel am Hut. Ben dagegen war Sportler aus Leidenschaft. Er lief Ultramarathon.«

»Das sind Laufveranstaltungen, die über die normale Distanz von zweiundvierzig Kilometern hinausgehen, richtig?«

Sie nickte. »Ja. Manche dieser Läufe ziehen sich über drei Tage hin. Meistens gibt es dabei eine anspruchsvolle Höhendifferenz zu überwinden.«

»Klingt anstrengend.«

»Ist es auch. Ein Extremsport eben. Man muss schon etwas verrückt sein, um sich das freiwillig anzutun. Ben meinte, für die meisten hätte es wohl Suchtcharakter. Obwohl jeder für sich auf der Strecke unterwegs ist, besteht unter den Sportlern Teamgeist. Als Begleitperson bist du Teil des Ganzen und versuchst, deinen Partner bestmöglich zu unterstützen. Beispielsweise indem du dich als Streckenposten nützlich machst. Viele dieser

Läufe finden im Gebirge statt, was es wegen der möglichen Wettereinbrüche nicht ganz ungefährlich macht.«

»Warte mal.« Gavins Finger hörten auf, ihren Nacken zu streicheln. »Jetzt erinnere ich mich wieder. Gab es nicht mal ein großes Unglück bei einem Ultramarathon?«

»Ja, in China. Die Läufer gerieten bei einem Hundert-Kilometer-Lauf in ein Unwetter. Obwohl über siebenhundert Rettungskräfte im Einsatz waren, starben nach offiziellen Angaben einundzwanzig Menschen. Eisregen …« Sie schüttelte den Kopf, während die Bilder, die sie von dem Unglück im Fernsehen gesehen hatte, vor ihrem geistigen Auge wieder wach wurden.

»Schlimme Sache.« Gavin zögerte, sprach dann aber weiter. »Ist Ben bei einem Rennen verunglückt?«

»Nein. Bei einem Trainingslauf.« In Maras Kehle brannte ein Kloß. Sie zwang sich, weiterzusprechen. »Wir hatten eine abgelegene Hütte in den Bergen gemietet. Eigentlich wollten wir wandern, aber dann war das Wetter die ganze Woche über so schlecht, dass wir kaum aus dem Haus konnten. Aus irgendeinem Grund haben wir uns richtig schlimm in die Haare bekommen. Eigentlich ging es um nichts. Vermutlich eine Art Hüttenkoller. Es endete damit, dass Ben meinte, er brauche dringend frische Luft, ehe er durchdrehe. Trotz Nebel brach er zu einem Trainingslauf auf.« Mara verstummte. Der Schmerz brannte wieder auf, so heftig, dass es ihr den Atem nahm.

Es hatte Zeiten gegeben, in denen sie sich nichts sehnlicher gewünscht hatte, als jenen schicksalhaften Augenblick ungeschehen zu machen, als Ben aus der Tür der Hütte getreten war. Jenen Moment, der alles verändert hatte. Sie hätte alles dafür gegeben, doch niemand konnte die Zeit zurückdrehen und den Lauf der Dinge ändern. Aber das war nicht möglich. Was geschehen war, war geschehen. Sie hatte Bens Hand losgelassen, als er sie am nötigsten gebraucht hatte. *Otter halten einander fest, damit sie nicht auseinandertreiben …*

»Schhh, alles gut. Du musst nicht weiterreden«, sagte Gavin.

Mara nickte. Mit einem tiefen Atemzug ließ sie die angestaute Luft aus ihren Lungen entweichen, so wie Jezz es ihr bei unzähligen gemeinsamen Atemübungen beigebracht hatte. »Ben ist bei der schlechten Sicht vom Weg abgekommen und einen Berghang hinuntergestürzt, dreihundert Meter in die Tiefe. Er war sofort tot. Vier Wochen später hätten wir geheiratet.«

Die Worte hingen schwer über ihren Köpfen. Geister, die mit dem Wind reisten wie die Raben über der hügeligen Landschaft um sie herum. Eine endlos lange Weile sagte keiner etwas.

»Verdammt«, entfuhr es Gavin schließlich. Ohne weitere Worte hielt er sie fest im Arm.

Mara verstärkte den Druck ihrer ineinander verschlungenen Finger. Sie war daran gewöhnt, dass die Menschen verstummten und betreten wurden, wenn sie von Bens Unfall erzählte. Doch mit Gavin fühlte sich das Schweigen nicht belastend an, sondern eher tröstlich. Ein Raum, der sie atmen ließ.

Ihr Brustkorb hob und senkte sich in einer langen, fließenden Bewegung. »Die Wochen danach waren ein einziger Albtraum. Besonders der Tag, als ich das Hochzeitskleid zurück in das Brautmodengeschäft brachte. Diese Blicke … Und erst die Beileidsbekundungen am Grab … Ich hasse Mitleid. Am liebsten wäre ich schreiend weggerannt.« Sie grub die Zähne so fest in die Unterlippe, dass es schmerzte.

Eine sehr lange Pause entstand.

»Du bist nicht schuld an Bens Tod, das weißt du, oder?«, fragte Gavin leise.

»Ja, das weiß ich. Es fühlt sich nur eben anders an. Manchmal läuft der Streit immer noch in meinem Kopf ab, wie ein Film in

Endlosschleife. Ich kann nichts dagegen tun. Dann ertappe ich mich bei dem Gedanken, dass Ben noch leben würde, wenn wir uns nicht gefetzt hätten. Dass es meine Aufgabe gewesen wäre, ihn davon abzuhalten, bei dichtem Nebel laufen zu gehen.«

»Hast du dir nach dem Unfall Hilfe gesucht?«

»Erst wollte ich nicht. Aber dann hat mich Lisa unter Androhung von Gewalt zu einer Therapie geschleppt. Im Nachhinein bin ich ihr aus tiefstem Herzen dankbar dafür. Die Psychologin war richtig gut. Mit ihrer Hilfe habe ich zurück ins Leben gefunden.«

Wieder entstand Schweigen, untermalt vom Rauschen des Wasserfalls.

»Wie geht es dir jetzt?«, fragte Gavin dann.

Mara zögerte. Was sie empfand, ließ sich nicht leicht in Worte fassen. Andererseits wollte sie Gavin nicht mit einer der Floskeln abspeisen, die sie sonst benutzte. Schließlich zuckte sie die Schultern. »Ein Teil von mir trauert noch um Ben und das wird wohl auch immer so bleiben.«

»Gegangen, aber nicht vergessen«, sagte Gavin leise.

Mara nickte. Sie fühlte ihr Herz fest gegen ihre Rippen hämmern. »Es war einfach zu früh.«

»Das ist es immer. Am Ende bleibt uns nur die Erinnerung.« Er verschränkte ihre Finger ineinander. Der Druck seiner Hand war fest und verlässlich. »Danke, dass du es mir erzählt hast.«

Mara nickte. Schweigend lag sie in Gavins Armen. Durch die Kleidung hindurch spürte sie das Pochen seines Herzschlags. Ruhig. Konstant. Verlässlich.

»Frierst du?«, fragte Gavin etwas später, als sich eine Wolke vor die Sonne schob.

Sie spürte Gänsehaut an ihren Unterarmen. »Schon. Ist ganz schön schattig jetzt.«

Gavin setzte sich auf und griff nach der Thermoskanne. »Tee?«

»Ja, gern.« Mara richtete sich ebenfalls auf. Dankbar nahm sie den dampfenden Becher entgegen. »Das Fotografieren verschiebe ich auf ein andermal. Ich glaube, ich würde den Wasserfall am liebsten bei Sonnenaufgang fotografieren. Sind eigentlich noch Oatcakes da?«

Er lehnte sich vor und durchsuchte den Rucksack. »Sorry, leider nein.«

Als er aufblickte und sich ihre Blicke ineinander verschlangen, spürte Mara eine überwältigende Sehnsucht in sich aufsteigen.

Als hätte er gespürt, was in ihr vorging, beugte sich Gavin näher zu ihr. Sanft umschlossen seine Hände ihr Gesicht. Ihre Lippen waren nur wenige Zentimeter voneinander entfernt. Mara versank im Blick seiner Augen, die so leuchteten wie das Wasser der Lochs an einem strahlenden Morgen.

Und dann küsste er sie. Ihre Zungen umtanzten einander, während sich all das zu entladen zu schien, was sie bislang zurückgehalten hatten. Maras Körper reagierte so intensiv, dass es sie fast schon schmerzte. Sie begehrte Gavin so sehr, wie sie noch nie zuvor einen Mann begehrt hatte. Nicht einmal Ben.

Widerstrebend löste sich Gavin von ihren Lippen. Er nahm den Kopf zurück, gerade so weit, dass sie sich tief in die Augen sehen konnten. »Hättest du etwas dagegen, wenn wir zu mir gehen?«, schlug er mit rauer Stimme vor.

»Nein, ich fände es sehr schön.«

»Dann komm.« Er griff nach ihrer Hand und zog sie mit sich auf die Beine. Dabei glitt sein Blick an ihrer Schulter vorbei. »Dort hinten sind Leute. Lass uns verschwinden.«

Die ganze Fahrt nach Hause hielt er ihre Hand, während er nur mit der anderen lenkte. Eine Weile später standen sie in Gavins kleinem Einzimmerapartment und Gavin zog die Tür hinter ihnen zu.

»Möchtest du etwas trinken?«, fragte er, um den winzigen Anflug von Befangenheit zu überbrücken, der sich zwischen sie geschlichen hatte. Seine Hand berührte Mara nur leicht an der Schulter, dennoch hatte sie das Gefühl, unter dem flüchtigen Kontakt zu verbrennen. »Ein Glas Wein vielleicht?«

»Gern.« Sie lehnte den Oberkörper gegen die lang gezogene Theke und sah ihm dabei zu, wie er eine Flasche Wein entkorkte und dann zwei Gläser vollschenkte.

»Auf uns«, raunte er, seine Stimme klang dunkel und samtig. Er legte den Arm um ihre Hüften, und sofort waren sie sich wieder ganz nah.

Mara blinzelte. Sie wusste nicht, was sie fühlen sollte. Ihr Körper vibrierte vor Glück und vor Leidenschaft, gleichzeitig war sie nervös und unsicher. Er sah sie an und Mara meinte in seinem Blick zu versinken. Ohne die Augen von ihm zu lösen, setzte sie das Glas an die Lippen und trank. Weich und warm rann der Wein durch ihre Kehle.

»Alles okay?«, fragte er leise und stellte sein Glas ab.

Mara wollte antworten, aber dann legten sich Gavins Hände um ihren Po und er zog sie enger an sich. Sie schloss die Augen und hob den Kopf ein kleines bisschen, sodass ihre Lippen einander wie von selbst fanden. Wieder erforschten ihre Zungen den Mund des anderen, während sich ihre Körper mit wachsender Leidenschaft aneinanderpressten. Diesmal bestimmte nicht Zärtlichkeit das Spiel, sondern wilde, endlich freigelassene Leidenschaft.

Als er seine Hände unter ihr T-Shirt schob und den Verschluss ihres BHs löste, stöhnte sie leise auf. Ihre Finger glitten unter den Bund seiner Hose und berührten nackte Haut. Gavin stöhnte lustvoll. Sachte schob er sie vor sich her auf das Bett zu.

Nicht schnell genug konnten sie sich gegenseitig die T-Shirts über die Köpfe streifen. Nicht schnell genug fanden ihre nackten Körper sich auf dem kühlen Laken des Betts wieder.

Ihre Körper spürten von selbst, wie und wo sie berührt werden wollten. Ihre Hände und Zungen erforschten den anderen, und doch war es so, als wüssten sie schon immer alles voneinander. Mit ungebremstem Begehren liebten sie einander.

Müde, zufrieden und trunken voneinander lagen sie sich danach in den Armen. Schließlich rollte Gavin sich zur Seite und bedachte sie mit diesem besonderen Blick, von dem Mara inzwischen wusste, dass er ihr ganz allein vorbehalten war.

»Es ist wunderschön mit dir«, raunte er und fuhr mit dem Zeigefinger die Linie ihrer Lippen nach. »*Du* bist wunderschön …«

»Danke …« Verlegen zuckte sie die Schultern und dachte dabei an ihre etwas zu kleinen Brüste, die etwas zu knochigen Schultern und den viel zu flachen Po. »So toll finde ich mich übrigens gar nicht …«

»Aber ich finde dich toll, und zwar alles an dir.« Seine Finger wanderten weiter zu ihrem Nacken und streichelten den empfindlichen Punkt zwischen ihren Schulterblättern. Ein wohliges Schaudern lief ihren Rücken hinunter. Sie musste kichern.

»Was ist?« Seine Hand verharrte auf ihrer Schulter. Er hob eine Augenbraue und schenkte ihr ein halb belustigtes, halb verwundertes Grinsen. »Alles gut mit dir?«

»Alles gut«, erwiderte sie und spürte, wie sich ein entspanntes Lächeln über ihre Mundwinkel ausbreitete. »Ich musste nur gerade daran denken, wie seltsam die beiden Dates abliefen, die ich nach Ben hatte. Irgendwie steif und verkrampft. Im Nachhinein kommt es mir total absurd vor, was ich da veranstaltet habe. Die ganze Zeit über dachte ich nur daran, es so schnell wie möglich hinter mich zu bringen, so blockiert war ich.« Sie unterbrach sich und schüttelte den Kopf über sich selbst. »Mann, war ich bescheuert. Jetzt weiß ich, woran es lag.«

»Okay …« Gavin hob eine Augenbraue und ließ sanft seine Finger über ihr Schlüsselbein wandern. »Verrätst du mir auch, was es war?«

»Um ehrlich zu sein …« Sie versank im Blick seiner graublauen Augen. *Um ehrlich zu sein, habe ich mich in dich verliebt …*

»Um ehrlich zu sein, war ich mit dem Herzen nicht dabei«, sagte sie dann.

»Um ehrlich zu sein, bin ich sehr froh, dass es mit uns anders ist …«, führte Gavin ihren Satz weiter. In seinem Blick lag eine Leidenschaft, die Mara den Atem nahm. Wieder flammte Verlangen in ihr auf, wie sie es in dieser Intensität noch nie gespürt hatte. Was war das nur mit Gavin und ihr? Die Verbundenheit zwischen ihnen war so tief, als wären sie zwei Teile eines Ganzen.

Als Gavins Hüften sich voll Begehren gegen ihr Becken pressten, schloss sie die Augen. Sie spürte die Feuchtigkeit des verschwitzen Lakens an ihrem Rücken und die leidenschaftliche Hitze, die von Gavin ausging. Sie spürte, wie ihr Körper unter leidenschaftlichen Wellen erbebte. Mit einem tiefen Aufstöhnen ließ sie sich von ihm erneut an den Rand der Klippe treiben, bis die Welle über ihnen beiden zusammenbrach.

KAPITEL 24

»Wünsch mir Glück. Ich mach mich auf den Weg in die Drachenhöhle«, sagte Mara zwei Tage später zu Lisa. Sie stand vor dem Spiegel an der Rezeption des Seaview und zupfte sich den Kragen ihrer weißen Bluse zurecht, die sie zu einem marineblauen Hosenanzug trug. Zweifelnd musterte sie sich. Sie wollte seriös wirken, wusste aber nicht, ob sie übertrieben hatte. Das elegante Büro-Outfit, für das sie sich entschieden hatte, verlieh ihr ein formelles, wenngleich kühles Aussehen. Ob sie damit Marjoleen gegenüber, die stets zwanglos in Tweed gekleidet war, zu arrogant auftrat? »Kann ich so gehen?«

»Du siehst umwerfend aus«, versicherte ihr Lisa.

»Ist ein Hosenanzug nicht übertrieben?« Mara beugte sich näher an den Spiegel und zog sich den Lippenstift nach.

»Ist doch egal, was Marjoleen denkt. Wichtig ist, dass du dich wohlfühlst.« Lisa zuckte die Schultern. »Meinst du, du kannst sie dazu bringen, dir mit der Höhe der Pacht entgegenzukommen?«

»Wohl eher nicht. Auf welcher Basis auch? Im Grunde bleibt mir nur die Wahl, zu unterschreiben oder das B&B ohne das Self-Catering und die Glamping-Pods zu betreiben. Was schade wäre, weil ich gern auch in Zukunft für Backpacker und Low-Budget-Touristen attraktiv wäre.«

Lisa runzelte die Stirn. »Hast du mal durchgerechnet, ob bei der Höhe der Pacht am Ende noch was hängen bleibt?«

Seufzend steckte Mara den Lippenstift in die Tasche ihres Jacketts. »Reich werde ich nicht damit, aber immerhin bringt es einen kleinen Zuverdienst.«

»Also wirst du den Vertrag heute unterschreiben?«

»Ich denke schon, dann ist es zumindest vom Tisch. Rechtlich passt der Entwurf. Ein Anwalt hat es für mich geprüft.«

Jezz kam um die Ecke, ausgehbereit mit perfektem Amy-Winehouse-Make-up und schwarzer Lederjacke. Sie blieb stehen und musterte Mara mit zusammengekniffenen Augen. »O mein Gott, was hast du denn vor? Gehst du auf eine Beerdigung?«

»Unsinn. Mara hat einen Geschäftstermin mit Marjoleen. Es geht um den Pachtvertrag«, klärte Lisa sie freundlich auf. »Ich finde, sie sieht seriös aus.«

»Eher steif, wenn du mich fragst.« Jezz ließ den Blick an Mara auf und ab gleiten. »Tausch die Stoffhose gegen knöchellange Jeans und die High Heels gegen weiße Sneakers. Das wirkt cool und lässig.«

Mara überlegte. Sie runzelte die Stirn. Dann nickte sie. »Gute Idee. Ich zieh mich um.«

»Entspann dich.« Jezz hob eine Augenbraue. »Warum machst du dir überhaupt einen Kopf? Du bist doch sonst so selbstbewusst.«

»Finde ich auch«, stimmte Lisa ihr zu. »Du unterschreibst den Vertrag und mehr nicht. Ihr müsst euch nicht lieben.«

»Na ja, ein bisschen komplizierter ist es schon.« Mara spürte, wie sich das nervöse Grummeln in ihrer Magengegend verstärkte. »Immerhin sind wir Nachbarn. Also sollten wir besser einigermaßen miteinander klarkommen. Schon wegen der Gäste, die bekommen die Spannung zwischen dem Hotel und uns doch mit. Spätestens, wenn sie einen Spaziergang in die Bucht hinunter unternehmen wollen und dazu Marjoleens Grund betreten müssen. Auf weitere Schikanen habe ich keine Lust.«

»Du meinst, so wie mit dem Bagger, der deine Zufahrt blockiert hat«, bemerkte Lisa düster.

Mara nickte.

»Du willst also das Kriegsbeil begraben«, kam es von Jezz. »Na, dann viel Spaß. Diese Marjoleen scheint ein ziemlich harter Brocken zu sein. Sie konnte dich doch schon früher nicht ausstehen, als du für sie gearbeitet hast, oder täusche ich mich?«

»Du täuschst dich nicht.« Mara seufzte. »Genau deswegen graut es mir vor dem Gespräch. Das mit Gavin und mir hat sich sicher schon zu ihr herumgesprochen.«

»Moment!« Jezz' Augenbrauen schnellten in die Höhe. »Habe ich da etwas verpasst? Ich dachte, das mit Gavin wäre nichts Ernstes?«

»War es auch nicht …« Mara kaute an ihrer Lippe. »Zumindest bisher. Aber seit vorgestern Nacht …« Sie verstummte und zuckte die Schultern.

»Seitdem bist du dir nicht mehr sicher?« Jezz starrte Mara ungläubig an.

»So ungefähr.«

»Aha. Das erklärt dann auch, warum deine Mundwinkel zucken, als wolltest du ein Grinsen unterdrücken. Du bist verliebt«, stellte Jezz fest.

»Ertappt«, stöhnte Mara und spürte, wie sich ihre Wangen röteten.

»Lass sie in Ruhe, Jezz«, sprang Lisa ihr bei. »Ich bin froh, dass sie sich endlich für eine neue Beziehung öffnet. Schließlich habe ich dafür ewig auf sie einreden müssen.«

»Cool … Na dann … Ich freue mich auch«, meinte Jezz grinsend in ihrer lässig-knappen Art. »Übrigens, Mara, die Dekokissen sind fertiggenäht. Ich treffe mich jetzt mit Lowrie und einer Cousine von ihr.«

»Du meinst Alison? Sie hat dir die Nähmaschine geliehen, nicht wahr?«, fragte Lisa.

»Jepp. Alison führt ein Brautmodengeschäft in Lerwick. Wir wollten ein bisschen quatschen und zusammen kochen. Seit Lisa die Küche belagert, kann man sich nicht mal mehr einen Teller Nudeln machen. Alles steht voll mit Cake-Pops, Zuckerguss und Glitzerperlen.« Jezz schoss Lisa einen vorwurfsvollen Blick von der Seite zu. Lisa ignorierte ihn.

»Danke, Jezz. Mit den Vorhängen, den Überwürfen und den Kissen im gleichen Farbton werden die Zimmer toll aussehen. Das hätte ich so nie hinbekommen. Was Schneidern angeht, bin ich eine totale Niete.«

»Schon okay«, wiegelte Jezz ab und angelte sich ihre Jacke vom Haken. »Das habe ich gern für dich gemacht. Ich bin dann mal weg. Viel Spaß mit dem Schwiegermonster.«

»Schwiegermonster? Vergiss es! So weit wird es nie kommen.« Maras Mundwinkel zuckten erneut, diesmal aber vor Entsetzen.

»Pfeif drauf, Mara, ganz ehrlich!«, warf Lisa ungewohnt heftig ein. »Wichtig ist, was Gavin und du füreinander empfindet. Was diese Schreckschraube zu eurer Beziehung sagt, kann dir pupsegal sein.«

»Ist es auch«, behauptete Mara.

»Gut so.«

»Jepp. Ich geh mich umziehen«, entschied Mara und eilte in ihr Zimmer. Dummerweise war es ihr nicht egal, was Marjoleen von ihr dachte. Nicht nur, weil sie Nachbarn waren, sondern in erster Linie wegen Gavin. Nachdenklich zog sie die Stoffhose aus und schlüpfte in ihre Jeans. In den letzten Tagen hatte sich viel verändert. *Sie* hatte sich verändert. Obwohl sie überzeugt gewesen war, nie wieder etwas für einen Mann empfinden zu können, hatte sie sich in Gavin verliebt. Der Gedanke an ihn ließ ihr Herz schneller schlagen. Inzwischen bedeutete er ihr wirklich viel.

Ausgerechnet Gavin ... Das war doch verrückt, oder? Gavin, der sie vor Jahren so enttäuscht hatte und der meilenweit weg von München lebte.

In ihrem Kopf lief die Szene im Gewächshaus noch einmal ab. *Muss es denn irgendwohin führen,* waren seine Worte gewesen. Verflixt! Damals war es ihr nur recht gewesen, dass er es locker sah, und jetzt wollte sie mehr. Verflixt ... Wie sollte es mit ihnen funktionieren, wenn rund zweitausend Kilometer zwischen ihnen lagen? Seufzend kämmte sie sich mit den Fingern durchs Haar. Sie beschloss, später über Gavin und sich nachzudenken. Zuerst musste sie das Gespräch mit Marjoleen hinter sich bringen.

* * *

»Schön, ich akzeptiere die Konditionen und unterzeichne den Vertrag. Obwohl mir die Pacht reichlich hoch erscheint«, erklärte Mara. Der Stift kratzte über das Papier. Sie hob den Kopf und blickte Marjoleen gerade ins Gesicht. »Eines aber wäre mir wichtig.« Sie befeuchtete sich mit der Zungenspitze die Lippen. »Wollen wir nicht endlich den Nachbarschaftsstreit begraben? Wir haben zwar nicht die gleichen Vorstellungen, was die Ausrichtung unserer Häuser betrifft, aber ich würde mich freuen, wenn wir uns dennoch annähern könnten. Schon im Interesse der Gäste.«

Marjoleens Gesicht zeigte keine Regung. Ihr Mimik schien wie zementiert. Genau wie ihre blonde Hillary-Clinton-Föhnfrisur, bei der jedes Haar unverrückbar fest an seinem Platz saß. »Gute Nachbarschaft? Interessant, dass Sie die Frechheit besitzen, das Wort in den Mund zu nehmen.«

»Wie meinen Sie das?« Im Gegensatz zu Marjoleen, entglitten Mara die Gesichtszüge.

Marjoleen lehnte sich zurück und legte die perfekt manikürten Hände aneinander. Sie lächelte kühl. »Es wundert mich nicht, dass Agnes und Sie sich so ausgezeichnet verstanden haben. Offensichtlich sind Sie beide aus dem gleichen Holz geschnitzt. Glauben Sie nicht, dass ich Sie nicht durchschauen würde. Sie haben damals schon versucht, sich meinen Sohn zu angeln, weil sie hinter dem Familienvermögen her waren. Und nun versuchen Sie es erneut.«

»Aber … das stimmt doch überhaupt nicht.« Mara schoss vor Empörung die Hitze in die Wangen. »So etwas würde ich nie im Leben tun. Gavin und ich mögen uns. Das ist alles.«

»Ach ja?« Marjoleen hob eine Augenbraue. »Anscheinend ist da wohl mehr. Warum sonst hätte Gavin Ihretwegen auf seinen Platz in der Jury verzichten sollen? Er hat seit Monaten hart an dem Projekt gearbeitet.«

»Wie wäre es, wenn Sie das Gavin selbst fragen?«, konterte Mara und schoss Marjoleen einen funkelnden Blick zu.

Unbehagliches Schweigen breitete sich aus. Mara zwang sich, nicht vor lauter Nervosität hektisch an ihrem Kuli zu knipsen.

Marjoleen lehnte sich nach vorne. Sie faltete die Hände über dem Tisch und sah Mara sehr direkt in die Augen. »Sie drängen sich in eine Ehe. Das ist Ihnen hoffentlich bewusst.«

Maras Herz verkrampfte sich. Sie spürte, wie alle Farbe aus ihrem Gesicht wich. Dennoch versuchte sie, sich nichts anmerken zu lassen. »Nein. Gavins Ehe war schon zerstört, bevor wir uns wiederbegegnet sind.«

»Woher wollen Sie das wissen? Dazu kennen Sie meinen Sohn nicht gut genug.« Marjoleen lehnte sich zurück.

Eine unbehaglich lange Pause entstand, in der Maras Herz hart gegen ihre Rippen hämmerte.

Marjoleens Blick wurde durchdringend. »Sunniva und Gavin haben eine Krise. So etwas kommt vor. Auf Dauer muss das nichts bedeuten. Die beiden waren gerade dabei, wieder zusammenzufinden, doch dann sind Sie dazwischengeplatzt.«

»Das mag Ihre Sicht der Dinge sein.« Mara antwortete betont knapp. Am liebsten wäre sie aus dem Zimmer geflüchtet. Obwohl sie sicher war, dass Marjoleen unrecht hatte, bemerkte sie auf einmal einen Anflug von Unsicherheit. Hektisch schraubte sie an ihrem Kuli herum. Ihre Gedanken rasten umher. Gavin hatte ursprünglich gemeint, er sei nicht auf der Suche nach einer Beziehung. Lag es daran, dass er sich emotional nicht von Sunniva lösen konnte? Obwohl sie ihn betrogen hatte? Und obwohl er gesagt hatte, er könne Sunniva nicht länger vertrauen?

Mara sog scharf die Luft ein. Plötzlich war da dieses hohle Gefühl in ihrem Magen. Hatte er es nur gesagt, weil es das war, was Mara hören wollte? Zweifel stiegen in ihr auf, alles in ihr geriet in Unruhe.

Lisa hatte sie von Anfang an gewarnt, etwas mit einem verheirateten Mann anzufangen.

»Ich gebe Ihnen einen guten Rat: Lassen Sie die Finger von Gavin.« Marjoleens Stimme riss Mara aus ihren Gedanken. »Und zwar in Ihrem eigenen Interesse. Wenn es darauf ankommt, wird Gavin sich immer für seine Familie entscheiden.«

Die Atmosphäre in Marjoleens Büro war so angespannt, dass Mara es nicht länger aushielt. Marjoleens Behauptungen vergifteten die Luft im Zimmer. Mara spürte Hitze in sich aufwallen. Sie entschied, dass es besser war zu gehen, bevor ihr etwas herausrutschte, das sie später bereuen würde.

»Wir beenden das Gespräch wohl hier besser«, erklärte sie steif und erhob sich.

Kurz darauf stand sie vor der Tür des Whalwick Hotels und atmete erst mal tief durch. Noch immer spürte sie das Adrenalin durch ihren Körper rauschen, doch allmählich brachte die frische, klare Seeluft Ruhe in ihre Gedanken.

Marjoleens Behauptung war absurd.

Eine Windbö fuhr ihr in die Kniekehlen und warf sie fast von den Füßen. Fröstelnd schlug sie den Kragen ihres Jacketts hoch und machte sich auf den Heimweg.

Mit großen Schritten stapfte sie auf das Seaview zu, vorbei an den Gewächshäusern. Die Früchte des Nektarinenbaums, unter dem Gavin und sie sich geküsst hatten, leuchteten ihr entgegen. Im Vorbeigehen streifte ihr Blick die blauen Plastikfässer, die sie entsorgt hätte, wenn Gavin nicht gewesen wäre. Bei der Erinnerung an jenen Abend mit ihm und an seine Küsse kehrte ihr Selbstbewusstsein zurück.

Sie würde Marjoleens Worten keine Bedeutung beimessen. Die Zuneigung und Zärtlichkeit, die ihr aus Gavins Augen entgegenleuchteten, wenn er sie im Arm hielt, war echt. Daran bestand kein Zweifel. Ebenso wenig hatte sie Grund, seinen Worten zu misstrauen, schließlich war die Trennung von ihm ausgegangen. Er hatte sehr überzeugt geklungen, als er sagte, dass zu viel zwischen ihm und Sunniva kaputt gegangen sei, um die Ehe zu retten. Und dass eine Beziehung ohne Vertrauen zum Scheitern verurteilt war, sah Mara auch so. In einem langen Atemzug ließ sie die Luft aus ihren Lungen entweichen.

Da knirschten unvermittelt Räder über den Kies der Zufahrt. Als sie um die Ecke bog, sah sie Gavins Wagen langsam über den Parkplatz rollen. Er winkte ihr zu. Ihr Herz machte ein paar schnelle Schläge.

Sie waren zum Abendessen verabredet. Gavin wollte sie in ein Restaurant in Lerwick ausführen. Nun war er eine halbe Stunde vor der ausgemachten Zeit hier, um sie abzuholen. Mit Schmetterlingen im Bauch eilte sie ihm entgegen.

»Hey, du siehst schick aus«, begrüßte Gavin sie lachend.

»Danke schön.« Sie schlang die Arme um seinen Hals und küsste ihn leidenschaftlich auf den Mund. »Ich komme gerade von deiner Mutter. Der Pachtvertrag ist unterzeichnet.«

»Herzlichen Glückwunsch.« Seine blaugrauen Augen leuchteten. »Dann steht deinem Erfolg mit dem B&B ja nichts mehr im Weg. Wie ist es gelaufen? Seid ihr miteinander klargekommen? Meine Mutter kann manchmal etwas anstrengend sein.«

»Es war ganz okay, wie es lief. Mach dir keine Gedanken«, sagte sie schnell. Gavin brauchte nicht zu wissen, wie unangenehm das Gespräch in Wirklichkeit verlaufen war. Erst recht nicht, dass es dabei um ihn gegangen war.

»Das freut mich.« Er legte die Arme um ihre Taille und küsste sie ausgiebig. Mara schmiegte sich an ihn. In seiner Nähe hatte sie keine Zweifel.

»Bist du so weit? Wollen wir los?« Liebevoll streichelte er ihren Rücken.

»Gern. Ich komme um vor Hunger.«

»Dann lass uns fahren. Und danach …« Er umschloss ihr Gesicht mit beiden Händen und gab ihr einen langen, verheißungsvollen Kuss. »Ich glaube, ich hätte da eine Idee, wie es nach dem Essen weitergeht.«

»Klingt gut.« Mara lächelte. Mit wild pochendem Herzen ließ sie sich von ihm zum Auto führen. Mochte Marjoleen denken, was sie wollte. Das zwischen Gavin und ihr war echt. Und ernster, als sie es je vermutet hätte.

Kapitel 25

Es war Sonntag, der Tag der Landwirtschaftsschau. Mara stand in einem der Zelte, die auf einer Wiese aufgebaut worden waren. Sorgsam rückte sie eines der Kuchenschilder zurecht. An den Ständen um sie herum wurden ebenfalls letzte Vorbereitungen getroffen. Noch war es ruhig, aber bald würden die Besucher scharenweise in die Halle strömen. Maras Blick glitt über die Candy Bar, die von Leckereien in Pink, Lila und Himmelblau überquoll. Lisa hatte sich selbst übertroffen. Mit Rosies Unterstützung hatte sie Berge von aufwendig verzierten Cupcakes, Muffins und Cake-Pops gezaubert. Jezz hatte den Stand mit Stoffbahnen, Schleifen und selbst genähten Wimpeln geschmückt. Wie gut, dass die beiden sich vor zwei Wochen in den Flieger gesetzt hatten und nach Shetland gekommen waren! Mara war ihnen nicht nur für die Hilfe beim Putzen des Hauses und der Gestaltung der Zimmer dankbar. Vor allem, mit Lisa und Jezz über alles sprechen zu können, was sie bewegte, hatte wahnsinnig gutgetan. Wie schade, dass die beiden nicht bis zur Eröffnung des B&B am kommenden Wochenende bleiben konnten. Mara fühlte schon jetzt Abschiedsschmerz in sich aufsteigen. Das Seaview würde sich seltsam leer anfühlen ohne die zwei.

Auf dem Festplatz vor dem Zelt erklang Applaus. Mara wusste, was das bedeutete. Die Redner hatten ihre Begrüßungsansprachen beendet, die Show war eröffnet. Gespannt blickte sie zum Eingang und sah Lisa und Jezz auf sich zukommen.

»Fertig für die Schlacht«, verkündete Lisa und band sich eine weiße Schürze um.

»Draußen ist die Hölle los.« Jezz schnappte sich ebenfalls eine Schürze.

»Okay, sagt mir, was ich tun soll.« Mara blickte zwischen den Freundinnen hin und her. »Soll ich bedienen oder ist es euch lieber, wenn ich kassiere?«

»Nichts von beidem«, erwiderte Lisa und scheuchte sie hinter der Theke hervor. »Du mischst dich unter das Volk. Geh und schwärme den Leuten vor, wie schön das Seaview nach der Renovierung geworden ist. Mundpropaganda ist das Beste überhaupt.«

»Richtig.« Jezz grinste. »Wir halten hier die Stellung.«

»Hier. Probiert mal.« Lisa reichte mit der Kuchenzange rosa Zimtschnecken an Jezz und Mara weiter. »Und sagt mir bitte ehrlich, ob sie durch die Glasur zu süß geworden sind.«

Beide kauten vor sich hin, während Lisa sie mit Argusaugen beobachtete und mit der leeren Zange klapperte.

»Und? Meint ihr, ich hätte die Zuckerperlen lieber weglassen sollen?« Mehr hektisches Klappern mit der Zange.

Jezz winkte ab. »Kein bisschen zu süß.«

»Schmeckt super!« Mara formte mit Daumen und Zeigefinger der freien Hand ein O. »Die sind wunderbar fluffig und zimtig. Wie hast du sie so gut hingekriegt?«

»Das Geheimnis liegt im Hefeteig. Zum einen verwende ich Weidenmilchbutter, die macht einen wunderbar sahnigen Geschmack. Zum anderen knete ich den Teig mit dem Handballen zehn Minuten lang, bevor ich ihn gehen lasse. Das macht den Unterschied. Verflixt!« Lisa warf einen sehnsüchtigen Blick auf das letzte Stück Zimtschnecke in Maras Hand. »Ich sollte mir abgewöhnen zu backen, wenn ich auf Diät bin.«

»Vielleicht solltest du dir abgewöhnen, auf Diät zu sein? Das bist du nämlich andauernd«, schlug Mara vor, obwohl sie wusste, dass sie damit ein heikles Thema anschnitt. Lisa kämpfte seit Jahren gegen ihre Pfunde, und immer ohne Erfolg. Dabei war sie nicht sehr übergewichtig, nur ein wenig üppig, optisch ein Bridget-Jones-Typ, mit hübschen Rundungen, um die Mara sie fast schon beneidete. Sie schenkte Lisa ein aufmunterndes Lächeln. »Du bist eine tolle Frau. Der Mann, der dich nicht so mag, wie du bist, hat Pech.«

»Richtig«, stimmte Jezz ihr zu. »Und wo wir gerade bei dem Thema sind, Mara, wenn da draußen heiße Typen herumlaufen, schick sie bitte alle zu mir zum Kuchenessen.«

»Taadaa … Du bestellst, das Universum liefert.« Spitzbübisch lächelnd deutete Lisa quer durch die Halle. »Schau mal. Wie gefällt dir der Rothaarige da drüben?«

»Du meinst den riesigen Kerl mit dem Rauschebart?« Jezz wackelte mit den Augenbrauen. »Wie kann man sich nur so einen langen Bart wachsen lassen? Ich meine, stellt euch bloß mal vor, wie seltsam sich das beim Küssen anfühlt. Abgesehen davon, dass es unmöglich aussieht.«

Auch Mara war Lisas Blick gefolgt. Neben einem Stand mit gefärbten Schaffellen stand ein Hüne von einem Mann und schäkerte mit der Verkäuferin. Seine Stimme war überlaut, sein Lachen dröhnend. Mara zuckte die Schultern. »Also ich finde, er hat was. Mit oder ohne Bart.«

»Auweia.« Lisa kicherte albern. »Sorry, aber ich habe mir gerade vorgestellt, wie die beiden zusammen aussehen würden, der baumlange Kerl und dann Jezz daneben. Selbst in High Heels würde sie ihm gerade mal bis zur Brust gehen.«

»Hör auf!« Jezz verdrehte die Augen. »Der Typ ist das genaue Gegenteil von meinem Mr Perfect.«

Mara lachte schallend. »Gib ihm eine Chance. Vielleicht versteckt sich hinter dem bärigen Aussehen ein goldenes Herz.«

»No way!«, protestierte Jezz. »Und jetzt verschwinde. Dein Mr Perfect ist bestimmt schon da und sucht dich. Los, ab mit dir!« Energisch schob sie Mara Richtung Ausgang.

Noch immer grinsend räumte Mara das Feld und trat hinaus ins Freie. Bei strahlendem Sonnenschein war halb Shetland auf den Beinen. Sie entdeckte viele bekannte Gesichter. Von allen Seiten flogen ihr herzliche Begrüßungen entgegen. Mara beschloss, sich auf die Suche nach Gavin zu machen.

Sie reckte den Hals und sah sich um. Auf der zum Parkplatz umfunktionierten Weide hinter den Zelten war alles voller Autos. Inzwischen mussten die Leute sogar entlang der Landstraße parken. Bei den Viehgattern tummelte sich Jung und Alt, um bei der Prämierung der schönsten Ziegen, Kühe, Ponys oder Hühner dabei zu sein. An einem Imbisswagen wurde heiße Suppe ausgeschenkt, daneben duftete es nach Fish and Chips. Auf einer rot-blau gestreiften Hüpfburg tobten Kinder. Vor dem Toilettenwagen hatte sich bereits eine Schlange gebildet. Mara blieb stehen, um einen Auftritt des Wikinger-Squads zu verfolgen, der bei dem im Winter stattfindenden Feuerfestival den Zug mit der Galeere anführen würde. Der rothaarige Kerl mit dem wilden Vollbart, den sie vorhin als potenzielles Date für Jezz im Auge gehabt hatten, spielte wohl die tragende Rolle.

Lächelnd schlenderte sie weiter und hielt dabei nach Gavin Ausschau. Vor Sehnsucht nach ihm war ihr flau im Magen. Es war zwei Tage her, dass sie sich zuletzt gesehen hatten. Eine Ewigkeit, zumindest kam es ihr so vor. Da an diesem Wochenende die Kinder bei ihm waren, hatte Mara gemeint, es mache ihr nichts aus, wenn die drei Familienzeit ohne sie verbringen wollten. Gavin hatte sich mit einem zärtlichen Kuss für ihr Feingefühl bedankt und erklärt, dass er mit den Kleinen zur Walls-Show käme und sie sich dann zumindest dort sehen würden. Mara seufzte. Sie hätten besser einen Treffpunkt ausmachen sollen, bei dem ganzen Trubel. Wo konnten die drei nur stecken? Sie überlegte, dann machte sie sich kurz entschlossen auf den Weg zu dem Zelt, in dem die Wettbewerbe der Kinder stattfanden. Im Vorübergehen sah sie Sunniva neben einem Schafpferch stehen, zusammen mit Davy. Die beiden unterhielten sich angeregt. Als Sunniva sie bemerkte, brachte sie abrupt Abstand zwischen sich und Davy. Merkwürdig. Mara runzelte die Stirn. Es kam ihr fast vor, als hätten die beiden hinter ihrem Rücken über sie geredet.

»Hallo, Sunniva. Schön, dich zu sehen.« Mit einem betont freundlichen Lächeln ging Mara auf die beiden zu. »Hi, Davy.«

»Hi«, murmelte Davy. Er fuhr sich mit der Hand in den Nacken. »Sorry, aber ich muss weiter. Die Preisrichter legen gleich los. Ich habe zwei Shorthorns gemeldet und rechne mir gute Chancen aus.« Bevor Mara etwas erwidern konnte, war er verschwunden.

»Hast du Gavin gesehen? Soweit ich weiß, wollte er mit den Mädchen kommen.« Mara schlug einen lockeren Plauderton an.

»Gavin? Keine Ahnung«, erwiderte Sunniva knapp. Sie wirkte distanzierter als bei ihrer letzten Begegnung. Mara fragte sich, warum. War sie gerade in etwas hineingeplatzt oder war Sunniva heute einfach schlecht gelaunt?

»Wir haben einen Stand in dem Kuchenzelt dort drüben.« Mara deutete hinter sich. »Wenn du Lust auf Candy-Pops oder Muffins, hast, schau gern mal vorbei, ich würde mich freuen. Der Kuchen geht auf mich, du bist herzlich eingeladen.«

»Mal sehen.« Sunniva zuckte vage mit den Schultern.

»Prima. Dann bis später, man sieht sich«, sagte Mara und lächelte spröde. *Wer nicht will, der hat schon,* dachte sie und ging weiter.

Im Kinderzelt summte es wie in einem Bienenschwarm. Die Größeren rannten wild umher, die Kleinen spielten zwischen den Beinen der Erwachsenen Verstecken. An der kurzen Seite der Halle ging es etwas gemäßigter zu. Dort wurde gerade in der Kategorie der Fünfjährigen das schönste gemalte Bild prämiert. Die Gewinner traten artig und mit vor Stolz glühenden Ohren nach vorne, um ihre Schleifen in Empfang zu nehmen. Unter den Kindern, die nicht unter die ersten drei kamen, wurden Trostlollis verteilt. Trotzdem flossen hier und da Tränchen.

»Mara! Wir sind hier!«, quietschte ein helles Stimmchen. Mara wandte sich um und sah Olivia auf der gegenüberliegenden Seite des Gangs aufgeregt winken. Mit einem Jubelschrei stürzte sich die Kleine in ihre Arme. Vertrauensvoll schmiegte sie den Kopf an Maras Hüfte. »Ich habe so gehofft, dass wir dich hier treffen. Du musst unbedingt mitkommen. Ich will dir meine Kartoffelköpfe und die Blumenkohlschäfchen zeigen. Daddy hat sie gestern mit mir gebastelt. Sie sind sooo schön geworden. Meinst du, ich gewinne? Ich möchte nämlich unbedingt eine Schleife haben. Am liebsten die große blaue da drüben. Die würde toll über mein Bett passen«, beendete Olivia ihren Wortschwall und löste sich von Mara. Aufgeregt steckte sie sich eines ihrer dunklen Zopfenden in den Mund und kaute darauf herum.

»Die Blumenkohlschafe muss ich unbedingt sehen. Die Kartoffelköpfe natürlich auch«, versicherte Mara mit ernster Miene und ließ sich von Olivia quer durch die Halle ziehen. Gavin winkte grinsend zu ihr herüber. Grace, die neben ihm stand, lächelte scheu. Sie war die schüchterne der beiden Schwestern, obwohl sie die Ältere war.

»Wie ich sehe, wurdest du gekidnappt. Von meiner jüngsten Tochter«, bemerkte Gavin und wackelte gespielt streng mit den Augenbrauen. »Hast du höflich gefragt, ob Mara überhaupt Zeit für uns hat?«

»Das hat sie«, versicherte Mara rasch. Mit Rücksicht auf die Kinder reichte sie Gavin statt eines Kusses zur Begrüßung die Hand.

»Dann bin ich beruhigt.« Gavin zwinkerte Mara über die Köpfe der Kinder hinweg zu.

»Ui, die sind aber niedlich!« Mara deutete auf die Schäfchen, die vor ihr auf dem Tisch mit den Bastelarbeiten standen. Die Beine bestanden aus Brechbohnen. Die Köpfe bildeten schwarze Oliven, mit weißen Stecknadelköpfen als Augen. »Meinst du, du könntest mir auch welche basteln? Auf dem Frühstückstisch im Seaview würden sie entzückend aussehen.«

»Klar.« Olivia hüpfte vor Freude von einem Bein auf das andere. Ihre Wangen glühten. »Möchtest du noch Kartoffelköpfe dazu?«

»Unbedingt.« Mara nickte. Dann beugte sie sich zu Grace hinunter. »Und du? Hast du auch etwas gebastelt?«

»Ja. Eine Galeere. Sie steht dort drüben, bei den Bastelarbeiten der Drittklässler.« Grace sah mit graugrünen Augen zu ihr auf. Mara spürte, wie sich etwas in ihr zusammenzog. Gavins Augen in einem anderen Gesicht zu sehen, irritierte sie jedes Mal aufs Neue. Die Ähnlichkeit zwischen Vater und Tochter war verblüffend. Grace kam ganz nach Gavin, während Olivia mit ihren hohen Wangenknochen und dem spitzen Kinn Sunniva gleichsah.

»Magst du sie mir zeigen?«

»Ja.« Grace nickte artig und führte sie zu ihrem Kunstwerk. Die Neunjährige hatte aus einem Eierkarton ein Wikingerschiff gebastelt und leuchtend blau mit Plakafarben bemalt. Dazu hatte sie Klopapierrollen und ausgeblasene Eier als Wikinger-Schiffsbesatzung zusammengeklebt und den Figuren Zopffrisuren aus Wolle aufgesetzt. Vor ihren Bäuchen trugen sie kleine runde Schilder.

»Wow, Grace, das ist ja fantastisch!«, sagte Mara bewundernd. »Da hast du dir aber sehr viel Mühe gegeben. Du musst ewig dafür gebraucht haben. Hast du das allein gemacht?«

»Daddy hat mir ein bisschen geholfen«, gab Grace zu und zuckte verlegen die Schultern. »Ich hätte es zwar auch allein hingekriegt. Aber Daddy meinte, ich könnte mir mit der Heißklebepistole wehtun. Also hat er das Kleben übernommen.«

»Verstehe.« Grinsend blickte Mara zu Gavin und dann wieder zu Grace. Sie zwinkerte verschwörerisch. »Ich wette, er hatte einen Heidenspaß dabei.«

»Das glaubst du aber!« Grace nickte ernst. »Er wollte gar nicht mehr aufhören.«

Gavin hob die Hände. »Okay, Schluss jetzt, bevor Mara noch mehr peinliche Details von unserem Wochenende erfährt.« Augenzwinkernd wandte er sich dann nach den Schiedsrichtern um, die am anderen Ende der Halle mit den Zeichnungen der Größeren beschäftigt waren. »Es dauert noch mindestens eine halbe Stunde, bis die Bastelarbeiten an der Reihe sind. Meine Damen, habt ihr Hunger? Sollen wir etwas essen gehen?«

»Au ja!« Grace und Olivia klatschten begeistert in die Hände.

»Können wir Fish und Chips haben?«, fragte Grace.

»Und Zitronenlimo? Und Kuchen von Maras Stand?«, bettelte Olivia.

»Kuchen gibt es später. Ihr braucht erst einmal etwas Vernünftiges in den Bauch. Wobei …« Er unterbrach sich und wackelte mahnend mit dem Zeigefinger. »Lasst eure Mutter nicht hören, dass ich Fish and Chips als *vernünftig* bezeichne. Sonst bekomme ich Ärger.«

»Klar.«

»Auf keinen Fall.«

Die Mädchen hoben die Hand zum Schwur.

Gavin wischte sich gespielt theatralisch über die Stirn. »Puh, da bin ich erleichtert. Dann los, lasst uns gehen. Ist Fish and Chips okay für dich, Mara?«

»Mein absolutes Lieblingsessen. Allerdings muss ich euch warnen. Es stehen gerade ziemlich viele Leute an dem Stand an. Könnte also etwas dauern.«

»Mist.« Olivia zog eine Schnute. Im nächsten Moment erhellte sich ihr Gesicht wieder. »Du könntest dich doch für uns anstellen, oder, Daddy? Und so lange gehen wir mit Mara die Ponys angucken.«

»Wie soll Daddy denn allein alles tragen?« Grace schüttelte altklug den Kopf. »Das schafft er nicht.«

»Dann geh du eben mit«, entschied Olivia. »Und Mara und ich streicheln Ponys.«

»Spinnst du? Ich will auch die Ponys sehen«, empörte sich Grace.

»Schluss, ihr beiden. Hört auf zu streiten. Die vier Pappschachteln kann ich allein tragen.« Gavin ging vor Grace in die Knie, sodass er mit ihr auf Augenhöhe war, und strich ihr eine Haarsträhne aus der Stirn. »Danke, für deine Umsicht, mein Schatz. Das war sehr aufmerksam von dir.«

»Da vorne geht's zu den Ponys.« Olivia schob ihre kleine Hand in Maras und zog sie mit sich. Mara schaute sich nach Grace um, die unentschlossen neben ihrem Daddy stand.

»Kommst du? Ich würde mich freuen.« Mara zwinkerte dem Mädchen zu. Als Grace sich einen Ruck gab und nickte, verbuchte Mara das innerlich als gutes Zeichen. Sie unterdrückte einen Seufzer, der sich vor Erleichterung und Dankbarkeit beinahe über ihre Lippen geschlichen hätte. Die Mädchen gehörten zu Gavins Leben. Wenn auch Mara eine Rolle darin spielen wollte, war es wichtig, dass die beiden sie als die Freundin ihres Daddys akzeptierten. Mit den Mädchen an der Hand machte sie sich auf den Weg.

Draußen empfing sie feiner Nieselregen. Die Sonne hatte sich hinter tief ziehenden grauen Wolken versteckt. Dazu blies ein empfindlich kalter Wind. Olivias Laune schien es keinen Abbruch zu tun. Wie ein Wasserfall plapperte sie vor sich hin. »Schau mal, da drüben ist mein Opa.« Die Kleine unterbrach sich und deutete auf einen älteren Herrn, der in einen eleganten Tweedanzug samt Hut gekleidet war. »Er ist heute Preisrichter bei den Schafen. Aber natürlich ist er auch hier, weil er Geschäfte machen muss. Opa kauft den Bauern aus der Umgebung nämlich Wolle ab. Ganz riesige Ballen sind das, weißt du. In seiner Spinnerei wird die Wolle dann gekämmt und gefärbt. Danach machen Maschinen Strickwolle daraus. Alles, was Opa herstellt, stammt hier von den Inseln. Das ist wichtig für die Umwelt«, erklärte sie altklug. »Wenn du möchtest, kann ich Opa mal fragen, ob er dir zeigen kann, wie das alles in seiner Spinnerei funktioniert.«

»Das würde ich wirklich gern einmal sehen.« Mara nickte.

Doch Olivia hatte gerade die Ponys entdeckt und war schon beim nächsten Thema. »Stell dir vor, Daddy kauft uns vielleicht eigene Ponys. Wir haben mit ihm gewettet. Wenn wir es schaffen, ein Jahr lang jeden Tag unsere Zimmer aufzuräumen, bekommen wir jede ein eigenes Pferd. Samson und Tiddles gehören uns nämlich nicht richtig. Der Mann, der den Stall hat, lässt sie uns reiten. Ein eigenes Pony ist aber viel besser. Das hier würde mir gefallen.« Sie blieb neben einer schwarzen Stute stehen. Das Tier hatte kurze, stämmige Beine und eine Strubbelmähne, die an der Stirn bis weit über die dunklen Kulleraugen fiel.

»Sie ist auch besonders hübsch«, lobte Mara und tätschelte das Fell am warmen Hals der Stute, während Grace die weißgrau getüpfelte Schnauze des Nachbarponys streichelte. »Und du hast dich wohl in den kleinen Apfelschimmel hier verliebt, oder?«

Grace nickte, ohne aufzusehen. Als Mara ihr die Hand auf die Schulter legte, schüttelte sie diese ab. Mara war enttäuscht, bemühte sich jedoch, nicht zu viel Bedeutung in das Geschehen hineinzuinterpretieren. Um Olivias Zuneigung brauchte sie sich nicht zu bemühen, sie flog ihr förmlich zu. Bei Grace war es eben anders. Sie versuchte, ihre Stimme besonders warm und unbeschwert klingen zu lassen. »Das schafft ihr bestimmt. Jedenfalls drück ich euch ganz, ganz fest die Daumen.«

»Schau mal meine neuen Stiefel. Sind die nicht cool?« Stolz deutete Olivia auf ihre Füße, die in schwarzen Reitstiefeln mit rosa Herzmuster steckten. »Daddy hat sie mir geschenkt. Ich hatte letzte Woche Geburtstag, wusstest du das? Ich bin schon sechs. So alt.« Sie reckte entsprechend viele Finger in die Höhe.

»Nein, das wusste ich nicht. Herzlichen Glückwunsch.« Mara reichte ihr die Hand. »Vielleicht hast du ja einen Wunsch, den ich dir nachträglich erfüllen könnte?«

Olivia überlegte, schüttelte dann aber den Kopf. »Mir fällt nichts ein, außer einem eigenen Pony. Aber mach dir nichts draus. Granny sagt, sie weiß auch nie, was sie mir schenken soll. Dieses Jahr ist uns aber etwas eingefallen. Granny und ich haben uns zusammen etwas ganz, ganz Tolles überlegt.«

Mara musste schmunzeln. Olivias Gesichtchen glühte vor Eifer. »Aha. Und was?«

»Granny hat gemeint, es wäre doch schön, wenn wir mal wieder ein Wochenende auf der Insel verbringen würden. Mummy, Daddy, Grace und ich. Früher waren wir ganz oft drüben, aber jetzt sind wir nur noch selten da.«

»Aha«, murmelte Mara, während sich eine ungute Vorahnung in ihr breitmachte.

»Ich habe mir gewünscht, dass wir alle zusammen, Grace, Mummy, Daddy und ich, meinen Geburtstag auf der Muckle Roga nachfeiern. Gleich nächstes Wochenende. Mit Spielen, Schatzsuche und Lagerfeuer. Wir dürfen in dem alten Wachturm wohnen, da passen aber nur vier Leute hinein, deswegen kannst du leider nicht mitkommen. Schade …« Oliva zuckte die Schultern.

»Schade.« Mara nickte. Sollte sie Marjoleens Idee als Mahnung verstehen, die Finger von Gavin zu lassen?

»Granny hat mir geholfen, Mummy und Daddy zu überreden. Das war echt nicht einfach, aber Granny ist cool. Sie hat es hingekriegt.«

»Warte, nächstes Wochenende?«, wiederholte Mara benommen. Ausrechnet, wenn das Seaview eröffnen würde. Gavin hatte versprochen, dabei zu sein. Sie fühlte einen hässlichen Stich von Eifersucht in ihrer Seite brennen. »Das wusste ich nicht. Euer Daddy hat nichts davon erzählt.«

Olivia kicherte. »Ach, du bist aber ein Dummie! Wir haben es doch erst gestern geschafft, ihn um den Finger zu wickeln. Echt, Daddy kann manchmal richtig stur sein.« Die Kleine gab einen herzzerreißenden Seufzer von sich. »Noch sechs lange Tage. Hoffentlich klappt unser Plan. Ich habe vor Aufregung schon Bauchweh.«

»Welcher Plan?«, forschte Mara nach. Das ungute Gefühl in ihr wuchs.

»Dass Mummy und Daddy sich wieder versöhnen, wenn sie erst einmal zusammen auf der Insel sind. Dort haben sie sich nämlich ineinander verliebt. Und zum ersten Mal geküsst haben sie sich da auch. Im Wachturm. Das war, bevor sie uns hatten. Mummy erzählt immer, wie schön es damals mit Daddy war. Dann guckt sie immer so seltsam. So, als wäre sie traurig, dass Daddy nicht mehr bei uns wohnt.« Olivia zog eine Schnute.

Grace hörte auf, den Apfelschimmel zu streicheln, und drehte sich kopfschüttelnd zu ihrer Schwester um. »Du bist so ein Baby. Das klappt nie so, wie du denkst.«

»Doch!« Olivia stampfte zur Bekräftigung mit dem Fuß auf. »Du wirst schon sehen. Granny und ich glauben ganz fest daran. Granny sagt, wir müssen nur dafür sorgen, dass die zwei ganz viel allein sind und sich küssen.«

»Und wie willst du es anstellen, dass Daddy Mummy küsst?« Grace wirkte, als schwankte sie zwischen Zweifel und wachsender Begeisterung für den Plan.

»So schwer ist das nicht«, wiegelte Olivia ab, im Brustton der Überzeugung. »Granny hat mir Tipps gegeben.«

»Ach, willst du sie vielleicht aneinanderfesseln?« Grace verdrehte die Augen.

»Manchmal kannst du richtig blöd sein, Grace.« Olivia streckte ihrer Schwester die Zunge heraus. »Du wünschst dir doch auch, dass wir wieder eine richtige Familie sind!«

»Schon. Aber …«, hob sie an.

»Erwische ich euch gerade dabei, wie ihr euch streitet?« Gavin stand hinter ihnen, die Pappkartons in den Händen. Er ließ den Blick ernst zwischen Olivia und Grace hin- und herwandern. »Anscheinend komme ich gerade rechtzeitig. Was soll denn Mara von euch denken?«

»Schon gut, Gavin. Es war kein richtiger Streit«, warf Mara ein, bevor es Schelte gab.

»Entschuldige, Daddy«, murmelten die Kinder wie aus einem Mund und sahen betreten zu Boden. Gavins Worte hatten offensichtlich Gewicht. Mara schloss daraus, dass Gavin eher selten zu Strenge neigte.

»Schon gut.« Gavin warf einen Blick in den Himmel. »Der Regen wird stärker. Was meint ihr, sollen wir lieber drinnen essen? Dann verpassen wir die Preisrichter nicht.«

Die Kinder nickten.

»Also los.« Gavin scheuchte sie vor sich her auf das Zelt zu. Unauffällig tastete er mit der freien Hand nach Mara und verschlang ihre Finger ineinander. »Alles gut? Du schaust so ernst. Ich hoffe, die beiden waren nicht zu anstrengend.«

»Nein, gar nicht. Es ist nur …« Mara zögerte. Es kam ihr albern und kleinlich vor, Gavin auf den geplanten Ausflug mit Sunniva und den Kindern anzusprechen.

Gavin verlangsamte seine Schritte. Er warf ihr einen Blick von der Seite zu. »Du bist eine fürchterliche Lügnerin«, stellte er fest. »Raus damit! Was ist los?«

Mara zuckte die Schultern, betont gleichmütig, wie sie hoffte. »Nichts. Du hattest nur versprochen, zu meiner Eröffnung zu kommen. Allerdings meinten die Mädels vorhin, ihr würdet Olivias Geburtstag auf Muckle Roga nachfeiern. Alle zusammen. Auch Sunniva. Genau an dem Wochenende«, sagte sie und stellte dabei fest, dass sie furchtbar zickig klang. Es auszusprechen, machte die Enttäuschung unerwartet heftig spürbar. *Verflixt …,* stöhnte sie innerlich. Sie hasste es, eine eifersüchtige Ziege zu sein.

Falls Gavin ihren barschen Tonfall bemerkt hatte, ließ er ihn unkommentiert. Den Blick fest auf seine Töchter gerichtet, schob er sich neben ihr durch die Menge. »Ich wollte es dir noch erzählen. Die Mädchen sind mir zuvorgekommen. Olivia

243

und Grace haben mich gestern mit der Idee überrumpelt. Den beiden liegt ziemlich viel daran. Ich konnte es ihnen nicht abschlagen. Du bist hoffentlich nicht sauer, oder?«

Mara lag auf den Lippen, dass sie eher traurig und ernüchtert war als sauer. Jedenfalls nicht auf Gavin. Allenfalls auf seine Mutter. Inzwischen war sie sich sicher, dass das Ganze ein ausgeklügelter Schachzug von Marjoleen war, der darauf abzielte, Mara zu verletzen. Um Olivias Geburtstag ging es nur in zweiter Linie.

»Schau mal, da drüben. Ich liebe Cockerspaniel. Ist der Kleine dort nicht zum Niederknutschen süß?«, rief sie aus, um vom Thema abzulenken. Sie deutete auf einen schokobraunen Welpen und lächelte verkrampft.

»Ich wusste gar nicht, dass du so ein Hundenarr bist«, gab Gavin über die Schulter zurück. »Wenn du dich entscheiden würdest hierzubleiben, würde ich dir einen Welpen schenken.«

»Super«, meinte Mara abwesend. Einen Moment lang geisterte die Vorstellung durch ihren Kopf, tatsächlich für immer auf Shetland zu bleiben. Und bei Gavin. Der Gedanke fühlte sich überraschend gut an.

Vergiss es, widersprach eine leise Stimme in ihr.

Mara ging vor dem Welpen in die Knie und hielt ihm vorsichtig die Hand entgegen, damit der Kleine daran schnuppern konnte.

Auf Shetland zu bleiben, kam nicht infrage. In München wartete ein sicherer Job auf sie. Außerdem, was würde sonst aus ihrer Freundschaft mit Lisa und Jezz? *Nein,* dachte sie und schluckte bitter. Es konnte nur ein Fehler sein, ihr bisheriges Leben aufzugeben. Noch dazu für einen Mann, der zwar in Trennung lebte, aber nicht geschieden war.

Die Schnauze des Welpen stupste warm gegen ihre Hand. Mara warf der Hundebesitzerin ein freundliches Lächeln zu, dann richtete sie sich entschlossen auf.

Sobald die Eröffnung vorbei und der Wettbewerb um das beste B&B gelaufen war, würde sie zurück nach Hause fahren. Mochte kommen, was wollte.

KAPITEL 26

Nachdem der Regen die Landwirtschaftsshow am späteren Nachmittag zu einem leider doch reichlich nassen Ereignis hatte werden lassen, erholte sich das Wetter zum Abend hin. Auch zu später Stunde war die Luft angenehm mild. Mara saß bei einer spontanen Abschiedsfeier mit Jezz und Lisa am Strand. Sanft liefen die Wellen in der Bucht auf. Das Licht leuchtete wie flüssiges Gold über dem Meer. Der Himmel war hoch und endlos. Simmer Dim war nicht mehr weit. In den hellen Nächten wirkte die hügelige Landschaft wie verzaubert. *Die beste Zeit des Tages,* dachte Mara. Noch dazu, wenn man sie mit den Menschen verbringen konnte, die einem wichtig waren. Traurig über den bevorstehenden Abschied warf sie ein Holzscheit in das Lagerfeuer, das sie am Strand entzündet hatten. Knisternd stoben die Funken empor. Der Geruch von Rauch und brennendem Holz vermischte sich mit der salzigen Luft. Mara griff nach ihrem mit Gin Tonic gefüllten Henkelbecher und prostete ihren Freundinnen zu. »Auf euch, Mädels. Ihr wart spitze. Die Candy Bar war eines der Highlights der Show.«

»Hat Spaß gemacht, die Leute zu bedienen.« Jezz stellte ihren Becher im Sand ab und griff nach der Tüte mit den Marshmallows. Prüfend drückte sie einen Schaumzuckerwürfel zwischen Daumen und Zeigefinger zusammen, bevor sie ihn auf einen Stock spießte und über die Flammen hielt. »An den Shetland-Way-of-Life könnte ich mich echt gewöhnen. Ich mag die Menschen hier oben. Die nehmen alles viel gechillter als anderswo.«

»Krass, wie schnell die zwei Wochen vergangen sind.« Lisa ruckelte sich im Schneidersitz neben Mara zurecht. Verträumt ließ sie eine Handvoll Sand durch ihre Finger rinnen. »Ich kann nicht glauben, dass heute unser letzter Abend ist. Es kommt mir vor, als wären wir eben erst angekommen.«

»So geht es mir auch. Die Zeit ist nur so dahingeflogen«, stimmte Mara ihr zu. Sie spürte, wie ihre Brust eng wurde. Der Abschied morgen würde tränenreich werden. Sie zog ein bedauerndes Gesicht. »Schade, dass ihr die Eröffnung nicht miterlebt.«

»Ja, wirklich schade.« Lisa strich den Sand neben sich glatt und zeichnete mit dem Finger ein Herz hinein. »Aber in Gedanken sind wir bei dir. Stimmt doch, Jezz, oder?«

»Klar!« Konzentriert hielt Jezz den Stock mit dem rösten-den Marshmallow daran über das Feuer. »Wehe, du spammst uns nicht mit Fotos von der Einweihung voll.«

»Versprochen.« Mara seufzte tief. »Ach Mensch, es fällt mir echt schwer, euch gehen zu lassen. Ich kann euch gar nicht sagen, wie dankbar ich für eure Hilfe bin. Lisa, du hast dich mit der Homepage und dem Insta-Account selbst übertroffen. Die Mappe mit den Ausflugstipps ist durch deine Texte richtig spitze.«

»Komm, das war doch nichts.« Abwehrend hob Lisa die Hand.

»Doch, wirklich. Du solltest mehr draus machen. Du hast da echt Talent.« Mara nickte ernst. »Und was dich betrifft, Jezz, du bist die Großmeisterin der Nähmaschine. Was Stoffe und

Design angeht, sprühst du nur so vor Ideen. Die Gästezimmer sind dank dir traumhaft schön geworden.«

»Ach was, das war purer Egoismus. Stell dich schon mal darauf ein, dass ich im Gegenzug dafür ausgiebig kostenlos Urlaub im Seaview mache.« Jezz zog den Stock zu sich heran und beäugte das Marshmallow von allen Seiten. »Mist! Zu braun geworden. Dabei dachte ich, man könnte nicht verlernen, wie man die Dinger brät. Wisst ihr, so wie mit dem Radfahren.« Mit spitzen Zähnen probierte sie von der geschmolzenen Süßigkeit. Sie verzog das Gesicht. »Igitt. Das ist ja widerlich. Hat das schon immer so geschmeckt oder haben die das Rezept geändert?«

Lisa und Mara warfen sich bedeutungsschwere Blicke zu, dann brachen sie in unkontrolliertes Gelächter aus, Jezz eingeschlossen.

»Ach, Mädels!« Mara wischte sich eine Lachträne aus dem Auge. »Mann, wird das seltsam ohne euch bei der Eröffnung! Ich sterbe bestimmt vor Nervosität.«

»Ach was!«, winkte Lisa ab. »Du hast doch Gavin. Er wird dich von deinem Lampenfieber ablenken.«

»Schön wäre es«, brummte Mara düster. Eine Wolke schob sich vor ihre bislang gute Stimmung. »Wie es aussieht, kann Gavin nicht kommen. Er verbringt das Wochenende mit den Kindern und seiner Ex. Olivia feiert ihren Geburtstag nach. Und zwar dort.« Sie hob die Hand und deutete auf die Insel vor ihnen im Sund. Im Schein der untergehenden Sonne wirkte Muckle Roga mit seinem trutzigen Herrenhaus, den sanft geschwungenen Hügeln und der kleinen Anlegebucht wie der Inbegriff von Romantik.

»Shit! Genau vor deiner Nase.« Jezz pfiff bedeutungsvoll durch die Lippen. »Und? Wie geht's dir damit?«

Mara überlegte, dann zuckte sie die Schultern. »Ich finde es schade, aber schließlich bin ich die Erwachsene und will es den Kindern nicht verderben. Die beiden freuen sich schon riesig.«

Lisa fischte sich ein Marshmallow aus der Tüte und stopfte es sich in den Mund. »Für die Liebe muss man auch mal zurückstecken. Und was Sunniva angeht …« Während sie kaute und hinunterschluckte, gestikulierte sie mit den Händen. »Ich finde es schön, dass Mara Gavin in dieser Hinsicht vertraut und nicht eifersüchtig ist. Wenn ihr mich fragt, sind die beiden vom Schicksal füreinander bestimmt.«

»Schicksal, ganz schön viel Melodramatik«, neckte Jezz sie. Sie stützte sich rücklings auf die Ellbogen. »Ich sehe es ein wenig anders. Gavin ist echt ein Sahneschnittchen, das stimmt. Nichts gegen eine Affäre, aber Gavin als festen Freund? An Maras Stelle würde ich die Finger davon lassen.«

»Wieso bist du denn auf einmal so negativ?« Lisa klang, als fühlte sie sich persönlich von Jezz angegriffen. »Mara ist superhappy mit Gavin. So zufrieden und gelöst war sie schon ewig nicht mehr.«

»Hey, könnt ihr vielleicht aufhören, von mir zu reden, als wäre ich nicht hier?« Mara fuhr sich mit der Zunge über die Lippen. Sie hatte einen bitteren Geschmack im Mund. »Und Jezz, hör auf, in Rätseln zu sprechen. Wenn es etwas gibt, das du mir mitteilen möchtest, dann los!«

»Hm …« Jezz grub die Rückseite ihrer Sneakers in den Sand. »Ich will den Teufel nicht an die Wand malen, aber leider habe ich keine sehr hohe Meinung von Noch-Ehemännern mit Anhang.«

»Du warst mit einem verheirateten Mann zusammen?« Lisas Mund klappte auf. Auch Mara sah Jezz erstaunt an. Jezz sprach nie von früher …

»Nicht ich, sondern meine Schwester. Ich habe das ganze Ausmaß des Dramas hautnah miterlebt«, erklärte Jezz. »Tanja hat drei Jahre lang in einer aussichtslosen Beziehung mit einem Familiendaddy festgesteckt. Es war die Hölle, regelrecht toxisch. Am Schluss war Tanja so mit den Nerven runter, dass sie Beruhigungsmittel und Antidepressiva geschluckt hat.«

Lisa schüttelte schockiert den Kopf. »Was war passiert? Hat er sie mit der Ex betrogen?«

»Nein, das nicht, aber die Kinder haben Tanja von Anfang an gehasst. Sie haben keine Möglichkeit ausgelassen, sie zu terrorisieren und gemein zu ihr zu sein. Vor Philipp, ihrem Vater, haben sie es dann so hingedreht, als wäre Tanja an allem schuld. Natürlich hat *der* dann immer Partei für die Kinder ergriffen und nie für Tanja.« Jezz verdrehte die Augen.

»Klingt ja schauderhaft«, stöhnte Lisa.

»War es auch. Die Ex war auch nicht ohne. Sie war sehr geschickt darin, Philipp so zu vereinnahmen, als gehörte er immer noch ihr. Zu den unmöglichsten Zeiten hat sie bei ihm angerufen, wegen Nichtigkeiten natürlich. Immer gab es etwas Dringendes zu besprechen. Obendrein sollte Philipp ständig mit ihr zu irgendwelchen Elternabenden oder was-weiß-ich gehen. Und wenn Philipp und Tanja am Wochenende etwas vorhatten, konntest du darauf wetten, dass die Ex außerplanmäßig die Kinder bei ihm abgeliefert hat, nur um den beiden einen Strich durch die Rechnung zu machen. Es hat eine Weile gedauert, bis Tanja dahintergestiegen ist, aber das Ganze hatte durchaus System. Die Ex konnte nicht ertragen, dass Philipp mit der neuen Freundin glücklich wurde. Da hat sie ihre Krallen ausgefahren und über die Kinder zusätzlich schlechte Stimmung gemacht. Meine Schwester litt fürchterlich darunter. Den Traum, selbst Kinder zu haben, konnte sich Tanja auch gleich mit abschminken, denn Philipp hatte ja schon zwei. Schließlich war meine Schwester so weit, dass sie am Nachmittag zur Weinflasche griff, weil sie es anders nicht aushielt.«

Eine Zeit lang herrschte Schweigen. Irgendwo hinter ihnen in den Hügeln näherte sich das Brummen eines vorbeifahrenden Autos und verhallte wieder.

Lisa räusperte sich. »Okay, aber in deinem Fall, Mara, kann ich mir nicht vorstellen, dass so etwas passiert, was meinst du?«

Mara schüttelte den Kopf. Im Grunde brauchte sie nicht einmal zu überlegen. »Ich schätze Sunniva nicht so ein. Die paar Mal, die wir uns über den Weg gelaufen sind, war sie mir durchaus sympathisch. Und mit Gavins Mädchen läuft es gut. Zu Olivia habe ich einen super Draht. Grace ist zurückhaltender, aber ich denke, sie mag mich.«

»Na bitte.« Triumphierend reckte Lisa den Daumen in die Höhe. »Alles paletti.«

Mara merkte, wie sich ihr Nacken verspannte. Lisas Begeisterung war ihr plötzlich ein wenig zu viel. Warum, konnte sie nicht sagen. Es war einfach nur so ein Gefühl. Ernst blickte sie in die Runde. »Hört mal, Mädels, es ist echt süß, dass ihr euch um mich Gedanken macht. Aber ganz ehrlich, ich weiß noch gar nicht, wie es mit Gavin und mir weitergeht.« Sie unterbrach sich und schüttelte den Kopf. »Schließlich bin ich selbst nur noch drei Wochen hier. Nach Simmer Dim muss ich zurück in den Job. Dann fängt auch für mich der Alltag wieder an. Und eine Fernbeziehung zwischen hier und München ist kompliziert.«

»Ach was, wenn alles andere stimmt, spielt die Entfernung keine Rolle«, warf Jezz ein.

Lisa nickte. »Selbst wenn man zusammenwohnt: Liebe ist immer kompliziert, sonst wäre es nämlich keine Liebe.«

»Hä? Kapier ich nicht.« Jezz hob eine Augenbraue.

»Wieso?«, erwiderte Lisa. »Es liegt doch auf der Hand. Man verliebt sich ineinander, *weil* man bestimmte Dinge an dem anderen toll findet. Aber man bleibt auf Dauer mit jemandem zusammen *trotz* der Dinge, die einen stören. Das ist Liebe.«

Mara nahm den Stock, an dem Jezz die Marshmallows geröstet hatte, und stocherte ins Feuer. Knisternd stoben die Funken empor. Maras Blick schweifte über die Hügel, auf denen Schafe weideten und Wollgras leise im Abendwind zitterte. Nachdenklich hing sie ihren Gefühlen nach. War es das, was sie für Gavin empfand? Liebe? Ein erschreckend großes Wort.

Jezz rutschte näher an das wärmende Feuer und wandte sich an Mara. »Sag mal … Lisa und ich haben uns heute Nachmittag darüber unterhalten: Warum bleibst du eigentlich nicht auf Shetland? Die Menschen hier mögen dich. Alle, die bei uns an der Candy Bar waren, haben uns versichert, wie sehr sie sich freuen würden, wenn du für immer nach Shetland ziehen würdest.« Blinzelnd wischte sie sich Ruß aus dem Augenwinkel. »So schön München ist, ich für meinen Teil würde sofort die Zelte abbrechen und hierherziehen, stramme Waden und Lederhosen hin oder her. Ich wünschte, ich hätte die Gelegenheit, und du wirfst sie einfach weg?«

Lisa nickte bekräftigend. »Endlos weiter Himmel, jede Menge Platz zum Atmen und Ponys, die einfach zum Niederknutschen sind, statt Großstadtmief? Da wäre ich sofort dabei.«

Wie auf Kommando gaben sich die beiden ein High Five. Dann hielt Lisa ihren Becher in die Luft und prostete in die Runde. »Auf Shetland! Und auf die wunderbaren Menschen hier!«

»Auf Shetland! Und auf das Leben«, fielen Jezz und Mara ein und stießen die Becher aneinander. Mara blickte in die Gesichter ihrer Freundinnen, die in dem magischen Zwielicht weich und gelöst wirkten. Sie hob den Blick gen Himmel, an dem die Wolken gerade Feuer fingen, und sagte stumm Danke für die wunderbaren Menschen in ihrem Leben.

Lisa lehnte sich vor, Erwartung im Blick. »Im Ernst, Mara, warum bleibst du nicht? Wie oft haben wir davon geträumt, den Job zu schmeißen und ein Café zu eröffnen, wenn uns alles mal wieder auf die Füße gefallen war und wir die Tretmühle satthatten?«

Mara spürte ein Schlingern im Magen. *Theoretisch* hatten sie davon geträumt.

»Jetzt fällt dir die Gelegenheit in den Schoß. Und da willst du sie nicht nutzen?« Lisa gestikulierte wild mit den Händen. Sie geriet ganz außer sich. »Verflixt noch mal, Mara, überleg es dir. Das ist deine Chance!«

Mara kniff die Augen zusammen und forschte in Lisas Gesicht nach Anzeichen, die darauf hinwiesen, dass Lisa etwas zu viel Gin intus hatte. Vage zuckte Mara die Schultern. »Ich weiß nicht. Wer sagt denn, dass das B&B gut läuft? Einfach ins kalte Wasser springen und den Job aufgeben, das ist ein ziemliches Risiko.«

»Finde ich nicht«, sprang Jezz Lisa zur Seite. »Was hast du zu verlieren? Im Worst Case kommst du eben wieder zurück zu uns nach München. Bei deinen Qualifikationen findest du locker einen neuen Job. Viel schlimmer wäre, wenn du irgendwann zurückblickst und bereust, es nicht versucht zu haben. Ehrlich, Mara. Schiefgehen kann viel, aber es kann auch genauso gut gehen.«

»Eben.« Lisa nickte bekräftigend. »Wenn du es nicht zumindest versuchst, war dir der Traum nicht wichtig genug. Schau dich doch mal um. Mittsommer made in Shetland, das ist so atemberaubend, dass ich keine Worte dafür finde. Mal abgesehen davon, ob aus dir und Gavin etwas wird, aber willst du auf das hier alles freiwillig verzichten?« Sie deutete um sich auf eine Landschaft, die bei Tag schon so schön war, dass es schmerzte, und die nun, in dem seltsamen, bernsteinfarbenen Zwielicht wie verzaubert erschien.

Mara geriet ins Grübeln. Ihr Blick glitt hinaus auf das Meer, das wie changierende Seide schimmerte. Die Sonne war knapp unter den Horizont getaucht. Ein schmaler Streifen orangen

Lichts erhellte den dämmerblauen Himmel. Seufzend ließ sie sich rücklings in den Sand fallen. Die hellen Nächte machten sie feinfühlig und brachten sie durcheinander. Sie schloss die Augen und horchte in sich hinein. Sie spürte so viele Emotionen gleichzeitig, dass sie sie nicht einzeln benennen konnte. Wenn sie zurückdachte an die letzten Wochen, kam es ihr vor, als hätte sie Abstand gewonnen zu ihrem alten Ich.

Plötzlich war sie so voll Vertrauen und Zuversicht wie schon lange nicht mehr. Ben war tot. Der Schmerz würde für immer Teil von ihr sein, dennoch war das Leben schön und voller ungeahnter Möglichkeiten. Ein Lächeln spielte um ihre Lippen. Das hier war Shetland. Das hier war sie. Wenn nicht für immer, dann zumindest für jetzt.

KAPITEL 27

Am Wochenende darauf goss es ausgerechnet am Eröffnungstag von Maras B&B wie aus Eimern. Doch das hielt die Bewohner von Walls nicht davon ab, einen Ausflug ins Seaview zu unternehmen und Mara zur Wiedereröffnung zu gratulieren. Auf dem langen Esstisch im Aufenthaltsraum türmten sich die Geschenke. Blumen, selbst gezogenes Gemüse, Pflanzen, Speck und gepökelter Schinken, ein lila gefärbtes Schaffell und noch viele weitere handgefertigte Dinge. Maras anfängliche Nervosität war rasch verflogen. Das Wohlwollen und die Herzlichkeit, die ihr von allen Seiten entgegenschlugen, berührten sie. Ein Wermutstropfen inmitten ihrer Glücksgefühle war, dass Gavin nicht hier war, um sich mit ihr zu freuen. Nicht einmal per Handy konnte sie ihn erreichen. Gavin befand sich nebst Anhang seit dem Vorabend auf Muckle Roga. Zur Insel bestand weder Festnetz- noch Funkverbindung. Aber dafür bekam Mara von Lisa und Jezz moralische Unterstützung per WhatsApp.

Gegen sechs Uhr abends verabschiedete sich der letzte Besucher, ein älterer Herr aus Walls, der Agnes gut gekannt und eine Geschichte nach der anderen zum Besten gegeben hatte. Dabei war eine Bemerkung gefallen, die Mara aufhorchen lassen hatte: Agnes habe all die Jahre mit einem gebrochenen Herzen gelebt. Mara hatte noch überlegt nachzuhaken, aber dann schien es ihr der falsche Moment zu sein. Vielleicht ergab sich irgendwann eine bessere Gelegenheit. Ein wenig schwindlig und erschöpft brachte sie den Herrn zur Tür. Dann ging sie zurück in die Küche, brühte Tee auf und setzte sich zu Rosie auf die Bank vor dem Haus. Inzwischen schien die Sonne wieder. Der Himmel wirkte wie blank geputzt. *Mal wieder das typische Shetlandklischee,* dachte Mara lächelnd, alle vier Jahreszeiten an einem Tag.

»Tut mir leid, ich musste die Schuhe ausziehen. Ich spüre meine Füße nicht mehr.« Rosie wackelte mit den bestrumpften Zehen, dazu seufzte sie bedeutungsschwer. »Es lief großartig! Alle haben sich mit Komplimenten überschlagen. Schade, dass Agnes das nicht miterleben konnte. Sie wäre unglaublich stolz gewesen.«

»Das wäre sie«, erwiderte Mara und ließ die Hand für einen Moment auf Rosies Unterarm ruhen. »Du kannst jetzt gern Feierabend machen. Um das schmutzige Geschirr kümmern wir uns morgen, okay?«

»Einverstanden.« Rosies Augen hinter der dicken Harry-Potter-Brille blickten dankbar. »Ich trink in Ruhe meinen Tee und mache mich dann auf den Weg. Oje … Wer kommt denn da?« Sie deutete auf einen schwarzen Mittelklassewagen, der sich über die Kieszufahrt näherte und dann auf einem der ausgeschilderten Parkplätze stehen blieb. Der Motor tickte leise beim Abkühlen. Gespannt musterte Mara den hochgewachsenen älteren Mann und die sehr aufrecht gehende grauhaarige Frau, die aus dem Auto stiegen.

»Sind das Leute aus der Gegend?«, raunte sie Rosie zu.

Diese schüttelte den Kopf. »Nein. Noch nie gesehen.«

»Ich vermute, dass sie sich verfahren haben. Gäste erwarten wir nicht.« Schulterzuckend stellte Mara ihre Tasse ab und erhob sich. »Ich gehe mal fragen, ob ich ihnen helfen kann. Du bleibst schön hier sitzen und ruhst dich aus.« Sanft, aber bestimmt drückte sie Rosie, die ebenfalls Anstalten machte aufzustehen, zurück auf das Sitzkissen.

»Hallo und herzlich willkommen bei uns im Seaview. Was kann ich für Sie tun?« Freundlich lächelnd ging Mara auf die Besucher zu.

»Wir waren ja so erleichtert, als wir eben ihr Schild entdeckt haben.« Die in ein elegantes Strickset gekleidete Frau fuhr sich mit der Hand über die unnatürlich gelockte Dauerwelle. Mara musste innerlich schmunzeln. Eine Dauerwelle, wer trug denn heute noch so etwas? Aber an der älteren Lady sah es reizend aus, kein bisschen antiquiert.

»Wir kommen gerade vom Whalwick House. Leider gab es ein Problem mit der Buchung. Unsere Tochter hatte eine Suite für uns reserviert, schon vor vier Wochen. Aber jemand scheint sich im Kalender vertan zu haben. Jetzt stehen wir ohne Zimmer da. Wie kann man nur so unfähig sein«, schimpfte der ältere Herr und zog die Augenbrauen zusammen. Ärger und Ratlosigkeit standen ihm ins Gesicht geschrieben.

»Ach, Harry, wir wissen doch gar nicht, wessen Schuld es ist. Vielleicht hat Sarah versehentlich den falschen Termin angegeben.« Begütigend tätschelte die Frau den Arm des Mannes. Sie wandte sich an Mara. »Sie müssen wissen, Sarah ist unsere Tochter. Mein Mann und ich kommen aus London und wollen unseren vierzigsten Hochzeitstag hier auf Shetland verbringen. Übrigens, ich bin Sally, und das ist Harry, mein Mann.«

»Harry und Sally?« Mara zwinkerte ihr zu. »So wie in dem Film? Das ist ja sympathisch.«

Sally schmunzelte. »Wir werden sehr oft darauf angesprochen. Jedenfalls, die Reise hierher war die Idee unserer Kinder. Sie haben uns einen Aufenthalt im Whalwick House spendiert, weil es so wunderbar traditionsreich ist. Sie müssen wissen, Harry und ich haben uns vor vielen Jahren auf Shetland ineinander verliebt. Dabei konnte ich Harry zu Anfang nicht besonders leiden. Wir haben im gleichen Jahrgang Geschichte studiert. Ich fand ihn schrecklich arrogant. Aber dann veranstaltete die Uni eine Exkursion nach Shetland zu den neolithischen Ausgrabungen von Jarlshof und zu den imposanten Brochs. Die ganze Woche über hat es in Strömen geregnet. Aber Harry wich nicht von meiner Seite und hielt auf Schritt und Tritt den Schirm über mich. Da war es um mich geschehen. Harry ist in Wahrheit ein Gentleman, wie man ihn selten findet. Sie wissen ja, raue Schale, weicher Kern.« Sally plapperte ohne Punkt und Komma.

»Ich glaube nicht, dass die junge Frau unsere Geschichte interessiert.« Harry bedachte seine Frau mit einem tadelnden Seitenblick. »Jedenfalls ist das Whalwick House komplett ausgebucht und bei allen anderen Hotels in der Umgebung ist es auch so. Wie es scheint, sind Zimmer auf Shetland um Simmer Dim herum schwer zu bekommen.« Harry zog ein Stofftuch aus der Hosentasche und wischte sich damit über die Glatze. Kopfschüttelnd steckte er es wieder ein und deutete hinter sich. »Auf dem Schild an der Straße stand, dass sie heute eröffnen. Deshalb wollten wir fragen, ob Sie uns vielleicht bei sich unterbringen könnten.«

Strahlend blickte Mara den beiden ins Gesicht. »Sie haben Glück. Wir haben tatsächlich freie Zimmer. Und was Ihre Geschichte betrifft, die interessiert mich durchaus. Ich finde es immer schön, etwas über meine Gäste zu erfahren. Und jetzt kommen Sie doch bitte mit mir nach drinnen, damit ich Ihnen die Zimmer zeigen und die Konditionen nennen kann.«

Während sie redete, spürte Mara, wie das Adrenalin durch ihren Körper schoss. Die ersten Gäste! Wie großartig! Hoffentlich gefiel es Harry und Sally im Seaview. Da sie nicht wollte, dass die beiden ihre vor Aufregung glühenden Wangen bemerkten, drehte sie ihnen den Rücken zu und schritt möglichst gelassen voran. Als sie an Rosie vorbeiging, formte sie mit den Fingern unauffällig das Victoryzeichen.

»Soll ich bleiben und dir helfen?«, wisperte Rosie. Sie wirkte ebenfalls nervös.

»Nein danke, ich schaff das«, gab Mara ebenso unhörbar zurück. Sie hielt die Tür auf und ließ Harry und Sally hindurchgehen.

»Oh, wie hübsch es hier ist!«, rief Sally begeistert und sah sich um. »So einladend und gemütlich. Die Fotos an den Wänden sind wunderbar stimmungsvoll. Und erst die Bücherecke und der Kamin. Wie schade, dass um diese Jahreszeit nicht geheizt wird.«

»Dafür sind die Abende auf unserer Veranda vor dem Haus umso schöner.« Mara deutete auf die große offene Fensterfront des Aufenthaltsbereichs. Sie warf ihren Gästen einen prüfenden Blick zu. So abgespannt, wie die beiden wirkten, konnten sie einen Begrüßungsdrink vertragen. »Darf ich Ihnen vielleicht einen Gin Tonic anbieten, bevor wir uns die Zimmer ansehen? Den gibt es zur Eröffnung nämlich umsonst.«

»Wenn das so ist, nehme ich auch gern einen«, sagte eine fremde Stimme.

Erstaunt hob Mara den Blick. Eine leicht untersetzte, etwa fünfzigjährige Frau mit schwarzem Kurzhaarschnitt und dicken Brillengläsern hatte das Seaview betreten und stellte eine vollgestopfte Aktentasche aus Leder auf einem der Sessel ab. »Mein Name ist Amber Morris. Bitte lassen Sie sich von mir nicht stören, die Herrschaften waren vor mir dran.« Sie nickte Harry und Sally höflich zu.

Hin- und hergerissen blickte Mara in die Runde, entschied sich aber dann dafür, zunächst die Drinks zu kredenzen und sich später dem Anliegen von Amber Morris zu widmen.

Gleich darauf klirrten die Gläser. »Auf Ihr Wohl! Harry und Sally, wenn Sie möchten, würde ich Sie nun auf einen kleinen Rundgang entführen und Ihnen das Haus zeigen.«

»Da schließe ich mich an«, meinte Amber.

Mara nickte zustimmend. Sie beschloss, bei den Gästezimmern zu beginnen, dann in den Aufenthaltsbereich und den Frühstücksraum zu gehen und dabei ebenfalls einen Blick in die Küche zu gewähren. »Fast alle Produkte, die wir verwenden, stammen aus Shetland. Manches davon bauen wir selbst in unseren Gewächstunneln an. Die Tomaten und Kartoffeln und im Haus auch Champignons für das Full Scottish Breakfast zum Beispiel, oder die Himbeeren und Erdbeeren für den Porridge. Der Rhabarber, aus dem wir Marmelade kochen, ebenso. Wir ernten und verarbeiten sogar eigene Nektarinen und Äpfel. Brötchen und Kuchen backen wir selbst. Und die Eier liefern unsere Hühner«, schloss Mara und deutete voll Stolz aus dem Küchenfenster, wo braune Hennen munter in einem Auslauf scharrten. Rosie hatte ihr zur Eröffnung vier ihrer besten Legehennen geschenkt. Mara hatte sich riesig gefreut.

»Dann sind Sie quasi Selbstversorger«, stellte Sally anerkennend fest.

»Nicht ganz, aber in jedem Fall versuchen wir, möglichst nachhaltig zu wirtschaften. Alle Stoffe, die wir für Vorhänge, Überwürfe und Kissen verwendet haben, sind aus shetländischer Tweedwolle gefertigt. Nur die Verdunkelungsvorhänge mussten wir kaufen. Bei den langen hellen Nächten ist es uns wichtig, dass unserer Gäste ausreichend Schlaf finden. Sehen Sie die Windkraftanlage dort auf dem Hügel? Agnes, die Dame, der das Seaview früher gehörte, lag viel an der Erhaltung der Natur. Sie hat bereits vor Jahren in umweltschonende Ressourcen investiert und auch die Solarpanels auf dem Dach anbringen lassen. Diesem Credo versuchten wir auch bei unserem Umbau treu zu bleiben. So haben wir beispielsweise ein Brauchwassersystem für die Toiletten einbauen lassen, und, wie Sie vielleicht schon bemerkt haben, verwenden wir ausschließlich biologisch abbaubare Reinigungsmittel.«

»Sind das Seifen da auf dem Waschbecken? Wie originell! Die bunte Wolle ist ja entzückend! Kann man die auch kaufen?«, erkundigte sich Sally.

»Ich gebe Ihnen gern die Adresse des Ladens in Lerwick. Vielleicht unternehmen Sie ja einen Ausflug in die Stadt«, schlug Mara vor und führte die Gäste wieder aus der Küche hinaus. »Übrigens, falls Sie Interesse haben, können wir auch mit einigen tollen Freizeitangeboten dienen. Auch dabei setzen wir auf umweltfreundlichen Tourismus.«

»Haha, dann vermutlich nicht Speedbootfahren«, witzelte Harry. Er wirkte inzwischen wesentlich aufgeräumter. Der Willkommensdrink hatte seine besänftigende Wirkung nicht verfehlt.

»Nein, da müsste ich Sie enttäuschen. Auch Flyboards, mit denen man über dem Meer schwebt, oder Quads, die abseits der Wanderwege die Natur zerstören, werden Sie aus diesem Grund bei uns nicht finden«, scherzte Mara zurück und sorgte damit für allgemeines Gelächter. »Dafür kann man an einem Handarbeitsabend teilnehmen und sich von Shetlands weltberühmten schnellen Strickerinnen die Technik beibringen lassen.«

»Wirklich?« Sally wedelte sich mit beiden Händen aufgeregt Luft zu. »Ich würde zu gern sehen, wie das funktioniert. Sie müssen wissen, Stricken ist meine große Leidenschaft, neben

Backen und Kochen. Ähm … wäre es denn auch möglich, Ihnen über die Schultern zu schauen, wenn Sie ein Full Scottish Breakfast kochen?«

Mara überlegte kurz. »Wissen Sie was«, meinte sie dann. »Das ist eine hervorragende Idee. Vielleicht sollten wir das noch in unser Programm aufnehmen. Rosie, meine rechte Hand, zeigt Ihnen sicher gern alles. Und Harry, vielleicht wären ja unsere Wanderungen in die Umgebung interessant? Mit etwas Glück entdecken Sie dabei zu Fuß Otter, Papageientaucher und Kegelrobben. Unser Guide zeigt Ihnen die schönsten Plätze und weiß viel Interessantes über die Natur zu berichten.«

»Ach, wie schön!« Sally klatschte in die Hände. »Dann brauche ich nicht zu befürchten, dass sich Harry in der Zwischenzeit langweilt. Das Programm klingt doch ganz nach deinem Geschmack, stimmt's, mein Schatz?«

»Ganz recht«, bekräftigte Harry. Inzwischen waren sie alle zusammen wieder beim Empfangstresen angekommen. »Und was die Zimmer betrifft, so würde ich am liebsten das mit dem herrlichen Blick auf die Bucht nehmen. Für eine Woche. Wäre das möglich?«

»Aber gern.« Mara reichte ihm den Schlüssel für Ox Eye. »Hier bitte. Einen schönen Aufenthalt. Und falls es etwas gibt, das ich für Sie tun kann, lassen Sie es mich bitte wissen.«

Angeregt plaudernd machten Harry und Sally sich auf den Weg zu ihrem Zimmer. Indes wandte sich Mara an ihren anderen Gast. »Vielen Dank für Ihre Geduld, Amber.«

»Keine Ursache.« Amber rückte sich die Brille auf der Nase zurecht und lächelte ausgesucht höflich.

»Wunderbar. Nun, was kann ich für Sie tun? Sicher sind Sie ebenfalls auf der Suche nach einem Zimmer.« Mara rief die noch leere Buchungsseite auf dem PC auf. Blinkend leuchtete der Cursor auf dem Monitor.

»Nein, so nett es hier ist, aber ich brauche keine Übernachtung.«

»Sagten Sie Nein? Entschuldigung, aber habe ich richtig verstanden?« Mara lächelte verlegen.

»Das haben Sie. Ich komme wegen des Wettbewerbs und bin hier, um Sie zu beurteilen.« Auf Maras erschrockenen Blick hin schenkte Amber ihr ein aufmunterndes Lächeln. »Nehmen Sie es nicht persönlich. Wir kommen immer unangemeldet. So stellen wir sicher, dass keine Show für uns abgezogen wird.« Sie seufzte bedeutungsschwer. »Wenn Sie wüssten, was manche Menschen sich einfallen lassen, nur um zu gewinnen!«

Maras Knie wurden weich. Sie musste sich beherrschen, sich nicht vor Verblüffung rückwärts auf den Bürostuhl sinken zu lassen. Ach, du Schande! Mit allem hätte sie gerechnet, nur nicht damit! Hoffentlich war sie mit ihrem lockeren Geplauder nicht zu flapsig rübergekommen. Sie trug ja nicht mal, wie es im Hotelgewerbe angemessen gewesen wäre, weiße Bluse und Blazer, sondern ein geblümtes Boho-Top mit Trompetenärmeln. Dazu einen stufig geschnittenen, knöchellangen Rock mit Volants. Nicht eben ein professionelles Business-Outfit.

Zum Glück schien Amber nicht zu merken, wie bestürzt Mara war, denn sie griff völlig ungerührt zu ihrer Tasche und zog einen Ordner hervor. »So, dann wollen wir mal sehen ...« Sie blätterte durch die Unterlagen. »Ach ja, hier haben wir Ihre Bewerbung. Prima. Was ich bis jetzt gehört und gesehen habe, hat mir ausnehmend gut gefallen. Im Kopf habe ich mir bereits Notizen gemacht, die ich hier noch eintragen und vervollständigen möchte. Was Sie über die Gewächstunnels erzählt haben, klingt äußerst vielversprechend. Ich würde mich dort gern einmal umsehen. Könnten wir damit weitermachen?«

»Natürlich«, erwiderte Mara. Zum Glück hatte sie ihre Fassung inzwischen wiedergefunden. Sie trat hinter der Theke hervor und schenkte Amber ein gewinnendes Lächeln. »Übrigens gibt es da eine sehr schöne Geschichte über unseren Nektarinenbaum. Vielleicht möchten Sie sie hören? Also, es war so ...«

KAPITEL 28

»Daddy? Wieso stehst du schon wieder am Bootsanleger? Hier gibt es doch nichts. Nur Steine und das olle, verfallene Bootshaus. Mummy sagt, du sollst endlich kommen und dich um das Lagerfeuer kümmern. Das Holz muss aus dem Schuppen geholt und auf der Wiese vor dem Haus aufgeschichtet werden. Mummy meint, wenn wir Isomatten nehmen, können wir im Gras sitzen. Und du musst mir helfen, einen Stock zu schnitzen. Allein kriege ich das nicht hin und Mummy sagt, wir dürfen unser eigenes Brot über dem Feuer rösten.« Selbstbewusst baute sich Olivia vor Gavin auf und stützte die Hände in die Hüften. Dazu schob sie den Unterkiefer nach vorne und wackelte mit den Augenbrauen. Ganz das Ebenbild ihrer Mutter, wenn sie wütend ist, stellte Gavin amüsiert fest.

»Gleich, meine Süße, noch ein bisschen Geduld.« Liebevoll stippte er gegen ihre sommersprossige Nase. »Zuerst ist Grace an der Reihe. Ich habe versprochen, ihr zu zeigen, wie man Kiesel über das Wasser flitschen lässt. Geh du doch inzwischen schon mal einen passenden Stock suchen. Im Gewächshaus müssten welche liegen. Grandpa benutzt sie, um seine Rosen festzubinden.«

»Aber trödel bloß nicht ewig rum.« Olivia wackelte altklug mit dem Zeigefinger in der Luft, dann hüpfte sie davon.

Gavin musste sich das Lachen verkneifen. Die Kleine war ein richtiger Wirbelwind und wusste sich zu behaupten, im Gegensatz zu ihrer Schwester, die sich eher in sich verschloss und sehr zurückhaltend war, was ihre Bedürfnisse betraf. Umso wichtiger war es ihm, bewusst für Grace da zu sein. Er warf einen letzten Blick hinüber auf das Festland, dann drehte er sich um und ging quer durch die Kiesbucht auf seine größere Tochter zu.

»Guck mal, sind die gut?« Als Grace ihn bemerkte, rannte sie ihm entgegen und hielt ihm ein paar glatte, flache Steine unter die Nase.

»Die sind perfekt. Sollen wir es gleich mal probieren?«

»Au ja!«

»Gut.« Gavin erhob sich. Er umfasste Grace' Hand, in der ein Kiesel lag, und bewegte sie parallel zum Boden. »Schau mal, so musst du werfen, aus dem Handgelenk heraus. Wir versuchen es zusammen, okay?«

Gebannt verfolgte Grace, wie der Stein vier Mal von der Wasseroberfläche abprallte, bevor er unterging.

»Das war schon ganz ordentlich«, kommentierte Gavin. »Und jetzt du.«

»Och, Mist! Kein einziges Mal.« Entmutigt ließ Grace die Schultern hängen und zog eine Schnute. Sie überreichte Gavin die verbleibenden Steine. »Hier. Mach du. Ich kann das nicht.«

Gavin schüttelte den Kopf. Ihm war wichtig, dass Grace lernte, mit kleinen Rückschlägen fertigzuwerden. Wie sollte sie sonst mit den großen Niederlagen klarkommen, die das Leben ihr unweigerlich bereiten würde. »Wer wird denn gleich aufgeben? Hast du mir nicht erzählt, du willst die Jungs aus deiner Klasse beim nächsten Ausflug zum Strand im Steinewerfen schlagen?«

»Wie du meinst.« Schulterzuckend wagte Grace den nächsten Versuch. Im fünften Anlauf klappte es schließlich. Der Stein hüpfte zweimal über die kleinen Wellen, bevor er versank.

»Na bitte. War doch gar nicht so schwer. Später üben wir weiter, okay?« Er gab ihr einen Kuss auf den Scheitel.

»Okay.« Grace nickte. Ihre Begeisterung fürs Steineflitschen-Lassen schien sich inzwischen erschöpft zu haben. »Ich habe Hunger. Kommst du mit ins Haa, Daddy?«

»Gleich, Kleines. Geh schon mal vor. Ich bleibe noch kurz hier.« Gavin rieb sich mit der Hand den Nacken. Erneut wanderte sein Blick zum Festland hinüber. Auf halber Höhe zwischen der Bucht und den Hügeln lag das Seaview. Die hellblau gestrichene Holzfassade leuchtete zu ihm herüber. Im Plexiglas der Gewächstunnels brachen sich funkelnd die Strahlen der im Sinken begriffenen Sonne. Den ganzen Tag über hatte er sich dabei ertappt, wie er durch den strömenden Regen zum Seaview hinüberstarrte. In dem Grau hatte er nur schemenhafte Umrisse der Häuser erkennen können. Dann, am späten Nachmittag, hatte sich die Sonne wieder blicken lassen. Der Seenebel hatte sich gelichtet.

Es hatte ihn schier verrückt gemacht, nicht wenigstens aus der Ferne mitverfolgen zu können, was sich bei der Eröffnungsfeier im Seaview abspielte. Wie es Mara wohl heute ergangen war? Hatte das renovierte Haus viele Besucher angelockt? War noch immer etwas los? Er hob die Hand vor die Augen, um besser zu sehen, und versuchte vom Anleger aus, die Lage zu peilen. Soweit er es erkennen konnte, parkten auf der freien Fläche neben dem Haus zwei Autos. Ein schwarzer Pkw und ein lindgrüner SUV, der ihm vage bekannt vorkam. Allerdings kam er nicht darauf, wem er gehörte. Mit einem tiefen Ausatmen ließ er die Hand wieder sinken. Hoffentlich war alles so gelaufen, wie Mara es sich vorgestellt hatte. Sein Magen zog sich vor Sehnsucht zu einem festen Knoten zusammen.

Herrgott, so gern er Zeit mit seinen Töchtern verbrachte, aber hatte der Ausflug unbedingt an diesem Wochenende stattfinden müssen? Maras Gesicht, als sie herausgefunden hatte, dass er bei der Eröffnung nicht dabei sein würde. Sie hatte sich alle Mühe gegeben, ihre Enttäuschung zu verbergen, dennoch hatte er gespürt, wie traurig sie war. Wenn er sie zumindest hätte anrufen können! Das Festland lag einen Steinwurf von Muckle Roga entfernt und war so unerreichbar wie der Mond. Sein Verlangen, in Maras Nähe zu sein, wurde übermächtig. Er fühlte sich von ihrem Leben so abgeschnitten wie ein Astronaut, den man auf einen Weltraumspaziergang geschickt und dessen Leine zur Raumstation man dann gekappt hatte.

Frustriert griff er zu seinem Handy und strich über das Display. Nichts, kein einziger Balken. Wie auch? Auf Muckle Roga hatte es noch nie Empfang gegeben. Inzwischen ging es auf neun Uhr abends zu. Mara mochte noch wach sein. Er konnte sich gut vorstellen, dass sie den Tag in Ruhe ausklingen ließ. Vielleicht saß sie auf der Bank vor dem Haus und blickte in diesem Moment zu ihm herüber. Hoffnungsvoll schaltete er die Kamerafunktion an seinem Handy ein und schoss eine Aufnahme von Maras Veranda. Mit zwei Fingern zoomte er das Bild heran und vergrößerte den Ausschnitt bis zum Anschlag.

Enttäuscht stellte er fest, dass die Bank leer war. Er machte zwei, drei weitere Aufnahmen vom Haus und von der Umgebung, aber auch da war sie nicht zu sehen.

»Daddy?« Grace' Stimme klang außer Puste. Er hörte, wie sie über die Wiese auf ihn zulief und drehte sich um. Keuchend warf Grace sich ihm in die Arme. »Mummy sagt, du möchtest bitte kommen. Was machst du denn mit dem Handy? Es gibt doch keinen Empfang.«

»Nein, das nicht.« Rasch ließ er das Handy in seiner Jeans verschwinden.

»Wieso schaust du ständig nach da drüben?«

»Tu ich das?«

»Ja.« Grace nickte. »Immer dann, wenn du glaubst, wir bekommen es nicht mit. Aber ich habe es trotzdem gemerkt.«

»Hm.« Gavin biss sich auf die Lippen. »Das ist wohl, weil ich ganz oft an Mara denken muss. Heute eröffnet das Seaview.«

»Schaust du deswegen so traurig? Weil du nicht bei ihr sein kannst?«

»Nein, mein Schatz.« Er ging in die Hocke, um mit ihr auf Augenhöhe zu sein. »Entschuldige, wenn das gerade etwas falsch rübergekommen ist. Auch wenn ich an Mara denke, seid ihr beide, Olivia und du, Nummer eins in meinem Leben.«

»Aber Mara ist dir auch wichtig, oder?« Grace durchbohrte ihn mit einem Blick, der es Gavin unmöglich machte, eine Ausrede zu erfinden.

»Ja. Mara ist auch wichtig«, wiederholte er langsam. »Ich mag sie sehr. Und ich würde mich freuen, wenn ihr sie auch mögt.«

»Gehört Mara jetzt auch zu uns?« Grace legte den Kopf schräg.

»Ich weiß es nicht, aber ich würde es mir auf jeden Fall wünschen. Es ist nicht sicher, ob sie bei uns auf Shetland bleibt. Vielleicht fährt sie schon bald zurück nach Hause.«

»Und dann sehen wir sie nie wieder?«

»Ab und zu, aber nicht oft.«

»Das wäre aber schade. Du bist viel fröhlicher, wenn Mara da ist. Das habe ich auf der Landwirtschaftsshow gemerkt. Ich glaube, du liebst sie.«

Vor Verblüffung bekam Gavin große Augen. Er musste sich zwingen, seine Tochter nicht anzustarren, als hätte sie mit ihren neun Jahren den Master für Psychologie in der Tasche. Wie es schien, besaß seine Älteste unglaublich feine Antennen für das Gefühlsleben ihres Daddys. Dabei war Letzteres so kompliziert, dass er es selbst kaum verstand. Eine ganze Weile konnte er nur stumm dastehen, während Grace ihn weiter prüfend musterte.

»Ich glaube, Mara würde bleiben, wenn du sie darum bittest.« Bevor Gavins Gehirn diesen Satz verarbeitet hatte und ihm eine vernünftige Antwort einfiel, fuhr Grace fort. »Sie liebt dich nämlich auch.«

»Aha. Okay …« Gavin rieb sich skeptisch mit der Handkante über die Stirn. »Und woher willst du das wissen?«

Grace warf ihm einen Blick zu, als könnte sie nicht glauben, dass ihr Daddy tatsächlich so eine dumme Frage stellte. Schließlich lächelte sie nachsichtig. »Mann, Daddy. Das weiß doch jeder, außer dir. Sogar Mummy ist es aufgefallen, als sie Mara bei der Show gesehen hat. Irgendwas stimmt mit dir nicht.«

»Mit mir?«

»Ja.« Grace grinste schelmisch. »Ich glaube, du hast Tomaten auf den Augen.«

»Danke schön, das wäre mir gar nicht aufgefallen.« Gavin verneigte sich so übertrieben steif vor ihr, dass Grace vor lauter Kichern kaum Luft bekam.

Prustend stemmte sie die Hände in die Seite. »Echt, Dad, du bist voll komisch.«

»Na prima. Und was machen wir jetzt mit deinem komischen, alten Daddy?«, witzelte Gavin weiter und grinste fröhlich, dabei war ihm nicht einmal so sehr nach Lachen zumute. Eigentlich war die Frage ernst. Todernst sogar.

»Das ist doch supereasy.« Grace zuckte die Schultern. »Du bittest Mara, hier auf Shetland zu bleiben, weil du ohne sie ganz traurig bist.«

»Hm, und du meinst, das klappt?«

»*Ganz* bestimmt.« Grace nickte eifrig.

»Okay. Weißt du was, vielleicht versuche ich das wirklich«, sagte Gavin und spürte, wie ein Teil von ihm kaum erwarten konnte, zurück zum Festland zu fahren, um Mara in seine Arme zu schließen. Und dann nie wieder loszulassen.

»Mach das, Daddy.« Mit einem ernsten Nicken griff Grace nach seiner Hand. »Und jetzt komm. Ich verhungere nämlich gleich.«

Kapitel 29

Mara war immer noch geschockt davon, dass Amber hereinge-
schneit war, ohne sich zu erkennen zu geben. Besser hätte sie
es gefunden, von Anfang an zu wissen, mit wem sie es zu tun
hatte. Mit einem Stirnrunzeln fuhr sie den Computer herunter
und rückte die VisitScotland-Flyer auf dem Empfangstresen
zurecht. Nun, immerhin schien das Seaview auf Amber
Eindruck gemacht zu haben, denn Amber hatte während ihrer
Unterhaltung immer wieder anerkennend genickt und sich
eifrig Notizen gemacht. Und als Mara ihr die Gewächstunnel
gezeigt hatte, hatte Amber angefangen, ausschweifend mit ihr
über Permakultur und den vernünftigen Umgang mit Altplastik
zu philosophieren. Dabei hätte sie alles beinahe entsorgt, hätte
Gavin sie nicht rechtzeitig daran gehindert! Mara ertappte sich
dabei, wie sie breit grinste. Gavins Rat, was die Gewächstunnels
betraf, hatte mitten ins Schwarze getroffen. Das brachte mit
Sicherheit Zusatzpunkte ein. Doch bis die Entscheidung im
Wettbewerb fiel, würden ein paar weitere Tage vergehen. Eine
echte Geduldsprobe, fand Mara, und kaute nervös auf ihrer
Lippe.

Was für ein Tag! Sie war kaum zum Luftholen gekommen. Dafür spürte sie nun erst recht das Bedürfnis, sich von der frischen Meeresluft den Kopf freipusten zu lassen. Um Harry und Sally brauchte sie sich vorerst keine Gedanken zu machen. Mara hatte telefonisch einen Tisch für die beiden im Whalwick Hotel reserviert. Es hatte etwas Zuspruch gebraucht, aber da es sonst kein anderes Lokal in Walls gab, das Dinner servierte, hatte sich das Ehepaar schließlich darauf eingelassen, an den Ort seiner Niederlage zurückzukehren. Vor einer halben Stunde war es aus dem Haus gegangen, ausgestattet mit einem eigenen Schlüssel für die Haustür des Seaview.

In Windjacke und Gummistiefel gekleidet, trat nun auch Mara aus dem Haus. Die kräftige Brise, die auf Shetland fast immer wehte, ließ den Windgenerator hinter dem Haus schnurren. Ein Geräusch, das für Mara so selbstverständlich geworden war, dass sie es kaum noch hörte. Es war immer noch so unglaublich hell. Tatsächlich fühlte es sich an wie früher Nachmittag. Über dem Sund glitzerte die Sonne. Schnurgerade, wie auf Ketten gereihte Perlen, trieben die Bojen der Muschelfarm auf dem Meer. Das Gras war in den letzten Wochen satt gewachsen, der Duft von Hahnenfuß, Sumpfdotterkraut und vielen anderen Wildblumen, die Mara nicht einzeln benennen konnte, lag in der Luft. Summend bückte sie sich nach einem Stängel Wollgras und drehte es in den Händen, weiße, zarte Wattebäusche, wie von Feenhand ins Gras gestreut.

Weil sie noch ganz aufgewühlt war nach dem ereignisreichen Tag, entschied sie sich für einen Spaziergang, und zwar auf einem Trampelpfad, den sie bislang noch nicht benutzt hatte. Er führte an einer alten Steinmauer entlang der Schafweide und von da aus hinunter zur Bucht. Dort würde ihr der Wind die winzigen Beißfliegen vom Leib halten, die wie dicke schwarze Wolken um sie herumschwirrten. Sie presste den Mund fest zusammen, um keine der Midges in den Hals zu bekommen, und eilte weiter. Dabei wanderten ihre Gedanken unweigerlich zu Gavin. Sie brannte darauf, ihm zu erzählen, was heute alles passiert war. Ihre Sehnsucht nach ihm wurde übermächtig und rückte alles andere um sie herum in den Hintergrund. So bemerkte sie erst im letzten Moment, dass die Steinmauer hinter einer Biegung endete. Abrupt blieb sie stehen und starrte auf das hohe, schmale Gutverwalterhaus mit dem länglichen Anbau und dem Bootsanleger dahinter. Statt in der Bucht war sie oberhalb des abgeschiedenen Privatstrands des Whalwick Hotels gelandet. Verflucht noch mal! Finster starrte sie auf die Sichel aus Kies, in der sanft die Wellen plätscherten. Hatte sie nicht besser aufpassen können?

Ach, du Schande … Mara erstarrte. Zu allem Übel stand Marjoleen auf dem geteerten Parkplatz vor dem Haa, in Wachsjacke und Kopftuch gekleidet. Na Klasse. Marjoleen war der letzte Mensch, dem Mara gern begegnet wäre. Vor Unwohlsein verschlang sich ihr Magen zu einem Knoten. Ein Gespräch mit Marjoleen hatte ungefähr gleich viel Wohlfühlcharakter wie eine Wurzelbehandlung beim Zahnarzt. Besser, sie machte sich aus dem Staub, bevor Marjoleen sie bemerkte. Am Ende kassierte Mara noch einen Anschiss, weil sie ohne Erlaubnis Marjoleens Schafweide betreten hatte. Sicher zählte der Trampelpfad, auf dem sie gekommen war, zu Marjoleens ganz persönlichem Hoheitsgebiet.

Mara beeilte sich, auf dem Absatz kehrtzumachen, doch in diesem Augenblick hob Marjoleen die Hände und bedeutete ihr, hinunter zum Haa zu kommen.

»Danke, Mara, das hast du ja toll hingekriegt«, schimpfte sie vor sich hin und machte sich auf den Weg.

»Guten Abend, Marjoleen, ich hoffe, Sie haben nichts dagegen, dass ich den Weg an der alten Steinmauer genommen habe.« Mit einem gezwungenen Lächeln blieb Mara vor Marjoleen stehen. »Ich war wohl in Gedanken.«

»Ach ja? Ich dachte, Sie wären hier, um mit mir zu sprechen. Ich habe Sie nämlich direkt auf mich zulaufen sehen.« Marjoleen hob eine Augenbraue.

Mara zögerte. Die Vorstellung, dass sie freiwillig an diesem wunderschönen Abend über die Wiesen spazierte, um mit Marjoleen zu plauschen, war so absurd, dass es fast schon wieder komisch war.

»Um ehrlich zu sein, wollte ich das Licht über dem Meer genießen«, erklärte Mara. »Die schräg stehende Sonne hat mich so geblendet, dass ich Sie erst gar nicht gesehen habe.«

»Ah ja? Ich hörte, Sie haben das Ehepaar bei sich untergebracht, welches irrtümlich meinte, bei uns reserviert zu haben.«

»Das stimmt.« Mara reckte selbstbewusst das Kinn. »Die beiden dürften gerade bei Ihnen zu Abend essen. Wie es aussieht, profitieren Ihr Hotel und mein B&B gegenseitig voneinander. Wäre es nicht schön, wenn wir künftig miteinander kooperieren, statt zu streiten?«

Mara wartete auf eine Reaktion, aber Marjoleen blickte nur konzentriert vor sich hin. In Gedanken schien sie mit anderen Dingen beschäftigt zu sein. Mara fragte sich, ob Marjoleen sie gehört hatte. Sollte sie das Gesagte wiederholen? Bevor sie ansetzen konnte, wandte ihr Marjoleen das Gesicht zu. »Ich möchte Ihnen etwas zeigen«, sagte sie, und in ihrer Stimme schwang ein Unterton mit, der schwer zu deuten war.

Sie wies über den Sund. »Dort drüben liegt Muckle Roga. Was sehen Sie?«

Skeptisch verschränkte Mara die Arme vor der Brust, blickte dann aber hinüber. »Ich denke, das Gleiche wie Sie.«

»Genauer bitte.«

»Na schön. Auf der rechten Seite der Insel steht der Wachturm. Links davon ist die Bucht mit dem Boot. Es gibt einen Anlegesteg, mit einem verfallenen Steinhaus dahinter. Von dort führt ein Weg hinauf zum Haa. Es ist aus grauem Sandstein gebaut und besitzt einem runden Turm mit einem Fahnenmast. Auf der Wiese vor dem Haa brennt ein Feuer. Zufrieden? Ist es das, was sie hören wollten?« Ärgerlich verzog Mara das Gesicht.

»Nicht ganz. Hier. Nehmen Sie mein Fernglas und stellen Sie scharf.«

»Wozu?«

»Tun Sie es einfach.«

Mit einem Gefühl drohenden Unheils kam Mara der Forderung nach. Zögernd drehte sie am Rädchen. Die verwaschenen Flecken nahmen scharfe Konturen an. Unwillkürlich hielt sie die Luft an. Sunniva und Gavin saßen Schulter an Schulter am Lagerfeuer und unterhielten sich. Olivia hockte auf dem Schoß ihrer Mutter, Gavin hielt einen Arm um Grace gelegt. Gerade schien Gavin etwas Witziges gesagt zu haben, denn Sunniva legt den Kopf in den Nacken und lachte ausgelassen. Die vier wirkten so natürlich und vertraut miteinander, dass es Mara in der Brust schmerzte. Sie spürte, wie sich ohne ihr Zutun etwas in ihr verschob. Etwas, das ihr Halt gegeben hatte. Eine Mischung aus Sicherheit und Zuversicht, die sich leise aus der Hintertür schlich. Plötzlich bekam Mara Angst vor ihrer eigenen Courage. Hatte sie Gavin zu sehr vertraut? Hatte sie sich zu sehr gewünscht, dass es diesmal mit ihnen funktionieren würde? Lisa, Jezz, allen voran Marjoleen. Sie hatten Mara davor gewarnt, etwas mit einem noch verheirateten Mann anzufangen. Auch wenn Lisa und Jezz ihre Meinung längst revidiert hatten, so änderte es doch nichts an den Tatsachen: Gavin saß gerade eng neben Sunniva am Feuer und amüsierte sich blendend.

Schweigend ließ sie das Fernglas sinken und reichte es Marjoleen zurück. Sie hatte genug gesehen.

»Nun?«, fragte Marjoleen.

»Was wollen Sie hören?«

»Wie ist Ihr Eindruck?«

Mara zögerte. »Sie wirken zufrieden.«

»Finden Sie? Ich würde meinen, es ist das Bild einer glücklichen Familie. Hatte ich es Ihnen nicht gesagt?« Marjoleens Stimme klang ruhig und sicher. »Die Ehe meines Sohnes mag in einer Krise stecken, aber das ist noch lange nicht das Ende.« Pause. »Sie sind eine kluge Frau. Der Ball liegt in Ihrem Feld. Ich bin mir sicher, dass Sie die richtigen Schlüsse ziehen werden.«

»Ich weiß nicht, was Sie damit meinen.« Mara spürte das Adrenalin durch ihre Adern rauschen.

»O doch, das verrät der Ausdruck auf Ihrem Gesicht. Sie haben gerade erkannt, dass Sie einsam enden werden, wenn Sie auf diesem Weg weitergehen. Machen Sie nicht den gleichen Fehler wie Agnes. Versuchen Sie nicht, einen Mann zu stehlen, der nicht Ihnen gehört. Guten Abend.« Ohne Mara Gelegenheit zur Antwort zu geben, ließ Marjoleen sie stehen.

Wie betäubt starrte Mara ihr hinterher, bevor sie sich mit langsamen Schritten auf den Heimweg machte. *Den gleichen Fehler wie Agnes ...* was hatte das zu bedeuten? Ohne dass es ihr bewusst wurde, glitt ihr Blick zum Privatstrand der Laurensons. Kopfschüttelnd riss sie sich los. Sie hatte ganz andere Probleme, als das Rätsel um Agnes' Vergangenheit und den alten Streit zu lösen.

Mit schweren Schritten machte sie sich auf den Heimweg. Natürlich war klar, dass Marjoleen sie nicht leiden konnte und alles daransetzte, sie loszuwerden. Andererseits hatte Mara eben mit eigenen Augen gesehen, in welchem Verhältnis Gavin und Sunniva zueinander standen.

Mara seufzte schwer. Eines zumindest spürte sie nun deutlich: In einer Fernbeziehung mit Gavin würde sie unglücklich werden. Wie sollte sie es schaffen, mit ihren Zweifeln zu leben, wenn sie und Gavin sich nur ab und an sahen, während Sunniva ein paar Kilometer von Gavin entfernt lebte? Es konnte nicht funktionieren.

Frustriert und traurig ließ sie sich auf die Bank vor ihrem Haus fallen. Es lag nicht so sehr an dem, was sie gesehen hatte, sondern daran, wie sie innerlich darauf reagierte. Unwillkürlich fiel ihr ein, was Jezz über deren ältere Schwester erzählt hatte. Natürlich musste es nicht immer so laufen, aber dennoch … Mara vergrub den Kopf in den Händen und atmete tief durch.

Nein, sie war sich sicher. In einer Fernbeziehung mit einem noch verheirateten Mann wollte sie nicht enden. Sie wollte sich nicht zermürben. Wollte diese Zerrissenheit nicht spüren. Sie wollte ankommen, statt weder richtig hier noch richtig in München zu sein.

In den vergangenen Wochen war viel mit ihr passiert. Bis vor Kurzem hatte sie geglaubt, sich nie wieder für eine Beziehung öffnen zu können. Doch dann war Gavin gekommen. Seine Nähe hatte ein Bedürfnis wiedererweckt, von dem sie nicht geahnt hatte, dass es in ihr noch existierte. Das Bedürfnis, in den Armen eines Mannes zu liegen und Zärtlichkeit zu spüren.

Die Sehnsucht, voll und ganz zu lieben und aus freiem Herzen zurückgeliebt zu werden, machte sich körperlich fast schmerzhaft bemerkbar.

Sie spürte, wie ihr die Tränen in die Augen stiegen. In ihrer Kehle brannte es. Die Zeit mit Gavin war wunderschön gewesen, aber sie war vorbei. Sie hatte sich in den Falschen verliebt. So einfach war das. Wie gut, dass sie das Ticket für den Rückflug noch nicht gebucht hatte. Sie musste die Abreise auf jeden Fall vorziehen, schoss es ihr durch den Kopf. Besser kurz und schnell als langsam und qualvoll. Wenn er nach dem Wochenende von Muckle Roga zurück war, würde sie mit ihm reden.

Eine lange Weile starrte Mara benommen in den Abendhimmel. Als das Handy in ihrer Tasche klingelte, löste sie sich aus ihrer Erstarrung. Lisas Nummer erschien auf dem Display.

»Hi, Mara. Ich komme um vor Aufregung. Wie ist es gelaufen?« Lisas Stimme am anderen Ende der Leitung klang aufgeregt.

Mara brauchte einen Moment, um sich zu sammeln. »Es lief sehr gut. Hör mal, ich bin gerade zu kaputt, um zu reden. Können wir morgen telefonieren?«

Zögern in der Leitung. »Klar.«

Einen Augenblick herrschte Schweigen.

»Mara? Alles okay? Du klingst seltsam.«

»Nein, mach dir keinen Kopf.« Mara gab sich Mühe, betont locker durch den Hörer zu kommen.

»Okay, dann gute Nacht und schlaf dich aus. Ich melde mich morgen Abend nach der Arbeit.«

»Lisa? Warte kurz.«

»Was denn?«

Mara schloss die Augen und versuchte, ihr wild hämmerndes Herz zu beruhigen. Mit einem tiefen Ausatmen ließ sie die angehaltene Luft aus ihren Lungen strömen. »Ich habe mich entschieden. Ich komme nächste Woche zurück nach Hause.«

Kapitel 30

»Das Geheimnis eines perfekt zubereiteten Frühstücks liegt in der richtigen Reihenfolge der Abläufe«, verkündete Rosie am darauffolgenden Montag. Zusammen mit Mara und Sally stand sie in der Küche des Seaview und deutete auf die beiden leeren Pfannen. »Ein klassisches Full Scottish besteht aus einer ganzen Reihe unterschiedlicher Zutaten, die auf einem Teller serviert werden. Die Herausforderung ist daher, alles gleichzeitig fertig zu haben. Das unterscheidet ein hervorragendes Frühstück von einem mittelmäßigen. Kalte Spiegeleier oder Speck, der nicht richtig kross ist, sind ein No-Go.«

»Ach, du liebes Lieschen.« Sally strich sich mit der Hand über die dauergewellte Frisur. Nervös beäugte sie die unterschiedlichen Lebensmittel auf der Arbeitsfläche. »Ich fühle mich schon jetzt überfordert. Das sind ja Berge!«

»Keine Sorge, Sally«, beruhigte Mara sie. »Wenn Sie sich an Rosies Anweisungen halten, kriegen Sie das auch zu Hause locker hin. Schauen Sie mal, ich würde Ihnen gern das hier schenken. Vielleicht möchten Sie ein kleines Reisetagebuch anlegen. Da wäre es doch toll, wenn Sie mit unserem Spezial-Kochkurs beginnen.« Sie überreichte Sally ein spiralgebundenes Notizbuch mit dem Foto eines Shetlandponys auf dem

281

Deckel. Ursprünglich hatte sie es im Walls Shop für sich selbst gekauft, doch dann hatte sie beschlossen, es als Goodie ihren ersten Gästen zu schenken. Der Aufenthalt im Seaview sollte für Harry und Sally zu einer unvergesslichen Erinnerung werden. Waren es nicht Dinge wie diese, über die man sich Jahre später noch freute?

»Legen wir los.« Rosie goss Öl in eine Pfanne und erhitzte es auf dem Herd. »Zuerst muss das Öl auf Temperatur gebracht werden. Wenn es zu kalt ist, saugt sich die Wurst mit Fett voll, statt schön braun zu braten.« Rosie wartete ein wenig, dann legte sie eine großzügig bemessene Scheibe quadratischer Lorne-Wurst und eine dicke Scheibe Black Pudding in die Pfanne. »Es braucht ungefähr drei Minuten pro Seite. In dieser Zeit wärmen wir den Porridge auf. Am Vorabend zubereitet, bekommt er mehr Geschmack.«

»Drei Minuten …« Sallys Stift kratzte über das Papier. Mara bemerkte, dass Sally beim Schreiben vor Eifer die Zungenspitze mitbewegte und musste grinsen.

»Sobald die Wurst auf der einen Seite brät, kommt die zweite Pfanne ins Spiel. Auch hier erwärmen wir zuerst das Öl. Dann braten wir das Spiegelei.«

Erleichtert blickte Sally von ihren Notizen auf. »Gut. Das muss ich nicht groß aufschreiben. Was kann bei Spiegelei schon schiefgehen?«

»Eine ganze Menge!« Rosies Augen hinter der Harry-Potter-Brille funkelten. Energisch wedelte sie mit dem Rührholz durch die Luft. Dabei wirkte sie mehr denn je wie Harrys lebendig gewordene Großmutter, die einen magischen Zauberstab schwingt. »Ein perfektes Spiegelei ist eine Kunst. Die meisten nehmen die Eier direkt aus dem Kühlschrank. Das ist schon mal ein Riesenfehler, denn dann ist das Ei beim Anbraten zu kalt. Profis stellen die Eier am Abend zuvor raus. Und dann wird das Ei in eine Schüssel aufgeschlagen, nicht in die Pfanne.

Man lässt es aus der Schüssel langsam ins Öl gleiten. Übrigens, ein weiterer Fehler ist, zu viel Öl zu benutzen.«

Während Rosie redete, rührte sie nebenbei im Porridge und wischte mit einem Lappen die Arbeitsfläche sauber. Bewundernd sah Mara ihr über die Schulter. Es war eine unglaubliche Erleichterung, eine fähige Mitarbeiterin wie Rosie zu beschäftigen. Rosie konnte sie blind vertrauen. Mit einer weiteren Aushilfskraft an ihrer Seite würde Rosie den Laden problemlos schmeißen, wenn Mara zurück in München war.

»Jetzt wenden wir die Wurst und geben die Tomaten dazu, mit der Schnittfläche nach unten. Dann folgt der Speck. Er braucht nur eine Minute pro Seite.« Rosie führte die entsprechenden Handgriffe durch. »Dann kommen die Zwiebeln. Die sollen mehr gekocht als gebraten werden. Wenn der Speck zu braun wird, legen wir ihn einfach auf den Black Pudding, dann wird er nicht kalt. Nun wärmen wir das Tattie Scone in der Pfanne neben dem Spiegelei auf ...«

Mit einem Rumms fiel draußen die Eingangstür ins Schloss. In der Halle ertönten Schritte. »Mara? Bist du zu Hause?«

Mara wirbelte herum. Gavin ... Er hatte sich am gestrigen Sonntagabend mit einer WhatsApp gemeldet. Es war bereits mitten in der Nacht und seine Nachricht war kurz, aber liebevoll gehalten: er sei von Muckle Roga zurück und könne es kaum erwarten, sie zu sehen.

Ich freue mich auch, hatte Mara zurückgeschrieben, dazu ein Zwei-Finger-hoch-Emoji und ein Küsschen-Emoji.

»Hi, Gavin! Ich bin in der Küche«, rief Mara zurück und wäre am liebsten unter den Tisch geflüchtet. Mist! Musste er ausgerechnet jetzt auftauchen? Jetzt war kein guter Zeitpunkt. Sie hätte lieber in Ruhe mit ihm gesprochen. Am besten bei einem Spaziergang. Im Freien hatte sie das Gefühl, ausreichend Luft zu bekommen. Genau die ging ihr nämlich jetzt gerade aus, denn Gavin stürmte in die Küche. Als er Rosie und Sally entdeckte, blieb er abrupt stehen. Seine Augenbrauen schossen nach oben. »Oh! Anscheinend komme ich ungelegen …«

»Hi, Gavin.« Mara spürte, wie die Schmetterlinge in ihrem Bauch aufflatterten. Wenn es nach ihrem Gefühl gegangen wäre, hätte sie sich am liebsten in seine Arme fallen und von ihm küssen lassen, Zuschauer hin oder her. Aber das war nicht drin. Der Plan war, sich zu *ent*-lieben, statt sich wie verrückt nach ihm zu sehnen. Sie räusperte sich. »Sally, das hier ist Gavin. Gavin, Sally und ihr Mann Harry sind Samstagabend angereist. Ursprünglich wollten Sie im Whalwick Hotel übernachten …« In kurzen Sätzen brachte sie ihn auf den neuesten Stand. »Und nun lernt Sally, wie man ein Full Scottish kocht, während Harry mit unserem Guide Derek unterwegs ist, um Papageientaucher zu sehen«, schloss Mara.

»Freut mich sehr, Sie kennenzulernen, Sally.« Gavin schenkte Sally einen freundlichen Blick aus seinen graublauen Augen. Dann legte er Mara einen Arm um die Schultern. »Rosie, könntest du wohl kurz auf Mara verzichten?«

»Aber sicher«, gab Rosie wie aus der Pistole geschossen zurück, bevor Mara hinter Gavins Rücken mit den Augenbrauen wackeln und Rosie signalisieren konnte, dass sie *keinesfalls* abkömmlich sei.

Sei es drum. Sie nagte nervös an ihrer Lippe, ihr Magen war wie zugeschnürt. Den Schlussstrich zu ziehen, fühlte sich scheußlich an. Bisher war sie noch nie in einer ähnlichen Situation gewesen. Unsicher musterte sie ihn von der Seite. Wie würde er reagieren? Würde er sie verstehen? Würde er das Aus akzeptieren, weil auch er ahnte, dass alles andere keinen Sinn ergab? Würde er versuchen, sie zum Bleiben zu bewegen? Vor Nervosität wurde ihr übel. Mit einem verkrampften Lächeln wandte sie sich zu ihm. »Gut. Wollen wir in mein Büro gehen?«

Kaum waren sie für sich, zog Gavin sie in eine Umarmung und küsste sie leidenschaftlich auf den Mund. Seine Hände umfassten ihre Taille, er hob sie auf den Schreibtisch und drückte sich voll Verlangen an sie.

Maras ganzer Körper reagierte so intensiv, dass sie sich nur mit äußerster Mühe dazu zwingen konnte, seine Arme von ihrer Hüfte zu lösen und ihn auf Abstand zu halten.

»O Gott!«, murmelte er mit rauer Stimme. »Du weißt nicht, wie sehr ich dich vermisst habe.«

»Gavin«, presste sie hervor. »Warte bitte. Ich muss dir etwas sagen.«

»Das trifft sich gut. Ich dir nämlich auch.«

Atemlos starrte sie ihn an. Verflixt, das lief nicht gut. So nah, wie sie sich körperlich waren, schaltete ihr Verstand komplett ab. Sie brannte vor Verlangen, ihn zu küssen und mit den Fingern über sein Brusthaar zu streicheln. Sie schluckte mehrmals trocken. »Wirklich? Ähm … Wenn es dir recht ist, ich zuerst«, brachte sie schließlich heraus. Um einen Rest von Haltung zu bewahren, ließ sie sich von der Tischkante gleiten. Dabei riss sie mit dem Hintern einen Stapel Papiere von der Schreibunterlage. Bevor sie es verhindern konnte, fiel Gavins Blick auf die verstreuten Blätter. Eines davon war eine ausgedruckte E-Mail mit einem QR-Code.

Er starrte sie an. »Was ist das? Ein Flugticket?«

O Gott! Sie wand sich vor Unbehagen. Dümmer hätte es nicht laufen können. Sie strich sich mit den Fingern durch das kurze Haar. »Das war es, was ich dir sagen wollte. Ich fliege in drei Tagen zurück nach Hause.« Sie zuckte nervös die Schultern. »Das B&B ist eröffnet. Es gibt hier nichts mehr für mich zu tun. Zumindest nicht im Moment. Rosie kommt gut ohne mich zurecht, während in München ein sicherer Job auf mich wartet.«

»Mist! Mara.« In Gavins graugrünen Augen flammten Ungläubigkeit und Schmerz auf. »Ich wollte dich gerade darum bitten, zu bleiben. Deshalb bin ich hier.«

Mara hob eine Hand und ließ sie wieder sinken. Es tat weh zu hören, dass er das sagte. »Das geht nicht so leicht. Mein Leben ist in München.«

»Ja, das ist mir klar.« Er verschränkte die Arme vor der Brust. »Allerdings legst du gerade einen Abflug hin, der sich gewaschen hat. Was ist los?«

Sie ließ die Arme hängen und schüttelte stumm den Kopf.

»Warte … Ist es wegen der Eröffnung? Bist du sauer, weil ich dich allein gelassen habe?«

»Nein … aber …« Sie brachte es nicht fertig, ihn anzusehen. Noch weniger brachte sie es über sich, ihn auf Sunniva anzusprechen. »Fernbeziehungen liegen mir nun mal nicht. Es endet nur damit, dass man sich quält.«

Er machte einen Schritt auf sie zu und legte die Hand unter ihr Kinn, sodass sie ihm in die Augen sehen konnte. »Was passiert hier? Machst du gerade Schluss?«

O Gott! Dieser Blick …

Sie nickte stumm.

»Tu das nicht, Mara, bitte …« Gavin klang verzweifelt. »Lass es uns zumindest versuchen. Es gibt viele Paare, die es hinbekommen.«

Frustriert rieb sie sich die schmerzende Stirn. Sie hatte das Gefühl, dass Gavin sie nicht verstand. Oder nicht verstehen wollte.

Sie bückte sich und sammelte die Blätter vom Boden auf. Dann legte sie sie sorgsam auf den Schreibtisch zurück und drehte sich zu ihm um. »Im Ernst, Gavin, wie stellst du dir das vor? Wie oft würden wir uns denn sehen? Einmal im Monat, wenn es hochkommt? Und dann nur übers Wochenende? Darauf würde es doch hinauslaufen. Denk doch mal nach. Wir stecken beide in Fulltime-Jobs. Und bei dir sind da auch noch die Kinder. Für die willst du verständlicherweise da sein. Was bleibt denn da für uns übrig?«

Er gestikulierte hilflos mit der Hand in der Luft. »Es ist doch nicht gesagt, dass es so laufen muss.«

»Bei Flugverbindungen mit mindestens zwei Zwischenstopps? Sechzehn Stunden von Haustür zu Haustür, vorausgesetzt, alle Anschlüsse klappen? Dafür, dass wir dann achtundvierzig Stunden miteinander haben? Wie lange würden wir das durchhalten?«, stieß sie hervor, heftiger als nötig. »Wach auf, Gavin, du bist so ein hoffnungsloser Romantiker! Das hier ist nicht ›Schlaflos in Seattle‹ oder wie der blöde Film hieß.«

»Und du bist eine miserable Lügnerin«, gab er ebenso unbeherrscht zurück. »Das ist doch nicht der wahre Grund. Da steckt doch mehr dahinter!«

»Gavin …« Beschwörend hob sie die Hände. »Ich habe dir von Anfang an nichts vorgemacht. Du wusstest, dass ich nicht auf der Suche nach einer festen Beziehung bin.«

»Allerdings. Und weißt du was, mir ging es genauso. Aber nun ist es eben anders. Liebe lässt sich verflixt noch mal nicht planen.«

Schwer atmend standen sie sich gegenüber, so dicht, dass Mara seinen Atem heiß auf ihrem Gesicht spürte.

Die Luft zwischen ihnen knisterte.

Gavins Gesichtsausdruck wurde beschwörend. »Mara, da ist mehr zwischen uns, das weißt du.«

»Sagt der Mann, der verheiratet ist?«, entfuhr es ihr, ungewollt sarkastisch.

Schlagartig entglitten ihm alle Züge. Dann brach es aus ihm heraus: »Shit, Mara, ich bin doch kein Hellseher! Wie sollte ich denn ahnen, dass wir uns noch mal über den Weg laufen würden? Hätte ich auf dich warten sollen nach dem bisschen, was damals lief? Ein wenig viel verlangt, findest du nicht?«

»Hör auf, herumzuschreien! Davon wird nichts besser.«

Gavin stutzte. Er atmete ein paarmal tief durch.

»Mara«, sagte er dann. »Es tut mir leid … Ich wollte nicht laut werden. Es ist nur, ich hätte nicht damit gerechnet, dass du einen Schlussstrich ziehst.« Impulsiv griff er nach ihren Händen und hielt sie fest. »Das kann nicht dein Ernst sein. Bitte überlege es dir.«

Mara blickte ihn schweigend an. Ein Teil von ihr wollte glauben, dass sie ihm wirklich etwas bedeutete. Ein anderer Teil erinnerte sich daran, wie Gavin sie damals hatte sitzen lassen. Sie schluckte ein paarmal schwer, dann sagte sie möglichst ruhig: »Gavin, für mich klingt das, als würdest du sagen, was ich hören möchte, nur damit ich bleibe.«

»Was?« Fassungslos sah er sie an. »Wie kommst du denn auf so etwas?«

Sprich es aus, Mara, auch wenn es schwer ist …

»Ich habe euch zusammen gesehen, dich und Sunniva. Ihr beide wirkt trotz Trennung sehr glücklich miteinander.«

Gavin starrte sie an, als wäre sie komplett irre. Dann schüttelte er den Kopf. »Du verwechselst da etwas. Sunniva und ich verstehen uns gut, trotz allem, was geschehen ist. Sie ist eine tolle Frau. Nur, dass wir beide als Paar nicht zusammenpassen. Und was das gemeinsame Wochenende betrifft, ich bin heilfroh, dass Sunniva und ich es schaffen, entspannt miteinander umgehen, statt zu einem dieser Horrorpaare zu mutieren, die Streitigkeiten auf dem Rücken ihrer Kinder austragen.«

Etwas zu brüsk verschränkte sie die Arme vor der Brust. »Und das erklärt dann auch, warum ihr so eng nebeneinander am Lagerfeuer gesessen seid, dass kein Blatt Papier zwischen euch gepasst hätte. Abgesehen davon habt ihr euch äußerst angeregt miteinander unterhalten.«

Er sah sie ausdruckslos an. »Wie willst du das wissen?«

Mara schmeckte Galle im Mund. »Du kannst dich bei deiner Mutter bedanken. Durch Marjoleens Fernglas kann man sehr gut sehen, was auf Muckle Roga passiert. Vermutlich habt ihr euch im Laufe des Abends auch noch geküsst.«

»Haben wir nicht.«

»Verstehe.« Sie lachte trocken. »Was auf der Insel passiert, bleibt auf der Insel.«

O Gott … Prickelnde Hitze floss durch ihren Körper. Hatte sie das eben wirklich gesagt? Wie konnte sie sich zu so einer unterirdischen Bemerkung hinreißen lassen? Betreten biss sie sich auf die Lippe.

»Shit, Mara, was soll der Unsinn? Willst du mir ein schlechtes Gewissen einreden, weil ich Zeit mit den Kindern verbracht habe, statt bei dir zu sein?« Gavins Stimme klang gefährlich leise. »Wenn du es genau wissen willst, haben Sunniva und ich uns über die Scheidung unterhalten. Wir haben uns auf einen gemeinsamen Anwalt geeinigt, zur Aufteilung der Vermögensverhältnisse. Wie es aussieht, geht die Scheidung in zwei, drei Monaten über die Bühne.«

Mara spürte ihr Herz fest gegen die Rippen hämmern. Da war diese Wut auf Gavin, die sich einfach nicht von einer Sekunde auf die andere abschalten ließ … »Und warum hast du dich gestern nicht gemeldet, so wie es ausgemacht war? Ich glaube kaum, dass ihr bis Mitternacht auf der Insel wart.«

Gavin hob verteidigend die Hände. »Sunniva bat mich, mit nach Bigton zu kommen und etwas an ihrer Waschmaschine zu reparieren. Dann wollten die Mädels, dass ich sie ins Bett bringe und ihnen etwas vorlese, was ich natürlich gemacht habe. Sobald ich zurück in Hamarness war, habe ich mich bei dir gemeldet. Eigentlich hatte ich gehofft, du würdest vorschlagen, dass ich zu dir rüberkomme, aber deine Nachricht war sehr kurz gehalten. Also nahm ich an, du wärst zu müde.« Er maß sie mit einem langen, intensiven Blick. »Glaubst du mir das?«

»Ja«, behauptete sie. Aber wirklich sicher war sie sich nicht.

»Dann ist also alles wieder gut?«

Sie schloss die Augen für einen Moment und wünschte, dass dem so wäre. Dass ein Wunder geschähe, und mit ihnen alles wieder in Ordnung wäre. Dass da nicht diese Zweifel wären und die Angst, wieder von Gavin verletzt zu werden.

Aber kein Wunder geschah.

Sie öffnete die Augen. Gavin sah aus, als hätte sie ihm das Herz aus der Brust gerissen.

Sie wollte zu einer Erklärung ansetzen. Wollte ihm sagen, wie schrecklich es sich angefühlt hatte, ihn mit Sunniva am Feuer sitzen zu sehen. Wie sehr sie sich nach ihm sehnte, wenn er nicht da war. Wie schlimm es sich erst in München ohne ihn anfühlen würde. Wie groß ihre Angst war, dass er ihr erneut wehtat. Doch die Ausweglosigkeit saß so tief, dass sie nur schweigend den Kopf schüttelte.

»Mara … bitte …« Hilflos blickte Gavin sie an. Seine Arme hingen schwer an seinen Seiten. »Was soll ich deiner Meinung noch tun, damit du mir glaubst?«

»Gar nichts, Gavin«, sagte sie benommen. »Es tut mir leid.«

Impulsiv machte er einen halben Schritt auf sie zu. »Das ist nicht dein Ernst.«

Ihre Knie zitterten unkontrolliert. Mit Gewalt holte sie Luft. »Bitte geh. Mach es uns nicht noch schwerer.«

Stille.

Aus der Küche war das Klappern von Pfannen zu hören. Rosie und Sally lachten über etwas.

»Ist das dein letztes Wort?«, fragte er leise.

Sie nickte. In ihrer Kehle brannte es wie Feuer.

»Mara …«

Einen irrationalen Augenblick lang hoffte Mara, er würde einfach die zwei, drei Schritte, die sie trennten, auf sie zukommen und sie dann bloß in den Arm nehmen und festhalten …
Festhalten und ihr versichern, dass sie irgendeinen verrückten

Weg finden würden, wie alles gut werden konnte. Aber dann nickte er nur. »Gut. Dann muss ich es wohl akzeptieren.«

Schweigen. Maras Herzschlag dröhnte in ihren Ohren.

Er streckte den Arm und berührte sanft ihre Wange. Eine zärtliche Berührung, die sich endlos anfühlte und doch nur eine Sekunde dauerte. »Auf Wiedersehen, Mara. Pass auf dich auf.«

Als die Tür hinter ihm zuging, hatte Mara das Gefühl, endlos tief in einen Abgrund hinabzustürzen. Eine ungeahnte Leere breitete sich in ihr aus.

Sie schlug die Hände vor die Augen und ließ den Tränen, die sie bislang zurückgehalten hatte, freien Lauf.

KAPITEL 31

Schweren Herzens schritt Mara einen Tag vor ihrem Abflug auf den Walls Shop zu. Leicht würde ihr der Abschied von ihrer neuen Freundin nicht fallen. Sie mochte Lowrie wirklich. Unwillkürlich stieß Mara einen Seufzer aus. Was sie fühlte, war kompliziert, eine Mischung aus Schuldgefühl und Erleichterung. Schuldgefühl, weil sie all die Menschen enttäuschen würde, die gehofft hatten, sie werde auf Shetland bleiben. Erleichterung, weil bald zwischen Gavin und ihr zweitausend Kilometer Abstand lägen und sie sich dann nicht länger schlaflos im Bett wälzen musste, in dem Wissen, dass er keine fünf Minuten von ihr entfernt war.

Eine jähe Windbö riss Mara die Klinke aus der Hand, als sie die Tür aufzog. Über Maras Kopf bimmelte die Türglocke, Hintergrundmusik drang an ihr Ohr. Lowrie war gerade damit beschäftigt, Joghurt in das Kühlregal zu schichten. Als sie Mara auf der Türschwelle stehen sah, stellte sie den Karton beiseite und zog ein bekümmertes Gesicht. »Ich habe es schon gehört. Bitte sag mir, dass es nicht stimmt! Du reist nicht wirklich ab, oder?«

»Leider doch.« Mit Nachdruck schloss Mara die Tür hinter sich. »Ich habe mich entschieden.«

»Aber warum? Ich dachte, es gefällt dir bei uns?«

»Das schon. Aber für immer?« Mara zuckte traurig die Schultern. Lowries enttäuschtes Gesicht machte die Sache nicht leichter. »Man hört so oft von Leuten, die an ihren Sehnsuchtsort ziehen und dann frustriert aufgeben, weil es doch anders war, als sie dachten. Wahrscheinlich ist es mit den Traumlocations ähnlich, wie wenn du jeden Tag Hummer und Kaviar futterst. Irgendwann hängt es dir zum Hals raus und du willst einfach nur Wurstbrot.« Sie verstummte und kräuselte die Nase. Verflixt. War sie gerade dabei, sich Shetland madig zu reden?

Lowrie schnitt eine Grimasse. »Hm. Also ich könnte jeden Tag frischen Hummer essen. Oder andere Meeresfrüchte, die es vor meiner Haustür gibt. Was genau zieht dich zurück nach Deutschland?«

»Na ja …« Mara zögerte. Eigentlich konnte sie es nicht so genau benennen, aber in jedem Fall gab es eine Menge vernünftiger Gründe. Sie schnappte sich einen Apfel aus dem Obstregal und drehte ihn in den Händen. »Da wäre zunächst mal die finanzielle Seite. Der Umbau hat beinahe mein ganzes Erspartes aufgebraucht. Bis das alles wieder drin ist und das B&B Gewinn abwirft, muss ich dafür sorgen, dass die Brötchen anderweitig auf den Tisch kommen. Außerdem gibt es viele Dinge, die ich an zu Hause liebe. Mit Freunden an die bayrischen Seen fahren zum Beispiel, Radeln an der Isar, Konzerte im Olympiapark, das gute Bier … Da kommt schon Sehnsucht auf.«

»Du fühlst dich zerrissen, zumindest höre ich das aus deinen Worten heraus. Das kann ich nachvollziehen, obwohl ich in dieser Hinsicht anders ticke.« Bedächtig rückte Lowrie die Joghurtbecher zurecht, sodass sie schnurgerade hintereinander standen. »Zu Hause ist da, wo das Herz schlägt. Und meines schlägt zu hundert Prozent hier, auf Shetland. Eine Entscheidung, wie du sie zu fallen hast, stünde für mich nie zur Debatte. Ich kann mir nichts anderes vorstellen, als hier auf den Inseln zu leben. Wo auf der Welt ist es so friedlich und so sicher wie hier? Und näher an der Natur und am Meer kannst du auch nicht sein.«

»Das stimmt.« Mara ließ den Apfel von einer Hand in die andere wandern. »Und der Himmel ist unglaublich. Irgendwie größer, weiter und dramatischer, mit einem einzigartigen, ständig wechselnden Licht. Für Fotografen ein Traum.«

Lowrie drehte die Erdbeerjoghurts mit der Aufschrift nach vorne. »Und für Menschen, die die Natur mögen, ebenfalls. Wenn du wandern gehst, wartet hinter jeder Kurve ein Abenteuer auf dich. Ponys, Orcas, Buckelwale, Seehunde, Otter, Papageientaucher, was willst du mehr?«

»Wunderschöne, einsame Strände mit türkisem Wasser …« Mara bemerkte, wie sie unwillkürlich ins Schwärmen geriet.

Lowrie bückte sich und nahm den leeren Pappträger vom Boden. »Shetland ist wirklich herrlich an einem warmen Sommerabend, wenn der Strandhafer sanft im Wind weht und alles in Rosa- und Orangetöne getaucht ist. Aber ich mag auch die stürmischen Wintertage, wenn die Gischt bis weit über die Klippen weht und die Luft erfüllt ist vom Rollen der Brecher. Und die *Mirrie Dancers* sind unfassbar.«

»Polarlichter.« Mara warf Lowrie einen sehnsüchtigen Blick zu. »Die wollte ich schon immer mal sehen.«

»Ha! Wusste ich es doch!« Triumphierend warf Lowrie die Tür des Kühlregals hinter sich zu. »Du hast dich längst über beide Ohren in Shetland verliebt. Und auch in Gavin. Gib es zu!«

Mara fühlte, wie ihr Magen sich zu einem festen Knoten zusammenzog. Ohne aufzusehen, rieb sie mit dem Finger über den Aufkleber des Apfels: »Granny Smith New Zealand«. Mit einem traurigen Lächeln legte sie das Obst zurück in das Fach. Doch Lowries feinem Beobachtungssinn war ihr Stimmungswechsel nicht entgangen.

»Hey, habe ich etwas Falsches gesagt?« Lowries Stimme klang bekümmert. »Was ist los? Ich dachte, es läuft gut zwischen euch?«

Mara schob ihre Hände tief in die Taschen ihrer Jacke. »Ich habe Schluss gemacht.«

»Was?« Lowries Gesichtsausdruck schwankte zwischen Ungläubigkeit und Entsetzen. »Aber warum denn? Gavin ist ein unglaublich toller Mensch.«

»Das stimmt«, erwiderte Mara langsam. »Nur leider ist das mit uns eine Sackgasse. Unsere Beziehung hätte nie die Chance, sich zu entwickeln, weil wir an unterschiedlichen Orten leben. Außerdem …« Sie spürte einen Stich in der Brust und holte zittrig Luft. Es auszusprechen, machte es irgendwie realer. »Ich vermute, Gavin ist nicht mit dem Herzen dabei.«

Lowrie hielt den Blick fest auf sie gerichtet. »Woher willst du das wissen?«

»Na ja … Marjoleen hat eine entsprechende Bemerkung fallen lassen.« Mara musste schlucken, als sie sich an die Begegnung am Strand erinnerte. »Sie meinte, ich sollte nicht versuchen, einen Mann zu stehlen, der mir nicht gehört.«

»Ha! Da soll sie mal nicht von sich auf andere schließen«, meinte Lowrie wie aus der Pistole geschossen.

»Wieso? Was ist los?«, gab Mara verwundert zurück.

Lowrie zuckte die Schultern. »Ich habe dir doch versprochen, mich umzuhören, ob jemand weiß, warum Agnes und Marjoleen so zerstritten waren.«

»Und?«

»Na ja, es sind nur Gerüchte, aber angeblich waren beide in denselben Mann verliebt.«

Mara bekam große Augen. »Willst du damit sagen, dass Agnes sich in Marjoleens Beziehung gedrängt hat?«

Lowrie schüttelte den Kopf. »Es kursieren unterschiedliche Gerüchte. Man weiß nicht, wer wem den Mann ausgespannt hat. Die einen sagen so, die anderen anders. Aber klar ist, dass sie deswegen so spinnefeind waren.«

Mara nickte langsam. Ihre Gedanken wanderten zurück zu Agnes' Brief. *Ich habe meinen Traum gelebt …* Interpretierte sie zu viel hinein, oder konnte es sein, dass Agnes sich unter anderem auch deshalb geweigert hatte, zu verkaufen, weil sie in der Nähe von Olaf Laurenson bleiben wollte, dem Mann, den sie nie aufgehört hatte zu lieben?

»Wie auch immer …« Lowries entschlossene Stimme riss sie aus ihren Gedanken. »Lass dir bloß von Marjoleen nichts einreden, nur weil sie selbst so verbittert ist, dass sie anderen ihr Glück nicht gönnt.«

»Tja, nur leider weiß ich inzwischen, dass Gavin nicht wirklich bereit für eine Beziehung ist.« Mara spürte ein Brennen in der Kehle und musste schlucken. »Gavin hat noch an der Trennung zu knabbern und an allem, was damit verbunden ist. Er muss sich erst neu sortieren.«

»Bist du dir sicher?« Lowrie hob eine Augenbraue.

Mara nickte. Sagen konnte sie nichts.

»Oje … Und jetzt hast du natürlich Angst, wieder enttäuscht zu werden. In der Hinsicht kann ich dich verstehen. Einmal ist schon schlimm genug. Aber ein zweites Mal? Nein danke.« Lowrie rollte die Augen.

Mara spürte Tränen des Frusts in sich aufsteigen. Wie hatte sie es nur geschafft, sich ausgerechnet in die Situation hineinzumanövrieren, die sie ursprünglich hatte vermeiden wollen?

»Ach Mensch, komm her …« Lowrie legte den Arm um sie und drückte sie fest. »Du wirst mir schrecklich fehlen.«

»Du mir auch.« Verstohlen wischte sich Mara über die Augen.

»Wird Rosie allein zurechtkommen?«

»Es wird schon klappen«, meinte Mara, froh, dass Lowrie ein anderes Thema anschlug. »Im Augenblick ist nicht viel los. Auf längere Sicht suche ich eine Aushilfe. Deswegen bin ich unter anderem auch hier. Dürfte ich vielleicht wieder einen Aushang machen? Ich habe ihn dabei.« Sie holte einen Computerausdruck aus ihrer Handtasche und überreichte ihn Lowrie.

»Aushilfe gesucht? Zwei bis drei Mal pro Woche?« Lowrie blickte von den Zeilen auf und schüttelte den Kopf. »Kommt nicht infrage. Auf keinen Fall hängst du das auf.«

»Nicht?«

»Nein.«

»Aber warum?« Mara hob bekümmert die Augenbrauen. Sie verstand gar nichts.

Lowrie grinste. »*Ich* möchte den Job.«

»Aber du arbeitest doch hier im Supermarkt?« Mara kam sich vor, als stünde sie noch immer auf der Leitung.

Lowrie erklärte: »Wie du sicher mitbekommen hast, haben die meisten von uns mehrere Jobs. Davy zum Beispiel. Eigentlich ist er Kleinbauer, aber die Croft wirft nicht genug ab, um davon zu leben. Deshalb arbeitet er auch als Briefträger, beim Küstenschutz und gelegentlich noch als DJ. So funktioniert das hier.«

Mara dämmerte es langsam. »Na, wenn das so ist.« Sie schnitt eine feierliche Miene und reichte Lowrie gespielt förmlich die Hand. »Herzlich willkommen im Seaview!«

Die Türglocke schrillte erneut. Als hätte er geahnt, dass sie eben über ihn gesprochen hatten, betrat Davy den Laden, in Jeans und ausgewaschenem hellbraunem T-Shirt. Das blonde Haar stand ihm wirr um den Kopf, seine Wangen waren gerötet von der Seeluft.

»Hi, Davy«, rief Lowrie ihm zu. »Du kommst genau richtig, um Mara Lebewohl zu sagen. Hast du es schon gehört?« Sie verzog traurig das Gesicht. »Mara verlässt uns, und zwar schon morgen.«

Mara bemerkte, wie Davy von einem Fuß auf den anderen trat. Er warf ihr einen schrägen Blick von der Seite zu. »Ehrlich gesagt bin ich hier, um mit dir zu sprechen, Mara. Rosie meinte, ich finde dich hier.« Pause. »Ähm …, hast du vielleicht einen Moment?«

Wo kam das denn auf einmal her? Mara blinzelte. Sie musste sich eine entsprechende Bemerkung verkneifen. Bisher hatte Davy einen Bogen um sie gemacht. Als gebe es nichts Schlimmeres für ihn, als sich mit ihr zu unterhalten. Zumindest hatte es so gewirkt. Gleichgültig zuckte sie die Schultern. »Klar.«

»Okay …« Unschlüssig schob Davy die Hände in die Taschen seiner Hose. Es wirkte, als wäre ihm mitten in dem Anlauf, den er genommen hatte, die Luft ausgegangen. »Kann ich …, ich meine … könnten wir unter vier Augen reden?«

»Ich bin dann mal im Lager«, erklärte Lowrie, schneller als Mara einen klaren Gedanken fassen konnte. Sie schnappte sich einen Stapel leerer Joghurtträger. »Kartons aufräumen und so.«

»Okay. Was gibt's?«, fragte Mara ein wenig brüsk, als sie allein waren.

Pause. Mit einem Brummen sprang das Aggregat der Kühltheke an.

»Gavin sagt, du hättest dich von ihm getrennt.«

O Gott, bitte nicht das … Mara spürte, wie ihr der Magen in die Knie rutschte und ihr Herz wie wild zu hämmern begann. Gleichzeitig erwischte sie sich dabei, wie sie Davy misstrauisch musterte. Hatte Gavin ihn geschickt? Um es zwischen ihnen wieder einzurenken?

»Getrennt?«, wiederholte sie zögerlich. »Ich weiß nicht, ob man das so sagen kann. Eigentlich war es mehr ein Urlaubsflirt.«

Wieder Pause. Das Surren der Kühltheke machte Mara nervös.

»Nicht für Gavin. Er empfindet mehr für dich.«

Mara spürte ein Flattern im Bauch. »Woher willst du das wissen?«

Diesmal kam die Antwort prompt. »Weil er schon vor vierzehn Jahren in dich verliebt war.«

»Klar, deshalb hat er mich auch geghostet.« Maras Stimme klang ungewollt zynisch. Sie unterbrach sich und atmete tief ein.

Eine ganze Weile herrschte Schweigen. Hinter der Lagertür erklangen Geräusche, als würde Pappe zerrissen. Die Kühltheke verströmte einen schwachen Ozongeruch.

Mara spürte einen schalen Geschmack im Mund. Sie nahm eine Packung Kaugummi aus dem Regal und legte sie auf die Theke.

»Vielleicht hätte damals etwas aus Gavin und mir werden können. Nur leider hat er es gründlich vermasselt.« Mit einem bitteren Lächeln drehte sie sich zu Davy um. »Und jetzt leben wir in unterschiedlichen Welten. Gavin hier, ich in München. Glaub mir, mein Leben ist auch ohne Gavin großartig. Ich habe wunderbare Freunde und einen Job, der mich erfüllt. Warum sollte ich das aufgeben für einen Mann, der das Scheitern seiner Ehe noch nicht verdaut hat und im Grunde gar nicht offen für eine neue Beziehung ist?«

Davy schüttelte den Kopf. »Du irrst dich. Gavin hat die Trennung von Sunniva längst weggesteckt. Und was euch beide betrifft, liegt ihm wirklich viel an einer gemeinsamen Zukunft.«

»Es tut mir leid, aber das kann ich nicht. Nicht nach dem, wie es damals mit uns lief«, sagte Mara leise.

Davy fuhr sich mit der Hand übers Gesicht, die Geste eines Mannes, der etwas sagen möchte, aber nicht weiß, wie. »Hör mal … es gibt da etwas, was ich dir sagen muss. Eigentlich hätte ich es schon längst tun sollen, aber dann …«

Mara spürte ein unangenehmes Prickeln über ihren Rücken laufen. »Lass es gut sein, Davy. Wenn du dich für dein Verhalten an Simmer Dim entschuldigen möchtest, es spielt keine Rolle mehr.«

»Doch. Tut es.«

Abweisend hob Mara die Hände. »Lassen wir es. Du warst betrunken und hast mir nachgestellt. Ich möchte mich nicht mehr daran erinnern.«

Davy machte zwei hektische Schritte auf Mara zu. Plötzlich stand er dicht vor ihr. Die Adern an seiner Schläfe pochten.

»Gavin hat dich damals nicht sitzen lassen. Ich habe ihm Lügen erzählt. Deshalb ist er mit mir abgehauen.« Die Worte waren so überhastet über seine Lippen gekommen, dass er atemlos vor ihr stand.

»Ich verstehe nicht ...« Mara erstarrte. »Was erzählst du denn da?«

Der Blick aus Davys Augen ging Mara durch und durch. Davy wirkte zerrissen. Er senkte das Kinn »Ich weiß nicht, wie ich es dir erklären soll ...«, setzte er an.

Maras Magen verschlang sich zu einem Knoten. Sie hatte keine Ahnung, was gerade ablief, aber es fühlte sich ungut an.

»Gavin ist mein bester Kumpel. Wir sind wie Brüder. Von klein auf wussten wir alles voneinander. Unsere ganze Jugend hindurch waren wir unzertrennlich. Später, als wir anfingen, uns für Frauen zu interessieren, ahnten wir, dass sich dadurch unsere Freundschaft ändern könnte. Also haben wir uns geschworen, wir würden nie zulassen, dass sich eine Frau zwischen uns stellt. Eigentlich gab es auch nie ein Problem damit. Gavin und ich fahren nämlich auf völlig unterschiedliche Frauentypen ab.« Davys Blick wurde eindringlich. »Außer in einem Fall.«

Mist! O Gott! Mara schluckte schwer. Sie spürte ihre Knie zittern. »Du meinst mich.«

»Ja.«

Stille. Im Hintergrund surrte die Kühltheke.

Davys Blick ließ sie nicht los. Mara meinte Schmerz und Schuld in seinen Augen aufflammen zu sehen. Er schüttelte den Kopf. »Ich war vom ersten Moment an hin und weg von dir. So etwas war mir zuvor noch nie passiert. Dieses Gefühl, jemanden wirklich ernsthaft zu wollen … Es hat mich komplett umgehauen. *Du* hast mich umgehauen.«

»Davy …«, murmelte Mara tonlos. Ihr Kopf war wie leer. Es fühlte sich an, als hätte jemand den Sicherungsknopf gedrückt und abgeschaltet, bevor es zur Kernschmelze gekommen wäre.

Davy ließ sich nicht unterbrechen. Es schien, als wäre ein Damm in ihm gebrochen. »Und dann an Simmer Dim … Als ich gesehen habe, wie Gavin und du euch geküsst habt, da ist alles in mir aus den Fugen geraten. Ich wusste sofort, dass ich bei dir keine Chance hatte. Gleichzeitig war das der Mega-GAU, von dem ich gehofft hatte, dass er nie eintreten würde. Ich stand da und sah zu, wie mein bester Kumpel die Frau küsste, in die ich mich vor ihm verliebt hatte.«

Mara wusste nicht, was sie sagen sollte. Doch langsam dämmerte in ihr eine Erkenntnis.

»Also hast du dafür gesorgt, dass deine Welt wieder ins Lot kam«, sagte sie, und ihre Stimme klang merkwürdig dünn in ihren Ohren.

Davy nickte schwerfällig. »Ich habe Gavin an unser Versprechen erinnert. Dass wir abhauen und nach Italien fahren sollten, war meine Idee.«

Mara hob eine Augenbraue. »Und darauf hat er sich ohne Wenn und Aber eingelassen?«

»Nicht ganz … Erst nachdem ich ihm erzählt hatte, dass du zuvor mit mir herumgemacht hättest.«

»Wie bitte?« Mara klappte der Kiefer hinunter. Das Hämmern ihres Herzens dröhnte in ihren Ohren. »Fuck, Davy! Das ist unterirdisch. Du hast dir eine faustdicke Lüge ausgedacht, um Gavin und mich auseinanderzubringen? Weil ... weil du es nicht ertragen konntest, uns miteinander zu sehen?«

Davy nickte stumm. Er stand da wie ein geprügelter Hund.

»Dazu hattest du kein Recht«, rief Mara erhitzt.

»Ich weiß. Ich bin ein Riesenarsch.«

Davys betroffener Gesichtsausdruck dämpfte Maras Verlangen, ihm sämtliche Kraftausdrücke an den Kopf zu werfen, die ihr in den Sinn kamen. Schwer atmend stand sie da. »Scheiße, Davy. Weiß Gavin davon?«

»Nein, aber ich werde es ihm sagen.«

Eine ziemliche Weile standen sie sich stumm gegenüber.

Mara musste das alles erst einmal sacken lassen. Ihr Atem ging flach und schnell. Sie bedeckte ihr Gesicht mit den Händen und holte ein paarmal tief Luft. Dann ließ sie die Hände wieder sinken. Ihre Wut auf Davy hatte sich zumindest so weit gelegt, dass sie wieder halbwegs klar denken konnte. Was nützte es, dass Davy jetzt mit der Wahrheit herausrückte? Die Vergangenheit ließ sich dadurch nicht ändern. Und darüber nachzudenken, was gewesen wäre, wenn, brachte nichts. Höchstens Frust. Sie schüttelte langsam den Kopf. »Danke für deine Ehrlichkeit. Jetzt weiß ich zumindest, wie alles kam. Allerdings ändert das auch nichts daran, dass ich morgen nach Hause fliege.«

»Du bist dabei, den größten Fehler deines Lebens zu machen.« Davy warf ihr einen Blick zu, der alles, was Mara gerade durch den Kopf ging, zum Schweigen brachte und sie leicht panisch werden ließ.

»Ich kenne Gavin besser als jeder andere. Vielleicht sogar besser als er sich selbst. So glücklich, wie er in den vergangenen Wochen mit dir war, habe ich ihn selten erlebt. Und jetzt ...« Davy unterbrach sich und zuckte die Achseln.

Mara hatte das Gefühl zu fallen und hielt sich an der Theke fest. Angst, Zweifel, Hoffnung, Sehnsucht ... wie ein Sturm über dem Meer tosten die unterschiedlichsten Emotionen in ihr.

Davys Ton wurde beschwörend. »Ich bin hier, um das in Ordnung zu bringen, was ich damals verkackt habe. Weil ich so ein Arsch war. Bitte … überleg es dir. Gib Gavin eine Chance.«

Mara spürte ihre Wangen prickeln. Ihr Hirn war wie leer, während ihr Herz zu zerspringen drohte. »Ich weiß nicht, was ich dazu sagen soll«, murmelte sie schließlich.

»Denk darüber nach, ja? Das ist alles, worum ich dich bitte.« Davys Hand ruhte für einen Moment auf ihrer Schulter. Dann drehte er sich um und verließ mit schweren Schritten den Laden.

Wie betäubt blickte Mara ihm hinterher. Das Klingeln der Türglocke löste sie aus der Erstarrung. Sie schloss die Augen und kämpfte gegen das Brennen in ihrer Kehle an.

Gavin fehlte ihr. So sehr, dass es ein Loch in ihr Herz brannte. Tränen stiegen ihr in die Augen und rollten ihre Wangen hinunter. Wütend und hilflos wischte sie sie beiseite.

Selbst wenn sie es sich noch so sehr wünschte, das mit Gavin und ihr hatte keine Zukunft. Nicht auf zweitausend Kilometer Entfernung.

Kapitel 32

Nass und durchgefroren kehrte Mara von ihrem Abschiedsspaziergang rund um die Bucht zurück ins Seaview. Ausgerechnet an ihrem letzten Abend zeigte sich Shetland von seiner ungemütlichen Seite.

Sie kochte Tee und trat an die große verglaste Aussichtsfront des Speisezimmers. Gut, dass sie es noch rechtzeitig nach Hause geschafft hatte. Draußen peitschte der Sturm den Regen waagrecht gegen die Scheibe. In Sturzbächen rauschte und gurgelte das Wasser durch die Regenrinne und das Rohr an der Hauswand hinunter. Der Wind fuhr heulend in den Kamin. Sie legte beide Hände um ihren heißen Becher und atmete tief aus.

Der Tee tat gut. Allmählich löste sich das Frösteln in ihren Gliedern. Als sie ausgetrunken hatte, stellte sie den Becher auf dem Tisch ab. Auf Wollsocken ging sie in ihr Zimmer und schaltete den neu installierten Handtuchtrockner im Ensuite-Bad ein. Das Handtuch duftete zart nach Waschmittel. Mit leiser Wehmut ließ sie ihren Blick durch das Zimmer wandern, das in den vergangenen Wochen ihr Zuhause gewesen war. Nun befanden sich nur noch wenige persönliche Gegenstände von ihr darin. Der gepackte Koffer am Fußende des Bettes. Eine dünne Jacke, weil es ihr in den Flughafenterminals immer viel zu warm und stickig war. Ihr Rucksack neben der Kommode. Das Flugticket auf der Kommode. Daneben einige Abzüge von Fotos, die sie besonders gern mochte. Lächelnd griff sie nach einem Selfie, das sie auf dem Olympiaberg zeigte, verschwitzt und mit einem zufriedenen Grinsen auf den Lippen, hinter ihr die aufgehende Sonne, neben sich ihr Fahrrad. Ein anderes mit Jezz und Lisa beim Anstoßen in einem Biergarten in Giesing. Ach, Mann ..., nachdenklich strich sie mit dem Finger über die lachenden Gesichter der Freundinnen. Bald würden sie wieder zu dritt in einer Münchner Kneipe sitzen und sich über die Zeit auf Shetland unterhalten. Dann wäre die Zeit hier längst Vergangenheit ...

Sie griff nach dem letzten Bild. Ein Selfie, das Gavin und sie zusammen zeigte, glücklich lächelnd, die Köpfe aneinandergeschmiegt. Im Hintergrund glitzerte das Meer bei Sonnenuntergang. Ein heißes, sehnsüchtiges Gefühl strömte durch ihre Brust. Mit leiser Wehmut betrachtete sie die Aufnahme. Dann legte sie sie zusammen mit den anderen Fotos in die Mappe, in der sich auch Agnes' Brief befand. Ihr Blick fiel aus dem Fenster, auf die sturmumtoste Küste.

... Seaview war mein Traum, und ich habe ihn gelebt. Du hingegen hast das Recht, ja sogar die Pflicht, deinen eigenen, ganz persönlichen Traum zu leben ...

Es war, als stünde Agnes neben ihr und flüstere ihr die Worte ins Ohr.

Mara ließ sich auf einen Stuhl am Fenster sinken. Unten in der Bucht waberten Seenebel. Der Himmel hatte sich dunkel gefärbt. Die schmale Linie am Horizont, die Land und Meer voneinander trennte, verschwamm in den Grautönen.

Das Gespräch mit Davy hatte sie den ganzen Nachmittag über verfolgt. Wie ein Schatten, den man nicht loswurde, holte es sie auch jetzt wieder ein.

Ihr Blick verlor sich an dem wolkenverhangenen Himmel. Gavins Gesicht tauchte vor ihrem geistigen Auge auf. Sein Blick ruhte voll Liebe und Sehnsucht auf ihr. Das Verlangen nach ihm wurde übermächtig. Ihr Körper schmerzte, so sehr verzehrte sich jede einzelne Zelle nach ihm. Gleichzeitig fühlte sie sich müde und erschöpft. So, als wäre sie von einem langen und aussichtslosen Kampf zurückgekehrt. Ein Kampf, den sie gegen sich selbst ausfocht.

Stöhnend erhob sie sich und rieb sich die pochenden Schläfen. Warum war alles so kompliziert? Alles verschlang sich zu einem einzigen wirren Knoten. Mit einem hohlen Gefühl im Bauch warf sie sich auf ihr Bett und vergrub das Gesicht in den Kissen.

In Gedanken sah sie sich wieder bei ihrem ersten Date mit Gavin in dem Steakhouse sitzen. Zuerst hatte sie sich gefragt, ob sie noch ganz bei Sinnen war, sich ein zweites Mal auf ihn einzulassen. Aber dann, ganz allmählich, hatte sie sich einen Schritt vorwärts gewagt. Und dann wieder einen, und noch einen. Dabei hatte die ganze Zeit über diese unglaubliche körperliche Anziehungskraft zwischen ihnen bestanden. Als sie sich nicht treffen konnten, weil es gegen die Regeln des Wettbewerbs verstoßen hätte, war Gavin auf die Idee mit den Telefonaten gekommen. Bei der Erinnerung an die Videocalls und daran, dass Gavin telefonieren eigentlich hasste, musste sie lächeln. Die Nacht, in der sie sich ausgesperrt und dann bei ihm übernachtet hatte. Wie sie es kaum ausgehalten hatte, neben ihm im Bett zu liegen, ohne ihn zu berühren. Später dann die heißen Küsse im Gewächshaus, als er den Sitz in der Jury ihretwegen aufgegeben hatte. Jezz und Lisa, die ausgerechnet in dem Moment aufgekreuzt waren, als sie kurz davor gewesen waren, miteinander zu schlafen. Lisa, die auf sie eingeredet hatte, sich endlich für eine neue Beziehung zu öffnen. Der erste Sex mit Gavin, als sie sich hatte fallen lassen. Das sorglose Gefühl in der

Zeit danach, bis hin zu dem Treffen am Strand mit Marjoleen, bei dem diese geschickt neue Zweifel und neue Ängste in Mara entfacht hatte.

Sie hob den Kopf. Ihr Blick fiel auf den reisefertigen Koffer.

Wenn sie nur gewusst hätte, was sie machen sollte.

Es wäre so verdammt einfach gewesen, wieder auszupacken und zu bleiben.

Und so verdammt falsch.

KAPITEL 33

Mara stand in der Abfertigungshalle des Sumburgh Airport. Sie hatte Ringe unter den Augen nach einer schlaflosen Nacht. Das Gefühl, an einer Kreuzung ihres Lebens zu stehen und Angst vor einem falschen Schritt zu haben, wurde immer stärker. Mit langsamen Schritten schob Mara den Koffer durch die Halle. Schräg einfallende Sonnenstrahlen zeichneten ein Muster aus Hell und Dunkel auf den grauen Boden. Vor dem Visit Scotland Shop warnten gelbe Aufsteller vor nassem, rutschigem Boden. Sie war noch viel zu früh dran. Am Flybe-Abfertigungsschalter war noch nicht viel los. Sie hätten sich heute Morgen ruhig mehr Zeit lassen können, doch Rosie, die sie mit dem Auto zum Flughafen gebracht hatte, hatte Sorge, Mara könnte sonst den Flug verpassen.

Der Mann vor ihr stellte einen roten Gitarrenkoffer auf das Förderband, dann ließ er sich die Tickets reichen, und Mara war an der Reihe. Zu ihrer Überraschung entdeckte sie ein wohlbekanntes Gesicht hinter dem Schalter. Mit einem Lächeln ging sie auf Paris zu.

»Wie schön, Sie zu sehen. Ich erinnere mich noch gut an unser Gespräch auf Ihrem Hinflug«, begrüßte Paris sie.

Mara grüßte zurück und reichte Paris die Reisedokumente.

»Dann sind Sie doch länger als ursprünglich geplant auf Shetland geblieben.« Paris warf einen Blick in den Pass, bevor sie ihn durch den Scanner zog. »Hatten Sie eine schöne Zeit in Ihrem B&B?«

»Eine wunderschöne sogar.« Ein bittersüßer Schmerz durchströmte Maras Brust. Sie hob den Koffer auf das Band.

»Batterien aufgeladen? Dann also zurück in den Alltag«, scherzte Paris und zwinkerte ihr zu.

Mara nickte. Wirklich bereit für den Münchner Trott fühlte sie sich nicht. Ihr Blick wanderte zu den Oberlichtern. Draußen regnete es in Strömen.

Paris sah auf den Computer. Fragend hob sie eine Augenbraue. »Soll ich Ihnen wieder den Einzelplatz in der ersten Reihe geben? So wie beim letzten Mal? Dann können wir bei Start und Landung wieder ein wenig plaudern.«

»Gern.«

Die Flugbegleiterin tippte etwas in die Tastatur des Rechners. Dann legte sie das ausgedruckte Ticket vor Mara auf den Tresen und beugte sich zur Seite. Mit einer geübten Bewegung löste sie den Klebestreifen und wickelte die Banderole mit der Flugnummer darauf um den Griff von Maras Koffer. »Fertig.«

»Dann sehen wir uns nachher?« Mara warf Paris ein unsicheres Lächeln zu.

Paris nickte fröhlich. »Ja, ich bin heute am Boden und in der Luft eingeteilt.«

»Super. Dann bis gleich. Die Sicherheitskontrolle ist da drüben, richtig?« Mara deutete quer durch die Halle.

»Schon, aber Sie haben noch jede Menge Zeit. Vertreten Sie sich lieber noch ein wenig die Beine vor dem Flug. Übrigens ist der Kaffee in der Bar da drüben spitze. Und die Sandwiches kann ich ebenfalls empfehlen.«

»Danke für den Tipp«, gab Mara erfreut zurück. Kaffee klang himmlisch, und Hunger bekam sie allmählich auch. Kurz darauf stand sie vor der Bar. Der Mitarbeiter hinter dem chromblitzenden Tresen hatte ihr den Rücken zugewandt. Er trug ein grünes T-Shirt und hatte schwarzes, kurzes Haar.

»Eine XXL-Latte bitte«, sagte Mara höflich.

Der Mann drehte sich um. Mara keuchte auf. Für den Bruchteil einer Sekunde glaubte sie, Gavin gegenüberzustehen. Verwirrt biss sie sich auf die Lippe. Ihr Herz klopfte zum Zerspringen. Jetzt sah sie schon Gespenster.

Die Kaffeemaschine surrte. Zwei Minuten später stand ein gut gefüllter Pappbecher vor Mara. »Drei Pfund achtzig bitte. Zucker gibt es da drüben.« Er deutete auf eine Ablagefläche. »Unter dem Schwarzen Brett.«

»Danke«, sagte Mara mit merkwürdig belegter Stimme und griff nach dem Becher.

Benommen nahm sie ein Päckchen Zucker aus der Box und versuchte, es mit zitternden Fingern zu öffnen. Das Papier ließ sich einfach nicht zerreißen. Sie musste die Zähne benutzen, um ein Loch in den Streifen zu bekommen. Noch immer wie in Trance hob sie das Kinn. Dabei fiel ihr Blick auf eine Stellenausschreibung an der Pinnwand.

Die Laurenson-Spinnerei in Walls suchte einen Teilzeitmitarbeiter – m/w/d – für die Buchhaltung.

Ausgerechnet …

Mara bemerkte, dass sie zitternd ausatmete.

Es war ein wenig viel.

Erst der Gavin-Doppelgänger hinter dem Tresen, jetzt das.

Mit einem Rauschen in den Ohren setzte sie sich an einen Tisch. Sie schlug die Beine über. Dann nahm sie einen Schluck aus dem Becher. Der Kaffee unter dem Milchschaum war siedend heiß. Ihre Zunge wurde pelzig, sie hatte sich verbrannt.

Nervös verlagerte sie das Gewicht. Sie setzte ein Bein ab und schlug das andere über.

Ihr Blick wanderte zu einer der Uhren in der Halle. Vierzig Minuten bis zum Boarding.

Sie drehte den Kopf und linste zu dem Stellengesuch auf dem Schwarzen Brett hinüber.

Alle auf Shetland hatten mehrere Jobs, um über die Runden zu kommen. Das hatte Lowrie gesagt.

Bereit für den Münchner Trott ...?

Mit einem tiefen Seufzer pustete sie in den Milchschaum.

Davys Stimme hallte durch ihr Gehirn. *Du bist dabei, den größten Fehler deines Lebens zu machen. So glücklich, wie Gavin in den vergangenen Wochen mit dir war, habe ich ihn selten erlebt ...*

Verflixt! Eigentlich glaubte sie nicht an Zeichen. Eigentlich.

Der Kaffee war immer noch zu heiß, um ihn zu trinken. Abwesend rührte sie in dem Becher. Ihre Gedanken flogen umher und ließen sich nicht greifen. Brütend starrte sie vor sich hin.

Dann wurde ihr Flug aufgerufen. Die Fluggäste an den umliegenden Tischen und auf den Sitzbänken im Wartebereich erhoben sich. Mara nahm einen vorsichtigen Schluck von der Latte und ließ den Rest stehen.

Mit einem flauen Gefühl im Bauch stand sie kurz darauf vor der Sicherheitskontrolle. Als sie an der Reihe war, legte sie Jacke, Gürtel, Schuhe und Tasche in die grauen Boxen. Es dauerte kurz, dann forderte die Mitarbeiterin der Security sie auf, durch den Körperscan zu gehen.

Doch Maras Füße bewegten sich keinen Zentimeter. Es ging einfach nicht. Sie stand da wie gelähmt.

»Die Dame, bitte!« Die Mitarbeiterin winkte auffordernd mit der Hand.

Verständnislos schüttelte Mara den Kopf. Was tat sie hier?

Ihr Herz hämmerte fest gegen ihre Rippen. Alles, woran sie denken konnte, war, dass sie Gavin nie wiedersehen würde und dass Davy recht hatte.

Das hier war der größte Fehler ihres Lebens.

»Entschuldigung, aber Sie müssen jetzt bitte weitergehen«, sagte der Herr hinter Mara. »Oder leiden Sie unter Flugangst?«

»Es tut mir leid …« Sie schluckte. Dann schüttelte sie den Kopf und machte einen entschlossenen Schritt auf die Frau an der Security zu.

»Ich fliege nicht mit«, erklärte Mara und atmete tief aus. »Was muss ich tun, damit ich meinen Koffer zurückbekomme?«

KAPITEL 34

Mara hätte nicht sagen können, wie es ihr gelungen war, aber mit der Hilfe von Paris hatte sie es geschafft, den Koffer zurückzubekommen. Den Aushang mit der Stellenbeschreibung hatte sie kurzerhand vom Schwarzen Brett genommen, dann war sie mit dem Schlüssel in der Hand zu ihrem neuen Mietwagen geeilt. Nun lag das Blatt neben ihr auf dem Beifahrersitz, während sie mit wild pochendem Herzen durch den strömenden Regen zurück nach Walls fuhr. Der Himmel sah dramatisch aus, passend zu ihrer Stimmung. Über dem Meer hingen tiefe Wolken, die Nordsee war grau wie Stahl. Doch mit einem Mal riss im Westen der Himmel auf. Muster aus Licht und Schatten flossen über die hügelige Landschaft. Als sie die Spinnerei erreichte und den Wagen in die Einfahrt lenkte, schillerte über ihr ein doppelter Regenbogen.

Sie parkte den Wagen hinter einem Lkw. Als sie ausstieg, stand Gavin im Eingang einer großen Lagerhalle. Schwarzes Hemd, graues Sakko und Jeans. In seinem braunen Haar verfingen sich die Sonnenstrahlen. Atemlos und auch sehr nervös blickte sie zu ihm hinüber. Er unterhielt sich mit einem Mitarbeiter. Riesige Ballen bunt gefärbter Wolle stapelten sich hinter ihm auf hohen Regalen.

Mara stand wie angewurzelt da, in der Hand das Blatt mit der Stellenausschreibung. Ihr Herz schlug bis zum Hals. Ihre Hände zitterten. Und jetzt?

Ihr Mund war trocken. Sie ging auf ihn zu.

Er blickte von dem Klemmbrett auf, das er in den Händen hielt. »Mara!« Sein Gesichtsausdruck war überrascht, aber nicht so überrascht, wie Mara erwartet hatte.

»Hallo, Gavin.« Sie blieb stehen und räusperte sich.

Er fing sich als Erster wieder. Ein halbes Lächeln glitt über sein Gesicht. Es wirkte unsicher. »Wie gut. Dann hat Amber dich also noch rechtzeitig erreicht. Konntest du deinen Flug verschieben?«

»Was? Wieso?« Sie runzelte die Stirn.

Er machte einen Schritt auf sie zu. »Amber wollte dich anrufen und dich bitten, noch ein paar Tage dranzuhängen. Sie braucht dich für die Pressefotos.«

»Ähm … Mein Handy war ausgeschaltet.« Mara zuckte verlegen die Schultern. »Amber hat mich nicht erreicht.«

Gavin hob eine Augenbraue. »Dann weißt du also noch nicht, dass du den Wettbewerb gewonnen hast? Ich dachte, du seist deswegen hier.«

»Nein.« Mara musste schwer schlucken. Ohne sich dessen bewusst zu sein, drehte sie den Zettel mit der Stellenausschreibung zu einer festen Rolle zusammen. Das mit dem Wettbewerb rauschte völlig an ihr vorbei. »Ich wollte mich bewerben. Um die Stelle. Ich habe den Aushang am Flughafen gesehen. Hier.« Mit verschwitzten Händen strich sie das Papier glatt und hielt es ihm hin.

»Wie? Du willst bei uns zu arbeiten anfangen?« Gavin starrte sie an, als bekäme er eins und eins nicht mehr zusammen. »Aber wieso?«

»Na ja …« Mara holte tief Luft. »Mit einem Nebenjob käme ich über die Runden, bis das B&B richtig läuft …«

Klappernd fiel das Klemmbrett zu Boden. Gavins Gesicht verzog sich zu einer vorsichtigen Grimasse. »Du Verrückte! Willst du damit sagen, dass du hierbleibst? Auf Shetland?«

»Schon ...« Sie lächelte schief.

Himmel, da war er wieder, dieser Blick, der ihr das Gefühl gab, die einzige Frau auf der Welt zu ein. Das Herz tanzte in ihrer Brust.

»Das heißt, du gibst uns eine Chance?« Sein Grinsen wurde breiter. In der nächsten Sekunde streckte er die Hand nach ihr aus und zog sie an sich.

Plötzlich löste sich alle Anspannung in ihr. Sie schlang die Arme um Gavins Hals und drückte den Kopf fest gegen seine Brust. Dicht an ihrem Ohr vibrierte das Echo seines Herzschlags. Zuverlässig. Stark. Vertraut. Mara hätte heulen können vor Glück. Verlegen wischte sie sich eine Träne aus dem Augenwinkel.

»Hey«, raunte er sanft dicht neben ihrem Ohr. »Alles gut?«

»Jetzt schon.« Sie lächelte die Tränen weg und blickte zu ihm auf.

Er legte die Stirn an ihre, während er sie so fest an sich gedrückt hielt, dass kaum noch Luft zwischen ihnen war. »Mara ...«, flüsterte er sanft.

Und dann küsste er sie. Mara schloss die Augen. Die Welt um sie herum versank. Bestand nur noch aus ihnen beiden und diesem unglaublichen Glücksgefühl, das wie ein aufregendes, wohltuendes Prickeln durch jede einzelne Nervenzelle in Maras Körper strömte.

Zeit spielte keine Rolle mehr. Gavins Mund verschmolz mit ihren Lippen, so als wollte er sich nie wieder von ihr lösen. So, als gehörten sie für immer zusammen.

Als der Kuss dann doch irgendwann endete, hielt Gavin sie noch weiter in seinen Armen fest.

Ein Klatschen hallte über den Hof, das lauter wurde und lauter. Jemand pfiff auf zwei Fingern. Dazu ertönten Rufe.

»Bravo!«

»Gut gemacht, Chef!«

»Weiterküssen, oder war's das schon?«

Erst jetzt bemerkte Mara die Lagerarbeiter, die in einiger Entfernung standen und ihnen applaudierten, begleitet von anzüglichen, aber durch und durch wohlmeinenden Blicken.

»Danke, Leute.« Gavin hob eine Hand. Dazu grinste er breit über das ganze Gesicht. »Macht heute Abend eine halbe Stunde früher Feierabend. Ich möchte mit euch anstoßen. Auf dieses verrückte, unvorhersehbare Leben, in dem Träume manchmal genau dann wahr werden, wenn man die Hoffnung auf ein gutes Ende aufgegeben hat.«

Und dann legte er den Arm um Mara und spazierte mit ihr davon, hinunter an den Strand, wo Möwen kreischten, Otter auf den Wellen schwammen und sie für sich allein waren.

Epilog

Es waren der längste Tag und die kürzeste Nacht. Bis weit in den Abend hinein hatte sich das Licht wie flüssiges Gold auf den Wellen gespiegelt. Die Luft war erfüllt gewesen vom Kreischen der Seevögel. Inzwischen war es stiller geworden, die Sonne war tiefer gerutscht. Mit den dunklen, zerklüfteten Küsten, die sich schemenhaft hintereinander reihten, mutete die Landschaft Shetlands überirdisch schön an. Unter dem gleichmäßig rauchblauen Himmel glühte ein schmaler Streifen Horizont in Orangetönen. Die Oberfläche des Meeres schimmerte wie Seide, von einem sanften Windhauch bewegt. Überall entlang der Küste warfen Leuchtfeuer ihren flackernden Schein. Simmer Dim … ein Zauber lag in der Luft, der auch die Bucht von Muckle Roga erfüllte. Zu den Stimmen der Erwachsenen mischten sich helles Kinderlachen und der Klang einer unglaublich schräg gestimmten Gitarre.

»Erzählst du uns die Geschichte noch einmal?« Olivia, die auf Gavins Schoß in der Nähe des wärmenden Feuers saß, drehte den Kopf zu ihrem Daddy. Sie legte ihre Hände um sein Gesicht und zog es zu sich herunter, sodass ihre Blicke sich trafen. »Bitte, Daddy!«

Gavin schnitt eine ratlose Grimasse, aber Mara, die ihm gegenüber am Feuer saß, bemerkte über den Rauch hinweg, dass er nur so tat.

»Welche Geschichte, Kleines? Die von der Meerjungfrau und dem Selkie?«

»Nein, Dummie!« Entrüstet nahm Olivia die Hände weg und stemmte sie stattdessen in die Seiten. »Die von dir und Mara und wie sie auf einmal bei dir in der Spinnerei aufgetaucht ist.«

»Ach so, *die* Geschichte meinst du. Na schön, aber eigentlich müsstest du sie inzwischen in- und auswendig kennen.« Gavin grinste spitzbübisch.

Mara ließ den Blick von Gavin zu Olivia gleiten. Als sie Olivias gespanntes Mienenspiel bemerkte, musste sie sich das Lachen verkneifen. Inzwischen wusste sie genau, dass Gavin es liebte, seine Jüngste auf die Folter zu spannen.

»Aber wir hören sie trotzdem so gern«, sprang Grace ihrer Schwester zur Seite und rückte ein Stück näher an Gavin heran.

Gavin legte den Arm um seine Älteste. »Später vielleicht. Eigentlich müsste Mara es erzählen, denn es ist ja *ihre* Geschichte.«

Mara winkte schmunzelnd ab. »Ich überlass es gern dir. An den Stellen, an denen du nicht weiterweißt, kann ich dich unterstützen.« Ihr Lächeln erlosch, dafür verdrehte sie gequält die Augen. »Aber zuvor sollte irgendjemand Davy davon abhalten, weiter ›Wonderwall‹ auf der Gitarre zu spielen. Abgesehen davon, dass er keinen einzigen Akkord richtig anschlägt, singt er mehr laut als schön. Können wir ihn nicht einfach fesseln und knebeln, bevor die Kegelrobben aus lauter Verzweiflung in das Gejaule einstimmen?« Mara zog eine Schnute.

»Hast recht.« Gavin nickte. Dann steckte er zwei Finger in den Mund und pfiff gellend. »Hey, Davy, wie wäre es mit einer

Pause? Uns fliegen schon die Ohren weg. Bist du sicher, dass Gitarre dein Instrument ist?«

Die Musik verstummte. Davy, der zusammen mit ein paar weiteren Bekannten auf einer Mauer in der Nähe des verfallenen Bootshauses saß, baumelte lässig mit den Beinen. »Chill, Gav. Du weißt, dass es schon immer mein Wunschtraum war, Gitarre zu lernen. Meine Eltern hatten nur leider das Geld nicht. Also habe ich beschlossen, es mir jetzt selbst beizubringen. Du hast sicher Verständnis, dass ich ein wenig üben muss.«

»Üben?«, spottete Gavin. »Es gibt ungefähr einen Griff, den du beherrschst. Was bedeutet, dass du völlig willkürlich alle paar Sekunden über die Saiten schrammst, egal ob es gerade zum Takt passt oder nicht. Ehrlich, Kumpel, du bist ungefähr so musikalisch wie ein Walross. Hey …« Gavin verstummte für einen Moment und duckte sich. »Hör auf, mich mit deinen abgelutschten Olivenkernen zu bewerfen, das ist echt eklig. Außerdem, vielleicht stimmt das gar nicht, dass deine Eltern kein Geld für Gitarrenunterricht hatten. Vielleicht war es ja so, dass sie nicht wegen Mordes an ihrem eigenen Sohn in den Knast wandern wollten.«

»Leck mich, du Idiot. Bevor ich mir deine Sprüche anhöre, geh ich lieber Krabben zwischen den Felsen suchen. Aber glaub bloß nicht, dass ich dann mit dir teile.« Davy sprang von der Mauer und lehnte das Instrument dagegen. »Und komm bloß nicht auf blöde Ideen. Wehe, meine Gitarre ist weg, wenn ich zurückkomme.« Er schleuderte mahnend die Faust gen Nachthimmel, bevor er zu den Felsen am Ende der Bucht davonstapfte.

Mara blickte ihm kopfschüttelnd hinterher. Noch immer konnte sie nicht gutheißen, was er damals getan hatte, aber sie hatte beschlossen, es als Jugendsünde zu verbuchen. Was hatten sie seinerzeit schon vom Leben gewusst? Sie waren so schrecklich jung gewesen in jenem Sommer. Dazu hormongetrieben und voll Leidenschaft. Außerdem, Davy war nun mal Davy. Man musste ihn nehmen, wie er war. Schräg, doch unerwartet auf eine bestimmte Art wieder liebenswert. In jedem Fall rechnete sie es ihm hoch an, dass er inzwischen auch Gavin gebeichtet hatte, welchen Mist er damals angezettelt hatte. Gavin war zunächst unglaublich sauer gewesen, aber dann hatte es sich zwischen ihnen wieder eingerenkt. *Männer,* dachte Mara und musste schmunzeln. Ohne besten Kumpel ging nichts. Na ja, um ehrlich zu sein, war es bei ihr und ihren Mädels auch nicht anders. Mit Lisa und Jezz telefonierte sie fast täglich, und mit Lowrie quatschte sie endlos lang, wenn Gavin und Davy beim Angeln oder Kajakfahren waren.

»Ich vermisse meine Mama. Schade, dass sie nicht mit uns feiert, sondern auf diese olle Party in Bigton gegangen ist.« Olivia drückte sich enger an ihren Daddy.

»Wann kommt denn nun endlich die Geschichte?«, quengelte sie erneut.

»Du bist wirklich ein Baby. Nerv nicht so rum. Wie oft willst du es denn noch erzählt bekommen?«, meinte Grace ungerührt. »Spannend ist doch nur, wie es ausgeht: Am Schluss haben Daddy und Mara sich geküsst und sich gesagt, wie lieb sie sich haben. Danach hat sie ihren Job in Deutschland gekündigt und ihren Koffer wieder ausgepackt. Ende der Geschichte«, schloss Grace.

»Nein«, protestierte Olivia und warf die Lippen auf. »Die schönsten Geschichten haben ein ganz, ganz anderes Ende.«

»Ach ja, Schlaukopf?« Grace gab ihr einen Stoß mit dem Ellbogen in die Seite. »Wie geht es denn dann aus?«

»Prinz und Prinzessin nehmen einander an die Hand und lassen sich nie wieder los. Bis an ihr Lebensende.«

»Ja, das stimmt. Einige Geschichten enden mit einem Glücklich-für-immer«, pflichtete Mara ihr bei. Nachdenklich blickte sie dem Rauch hinterher, der von den Flammen aufstieg.

»Andere wiederum enden mit einem Glücklich-für-jetzt, und manchmal reicht das. Doch wenn die Geschichte beginnt, weiß man leider noch nicht, welches Ende auf einen wartet.«

»Ach, wie dumm!« Olivia verzog enttäuscht den Mund. Gleich darauf erhellte sich ihr Gesicht. »Ich weiß was! Wenn ich lesen kann, fange ich bei der letzten Seite im Buch an. Und wenn mir das Ende nicht gefällt, denke ich mir ein anderes aus. Und zwar eines, das für immer gut ist.«

»Das ist eine prima Idee«, lobte Mara sie. Plötzlich musste sie an die Händchen haltenden Otter denken. Ein Lächeln glitt über ihr Gesicht. Wenn sie das nächste Mal in Da Toon wäre, würde sie eine Vergrößerung des Schnappschusses machen, der ihr vor einiger Zeit geglückt war. Ein auf dem Rücken im Meer schwimmendes Otterpärchen, das sich an den Pfoten hielt, um nicht auseinanderzutreiben. Das Bild würde sie über ihr Bett hängen. Nur zur Sicherheit, damit sie nie wieder vergaß, wie wichtig es war, einander festzuhalten, ganz gleich, ob es für jetzt oder für immer war.

»Mir geht es wie Olivia«, sagte Lowrie, die gerade eben von der Gruppe am Bootshaus zu ihnen herübergeschlendert war und das letzte Stück der Unterhaltung mitbekommen hatte. »Ein richtiges Happy End dauert für mich auch immer und ewig. Liegt wohl an den vielen Disneyfilmen, die prägen. Besser, du achtest bei deinen Töchtern auf die Filmauswahl.« Grinsend wackelte sie mit dem erhobenen Zeigefinger vor Gavins Nase, dann wandte sie sich an die Kinder: »Wer von euch hat Lust auf was Süßes? Dann lauft schnell zu Rosie. Sie sitzt dort hinten mit Andrew und hat Puffin Poo und Marshmallows für euch dabei.«

»Hurra!« Die Mädchen sprangen auf und rannten davon.

»Ich lasse euch Turteltäubchen jetzt mal allein«, beschloss Lowrie mit einem vielsagenden Grinsen.

»Danke.« Mara warf ihr einen Luftkuss zu. Sie rutschte auf den nun freien Platz neben Gavin. »Übrigens habe ich vorhin mit Jezz telefoniert. Ich soll dir liebe Grüße ausrichten.«

»Cool.« Lowrie strahlte. »Wie geht es ihr?«

»Eigentlich so weit okay.« Mara kuschelte sich in Gavins Arm. »Nur ist sie wohl ihren Job los. Das Fitnessstudio, in dem sie arbeitet, muss schließen.«

»Oh Mist, die Arme. Wobei …« Lowrie unterbrach sich und runzelte die Stirn. »Mir fällt gerade ein, dass meine Cousine Alison bald jemanden braucht, der sie in ihrem Brautmodenladen unterstützt. Eine ihrer Mitarbeiterinnen ist schwanger. Vielleicht hätte Jezz ja Lust, für ein paar Monate einzuspringen.«

Mara nickte erfreut. »Das könnte ich mir bei ihr durchaus vorstellen. Ich frag sie bei nächster Gelegenheit.«

»Mach das.« Lowrie lächelte und stapfte über den Sand davon.

Endlich waren sie allein. Gavin rutschte hinter sie und umschlang ihren Körper, sodass sie mit dem Rücken gegen ihn lehnte. Gemeinsam beobachteten sie, wie die Flammen in den rauchblauen Nachthimmel stiegen, an dem die Sonne sich schon wieder eine Handbreit über den Horizont schob und die Wolken in intensiven Rot- und Orangetönen glühen ließ. Mara kuschelte sich enger an Gavin. Ihre Gedanken wanderten hinauf zu den Sternen.

Olivias Worte hatten sie ins Grübeln gebracht.

Mara hatte alles, was ihr wichtig war, verloren, und dann hatte sie, ohne danach zu suchen, einen neuen Anfang gefunden. Hier auf Shetland, bei dem Mann, den sie liebte und mit dem sie vierzehn Jahre zuvor schon am genau gleichen Tag genau hier an diesem Strand gesessen hatte. Damals hatte ihr Glück nicht gehalten. Ob es diesmal von Dauer war, für viele weitere Simmer Dim, die noch vor ihnen liegen mochten?

Angespannt lauschte sie ihrer Intuition, doch tief in ihr hielten sich Hoffnung und Zweifel die Waagschale.

Als hätte Gavin gespürt, wie nachdenklich sie geworden war, beugte er sich über sie und sah ihr mit einem Blick in die Augen, der alle Ängste und Zweifel in ihr verstummen ließ.

»Bitte fühl dich nicht von Olivias Happy End bedrängt«, meinte er leise. »Wir haben alle Zeit der Welt, um herauszufinden, ob wir es auf Dauer miteinander aushalten. Aber eins ist sicher, ich liebe dich schon jetzt.«

»Ich liebe dich auch.« Mit einem sehnsüchtigen Ausatmen schlang sie den Arm um seinen Hals und zog ihn noch näher zu sich heran, um ihn so leidenschaftlich zu küssen, dass alle Worte überflüssig waren.

DANKE ...

Vielen herzlichen Dank, liebe Leserin, lieber Leser, dass du den Roman gekauft und gelesen hast. Ich hoffe, ich konnte dir ein paar schöne Lesestunden fernab des Alltags bescheren.

Wenn dir die Geschichte gefallen hat, freue ich mich über eine Bewertung oder eine kurze Rezension auf einer Buchplattform deiner Wahl. Dein Feedback bedeutet mir viel und trägt dazu bei, das Buch sichtbar zu machen.

Wenn du keine meiner Neuerscheinungen oder Aktionen mehr verpassen möchtest, an meinen Buchverlosungen teilnehmen möchtest oder ganz einfach mit mir in Kontakt bleiben willst, um mehr zu den Hintergründen meiner Romane und auch zu mir zu erfahren, folge mir auf Social Media. Du findest mich auf:

Facebook https://www.facebook.com/CorneliaEngelAutorin
Instagram https://www.instagram.com/cornelia.engel.autorin/
TikTok https://www.tiktok.com/@corneliaengel.autorin?lang=de-DE
und im Netz https://cornelia-engel.com/

Mein besonderer Dank gehört meinen Bloggerinnen. Mädels, ihr seid großartig! Durch eure Unterstützung finden meine Geschichten den Weg zu den Lesern und Leserinnen. Die wunderschönen Worte, die ihr in euren Posts und Rezis für meine Romane findet, gehen mir zu Herzen. Ihr sollt wissen, wie viel mir eure Arbeit bedeutet.

Auf ein baldiges Wiedersehen auf Shetland in Band 2,
herzlich
eure Cornelia

Warum Shetland?

Wie ihr vielleicht aus meinen Isabel-Morland-Romanen wisst, sind Schottland und seine Inseln ein Stück Seelenheimat für mich. In Shetland habe ich mich auf den Fleck weg verliebt, als ich an einem wunderschönen Tag im September in Sumburgh landete und aus der kleinen Propellermaschine stieg.

Die Menschen, denen ich auf Shetland begegnen durfte, sind großartig. Ich bin glücklich und dankbar für wunderbare Gespräche, Impressionen und neue Freundschaften.

Die meisten Orte, die in diesem Roman vorkommen, existieren auch in der Realität, wobei manche andere Namen tragen. Einige Orte entstammen auch schlicht meiner Fantasie.

Wenn ihr Lust bekommen habt, mehr von Shetland zu entdecken, dann steigt in einen Flieger und schreibt mir, wie es euch gefallen hat.

Shetland-Rezepte aus dem Roman

Lowries' Shetland Shortbread

230 g Weidebutter
280 g Mehl
85 g Stärke
85 g Puderzucker
½ TL Backpulver
Puderzucker zum Bestreuen

Mehl, Stärke, Backpulver, Puderzucker gut miteinander vermischen. Die Butter bei geringer Hitze vorsichtig schmelzen lassen und sorgfältig untermischen. Teig gut zu einer festen Kugel kneten.

Backblech fetten oder mit Backpapier auslegen. Die Masse auf dem Blech verteilen und gleichmäßig mit einer Gabel Löcher in den Teig stechen. Alles noch mal mit Puderzucker bestreuen.

Den Teig im vorgeheizten Ofen bei 160 Grad und Umluft backen, bis er eine leichte, helle Gelbfärbung bekommt, aber noch nicht bräunt.

Lowries Haferkekse

Zutaten für 24 Stück:
120 g Weidebutter
180 g Rohrzucker, fein gemahlen
1 Ei
¼ TL Vanilleextrakt
90 g Mehl
240 g Haferflocken
½ TL Backpulver
½ TL Salz
180 g Rosinen, in etwas Whisky eingeweicht

Zucker und weiche Butter cremig rühren. Ei und Vanilleextrakt untermixen.

Mehl, Haferflocken, Backpulver, Salz und Rosinen vermengen und untermischen.

Bällchen (ca. 20–24 Stück) formen und auf einem mit Backpapier ausgelegten Backblech verteilen.

Bei 180 Grad 12–15 Minuten goldbraun backen.

Rosies Lemon Pudding

4 Eier, getrennt
100 g zimmerwarme Weidebutter
200 g Puderzucker
3 ungespritzte Zitronen
100 g Mehl
1 TL Backpulver
280 ml Milch

Ofen auf 180 Grad vorheizen. Auflaufform fetten. Zitronenschale in eine Schüssel reiben. Zusammen mit der Butter und dem Puderzucker zu einer geschmeidigen Masse verrühren. Dann die Eigelbe untermischen. Nun erst das Mehl, das Backpulver und anschließend den ausgepressten Zitronensaft und die Milch untermischen. Keine Sorge, es darf geronnen aussehen.

Die Eiweiße steif schlagen, bis ein Messerschnitt darin sichtbar bleibt, und vorsichtig mit einer Gabel im Teig unterheben.

Die Mischung in die Auflaufform gießen und bei Umluft circa 40 Minuten im Ofen backen.

Mit Puderzucker bestäuben und warm mit Schlagsahne servieren.

Der gebackene Auflauf ist oben luftig und hat unten einen Rest Zitronensoße.

MIX

Papier | Fördert
gute Waldnutzung

FSC® C083411

Zeitfracht Medien GmbH
Ferdinand-Jühlke-Straße 7
99095 Erfurt, Deutschland
produktsicherheit@kolibri360.de

Druck:
CPI Druckdienstleistungen GmbH
im Auftrag der
Zeitfracht Medien GmbH
Ein Unternehmen der Zeitfracht - Gruppe
Ferdinand-Jühlke-Str. 7
99095 Erfurt